맞바람을 핀다는 건

맞바람을 편다는 건 2

손세희 장편소설

초판 1쇄 찍은 날 | 2017년 3월 13일
초판 1쇄 펴낸 날 | 2017년 3월 20일

지은이 | 손세희
펴낸이 | 예경원

기획 | CL프로덕션
편집책임 | 박우진
편집 | 이즈플러스

펴낸곳 | 예원북스
등록번호 | 제396-2012-000132호
등록일자 | 2012. 7. 25
WFN | 제3-0013호

주소 | 경기도 고양시 일산동구 호수로 646-24 위너스21 II 빌딩 206A호 (우)10401
전화 | 031-819-9431 팩스 | 031-817-9432
E-mail | yewonbooks@naver.com

ⓒ손세희, 2017

ISBN 979-11-6098-078-3 04810
　　　979-11-6098-076-9 (set)

맞바람을 핀다는 건

손세희 장편소설

2

윈치

차례

Chapter 5 정리를 한다는 건

창밖은 삭막했다. 이전에는 푸르게 덮여 있던 산이 민둥민둥하게 벗겨져 있었고 만개했던 꽃들도 완전히 종적을 감춘 채였다. 아마 평온한 듯 보여도 땅속에서는 봄을 맞이할 준비를 하고 있을 것이다. 그러니 나 역시 준비해야 한다.

똑똑.

"들어오렴."

문이 열리고 무어 부인과 제인이 차례대로 방 안으로 들어왔다. 오기 전 무슨 이야기라도 들었는지 제인의 안색은 무척이나 어두웠다. 나는 일부러 모르는 척하며 손을 내저어 그녀를 밖으로 내보냈다.

"부르셨습니까, 마님?"

제인이 문을 닫고 밖으로 나가자 무어 부인이 그제야 내게 허리를 숙였다. 한참 동안 그녀를 바라보던 나는 자그마한 탁자 앞에 놓인 소파에 등을 기대어 앉으며 무어 부인을 불렀다.

"이리 와 앉게."

"예, 마님."

그녀는 평소보다 조금 느릿하게 걸으며 내 앞에 마주 앉았다. 나는 그제야 무어 부인을 똑바로 볼 수 있었다. 주름이 자글자글한 이 늙은 여인은 둔한 듯 보이지만 무척이나 잽싼 편이었다. 지금은 평온한 저 검은 눈도 분노에 휩싸일 때면 활활 타오르곤 했다. 그래, 무어는 속에 화를 품고 있었다.

사실 무어에 관한 나의 결론은 결코 빠르게 도출된 것이 아니다. 고민은 몇 달 전부터 시작되었으니까. 나는 무어 부인을 내 곁에 두는 것에 대해 처음부터 조금 회의적으로 생각했었다. 그리고 함께하는 시간이 길어질수록 이 여인의 자질에 대해서도 의심하기 시작했다. 무어는 하는 일이 없었다. 그러나 공저에서 가장 바쁜 로렌스와 같은 봉급을 받으며 일했다. 나는 이것이 타 시중인들에게 정당하게 보이지는 않을 거라는 생각이 들었다.

물론, 다 핑계다. 이런저런 이유를 대더라도 결론은, 그녀가 더 이상 이 공저에 필요한 사람이 아니라는 것이다.

유모의 손길이 필요했던 어린 헌팅턴 공작은 이제 여인에게 제 씨앗을 품게 할 만큼 장성한 사내로 자라났다. 지금 이곳에 어미의 손길을 필요로 하는 어린아이는 없었기에 남편을 제 자식처럼 맹

목적으로 사랑하는 이 여인은 더욱 골칫덩이였다. 그러나 무어 부인을 고향으로 보내 버리기에는 저택 내에서 차지하는 입지가 상당했다.

기회만을 노리고 있었던 건 그 때문이다. 운 좋게도 내가 마음먹고 일을 꾸미기 전에 상황이 재미있게 흘러갔다. 나는 엄한 얼굴로 그녀를 꾸짖었다.

"내 자네에게 크게 실망했네, 무어. 에리카가 조슈아와 부딪힐 동안 무얼 하고 있었지? 자네를 믿었기에 에리카를 부탁했건만!"

"송구합니다, 마님. 챈들러 양께서 답답하다고 산책을 하고 싶다 하셔서 별일이 없을 줄 알고 맡은 일을 하러 갔습니다."

"맡은 일? 궁금하군, 나는 자네에게 그 어떤 일도 맡기지 않았던 걸로 기억하는데 무슨 일을 맡았다는 건지."

내 말에 그녀는 곤란한 얼굴로 입을 다물었다. 나는 무어 부인이 아무 말도 하지 못하리라는 사실을 알고 있다. 얼마 전, 무어 부인이 저택에서 하고 있는 일이 너무 없어 혹시 비밀리에 처리하는 건 없나 싶어 미행을 붙였지만 결론은, 쓸데없는 짓을 했다는 거였다. 그녀는 정말로 아무 일도 맡지 않았으니까. 차라리 나를 감시하는 역할이라고 생각하는 게 가장 납득할 만했다.

"자네는 내가 자네에게 맡긴 직무를 제대로 수행하지 못했네."

"……죄송합니다, 마님."

"한 번의 기회를 더 주었음에도 이런 식으로밖에 하지 못한다면 자넨, 이제 쉬는 게 나을 것 같군. 고향으로 내려가는 게 어떻겠나?"

권유를 가장한 명령에 무어 부인의 얼굴이 하얗게 질렸다. 그녀는 소파에서 내려와 바닥에 무릎을 꿇고 앉아 엎드렸다. 하얀 두피가 눈에 들어왔다. 아무런 감흥이 없었으나 예의상 뭘 하고 있느냐고는 물어야 할 것 같았다.

"무어. 지금 자네."

"용서해 주십시오! 저는 이곳에 뼈를 묻기로 작정한 사람입니다. 제가 공저를 어떻게 떠날 수 있단 말입니까? 저는 이곳을 떠나면 아무것도 할 수가 없습니다, 흐흐흑!"

그 말에는 묘하게 내 심기를 긁는 부분이 있었다. 평소보다 훨씬 더 날카롭게 반응한 건 아마 그 때문일 것이다.

"글쎄, 내가 왜 그것에 대해 알아야 하지?"

"마, 마님……."

"자네 행동은 정말 이해가 안 되는군. 대체 공저를 위해 무슨 일을 그렇게 하기에 내 앞에서 그런 얘기를 하는 거지? 에리카를 돌보는 그 간단한 일조차 제대로 하지 못했으면서."

조금의 거짓조차 섞여 있지 않은 힐난이다. 그렇기에 무어 부인에게 더욱 타격을 줄 수 있었을 테고. 나의 다그침은 늙은 여인을 무너뜨리는 데 성공했다. 그녀는 처음에는 아무 말을 하지 못하다 곧 미친 사람처럼 눈물을 쏟아냈다.

"억울합니다. 저는 절대 갈 수 없습니다. 다른 건 바라지 않겠습니다. 제발, 제발 이곳에 머무를 수만 있게 해주십시오. 으흐흑!"

"오랫동안 일했으니 퇴직금은 넉넉하게 챙겨 줄 거야. 고향까지 안전하게 갈 수 있도록 사람도 써 줄 거고."

"마님, 단 한 번만 자비를 베풀어주십시오. 흐흑!"

대화를 나눠봐야 소용이 없다는 사실을 깨달은 나는 더 말하지 않고 입을 다물었다. 무어 부인은 내가 말문을 닫아버린 이후에도 한참 동안이나 울부짖다 결국 시녀들에 의해 끌려 나가야 했다. 억지로 붙들려 나가는 그녀의 울음소리가 으스스한 음악처럼 저택 내에 울려 퍼졌다.

안타까운 마음이 전혀 없는 건 아니었으나 재고해 볼 생각은 전혀 없었다. 무어 부인을 단숨에 치워 버릴 수 있는 명분이 생겼는데 하찮은 동정심 따위에 일을 그르칠 리가. 게다가 은퇴라는 허울 좋은 핑계까지 붙여주었으니 이 정도면 성의를 보인 셈이다.

"대체 이게 무슨 소란이야?"

"에리카."

무어 부인으로 인한 소란이 에리카의 방까지 들린 모양이다. 놀란 얼굴로 내 방 안으로 들어오는 여동생을 응시하던 나는 곧 손가락으로 창밖을 가리켰다.

"보렴."

내 지시에 에리카는 다른 말없이 창문 가까이로 다가갔다. 그러다 깜짝 놀란 듯 몸을 떨며 입을 막았다. 억지로 끌려 나가는 무어 부인의 모습을 발견한 모양이었다.

"저, 저, 저건 무어 부인이야? 그녀가 왜……?"

이보다 더 좋은 배움의 기회가 있을까. 나는 충격으로 인해 잘게 떨리는 에리카의 어깨를 팔로 감싸 안으며 다정하게 속삭였다.

"무어 부인은 20년 넘게 공저에서 일했단다. 그런데 왜 저렇게 떠나는 건지 짐작할 수 있겠니?"

"자, 잘 모르겠어. 대체 뭐 때문인데?"

"모르겠니? 너 때문이란다."

내 대답에 에리카는 눈을 크게 뜨며 나를 돌아보았다. 나는 의구심과 경악에 가득 찬 커다란 눈을 피하지 않고 마주했다.

"모든 책임을 뒤집어쓸 사람도 있어야 하지 않겠니? 어제의 소동으로 인해 그녀가 책임을 지고 떠나는 거야."

"왜 하필 그녀가!"

"넌 공저의 사람이 아니라 처벌을 제대로 받을 수 없고 조슈아는, 너도 알다시피 공의 총애를 받고 있으니까. 앞으로도 그럴 거야. 네가 잘못한 일에 다른 사람이 피해를 볼 테지."

죄책감이 든 걸까, 에리카는 큰 눈에서 눈물을 뚝뚝 떨어뜨렸다. 충격에 휩싸인 얼굴을 보는 게 무척이나 마음 아팠지만 나는 어쩔 수 없는 일이라 생각하며 마음을 단단히 먹었다.

"대수롭지 않은 행동 하나로 다른 사람이 피해를 볼 수 있다는 걸 알아야 해. 기억하렴."

"정말 너무해. 어떻게 언니가, 언니가 나한테 이럴 수가 있어? 흐흑."

낯선 사람을 보는 듯한 시선에 가슴이 아팠다. 그러나 나는 에리카와 같은 눈높이일 수가 없었다. 나는 내 여동생에 비해 어른이다. 그러니 이 아이보다는 성숙한 태도로 이 상황을 받아들여야 한다. 나는 에리카를 위로하지 않고 손가락으로 단호하게 문을 가리켰다.

"짐을 싸렴. 내일이면 너도 챈들러로 출발해야 하니까."

에리카는 서러운 얼굴로 나를 보다가 조금 전 내가 건넸던 손수건을 바닥에 팽개치고 나가 버렸다. 나는 그 모습을 오래도록 보다 떨어진 손수건을 주워 들었다.

오해할 만한 행동을 했으니 미움을 받는 것이다. 에리카는 처음 보는 내 모습에 배신감을 느꼈을 테고, 나는 지금 아픈 마음을 부여잡고 속상해할 게 아니라 에리카를 이해해야 했다. 충분히 예상할 수 있었던 결과에 상처를 받았다며 징징대기에 나는, 어른에 너무 가까워져 버리지 않았나.

단념하자. 동생들과의 행복했던 모든 기억은 이제부터 정말 추억 속에서나 찾아야 한다. 에리카는 내일 가족들을 한없이 사랑했던 과거의 스칼렛을 함께 데리고 챈들러로 떠나게 될 테니까.

자각하지 못한 새 눈물이 떨어져 내린다. 월셔 저택에서의 스칼렛은 행복했었고, 그곳은 앞으로도 내 영원한 보금자리로 남을 거라 멍청하게도, 그리고 당연하게도 신뢰했었다. 하나 내가 살아왔다고 생각했던 과거와 실제로 살아온 과거에는 괴리가 있다. 어찌할 수 없이 나는 묻고, 또 잊어야만 한다.

"베스."

"네, 마님."

"로렌스를 불러와."

나는 일을 빠르게 처리하기로 결심했다. 곧 있을 빙어 낚시 대회는 이 긴 겨울의 종결을 의미한다. 봄을 준비하기로 마음먹었다면 행동을 서두르는 게 맞다.

"부르셨습니까, 마님."

남편의 끄나풀이기도 한 그와 오래 대화하고 싶지 않았다. 나는 로렌스가 방 안으로 들어서자마자 곧장 본론을 꺼냈다.

"지난 결혼식 이후 내가 생필품과 식자재의 거래 상단을 챈들러로 변경했던 것을 기억하고 있겠지. 가격 절감을 이유로."

"예, 기억합니다."

"다른 상단으로 변경할 생각이야. 식자재의 질이 떨어진 것 같다는 이야기가 들려서."

"……하지만 챈들러 상단은 마님의 친가에서 관리하고 계시지 않습니까?"

"일 처리에 있어서는 사적인 감정을 배제하는 게 타당하지 않겠는가. 대상단에서는 식자재 관리를 훨씬 더 엄격하게 한다더군. 디시마드 상단으로 거래처를 옮길 생각이야."

로렌스는 떨떠름한 얼굴로 고개를 끄덕였다. 평소와 다른 행동을 도무지 납득할 수 없는 모양이었으나 내게 그를 이해시킬 필요는 없었다. 허울뿐인 자리라 해도 이런 점에서는 편리하다.

"마님의 말씀대로 예민한 식자재는 대형 상단을 통해 받아 오는 게 낫긴 합니다."

"아버지께서는 상심하시겠지만 가문의 안주인으로서 어쩔 수 없는 선택이니 받아들이실 거야. 그리고 이참에 단가를 대폭 낮추기 위해 다른 거래 물량도 디시마드 상단으로 옮길까 해. 관련 서류를 준비해 주게."

로렌스는 협상 품목과 가격에 관련한 서류를 정리해 내일까지 제출하겠다고 약속하며 짤막하게 덧붙였다.

"무어 부인의 일은 주인님께 말씀드릴 생각입니다."

"그리하게. 공께서도 그녀의 소식을 알고 싶으실 테니."

무어 부인이 얼마나 헌팅턴 공을 오래 보필했는지에 대해서는 내가 알 바 아니다. 또한 시중인들이 그녀의 축출을 어떻게 받아들일지 역시 신경 쓸 필요가 없었다. 나는 나빠지는 로렌스의 안색을 완전히 무시한 채 손을 내저어 그를 내보냈다.

그 뒤 한참 동안이나 일에 몰두했다. 그사이 해는 완전히 저물었고 쌓여 있던 서류의 산은 점차 낮아지다 종국에는 마지막 한 장만이 남았다. 빙어 낚시 대회의 낚싯대 구입에 관한 보고서였기에 나는 남편과의 상의가 필요할 거라 생각하며 자리에서 일어났다.

"다들 퇴근해."

"아, 마님. 그렇잖아도 주인님께서 저녁 식사를 함께하자고 전해 달라 하셨습니다."

"그가?"

나는 그제야 손에 들려 있는 중요도가 낮은 한 장의 서류 외에도 그에게 볼일이 있다는 사실을 기억해 낼 수 있었다. 하나 이전처럼 두렵지는 않았다. 오히려 그의 반응이 궁금했다.

"알았어. 지금 내려가면 되겠니?"

"네. 드레스는 갈아입지 않으시겠어요?"

옷을 갈아입고 벗는 것도 한두 번이지 이제는 귀찮았다. 별로 중요하지도 않은 이에게 신경을 쓰고 싶지 않았기에 대충 고개를 끄덕인 뒤 곧장 식당으로 향했다. 헌팅턴 공은 자리에 앉아 빈 접시를 앞에 두고 있었다. 음식물의 흔적이 남아 있는 것으로 보아 이미 식사를 끝낸 뒤인 듯했다.

"오셨습니까."

"방해하지 않으려 했는데……."

"부인을 앞에 두고 식사를 하기에는 비위가 좋지 못해 먼저 먹었습니다."

"그것참 안타깝네요."

가시 돋친 말에 나는 피식 웃으며 대꾸했다. 물론 헌팅턴 공은 그 말을 아무렇지도 않게 무시했다.

"무어 부인이 고향으로 돌아갔다 들었습니다."

"너무 늙은 나머지 실수가 잦더군요. 쉴 때가 되었다는 판단이 들어 그리했어요."

그는 발끈한 얼굴로 나를 노려보았다. 사나운 눈빛이 퍽 마음에 든다. 그래, 처음부터 이 남자는 이런 표정을 보였어야 한다. 이렇게나 나를 혐오하면서 가식적인 미소만을 입에 걸고 있었던 것부터가 마음에 들지 않았다.

"나를 거역하는 겁니까."

"굳이 상의가 필요한 문제라 생각지 않았어요. 우린 '신뢰를 나누는 부부 사이'가 아닌가요? 게다가 이건 제 권한이에요, 공."

입꼬리를 올릴 수 있는 최대치로 끌어 올리며, 나는 그를 한 번 더 조롱했다.

"얼마 전에는 저택의 일을 일일이 보고할 필요 없다고 말씀하셨던 걸로 기억하는데……. 또 마음이 바뀌셨나요?"

"이건 다른 문제입니다."

"로버츠 백작의 무례한 행동이나 에리카와 조슈아 양의 싸움보다 무어 부인의 은퇴가 더 중요하다고 생각하실 줄은 몰랐는데요."

끝까지 여유를 보이려 했으나 그의 끔찍한 태도에 나는 나도 모르게 경멸스런 어조로 쏘아붙이고 말았다. 잠시 숨을 가다듬은 나는 다시 한 번 다감하게 웃으며 속삭이듯 덧붙였다.

"그래요. 로버츠 백작이 전하께서는 영지에 생긴 문제를 처리하는 데 몰두하고 계시다 하더군요. 쓸데없는 데까지 일일이 신경 쓰시게 하고 싶지 않았어요. 그런 제 호의가 불편하셨다면 당연히, 제가 죄송해야겠죠."

헌팅턴 공작은 나를 마치 상종 못 할 사람처럼 노려보고 있었다. 그 눈빛에서 뿜어져 나오는 적대감은 그가 내 말을 조금도 믿지 않고 있다는 사실을 알려준다. 의도한 대로 흘러가는 것 같아 기분은 더욱 흡족해졌다.

"무어는 내게 중요한 사람입니다. 부인께서도 그 사실을 알고 있었겠지요."

"중요성과 필요성은 다른 의미……."

"고의적인 도발은 삼가십시오. 성가시게 날아다니는 파리 하나를 잡자고 손을 휘두르지 않는 것뿐, 지금도 충분히 귀찮습니다."

나는 더 이상 토를 달지 않았다. 그가 평정을 되찾은 이상 기 싸움을 지속하는 게 나의 손해로 이어질 거라는 판단 때문이었다.

"명심하죠. 아, 그러고 보니 드릴 말씀이 몇 가지 있었네요. 우선은 조수아 양에 관한 일이에요."

"신경을 꺼달라 미리 말했을 텐데요."

"몰상식한 행동이 잦아 두고 볼 수가 없었답니다. 무지하고, 무식하고, 막돼먹었더군요. 이번에도 못 배운 망나니처럼 굴었어요."

"부인!"

정부를 욕하는 게 그렇게나 거슬렸는지 헌팅턴 공작은 참지 못하고 내게 고함을 쳤다.

"잘못된 점이 있다면 고쳐야 하지 않겠어요? 저는 제 고급 시녀 중 하나에게 조수아 양을 맡길 생각이에요. 기본적인 예의범절을 배우기에는 충분할 테니까요."

이런 말을 할 거라고는 생각지 못했는지 그는 잠시 얼빠진 얼굴로 나를 쳐다보았다. 한참 동안 멍하니 있던 그는 체감상으로도 꽤 긴 시간이 지난 후에야 천천히 고개를 끄덕였다.

"뜻대로 하십시오."

"또, 조수아 양의 거처를 본채로 옮기려 해요. 그녀는 보호받아야 할 임산부이기도 하고, 앞으로 교육을 받기에도 훨씬 나을 테니까요."

그 말에 헌팅턴 공의 눈이 놀라움으로 커졌다.

다행히도 나는 에리카가 떠나기 전 일을 끝낼 수 있었다. 여동생과의 마지막 시간을 급박한 마음으로 보내고 싶지 않아 밤을 새워 일한 결과였다. 하지만 에리카는 이런 내 마음은 조금도 헤아리지 못하는 듯, 여전히 틱틱대며 심통을 부렸다.

나는 그런 에리카를 모른 척하며 짐을 점검하는 데 집중했다. 늘 그랬듯 신경을 끄고 있으면 혼자 풀릴 거라는 사실을 알고 있었기 때문이다.

"어쩜 나한테 그래!"

예상했듯, 에리카는 결국 울음을 터뜨리며 내게 안겨왔다. 안도감과 함께 밀려오는 괜한 서운함에 나 역시 서글퍼서 눈물이 날 것 같았다. 나는 함께 울지 않으려 애쓰며 에리카의 등을 토닥였다.

"울지 마, 괜찮아."

달래는 음성에 울음기가 배일 때쯤, 나는 말하기를 멈췄다. 가슴이 미어지는 것 같았다.

에리카는 내게 너무나도 당연한 존재였다. 이 아이가 내 동생이라는 사실이 얼마나 큰 행복이고 축복인지 여태껏 인지하지 못하고 있었던 건 그 때문이다. 모든 것을 떠나보내야 할 때가 되고 나서야 이렇게 깨닫는다. 사소하고 당연했던 모든 것이 무엇과도 바꿀 수 없는 내 기쁨, 내 보물이었음을.

"내가 미안해, 언니. 으흐흑, 항상 폐만 끼치고, 언니를 곤란하게 만들고……."

미안해야 할 사람은 에리카가 아닌 나여야 했다. 나는 잘못이 없음에도 계속해서 사과를 하며 엉엉 우는 여동생의 얼굴을 손수건으로 조심스럽게 닦아주었다.

"괜찮아. 그런 말 하지 마."

"이제 보기도 힘들 텐데 내가 더 힘들게만 만들고, 흐흑. 언니 정말 힘들어서 어떻게 해……."

무슨 생각을 하고 있는지 알 것 같았다. 수도의 공작 부인이 되었으니 막연히 행복하리라 생각했겠지만 실상은 남편이 둔 정부를 한 저택에서 마주해야 하는 데다 사교계에서도 제대로 대접받지 못하고 있었으니 에리카로서는 당연히 안타까운 마음이 들 법했다.

민망하고 부끄러웠다. 잘 사는 모습만을 보여줘도 부족할 텐데 창피한 모습만을 보이다 결국 이렇게 작별을 고하게 된다는 사실이 참, 속상했다.

"에리카, 나 정말 괜찮아. 앞으로도 괜찮을 거야. 너도 내가 괜찮길 기도해 줄 거지?"

"……응."

"너를 진심으로 사랑해."

나는 에리카를 꽉 끌어안으며 이마에 키스했다. 그리고 덜덜 떨리는 손으로 부드러운 머리칼을 쓰다듬었다. 이게 마지막이 될 것이다. 이 예쁘고 사랑스러운 얼굴을 마주하는 것도, 이렇게 예전처럼 머리카락을 쓸어내리는 것도.

"건강하고, 행복해야 해."

너만은.

삼킨 말 대신 결국 흐느끼는 소리가 터져 나오고 말았다. 에리카 역시 내 허리를 꽉 잡은 채 가슴에 얼굴을 묻고 울었다.

"왜 그래, 흑흑. 다신 못 볼 것처럼 왜……. 또 볼 거지? 또 와도 되지?"

"……물론이지."

찰나의 망설임이 내 말이 거짓이었음을 알아차리게 했을지도 모른다. 나를 붙잡은 에리카의 손에 힘이 들어갔지만 나는 끝내 모르는 척을 하며 눈물 젖은 얼굴로 미소를 지었다.

"또 놀러 와. 다음엔 더 예뻐져서 와야 해. 알겠니?"

"응. 그럴게. 꼭 그럴 테니까 언니, 그때까지 건강하고…… 사랑해."

눈물로 흐려진 시야가 에리카의 얼굴을 보기 힘들게 했다. 나는 얼른 옷소매로 눈물을 훔치며 동생의 등을 몇 번 쓸어내린 뒤 마차에 태웠다.

"잘 가, 에리카."

"잘 있어, 언니."

마차가 보이지 않을 정도로 멀어지자 나는 얼굴을 가린 채 주저앉아 한참 동안 울음을 쏟아냈다. 괜찮다 말했으나 괜찮을 수 없다. 어찌 내가 괜찮을 수 있을까.

수도에 올라오기 전의 내 삶을, 가족을 사랑했던 나를 꼭꼭 눌러 담아 에리카의 짐 사이에 실어 함께 떠나보냈다. 그런 내가 덤덤할 수 있을 리가 없다. 그 모든 것을 사랑했기에 나는 아프지 않을 수가 없다. 각오하지 않은 게 아니었는데도 자꾸 눈물이 났다.

아, 나는 괜찮을 수 있을까. 나는 정말로 확신을 할 수가 없었다.

오후부터는 조슈아의 이사가 시작되었다. 짐을 나르는 일은 나나 조슈아가 할 일이 아니었기에 나는 그녀를 따로 불러냈다.

"마시렴."

앞에 놓인 차는 임산부에게 특히 좋은 차라 하여 특별히 준비하라고 시킨 것이다. 그러나 조슈아는 내가 주는 음식을 신뢰할 수 없는지 손조차 대려 하지 않았다. 특별히 준비한 차였기에 버리는 게 아까웠다. 나는 굳이 다시 한 번 차를 권했다. 조슈아는 내 눈치를 보다 결국 떨리는 손으로 차를 마셨다.

"뭐가 들었을 줄 알고 내 말을 듣는 거니."

"뭘…… 넣으신 건가요?"

덜덜 떨리는 목소리에는 공포가 깃들어 있었다. 나는 그 여린 모습을 뚫어져라 쳐다보았다. 그래, 이 아이는 어렸다. 에리카와 싸웠던 날 이후 조슈아는 내 여동생 또래의 어린 소녀로 보이기 시작했다. 참 이상하게도.

"임산부에게 좋다는 약재를 썼어."

"아…….."

안도한 걸까, 아니면 놀림당했다는 사실에 화가 난 걸까. 조슈아는 바닥에 시선을 고정한 채 나를 외면했다. 그러다 갑자기 고개를 들고 무언가 결심한 듯한 얼굴로 입을 열었다.

"제가 아기를 낳으면 마님께 불리하잖아요. 그런데 어째서 절 본채로 들이셨나요?"

"왜 불리하다고 생각하니?"

"그거야…….."

"공의 씨앗을 뱄다고 해서 그 아이가 귀족이 될 수 있는 건 아니란다. 불행히도 우리나라는 사생아를 인정하지 않으니까. 배 속의 아일 통해 신분 상승이라도 꾀했다면 애석하게도, 불가능하다고 미리 말해두고 싶구나."

그런 부분에서 나는 얼굴도 기억나지 않는 내 외조모께 감사드려야 할 테지.

내 신랄한 어조에 조슈아는 자신이 아이를 팔아 장사를 하려는 못된 어미쯤으로 취급받았다고 생각하는지 얼굴을 붉히며 소리쳤다.

"바라지도 않았어요. 저는 그저!"

하지만 말을 잇지는 못했다. 본처가 아닌 이상 조슈아는 자신의 뜻을 어떻게든 매도당할 수밖에 없다.

"너는 내 상대가 되지 않아. 네가 내게 대항할 수 있다고 생각한다면 그 어리석은 생각은 반드시 고치도록 하렴. 그리고 네 거취를 옮긴 이유는 네가 생각하는 그런 거창한 이유가 아니란다."

가장 큰 이유는 두 집 살림보다는 한 집 살림이 더 경제적이라는 거였다. 남편의 수작으로 예산이 줄어든 이상 가문의 안주인인 내게는 가계를 더 알뜰하게 꾸려야 할 의무가 있었다. 별채를 쓰는 사람은 조슈아 하나였기에 나는 어렵지 않게 결정을 내릴 수 있었다. 그 외에도 조슈아의 미심쩍은 부분을 감시하려는 의도가 있었지만 그런 것까지 굳이 알려줄 필요는 없었다.

"그러니까 겨우 돈 문제 때문에……."

"어미가 될 아이가 그리 말하면 안 되지 않겠니? 곧 네 아이가 태어나면 그 밑으로도 돈이 들어가게 될 텐데. 불필요한 지출을 줄이는 것은 생각보다 중요하단다."

당연한 사실을 말한 것뿐이건만 조슈아는 깜짝 놀라며 자리에서 일어났다.

"제 아이 밑으로 돈이 들어간다고요?"

아기는 저절로 자라는 대견한 생명이 아니다. 나는 한심하다는 표정을 짓지 않기 위해 애를 쓰며 할 말을 마무리하고 자리에서 일어났다.

"내일부터 너는 내 시녀인 베스에게 기본적인 예절 교육을 받게 될 거야. 네 배 속의 아이에게 부끄럽지 않도록 열심히 배우렴. 먼저 일어나마."

빙어 낚시 대회는 해맞이 무도회, 추수 연회와 함께 황궁에서 주최하는 3대 사교 행사다. 나머지 두 행사와 다른 점이라면, 황궁에서 주최하는 사교 행사는 모든 귀족에게 참석을 종용하는 반면 빙어 낚시 대회의 경우에는 주요 귀족들만이 참여할 수 있는 행사라는 것이다. 당연하겠지만 헌팅턴가는 빙어 낚시 대회가 개최된 이후 단 한 번도 불참한 적이 없었다.

　그렇게 중요한 행사였기에 나는 아침부터 바쁘게 움직여야 했다. 오전 9시까지 황궁에 집결하여 황족의 마법을 통해 행사장으로 이동하는 일정이었기에 더욱 서둘러야 하기도 했다. 낚싯대와 낚시 장비들이 모두 실렸는지 확인한 나는 그제야 마차에 올랐다.

　마차 안에는 헌팅턴 공이 느긋한 얼굴로 독서를 즐기고 있었다. 이른 시간부터 조급하게 움직여야 했던 나와 달리 여유로운 그가 아니꼽게 느껴졌지만 나는 곧 신경을 끄고 담요를 덮었다.

　황궁의 홀로 들어서자 이미 많은 귀족이 도착해 기다리고 있었다. 저 멀리 보이는 아멜리에게로 가고 싶었지만 나는 우선 남편의 곁을 지켰다. 그의 지위가 지위인지라 인사하는 사람이 많았기 때문이다. 연회라면 모를까 이런 상황에서는 그의 곁을 지키는 게 예의였다.

　하지만 그것도 한두 번이다. 더 이상 꺼낼 칭찬도 없었고 남자들의 지루한 정치 얘기에 고개를 끄덕여 주는 것도 점점 지루해졌기에 나는 얼른 황족이 도착하기를 속으로 빌게 되었다. 내 기도가 통했는지 얼마 지나지 않아 황제를 제외한 모든 황족이 다 함께 대기 장소로 들어왔다.

황제의 입장을 기다리고 있는 사이 황족들이 먼저 마법을 썼는지, 예고도 없이 갑자기 눈앞의 광경이 바뀌었다. 신기하고 이상한 경험이었으나 다른 귀족들은 익숙한 얼굴이었다. 나 역시 애써 평정을 가장하며 헌팅턴 공에게 물었다.

"황제 폐하께서는 참석하시지 않나요?"

"겨울이면 몸 상태가 급격하게 나빠지시는데 이번에는 감기까지 겹쳐 좋지 않으십니다."

"쾌차하셔야 할 텐데요."

나는 의미 없이 중얼거리며 그에게서 떨어졌다. 낚싯대와 장비들을 챙겨야 했기 때문이다. 시중인들이 없는 이곳에서 배우자를 위한 장비를 챙기는 일은 아내가 해야 할 일이다.

분주한 귀부인들의 틈바구니에서 나 역시도 헌팅턴가의 낚시 장비들을 찾아냈다. 최대한 가벼운 것들로만 고르고 골랐지만 그럼에도 무거운 건 사실이었다. 무거운 것이 낚시 장비만이라면 좋으련만, 추위를 버티기 위해 잔뜩 껴입은 탓에 내 몸도 역시 무거웠다. 차라리 칼바람을 맞을 것을, 무거운 옷을 입고 무거운 짐을 들기 위해 버둥거리는 내 꼬락서니가 스스로 우습게 느껴졌다.

멀리서 나를 기다리는 남편은 그런 모습을 보고도 완전히 무시한 채 다른 귀족들과 대화를 나누고 있었다. 나는 분개한 표정을 짓지 않기 위해 애쓰며 이를 악물고 장비를 담은 상자를 잡았다. 그러나 힘을 줄 필요도 없이 상자가 가벼워졌다.

"……에드먼드?"

그였다. 에드먼드는 고개를 끄덕이며 내 손에서 낚시 장비를 빼앗아 들어 긴 다리로 휘적휘적 걸어갔다. 그리고 마치 던지기라도 하듯 낚시 장비를 담은 상자를 헌팅턴 공 앞에 거칠게 던져 놓았다. 마치 연약한 여인을 모른 체하느냐는 항의라도 되는 것 같았다.

이건 분명한 무례였다. 그가 나로 인해 헌팅턴 공과 싸우기라도 할까 봐 심장이 조마조마했다. 에드먼드도, 남편도 심상치 않은 표정이었기에 더욱 긴장이 되었다.

"스칼렛, 제가 오라버니께 스칼렛을 도와주라고 부탁드렸어요. 많이 힘들어 보여서요!"

아멜리의 발랄한 목소리가 아니었다면 무슨 일이 생겨도 생겼을지 모른다. 헌팅턴 공은 굳은 얼굴로 고개를 돌려 버렸고 나는 얼른 그 말을 받으며 분위기를 환기하려 노력했다.

"그러셨군요. 고마워요, 아멜리. 그리고 도와주셔서 감사해요, 루이스 경."

"응당 해야 할 일이었습니다."

에드먼드가 짤막한 대꾸와 함께 물러났다. 그가 잠시 동안 남편을 살벌하게 쏘아보는 것도 같았지만 그저 내 착각이었는지 경직되었던 분위기는 자연스럽게 풀렸다.

낚시 대회를 위해 남자들이 분주하게 움직이기 시작하자 나는 아멜리의 곁에 붙어 헌팅턴 공에게서 완전히 떨어졌다. 천천히 둘러보니 자주 보던 얼굴이 보였다. 웨스트미스 영애부터 해서 트워드데일 부인까지, 사교계에서 존재감이 있는 이들은 역시나 모두 있었다.

황비가 예전부터 사교 행사에서 손을 떼고 있었기에 황가의 피가 흐르는 여인 중 가장 윗사람인 아마릴리스 공주가 여인들을 통솔했다. 하나 그녀는 얼마 머무르지 못했다. 버컨 공자와 캐스카트 영애의 결혼식 준비로 몹시 바쁘다는 소문이 거짓이 아닌 듯 그녀는 피곤한 얼굴로 먼저 별장으로 돌아가 버렸다. 그제야 여인들은 기다렸다는 듯 자유롭게 대화를 나누기 시작했다.

"이번에 황비 전하가 머레이 남작과 헤어졌다는 소식 들으셨나요? 리치몬드 영애가 무척이나 고소해하고 있다던데."

"어머, 머레이 남작으로 바뀐 지 얼마 안 되지 않았나요?"

해밀턴 부인이 호기심 어린 얼굴로 묻자, 케이스네스 부인이 말하기도 망측하다는 듯 입을 가리며 대답했다.

"글쎄, 폐하의 정원에서 황비 전하와 머레이 남작이 낯 뜨거운 일을 벌이다가 폐하와 맞닥뜨렸다지 뭐예요. 머레이 남작은 황궁 출입을 금지당했고, 황비 전하께서는 뭐, 말 안 해도 아시겠지요?"

케이스네스 부인의 말에 여인들은 약속이라도 한 것처럼 까르르 웃음을 터뜨렸다. 아마 황비가 근신을 당한 와중에도 연인을 새로 만들었음을 비웃는 것이리라.

"그래서 이번 새 연인은 누구라던가요?"

"아직 정해지지 않았다 하더군요. 몇 명 찔러보고는 있는 모양이에요."

"이제 몇 명 있지도 않을 거예요. 로에나 굴을 통하지 않은 남자가 드물다는 농담을 몇 번이나 들은 적이 있거든요."

"어머나!"

여인들은 또 한 번 높은 웃음을 터뜨렸다. 로에나는 황비의 이름으로, 아마 로에나 굴을 통하지 않았다는 남자들의 농담이라는 건 황비와 잠자리를 하지 않은 자가 없다는 뜻일 터.

황가에 관련된 일이라면 누구보다 잘 아는 여인이 자리에 있었기에 모두들 한 마디 해주길 바라는 얼굴로 그녀를 응시했다. 탕크빌 영애는 자신에게 다다른 시선을 느끼고는 살포시 웃음기를 내비쳤다.

"어머, 저는 몰라요. 저에겐 이제 얻어낼 것이 없을 거예요."

"탕크빌 영애, 아는 분들끼리 왜 이러시나요?"

트워드데일 부인이 탕크빌 영애를 부추겼지만 그녀는 슬며시 고개를 저을 뿐이다.

"제겐 정말로 얻어낼 것이 없어요. 황제 폐하와 더 이상 만나지 않으니까요."

탕크빌 영애의 폭탄 발언에 모두가 놀랐다. 아마 이 자리에서 듣는 새로운 화젯거리 중 단연 최고였다. 나는 탕크빌 영애의 시선이 잠시 나에게 머무른 듯한 느낌을 받았으나 애써 모른 척하며 여인들 사이에 끼어들었다.

"만족만 시켜주는 관계는 끝났어요. 저도 만족을 좀 얻고 싶어서요. 몇 개월을 기다려도 그럴 기미가 보이지 않더군요."

"어머머."

"어쩌겠어요, 연세도 꽤 있으신 분께 제가 뭘 바란 건지. 사실 황비 전하가 겉으로 도시는 심정도 이제 어느 정도는 이해한답니다."

탕크빌 영애의 솔직한 발언에 여인들이 깔깔대며 자지러졌다. 황제의 나이는 아직 서른 중후반 남짓. 늙었다 말하기는 어려운 나이지만 탕크빌 영애가 아직 젊은 만큼 생동적인 그녀에게는 지루하게 느껴질 법했다.

그러나 나는 탕크빌 영애의 말에 공감하기 어려웠다. 그녀의 말뜻은 프레드릭 3세 황제가 너무 시원찮아 내 남편을 만난다는 뜻이었으니까. 애석하게도 나는 남편과 보냈던 여러 날의 밤에서 단 한 번도 만족을 느낀 적이 없었다. 어쩌면 사랑이 결여되었거나 서로에 대한 배려가 없었기 때문일지도 모르지만······.

"그러면 이번에 만나시는 알 수 없는 분은 훌륭하다는 말씀이신가요?"

트워드데일 부인 옆에 얌전히 서 있던 트워드데일 영애가 용기 내어 묻자 탕크빌 영애는 예쁘게 미소를 지으며 고개를 끄덕였다.

"무척이나요. 사실 공유하고 싶을 정도로 대단하답니다. 저를 순식간에 사로잡았죠. 다른 분은 못 만날 정도예요."

탕크빌 영애의 말에 순간적으로 여러 명의 시선이 내 얼굴에 꽂혔다 사라졌다. 하지만 나는 정말로 그 말을 이해할 수가 없었다.

이곳의 여인들은 내가 어떤 말이라도 해주길 바라는 눈치였으나 나는 명예나 기품 따위를 떠나 그럴 수가 없었다. 전혀 모르는 내용이었으니까.

결국 이야기는 그렇게 끝이 났다. 흥미진진하던 이야기의 종결이 시시했던 건 남자들이 기상의 악화로 인해 예상보다 더 빨리 돌아왔기 때문이기도 했다. 기대했던 데 못 미쳤던 시시한 빙어 낚시 대회의 우승은 처음으로 물고기를 낚았던 조지에게 돌아갔다.

"이 물고기는 궂은 날씨 속에서 함께 노력한 여러분 모두와 나누고 싶군요."

빙어 낚시 대회의 우승자는 보통 우승 사실을 자랑스럽게 여겨 잡은 물고기를 관상용으로 키우곤 했지만 내가 아는 조지는 식용 물고기를 어항에 가둬놓고 보면서 즐거워하는 취미는 없었다.

그의 결정에 사람들은 환호성을 지르며 유쾌한 분위기 속에서 다 같이 별장으로 향했다. 마차를 이용해서 가는 게 아니었기에 무거운 드레스를 끌고 가는 일이 무척이나 힘들었다. 발이 푹푹 빠지고 있었으나 헌팅턴 공은 그런 나를 조금도 도와줄 생각이 없는 것 같았다. 다른 여인들이 그들의 남편에게 에스코트를 받고 있는 정황이 분명했음에도.

지옥 같았던 이동 시간이 끝나고 별장에 도착한 나는 즉시 방을 안내받아 옷부터 벗어 던졌다. 여기서는 혼인 여부에 상관없이 무조건 한 사람에게 한 개의 방이 주어졌다. 다행스러운 일이었다. 이 피곤한 와중에 그와 살을 맞대고 있어야 한다면 그것만큼 끔찍한 일은 없었을 테니.

나는 저녁 만찬에 참석하기 위해 뜨거운 물로 목욕한 뒤 옷을 갈아입었다. 오랫동안 추위에 노출되었던 탓에 몸 상태가 좋지 않았으나 불참할 수는 없었다. 우아한 이브닝드레스를 입고 치장을 마친 나는 연회장으로 내려갈 준비를 마치고 헌팅턴 공을 기다렸다.

이런 자리에서는 에스코트 없이 만찬 자리에 가는 게 명예를 더럽히는 일이다. 그의 팔짱을 끼고 있어야 한다는 게 생각만 해도 역겨웠지만 어쩔 수 없는 상황이라는 게 있으니 어지러운 머리를 짚은 채 헌팅턴 공을 기다렸다. 하나 그는 아무리 기다려도 오지 않았다. 몰려오는 짜증에 나는 입술을 깨물었다.

똑똑.

노크 소리에 시계부터 확인한 나는 만찬 시간까지 5분밖에 남아 있지 않다는 사실을 확인하고는 인상을 찌푸리며 문을 열었다. 되도록 부딪히고 싶지 않았지만 따질 부분은 따져야 한다는 생각이 들어서였다. 하지만 문이 열리고 모습을 보인 사람은 헌팅턴 공작이 아니었다.

"……에드먼드?"

"제가 에스코트해 드리겠습니다, 스칼렛. 갑시다."

우습게도 그 말만으로도 상황 파악이 완벽히 되었다. 남편이 오지 않는 이유는 그가 이미 다른 여인을 에스코트해서 내려갔기 때문이다. 그것을 확인한 에드먼드가 놀란 마음에 이렇게 달려온 것일 테고.

그려지는 그림이 우스웠다. 탕크빌 영애를 에스코트했을 남편과 에드먼드의 에스코트를 받아 뒤이어 만찬장에 나타나는 나. 뒤에서 어떤 소리를 듣고 어떤 비웃음을 사게 될까. 내 명예가 더럽혀지는 건 괜찮지만 나로 인해 이 남자의 명예까지 손상시키고 싶지 않았다.

"가세요."

"예?"

에드먼드는 납득할 수 없다는 얼굴이었다. 여차하면 강제로라도 끌고 갈 기세였기에 나는 조금 전보다 더욱 단호한 표정으로 말했다.

"몸이 좋지 않아 만찬에 참석하지 않겠다고 미리 전달했어요. 대체 왜 약속도 하지 않은 채 저를 에스코트하러 오셨는지 잘 모르겠네요."

둘러대는 거짓말이라는 건 바보가 아닌 이상 뻔히 알 수 있을 것이다. 미친 게 아니라면 누가 화려한 화장에 노출 심한 파티용 드레스를 입고 방에서 쉰단 말인가. 한참 동안 나와 눈을 맞추고 있던 그는 이내 내게서 한 발짝 물러났다.

"……제가 착각을 했군요."

"마음을 써준 것에 대해 감사하다고 말하고 싶지 않아요. 이전에도 말했지만 당신은 매번 저를 예의조차 지키지 않는 무례한 여자로 만드네요."

"스칼렛."

"이제 그만 가주세요. 우린 긴말이 필요한 사이는 아니잖아요."

에드먼드는 아무 말 없이 나를 바라보았다. 그 보라색 눈동자에 담긴 감정을 헤아리고 싶지 않았기에 나는 그와 눈을 맞추지 않은 채 시선을 피했다. 그러는 동안 자꾸만 시간이 흘렀다. 대체 이 사람은 왜 아무것도 취해갈 수 없는 이곳에서 시간을 낭비하는 걸까. 이러다 에드먼드까지 만찬에 늦을까 봐 가슴이 새카맣게 타들어 갔다.

"왜 저를 쉬게 하지 않으시죠?"

"대공 전하 때문입니까?"

예상 밖의, 그리고 많은 의미를 포함하고 있는 질문이었다. 피했던 시선을 그와 맞추고 있던 나는 곧 피식 웃으며 고개를 저었다. 이 남자는 내가 자신을 단념시킬 수 있다면 그 어떤 악독한 말이라도 뱉을 수 있다는 걸 왜 여태 몰라 나를 이렇게나 못된 사람으로 만드는 걸까.

"당신은 대체 무슨 자격으로 거기까지 알려고 하는 건가요?"

"……왜 대답하지 못하십니까? 그분을 정말 마음에 두기라도 하신 겁니까."

초조해 보이는 그의 모습이 내 마음을 아프게 했다. 에드먼드의 마음이 결혼식 날부터 불우했던 여인에 대한 단순한 동정이었다면 차라리 마음껏 매달렸을 텐데, 이토록 진실한 마음이기에 응할 수조차 없다. 그래서 내 입에서 나오는 말은 이렇게나 상대방을 비참하게 만드는 독설뿐이다.

"내가 당신을 사랑하고 있다고 멋대로 착각하더니 이제 와서는 조지를 사랑하느냐고 묻네요. 그렇게 확신이 없는 마음이었다면 당당하게 뱉지 말았어야죠. 정말 모양 빠지고 멋없는 모습이네요."

"스칼렛……."

그는 할 말을 잃은 것 같았다. 그러나 나는 말을 멈추지 않았다. 비참함의 끝까지 맛보게 해 더 이상 나 같은 여자에게는 고개조차 돌리지 않도록 단단히 질리게 하고 싶었다. 나를 외면하는 에드먼드의 모습을 떠올리는 게 이렇게나 마음이 아팠지만.

"제 도덕성을 포기할 수 있어요. 조지를 향한 마음이 순간적인 정염에 휩싸여 뒹구는 천박한 짓과는 비교도 할 수 없을 정도로 숭고한 사랑이기에 그래요."

거짓말이다. 사는 동안 단 한 번 접해 본 숭고함이란 나를, 나의 마음을 어루만지던 에드먼드의 따뜻한 위로가 전부였으니까. 그러나 나는 그가 나를 위로했던 기억들까지 내 입으로 직접 부정한다.

에드먼드는 슬픈 얼굴로 나를 바라보았다. 정말 진저리 날 정도로 끔찍한 여자라고 욕이라도 하면 이 마음이 덜 아팠을 텐데 그는 내 죄책감을 덜 수 있는 기회조차 주지 않는다.

"……원한다면 가겠습니다. 그렇지만 부디, 의심하십시오."

하지만 에드먼드의 말은 금방 내 머릿속을 떠났다. 그가 가고 남은 자리에는 내 입으로 뱉어낸 가시 돋친 말들을 되돌려 받아 상처 입은 나만이 남아 있다. 그의 가슴을 찢어놓은 것은 나 역시 아프게 하는 양날의 검인지라 휘두르는 내 손 역시 피투성이가 될 수밖에 없다.

그럼에도 밀어내기를 멈출 수는 없었다. 나와 엮이는 건 에드먼드의 평판에 악영향을 끼칠 게 분명했고, 나는 그가 나 같은 저급한 사생아와 엮여 그의 앞길에 흠집을 내도록 내버려 두고 싶지 않았으니까.

지금이야 조지의 호위 기사일 뿐이지만 그는 결국 루이스 백작가를 이을 후계자다. 아름답고 조신한 여성을 부인으로 맞아 화목하고 안정된 가정을 꾸려야 할 에드먼드가 온갖 소문을 몰고 다니는 나와 염문에 휩싸이게 된다면 현숙한 아내를 맞이하기 어려워질 것이다. 우아한 영애는 추문에 휩싸였던 남편감을 걸러내게 마련이니.

덜컹.

노크도 없이 열리는 문소리에 나는 설마 또 에드먼드인가 하여 놀란 심장을 부여잡고 고개를 들었다. 그러나 다행이라면 다행일까, 나타난 사람은 에드먼드가 아닌 조지였다.

"가지."

"어딜요?"

"만찬장에. 설마 빠지려고 했어?"

"……당신은 파티의 주인공이잖아요."

"그러니 함께하겠다는 거야, 스칼렛."

에드먼드를 앞에 두고는 그토록 많은 생각이 머릿속을 뒤덮었건만 내밀어진 조지의 커다란 손을 보면서는 아무런 생각이 들지 않았다. 자연스럽게 손을 올리려는 그 순간, 에드먼드가 남기고 간 말이 번뜩 떠올랐다.

"부디, 의심하십시오."

무엇을? 나는 대체 무엇을 의심해야 하나. 사람들은 본인이 아는 것에 대해서 경고를 한다. 에드먼드가 잘 아는 상황, 그리고 나와 관련된 거라면 사실 조지에 관한 것밖에 더 있을까. 그리고 보면 나는 그동안 조지와의 만남에 대해 제대로 된 의문을 가지거나 의심을 해본 일이 없었다.

"……고마워요, 가요."

하지만 복잡한 생각을 하고 싶지 않았다. 나는 일단 그의 손을 잡았다. 최소한 지금 조지와 함께해 손해를 보지는 않을 테니까.

만찬을 위한 홀에는 커다란 식탁이 여러 개 놓여 있었고 그 가운데에 여러 개의 자리가 비워져 있었다. 황제를 위한 자리, 황비를 위한 자리, 낚시 대회의 우승자와 그의 파트너를 위한 자리였다. 비워진 네 개의 자리 중 두 개가 채워지자 한꺼번에 시선이 쏠렸다. 나는 그것을 태연한 얼굴로 받아냈다.

조지가 잔을 들자 옆에 서 있던 소믈리에가 그의 잔에 와인을 부었다. 황제가 건강을 이유로 이 자리에 참석하지 않았으니 이 자리에서 건배를 제의하는 사람은 낚시 대회의 우승자이자 황제의 동생인 조지다. 그는 보글거리는 투명한 와인이 담긴 잔을 든 채 자리에서 일어났다.

"테베의 든든한 조력자인 여러분과 뜻깊은 시간을 보내게 되어 무척이나 흡족합니다. 오늘 나는 열성적인 참여를 보였던 캐스카트 백작, 헌팅턴 공작, 버컨 공자에게 잔을 내리겠습니다."

잔을 내린다는 것은 같은 병 안의 와인을 함께 마시겠다는 뜻이다. 함께 마시는 와인이 독주가 아님을 판별하기 위해 생긴 문화로, 시간이 지나면서 친애하는 이들과 함께 좋은 술을 나눠 마신다는 의미로 변화했지만 간혹 '와인에 독을 탈 만한 이'를 지목하는 정치적 의미로 쓰이기도 했다. 물론 나는 그런 쪽으로 유식하지 못해 조지가 잔을 내린 이들이 그의 정치적 동지들인지 적인지를 알지 못한다.

"앞으로도 길이 빛날 테베를 위하여 건배하겠습니다."

모두가 채워진 잔을 들이켜는 것과 동시에 웅장한 음악이 연주되기 시작했다.

"모두 대공 전하의 은혜이십니다!"

시작 전부터 술을 많이 마셨는지 케이스네스 백작이 벌겋게 달아오른 얼굴로 소리쳤고 모두가 와하하 웃음을 터뜨렸다. 적당한 술과 맛있는 음식, 선택받은 특별한 자들만 올 수 있는, 어딘지 알 수 없는 비밀스러운 황족의 별장은 즐거움에 도취되기 좋은 상황이다. 연회장은 조용했던 처음과는 달리 곧 여인들의 깔깔거리는 웃음소리와 술 취한 남자들의 음성으로 순식간에 시끄러워졌다.

"스칼렛, 왜 식사량이 이렇게 적지?"

몸이 좋지 않아 입맛이 돌지 않았으나 그에게 아프다는 것을 내색하고 싶지 않았기에 새침한 척 대꾸했다.

"몸매 관리는 고통스러운 과정이에요, 조지. 남자들은 결코 알 수가 없죠."

"고통을 감수하면서도 그렇게까지 노력하는 이유가 뭐지? 단지 남자들에게 아름다워 보이기 위해서인가?"

"그럴 리가요. 어째서 그렇게 생각하는 건가요?"

"당신 눈앞을 봐, 스칼렛. 지금 이곳에 배우자가 있든 없든 괜찮아 보이는 남자에게 추파를 던지기 위해 안달 난 여자들이 얼마나 많은지. 오른쪽만 봐도 체어필드 영애가 나에게 말을 걸기 위해 계속 눈길을 보내고 있어."

그의 말에 나는 오른쪽으로 고개를 돌렸다. 이쪽을 바라보고 있던 체어필드 영애가 나와 눈을 마주치더니 돌연 얼굴을 딱딱하게 굳힌 채 고개를 홱 돌려 버린다.

"그런데도 남자들에게 아름다워 보이기 위해서가 아니라고?"

나는 조지가 이곳에 있는 모든 여인을 비웃고 싶어 함을 눈치챘다. 그들을 변호할 필요성을 느낀 건 아니었지만 나는 입을 다물고 있지 않았다.

"어떤 이는 그럴지도 모르겠지만 나를 비롯한 수많은 여성이 본인의 만족과 명예, 평판 따위를 위해 관리하는 거예요. 게다가 당신의 평가는 상당히 편파적이에요. 남자들 역시 어떻게든 여인들에게 수작을 부리려 하지 않나요? 지금 나를 보는 당신처럼."

더 이상 이어나가고 싶지 않은 불편한 주제였기에 나는 스푼으로 식탁을 가볍게 때리며 고개를 돌렸다. 조지는 당할 수 없다며 너털웃음을 터뜨렸다. 그러는 사이 나는 굉장히 예상 밖의 광경을 보고 말았다.

남편의 옆자리에 탕크빌 영애가 앉아 있지 않았던 것이다. 나는 너무 놀라 조지가 하는 말에 대답조차 제때 해주지 못했다. 눈알을 바쁘게 굴렸지만 헌팅턴 공 주변에서는 탕크빌 영애의 모습이 보이지 않았다.

한참이 지나고 나서야 나는 그와 완전히 반대편에 있는 탁자에서 술을 마시고 있는 탕크빌 영애를 발견할 수 있었다. 그녀는 케이스네스 백작과 함께 웃으며 대화를 나누고 있었다. 그러다 잠시 헌팅턴 공이 있는 쪽을 쳐다본 뒤 재빠르게 시선을 옮겼다.

아, 일이 아주 흥미롭게 돌아가고 있었다. 어쩌면 아주 재미있는 그림이 나올 것 같았다. 돈 주고 보기 힘든 연극은 즐겁게 감상하는 게 좋은 법이다. 나는 조지가 엉성하게 잡고 있는 와인 잔에 기습적으로 건배했다.

"스칼렛?"

"놀랐어요?"

"조금. 뭘 그렇게 열심히 보고 있었지?"

"그냥, 아무것도 아니에요. 그런데 당신에게 갑자기 궁금한 게 생겼어요."

내가 먼저 질문을 던지는 일은 거의 없었다. 대화를 이끌어 나가는 것도, 이것저것 묻는 것도 우리 사이에서는 대부분 조지의 몫이다. 그래서인지 그는 전에 없던 내 행동에 조금 놀란 것 같았다.

"뭘 그렇게 궁금해하는 건지 도리어 내가 궁금하군."

"시시한 거예요. 그냥, 당신이 내 어디에 반한 건지가 궁금해서."

"저번에 얘기했던 걸로 기억하는데."

나는 의식적으로 입꼬리를 올리며 어느새 채워진 잔을 다시 한 번 모두 들이켰다. 그리고 나서야 대답했다.

"또 듣고 싶은 거예요. 당신은 여자의 마음을 참 모르는군요."

"나갈까?"

구경거리가 남아 있어 조금 망설여졌지만 나는 결국 그를 따라 일어났다. 시끄러운 연회장 안에서 사람들은 각자의 여러 사업에 집중하느라 나와 조지에 대해서는 조금도 신경을 쓰지 않았다. 그 덕분에 우리는 방해받지 않고 순조롭게 발코니로 나올 수 있었다.

"그래, 어떤 말이 듣고 싶은 거지?"

"아까 말했잖아요."

"갑작스러워서. 나와의 관계를 다른 사람들에게 드러내고 싶어 하지 않았잖아. 하지만 거긴 우리의 이야기를 들으려면 얼마든지 들을 수 있는 곳이었어."

"그게 중요한가요?"

나는 손을 뻗어 부드럽고 하얀 그의 볼을 쓰다듬었다. 좀처럼 하지 않는 행동을 보이는 내 모습에 당황한 그의 모습이 보였지만 나는 술기운을 빌어 그의 외투를 열어젖히고 넓은 품에 몸을 기댔다.

"불행한 결혼 생활을 시작했고 한때는 나처럼 불행한 사람이 있을까 싶었어요. 정부나 애인 따위는 수도에선 보편적일지라도 제가 살던 곳에서는 아니었거든요."

"수도와 지방의 문화가 많이 다르긴 하지. 충격이었겠군."

"맞아요. 저는 원래 사랑에 의한 결혼을 꿈꿨었거든요. 참 이상하죠?"

"아니, 말하기 전까지는 생각지 못했지만 듣고 나니 오히려 당신에게 어울리는 것 같아."

과연 그럴까. 나는 피식 터져 나오는 웃음을 감추며 고개를 들어 그를 올려다보았다. 나를 다정하게 보고 있는 그의 얼굴이 더욱 선명하게 보였다.

"그런데 지금은 저 역시 남편처럼 다른 연인을 두고 있네요."

술기운이 이래서 무서운 걸까. 나는 해야 할 말과 하지 말아야 할 말을 구분하기 어렵다고 생각하며 들뜬 얼굴로 말을 이었다.

"남편의 연인처럼 저 역시 당신의 아이를 임신한다면, 더 재밌어지지 않을까요?"

그 말에 조지의 눈이 잠시 커졌다. 나는 분명하게 차이를 구분했다. 그는 '남편의 연인'이라는 말이 아닌 '임신'이라는 말에 반응했다. 이상한 낌새를 눈치챘으나 나는 그 어떤 내색도 않은 채 여전히 만취한 척 입을 놀렸다.

"계집이 임신한 지 2, 3개월쯤 됐거든요. 공교롭게도 내가 결혼식을 올렸던 시기와 겹치죠. 그러니까 헌팅턴 공은 단 한순간도 나를 조롱하지 않은 적이 없는 거예요."

"……그래도, 사생아는 인정을 받지 못해."

"맞아요. 그게 단 하나, 나의 위안이라면 위안일까요?"

"많이 취했군. 이만 들어가는 게 좋지 않겠어?"

겁쟁이. 비웃음이 속으로 삼켜진다. 내게는 빤히 보였다. 이 남자는 지금 내가 술에 취해 분별없이 떠들고 다닐 것을 경계하는 거다. 내 결혼식 시기에 그 계집이 임신했다는 사실이 이 남자에게 무슨 걱정을 안길 수 있을지 생각하던 나는 예상치 못했던 결론을 내리며 속으로 비명 같은 웃음을 터뜨렸다.

아, 흥미로워라. 나는 내 결혼식 날, 이렇게 눈에 띄게 아름다운 이를 발견한 일이 없다. 그렇다면 저택에 왔다던 그는 도대체 어디에 있었을까? 남편의 응접실에? 복도에? 그것도 아니라면 그 천박한 계집의 침실에?

내가 알기로 결혼식 이후 헌팅턴 공과 조지 사이엔 교류가 없었다. 어쩌면 그는 조지에게 제 정부와 아내를 둘 다 빼앗길 것을 경계하고 있는지도. 내가 추론할 수 있는 건 여기까지다. 이 일은 단순히 남편과 조지의 불화에서 파생한 일일까.

"당신 말이 맞아요. 사람들의 눈이 무서우니 따로 나오는 걸로 해요. 추우니까 먼저 들어갈게요."

"안녕히."

"좋은 밤 보내시길."

나는 그의 메마른 입술에 잠시 차가운 입술을 포갠 뒤 미련 없이 등을 돌렸다. 그러나 먼저 들어가겠다는 말은 거짓이었다.

나는 연회장에 남았다. 잔뜩 취한 웨스트미스 영애와 진득한 입맞춤을 나누며 퇴장하는 남편의 뒷모습을 구경하는 일은 꽤나 흥미로웠다. 늘 탕크빌 영애에게 밀리던 웨스트미스 영애는 처음으로 그녀를 이겼다. 탕크빌 영애는 자존심이 상했던지 연회를 끝까지 즐기지 않고 퇴장했고 이후 여인들의 비웃음이 연회장 안을 메웠다.

"괜찮아요? 얼굴이 많이 붉은데 들어가는 게 어떨까요?"

"아뇨, 기분이 너무 좋은걸요. 이런 자리에서 일찍 빠지는 건 태생부터 시시하거나 아니면 패배한 사람들에게 해당하는 것 아니겠어요?"

"저는 동의해요. 아, 대화에 끼어드는 실례를 범한 건가요?"

케이스네스 부인의 말에 나는 소리 높여 웃으며 고개를 저었다. 그리고 들고 있던 잔을 위로 치켜든 뒤 다시 한 번 쭉 들이켰다.

"그럴 리가요, 부인. 언제나 환영이죠."

"아까 전에 대공 전하와 함께 나가는 것 같던데, 제 눈이 갑자기 이상해진 건 아닌 것 같고 오늘 입장도 함께하셨다죠?"

"그랬었죠."

"어머나, 친밀한 사이인 것 같군요. 밝아 보이셔서 다행이에요. 사실 부인을 걱정했어요."

"저를요?"

"헌팅턴 공께서 결혼 전에 없던 기행을 요즘 즐기시기에 생각이 많으실 것 같아서요. 게다가 결혼 전엔 원체 소문이 깔끔한 분이었으니……."

염려하는 척하지만 결국에는 그런 말이다. 결혼 전에 그렇게 조용하던 남자가 결혼 후 여성 편력을 즐기는 건 네 문제가 아니겠느냐고. 멀쩡한 나와 달리 아멜리의 얼굴이 붉게 달아오른다. 물론 나는 정의감 넘치는 친우가 나서도록 내버려 둘 생각이 없었다.

"기혼남의 인기가 많아진다는 건 아내의 내조가 훌륭하다는 의미이기도 하죠."

네 남편은 끝까지 그 모양이라는 뜻이기도 하고. 그들 부부를 깎아내리고 있다는 사실을 알아차렸는지 케이스네스 부인의 얼굴이 굳어진다.

"그러니까 칭찬으로 받아들일게요. 그리고 그이의 기행은 별로 신경 쓰이지 않아요. 저나 남편이나 원체 고리타분한 성격과는 거리가 멀어서요."

"그렇군요. 아, 그러고 보니 볼일이 있었어요. 이만 가봐야겠네요."

"즐거운 시간 보내시길."

그녀가 자리를 떠나자 아멜리는 티가 날 정도로 얼굴을 찌푸렸다. 이전부터 느꼈던 거지만 그녀는 입을 함부로 놀리는 자들을 그리 좋아하지 않았다. 나와 친해지게 된 것도 그런 이유에서 기인했을지도 모른다. 아멜리와 처음 만났을 때의 나는 사교계에 대해 아는 게 없어 입을 다물고 있을 수밖에 없었으니까.

"스칼렛, 괜찮아요?"

"그럼요. 나쁠 게 뭐가 있겠어요?"

"……너무 괴로워하지 않았으면 좋겠어요. 그리고 술도 조금만 마셔요."

그렇게 말하며 아멜리는 내 손에 들고 있던 빈 와인 잔을 빼앗아 지나가는 시종에게 건넸다. 그녀는 헌팅턴 공작이 대놓고 바람을 피우자 내가 너무 상심한 나머지 과음을 한다고 생각하는 모양이었다.

"괜찮아요. 저 정말 즐거운걸요."

나는 고개를 저으며 아멜리를 안심시키려 노력했다. 그러나 그녀의 생각이 아주 틀린 것 같지는 않았다. 술기운에 머리를 제대로 가눌 수 없음을 느꼈기 때문이다.

"그것 봐요. 바람이라도 좀 쐬는 게 좋을 것 같은데……."

"함께 나가자고요?"

"원한다면요."

"아까운 시간을 계속 빼앗을 수야 없죠. 카틀링거 공자가 저기서 계속 아멜리를 보고 있잖아요."

카틀링거 공자는 사교계에서 평판이 좋고 행동거지가 깔끔한, 몇 안 되는 결혼 적령기 남자 중 하나였다. 평소 아멜리가 크게 관심을 보였던 남자는 아니지만 약혼자가 정해지지 않은 이상 한 번 정도 대화를 나눠보는 건 나쁘지 않았다. 게다가 오늘은 특히나 만남이 자유로운 날이 아닌가.

"스칼렛을 이렇게 두고 갈 수는 없어요."

"제가 이런 날까지 아멜리의 장해물이 된다면 정말 견딜 수 없을 거예요. 제게 그런 죄책감을 안겨주실 건가요?"

"하지만…… 아, 오라버니!"

아멜리의 입에서 나오는 오라버니라는 호칭은 에드먼드에게만 해당될 수 있는 것이다. 그를 완전히 무시하는 것 또한 어색할 수밖에 없는 상황이었기에 나는 어쩔 수 없이 뒤를 돌아보았다. 역시나 그가 나를 보고 있었다.

"여기 있었구나, 아멜리."

그녀에게 하는 말이었으나 시선은 내게서 떨어지지 않았다. 그러나 아멜리는 아무것도 눈치채지 못한 것 같았다.

"마침 잘 만났어요, 오라버니. 스칼렛을 잠시 부탁해도 될까요? 술을 좀 마셨거든요."

"술을?"

"이렇게 취했는데 혼자 바람을 쐬게 할 순 없잖아요. 오라버니께서 함께 가주세요."

아멜리는 내가 당연히 거절하지 않을 거라고 생각한 건지 의견을 물어보지도 않은 채 에드먼드에게 대뜸 부탁했다. 나는 얼른 고개를 저었다.

"그런 실례를 저지를 수는 없어요. 루이스 경께서도 연회를 즐기셔야죠."

"아닙니다. 마침 바람을 쐬러 나가려고 했습니다."

그는 나를 조금도 도와주질 않았다. 내게서 거절의 말을 들은 지 몇 시간조차 지나지 않았음에도 불구하고. 그러나 나는 내게 내밀어진 에드먼드의 손을 거절할 수가 없었다. 어쩔 수 없이 그의 손 위에 내 손을 올려놓은 나는 금방 다녀오겠다는 말로 아멜리에게 인사하고 그와 함께 연회장을 나섰다.

함께 들어간 발코니는 공교롭게도 조금 전까지 조지와 함께 머물렀던 그 장소였다.

"이제 가도 괜찮아요. 거절하는 게 루이스가에 대한 모욕으로 받아들여질까 봐 어쩔 수 없이 승낙한 거니까요."

"저는 어쩔 수 없이 아멜리의 부탁을 들어준 게 아닙니다."

"거기까지 굳이 알고 싶지는 않아요."

"그냥, 단순하게 생각하면 안 되는 겁니까?"

겨우 그 한마디에 앞뒤 없이 화가 나 소리를 친 건 아마 술기운 때문일 거다.

"단순하게? 에드먼드가 생각하는 단순한 게 뭔데요?"

순간적으로 눈물이 핑 돌 정도로 미친 듯이 화가 났다. 너무나도 답답했다. 이 남자를 신경 쓰게 되는 이상한 마음에도 불구하고 거절하자는 결론이 도출된 건 결코 단순한 사고의 결과가 아니었다. 그래서 이런 말을 쉽게 하는 에드먼드가 더욱 원망스러웠다.

"저는 그 말도 안 되는 사랑 놀음에 빠져 있을 만큼 한가한 사람이 아니에요."

"저 역시 사랑이라는 보이지 않는 것에 목숨을 걸 만큼 어리석은 사람이 아니었습니다. 다만 눈에 보이는 것을 부정하는 당신이 안타까운 겁니다."

"뭐가 그렇게 눈에 보이는데요? 뭘 그렇게 자신해요? 당신, 아까 전까지만 해도 불안에 떠는 모습을 보였잖아요, 가엾게도."

"사랑하는 사람에게 그런 말을 듣는데 멀쩡한 게 이상한 거 아닙니까?"

사랑한다는 말이 토악질 나올 정도로 싫었다. 세상에서 단 하나, 내 편이라고 생각했던 가족들조차 거짓된 존재였다. 그들이 내게 주었다 생각했던 사랑은 두려운 대상에 대한 꾸며낸 관심 정도일 테고. 그런데 만난 지 얼마 되지도 않은 이 사람이 나를 진정으로 사랑한다고 말한다.

나는 그 사랑이라는 말을 듣는 게 싫었다. 정말이지 지긋지긋했다. 그러나 굳건히 지켜온 마음이 흔들릴 정도로 동요하고 있는 것도 사실이었다.

"차라리 잠을 잘까요?"

모든 것을 부정하고픈 마음에 뱉어낸 건 결국 이렇게 천박하고 질 낮은 말이다.

"지금 뭐라고 했습니까?"

"원할 때마다 잠자리라도 함께해 주면 괴롭히지 않을 건가요? 나와 몸을 맞추는 걸 원하는 거잖……."

에드먼드가 거칠게 내 손목을 잡고 자신에게로 당겼다. 그리고 내 턱 끝을 잡고 키스했다. 동의를 구하지 않고 하는 스킨십임에도 불구하고 정작 내 입술을 취하는 그는 조심스러웠다. 그 어리석음에 눈물이 날 정도로.

솔직해지자면 나는 밀어내고 싶지 않았다. 이 부드러운 입술도, 그 누구보다 소중한 사람을 대하듯 간절한 에드먼드도 전부 다, 내게서 밀어내고 싶지 않았다. 하지만 밀어내지 않았음에도 그는 천천히 내게서 떨어졌다. 그가 완전히 내게서 멀어지자 나는 그를 몰아붙이기 시작했다.

"더 하지 그랬어요? 지긋지긋한 당신 떨어뜨릴 수 있다면 이 부질 없는 몸쯤이야 상관없는데."

"스칼렛, 정말 그렇게밖에 생각할 수 없는……."

"결국 당신도 이것밖에 안 되는 사람이면서 다른 척을 한 거잖아요. 꼴만 더 우스워지게."

"끝까지 나를 비참하게, 질리게 하는군요."

더 이상 버틸 수 없었는지 에드먼드는 결국 돌아섰다. 그가 발코니를 벗어나는 순간까지도 나는 입가에 띠우고 있는 진득한 비웃음을 거두지 않았다.

그러나 그의 모습이 완전히 사라지자 나는 그 자리에 주저앉아 눈물을 쏟아내고 말았다. 아, 원하던 대로 되었음에도 나는 왜 이렇게 비참하게 울고 있는가. 이유를 알 수 없는 눈물이 발코니 바닥을 적셨다. 나는 이런 내가 비참하게, 질리게 여겨졌다.

연회장 안으로 들어온 건 마음을 추스르고 난 뒤였다. 금방 돌아왔다고 생각했건만 벌써 몇 시간이나 지나 있었고 연회장을 가득 메우고 있었던 사람들도 거의 방으로 돌아가 보이지 않았다. 루이스가의 식구들도 마찬가지였다.

얻을 수확이 없었으나 나는 이런 우울한 기분으로 차가운 이불보나 데우고 싶지 않았다. 홀로 와인을 마시려는데 아마릴리스 공주와 캐스카트 영애의 모습이 눈에 들어왔다. 캐스카트 영애는 너무 많이 마신 나머지 거의 정신을 잃은 채 목만 끄덕이고 있었다.

"동석해도 되겠습니까, 공주 전하."

"아, 헌팅턴 부인이군. 이제 막 들어온 건 아닐 텐데 컨디션이 좋아 보이는군요."

그는 눈에 띄게 나를 반겼다. 나중에야 안 사실이지만 캐스카트 영애는 술이 센 아마릴리스 공주가 만들어낸 마지막 희생자였다. 내가 자리에 앉자 그녀는 친절하게도 시녀를 불러 캐스카트 영애를 치워주었다.

"저렇게 약해서야……."

아마릴리스 공주는 거의 기절한 듯 실려 나가는 캐스카트 영애의 뒷모습을 보며 혀를 끌끌 찼다. 나는 험담에 동참하지 않으며 그녀의 잔에 와인을 따라주었다.

"부인?"

이런 건 소믈리에가 할 일이지, 동등한 위치의 상대방이 할 일은 아니었다. 그러나 나는 조금도 개의치 않는 얼굴로 빙긋 웃었다.

"황족에 대한 예를 갖추는 겁니다."

"굳이 그렇게 할 것까진 없어요. 소믈리에가 있으니까요. 어쨌든 감사한 마음으로 받지요."

아마릴리스 공주와 나의 잔이 부딪혔고 순식간에 와인이 목구멍을 타고 넘어갔다. 식도가 화끈화끈하게 타는 느낌이 드는 게 아마릴리스 공주가 마시는 와인은 결코 순한 게 아니었다.

"일부러 만찬에 참석하지 않았는데 필리아가 설득을 하더군요. 상황이 재밌게 들리기에 내려오지 않을 수 없었어요. 그러고 보니 조지와 부인이 함께 들어오셨다고."

"대공 전하와는 운하 관련 사업으로 신뢰와 우정을 쌓은 사이입니다. 짐작하셨겠지만 세간의 추측과 실제는 꽤나 거리가 있지요."

"물론 소문을 그대로 믿는 것만큼 어리석은 행동은 없어요. 특히 사교계에서는 더더욱. 그러나 조지는 필요치 않은 행동을 할 만큼 멍청한 아이가 아니랍니다."

나는 아무 말도 하지 않았다. 그녀에게 상황에 대해 해명하며 괜히 제 발 저린 모습을 보이고 싶지 않았기 때문이다. 그에 먼저 화제를 돌린 건 아마릴리스 공주였다.

"결혼식 준비로 요즘 무척이나 바쁘네요. 부인은 내가 3개월 동안이나 고민해 만든 청첩장을 받았나요?"

"종이에 자수를 수놓았던 그 인상적인 청첩장을 말씀하시는 거겠죠? 굉장히 예쁘더군요."

"알아주니 고맙네요. 꽤 신경을 썼거든."

"그렇잖아도 결혼식 선물에 대해 고민하고 있었어요. 특별한 청첩장을 받은 만큼 평범한 선물을 드리는 건 예의가 아닌 것 같아서요."

아마릴리스 공주는 건성으로 고개를 끄덕이며 완전히 한 잔을 다 비워냈다. 그녀도 지치긴 했는지 소믈리에에게 손짓하는 손에는 힘이 빠져 있었다.

"사실 우리네 선물은 뻔하지 않나요? 부인이 그걸 고민할 줄은 몰랐어요."

바로 그 순간 내 머릿속으로 무언가가 스쳐 지나갔다.

"그러고 보니 공주 전하께서 결혼식을 특별하게 꾸미고 싶다 하셨죠. 어쩌면 제가 그걸 도와드릴 수 있을 것 같은데⋯⋯."

아마릴리스 공주는 어디 한번 얘기해 보라는 듯 눈을 빛냈다.

아무래도 추운 곳에 오래 있었던 게 심한 독감을 불러온 모양인지 저택으로 돌아오자마자 완전히 뻗고 말았다. 시녀들은 가문의 주치의를 부르겠다며 소란을 떨어댔지만 나는 열을 내리는 약이나 받아 오라며 그들을 쫓아 보냈다.

오늘은 정말 푹 쉬고 싶었다. 너무 늦게까지 아마릴리스 공주와 술을 마신 탓에 술도 덜 깬 데다 몸도 으슬으슬 떨렸고 수면 부족으로 눈꺼풀도 무거웠다. 그러나 나는 소원을 성취할 수 없었다. 조슈아가 씩씩대며 찾아왔기 때문이다.

"무슨 일이지? 이렇게 약속도 없이 찾아오라고 널 본채로 들인 게 아닐 텐데."

"저는 마님을 조금이나마 믿었어요. 그런데 그 대가가 이런 건가요?"

그녀는 불룩하게 부른 배를 부여잡고는 빽 하고 소리를 질렀다. 머리가 울리는 것 같아 짜증이 치밀었지만 임산부에게 화를 내고 싶지 않았기에 나는 머리를 짚은 채 조용히 대답했다.

"그렇게 말하면 네가 뭘 말하고 싶은지 파악하기 어려워. 알기 쉽게 말해보렴."

"제 음식에 약을 탄 것을 모른 척하시겠다는 건가요? 제가 직접 이 못된 계집을 현장에서 잡았다고요!"

어린 주방 하녀가 눈물로 얼룩진 얼굴을 한 채 조슈아의 손에 잡혀 우악스럽게 끌려 나왔다. 머리가 지끈거리는 와중에도 나는 이 아이가 어리다는 평가를 수정했다. 여려 보이던 조슈아가 저보다 체구가 큰 하녀를 질질 끌고 나오는 것에서부터 배 속의 자식을 지키고 싶다는 결연한 의지가 보였다.

"무슨 약을 탔다는 거니?"

"끝까지 모른 척을 하시겠다는 건가요?"

조슈아는 주방 하녀에게서 빼앗은 것으로 추측되는 진녹색 가루의 병을 내 눈앞에 당당하게 들이밀었다.

"제 아이를 해치려고 이런 수작까지 부리셔야 했나요?!"

울부짖는 소리는 커다란 방을 울릴 정도로 컸다. 눈물이 그렁그렁 맺힌 황금색 눈동자에는 분명한 배신감이 깃들어 있었다. 우스웠다. 내가 대체 이 아이에게 어떤 믿음을 주었기에 이 아이는 내게 무려 배신감까지 느끼고 있나.

"이게 네 아이를 해치는 약이라는 거니?"

"그래요."

"누가 물 한 잔 가지고 와보렴."

조슈아에게 잡혀 있던 주방 하녀가 달달 떨리는 손으로 옆에 놓인 주전자에서 물을 따라 내게 건넸다. 나는 조슈아의 손에 들려 있던 약병을 가로채 컵에 모두 털어버렸다. 투명하던 물이 진녹색으로 변하자 나는 한 방울도 남김없이 그 물을 마셔 버렸다.

"지금 뭐 하시는 거예요?"

더 여유를 부렸다간 정말 애라도 떨어질 것 같았기에 나는 조슈아를 더 이상 자극하지 않고 얌전히 진실을 전했다.

"네가 먹은 건 영양제란다. 나도 이렇게 멀쩡하게 먹을 수 있는 평범한 영양제."

"뭐라고요?"

제 아이를 해치는 약이 아님을 알았을 텐데도 조슈아의 눈에서는 계속해서 눈물이 떨어졌다. 하지만 이 아이의 마음까지 헤아리기에 내 상태는 너무나도 좋지 못했다. 나는 한숨을 쉬며 손짓했다.

"해결되었다면 나가렴."

"하지만……."

"할 말이 있다면 다음에."

조슈아는 더 이상 반항하지 않고 순순히 밖으로 나갔다. 나는 많이 놀랐을 주방 하녀에게 하루 유급 휴가를 준 뒤 침대에 다시 누웠다. 지끈거리는 머리를 부여잡고 생각해 보니 바로 옆방이 남편의 방이었다.

분명 이 소란을 들었을 텐데도 불구하고 그는 얼굴조차 비추지 않았다. 하, 설마 웨스트미스 영애와 밤새 뒹구느라고 소진된 체력이라도 보충하고 있는 걸까.

"챈들러 남작께서 응접실에서 기다리고 계십니다."

"다과를 가져다드리렴. 일이 있어 좀 늦는다고 알리고."

나는 건성으로 대답하며 노라에게 손톱을 내밀었다. 노라는 추운 날씨로 인해 잔뜩 일어난 손톱 표면을 가라앉히는 오일을 발라 열심히 마사지를 해주었다. 그러고도 약 두 시간 정도가 지나고 나서야 나는 천천히 자리에서 일어났다. 아버지를 만나기 위해서였다.

"스칼렛."

응접실로 들어서자 초조한 기색으로 앉아 있던 아버지가 자리에서 벌떡 일어났다. 새삼 체구가 작아 보였다. 챈들러에 있을 때에는 이렇게나 왜소한 분인 줄 몰랐건만. 나는 가식적인 미소와 함께 아버지의 품에 잠시 안겼다 떨어졌다.

"오랜만이에요, 아버지. 에리카는 잘 도착했나요?"

"네가 신경을 많이 써줬는지 무척이나 건강하더구나."

"어쩐 일로 오셨어요? 미리 기별도 없으시다……."

내가 자리에 앉자 아버지는 손을 비비며 서류를 꺼냈다. 나는 그 서류가 어떤 것인지 금방 알아차릴 수 있었다. 그럼에도 내가 계속 시치미를 떼고 있자 아버지는 결국 바로 본론부터 꺼냈다.

"나는 이해할 수가 없다, 스칼렛. 네 결혼 이후 새로 거래를 텄던 품목뿐만 아니라 전 품목에 대해 돌연 거래 중단을 통보하다니. 협의를 요청한 것도 아니고 말이다."

"잘 아시겠지만 저는 이름만 공작 부인일 뿐 그 어떤 권한도 없어요. 이미 알고 계시잖아요. 제가 아무 힘도 못 쓰는 꼭두각시인 것 말이에요. 게다가 새로 거래하게 된 상단에서 최상급 식자재를 시장가의 80% 가격으로 제공하기로 했는데 제가 어떻게 우길 수가 있었겠어요?"

"공작 전하의 비위를 어떻게 잘 맞춰보면 안 되겠느냐?"

장사를 위해 딸에게 자존심까지 팔라고 하는 아버지의 모습에 얼마 남아 있지 않던 정마저 떨어졌다. 그러나 나는 내색하지 않고 고개를 저었다.

"불가능해요, 아버지. 이미 거래는 끝났잖아요."

"거래라니, 그게 무슨 말이냐?"

"기억하시나요? 아버지께서 가진 챈들러의 지분 반을 갖다 바쳐도 조나단을 견습 기사로 들여보내는 것은 불가능하다고 말씀하셨던 것."

아버지는 내가 이런 이야기를 꺼낼 거라고는 생각조차 하지 못한 듯 당황한 얼굴이었다. 나는 조금도 개의치 않은 채 앞에 놓인 차를 한 모금 들이켜고는 계속해서 말을 이었다.

"한데 꽤 쉽게 되었다면서요. 저를 팔아 조나단의 미래를 얻었는데 그로도 부족해 더 많은 거래가 필요한가요?"

"그게 무슨…… 무슨 소리냐? 하하하. 그건 공작 전하께서 베푼 은혜지 결코 거래 같은 게 아니었다. 혹시 오해라도 하고 있는 거냐?"

"아버지, 돌아가세요. 저는 아무런 도움도 드릴 수 없어요."

고위 귀족을 완벽하게 속여 사생아를 비싼 값에 팔아 치우고도 탐욕을 버리지 못하는 아버지의 모습이 역겹게 느껴졌다. 분수를 아는 상인이라 생각했건만 지금 보니 인간의 욕심이 끝이 없다는 말은 아버지에게도 해당되는 것 같았다.

"헌팅턴가를 시작으로 수도에 제대로 진출을 하려 했었다. 스칼렛, 이미 시작해 놓은 것이 있어. 지금 물러난다면 큰 손해를 감수해야 한단 말이다. 어떻게든 해봐라."

"아버지."

"우린 가족이고 조나단은 네 동생이야! 가족에 관련된 것을 어떻게 거래라고 칭할 수가 있느냐?"

대답조차 하고 싶지 않았다. 나는 아무 말 없이 한참 동안 다시 거래를 진행해야 하는 이유에 대해 듣고 있다 자리에서 일어났다.

"드릴 말씀이 없네요."

"스칼렛!"

"부당하지 않다는 걸 아실 거라 믿어요. 종종 연락드릴 테니 오늘은 이만 돌아가세요. 먼저 일어나겠습니다."

나는 냉정하게 등을 돌려 응접실을 나섰다. 이것도 날 속인 아버지에 대한 복수라면 복수일지도 모른다. 그러나 평소에 거머쥐었던 승리와는 달리 이번에는 조금도 유쾌하지 않았다. 단지 입안이 텁텁하고 매캐할 뿐.

저녁 식사는 평소처럼 하지 않았다. 그러고 보면 이제는 벨 라인 드레스를 입을 때에도 코르셋을 생략해도 될 정도로 허리가 가늘어졌다. 그러나 날씬해진 몸매와 비례하여 현기증이나 갑작스럽게 솟구치는 신경질의 빈도도 늘어났다. 크게 예민해진 것이다. 요즘은 불면증의 기운도 있어 건강의 악화에 대해 경계하기 시작했지만 그렇다 해서 식사를 챙기는 건 아니었다. 식욕이 돌지 않았기 때문이다.

대신 몸이 안 좋다는 이유로 며칠간 일을 쉬었다. 하나 쉰답시고 방 안에 틀어박혀 있던 시간 동안 내가 실제로 한 일은 별채에서 일했던 하녀들을 불러내는 거였다.

"결혼식이 있던 날, 내가 너에게 직접 조슈아가 방 밖으로 나올 수 없도록 책임지고 보라고 말했지. 기억하니?"

"물론입니다, 마님. 저는 그때 제 동료들과 함께 번갈아가며 아가씨를 모셨습니다."

"혹 그날 조슈아를 찾아온 사람이 있었니?"

"그게…… 주인님께서 다녀가셨습니다."

"그 외에는 없었어? 네 말에 거짓이 한 톨이라도 섞여 있다면 난 이 일을 그냥 넘기지 않을 거야. 정말로 공 외에는 그 누구도 조슈아와 만나지 않았니?"

웃는 얼굴이 어린 하녀를 더 겁먹게 했는지도 모른다. 하지만 강압적인 태도를 보인 건 잘한 일이었다. 두려움이 억지로 기억을 되살리는 데 도움이 된 것 같았으니 말이다. 하녀는 곧 무언가가 생각났다는 듯 손뼉을 탁 치고는 어느 정도는 예상했던 이야기를 털어놓았다.

"조슈아 아가씨와 만나시지는 못 했을 거예요. 다만 별채 근처에서 어떤 남성분을 보기는 했어요. 금발의, 무척이나 잘생긴 분이셨어요."

"거기서 그 사람이 무얼 했었지?"

"별채를 누가 쓰느냐고 물으셨어요. 저희는 어린 친척 아가씨께서 머무는 곳이라 대답했고 얼마 지나지 않아 그 아름다운 분께서는 마치 그 자리에 없었던 것처럼 금방 사라지셨지요."

헌팅턴 공작은 조슈아에게 갑자기 차가운 태도를 보이기 시작했다. 그러면서도 배 속의 아이를 해쳐서는 안 된다고 내게 몇 번이고 당부와 경고를 던졌다. 조지는 조슈아에 대해 특별한 관심을 보이기 시작했고 이번에는 임신했다는 사실에 당황한 기색을 보였다.

어쩌면 조슈아가 품고 있는 아이가 황족의 아이일지도 모른다는 게 완전한 억측은 아닐지도 몰랐다. 빙어 낚시 대회가 끝난 뒤 계속해서 들어온 조지의 데이트 신청을 거듭 거절했던 것도 그 때문이었다.

상황이 어떻게 돌아가는지 모르는데 그를 만나 분별없이 정보를 제공하고 싶지 않았다. 하지만 정리를 위해서라도 한 번은 만나야 했다. 나는 조지가 킹슬리로 돌아가는 날이 이틀 남은 지금이 가장 적합한 때라고 생각했다.

"보고 싶었어, 스칼렛."

데이트 장소는 처음 연인 관계가 되었던 날 그와 함께했던 극장의 방 안이었다. 조지는 미리 기다리고 있다 내가 도착하자마자 입을 맞추며 나를 소파로 눕혔다. 나는 거부 없이 그의 키스를 받아들였다. 그러나 더 이상의 진한 스킨십은 없었다.

늘 이런 식이다. 황족이기에 신사적인 행동을 보인다고 생각했건만 생각해 보면 조지는 나와의 관계를 유지하기 위한 스킨십 그 이상은 하지 않았다.

"그동안 많이 바빴다고?"

"네. 조금. 낚시 대회 이후 심한 감기를 앓기도 했고요."

"왜 알리지 않았어? 미리 알았더라면 잘 듣는 약이라도 보내줬을 텐데."

"공작가에 괜찮은 감기약이 없었을 거라고 생각하세요?"

나는 안타까운 표정으로 나를 보는 그를 속으로 비웃으며 농담처럼 그의 말을 받아 넘겼다. 하지만 조지는 진지하게 인상을 찌푸렸다.

"나는 당신이 내게 조금이라도 의지했으면 좋겠어. 그래서 이런 말을 하는 거야."

너무 뜻밖이라 나는 잠시 할 말을 잃었다. 내게 늘 일정한 거리를 둔 채 행동하던 그가 이런 말을 건넸다는 사실이 믿기지가 않았다.

"……그건 당신도 마찬가지잖아요. 의지하지도, 바라지도 않고 비밀도 많죠."

낯선 침묵이 내려앉은 동안 연극은 시작되었다. 조금도 집중이 되지 않았지만 나는 무대에 시선을 고정시킨 채 배우들의 대사를 귀에 담으려 노력했다. 하지만 머릿속은 이미 조지가 내게 이별을 고하는 시점이 언제일지에 대한 고민으로 꽉 차 있었다.

"아니, 모두가 나를 우러러보잖아! 이대로 가면 되는 거야!"

"하지만 오래가지 못할 거예요. 그냥, 우리 조용한 곳에 들어가서 숨어 살아요. 네?"

"하, 이제 와서 그렇게 하자고? 내가 왜? 난 그렇게 못 해!"

배우들의 목소리가 머리를 지끈거리게 했다. 집중이라고는 되지 않는 상황에 나는 결국 한숨을 쉬며 소파에 기댔다. 조지가 그런 내게 담요를 덮어주었다.

"스칼렛."

다가오는 그에게서 내가 좋아하는 향이 맡아졌다. 나는 고개를 들어 조지와 눈을 마주했다.

"아주 어렸을 때부터 나는 고독했어. 황위 계승권을 가졌다면 경계의 대상이 되게 마련이었으니까. 하지만 나는 아주 늦게 태어났기 때문에 내가 어렸을 때부터 이미 황위 다툼은 진행되고 있었어."

쩌렁쩌렁한 배우들의 목소리보다 그의 낮은 말이 귀에 더 선명하게 들어왔다. 옅은 어둠 속에서도 그의 슬픈 얼굴이 선명하게 보였다. 나는 갑자기 그의 얼굴을 쓰다듬어주고 싶다는 이상한 충동을 느꼈다.

"내가 어느 정도 자라자 황위 다툼은 끝이 났어. 현 황제이신 프레드릭 형님께서는 황태자에 책봉된 다음 날 황위를 놓고 싸웠던 모든 황자를 직접 제거하셨어. 바로 전날까지도 같은 신탁에 앉아 함께 식사를 했음에도 불구하고, 조금의 망설임조차 없이."

조지의 목소리에는 물기가 촉촉이 배어 있었다. 나는 어떤 말을 해야 할지 몰라 계속해서 입을 다문 채 그의 이야기를 들었다.

"형님은 후환을 없애고자 나를 죽이려 하셨고, 실패하자 황위 계승 자격을 박탈하기 위해 타국에 몰래 귀화 신청까지 했어. 하지만 어머니와 동복형님의 희생으로 나는 겨우 킹슬리로 도피해 지금까지도 그 자리에 머물러 있지. 그래서 누군가에게 의지하기 힘든 거야. 또다시 타인을 희생시키게 될까 봐."

애석하게도 그의 말에 완전히 공감하기는 어려웠다. 하지만 그는 나의 침묵을 다르게 해석한 건지 나를 품으로 끌어안았다. 순순히 안긴 그의 품 안은 따뜻하고, 포근하고, 또 넓었다. 나는 뭉클한 감정을 누르지 못한 채 그에게 몸을 기댔다.

"그렇지만 당신은 달라. 스칼렛, 난 앞으로도 당신이 내게 기댔으면 해. 새뮤얼로 인해 힘든 당신이 내게 고민을 털어놓고 기댔으면 좋겠어."

그러나 거기까지였다. 꿈에서 깬 것처럼 확 정신이 들었다. 나는 천천히 품에서 벗어나 똑바로 그를 마주했다. 어느새 코끝을 간질이던 달콤한 향은 사라져 있었다.

"이미 똑바로 서 있는데 무엇 때문에 기대야 해요?"

나는 진심으로 그렇게 생각하고 있었다. 하지만 조지는 내가 이런 대답을 할 거라고는 조금도 예상하지 못한, 당황한 표정이었다.

"무언가를 털어놓는다고 해서 해결할 수 있는 건 아니잖아요. 부정적인 감정은 또 다른 부정적인 감정을 만들어낼 뿐이에요. 그런 감정을 전파하느니 차라리 마음에 품고 있을래요. 내 방식은 그래요."

"그대가 내게 품고 있는 감정이 어떤 건지 모르겠어. 날 사랑하기는 해? 내게 조금도 의지할 마음이 없는 것 같아 서운하기까지 해."

"의지할 필요성을 못 느끼는 거예요."

다시 한 번 침묵이 흘렀다. 그 시간 동안 나는 마음을 굳혔다. 이유 모르게 휘둘리고 있다는 생각에 날카롭게 반응하고는 있었지만 조지와 섣불리 관계를 끊어 좋을 것은 없었다.

곤돌라 사업이 본격적으로 시작되지 않은 데다 조슈아와 조지의 관계에 대해 확실한 증거가 나온 것도 아니었다. 나는 알아야 할 게 많았다.

"그렇지만 당신을 사랑해요."

그 말과 함께 조지의 품을 다시 한 번 파고든 건 그 때문이었다. 조지는 천천히 손을 들어 올려 내 등을 쓸어내렸다. 그리고 듣기 좋은 저음의 목소리로 내 귓가에 속삭였다.

"나 역시도. 이미 알고 있겠지만 난 이틀 뒤에 킹슬리로 돌아가야 해. 아마 마이클과 캐스카트 영애의 결혼식이 있기 전까진 다시 수도로 오지 못할 거야. 하지만 당신과 지속적으로 만나고 싶어."

어떤 방법을 쓰든 비밀리에 수도에 와 나를 만나겠다는 뜻이다. 나는 기쁜 듯 미소를 지으며 조지의 뺨에 가볍게 입을 맞췄다. 그의 피부는 무척이나 차가웠다.

"당신을 계속 볼 수 있다면 저 역시도 기쁠 거예요."

극이 끝나고, 우리는 뜨거운 키스 뒤 따로 극장을 빠져나왔다. 집으로 돌아오는 마차 안에서 나는 줄곧 심증에 의한 추측으로만 이어져 왔던 내 생각에 대해 확신을 가질 수 있었다.

에드먼드가 의심하라고 한 게 뭐였는지를 이제야 알 것 같았다.

나는 아멜리를 맞이하기 위해 아침부터 준비를 서둘렀다. 재단사를 공저로 불러 드레스를 맞추기로 약속했기 때문이다. 아멜리가늘 그랬듯 시간 약속을 철저히 지켰기에 우리는 이미 도착해 있던재단사를 지체 없이 만날 수 있었다.

　"에스메랄다의 디자이너, 에이미 솔튼입니다. 바로 드레스를 보여 드리겠습니다. 우선 이 드레스는 밋밋할 수 있는 검은색 드레스에 자잘한 보석을 박아, 너무 화려하지 않으면서도 고급스러운 느낌을 준 에스메랄다의 신상 드레스입니다."

　그녀가 검은색 드레스를 손으로 쓸자 드레스에 붙어 있는 다이아몬드가 다각도로 반사되어 반짝거리며 빛났다. 에이미는 이어서 드레스의 밑단을 펼쳐 보여주며 설명을 계속했다.

　"이렇게 양쪽 옆에 트여 있어 섹시한 느낌이 들면서도 노출이 지나치지는 않아요. 곧 수도를 강타할 디자인이라고 할 수 있지요."

　이미 몇 번이나 봤던 디자인이기에 동의할 수는 없었지만 나는구태여 그런 말을 입 밖에 꺼내지 않았다. 소문은 재단사나 미용사를 통해 부풀려지곤 하기 때문이다.

　"입어볼게요."

　아멜리는 에스메랄다의 신상 드레스가 마음에 들었는지 입어보기 위해 드레스를 들고 옆방으로 향했다. 나는 손이 꼼꼼한 베스를그녀와 함께 보낸 뒤 자리에 앉았다. 에이미는 다른 드레스를 팔기 위해 나를 열심히 설득했으나 아멜리가 돌아올 때까지도 내 마음에 드는 드레스는 없었다.

"어머나, 너무 예쁘네요. 이 드레스가 이렇게 잘 어울리는 아가씨는 처음 봤어요! 아가씨를 위해 만들어진 게 아닌가 싶네요."

"이걸 제 치수대로 고쳐서 루이스 백작저로 보내줘요. 마침 오라버니께서 새로 맞추신 정장과 잘 어울리는 디자인이라 다행이네요. 같이 사교 행사에 파트너로 다닐 때 입으면 좋을 것 같아요."

"하지만 루이스 경께서는 다시 킹슬리로 돌아가셔야 하잖아요."

"아, 제가 말 안 했나요? 대공 전하의 호위 기사로서 함께하는 건 오늘까지예요. 오는 봄부터는 수도에 남아 후계 수업을 받기로 했거든요."

뜻밖의 소식에 나는 무슨 대답을 해야 할지 몰라 어정쩡하게 고개를 끄덕이다 결국 묻고 싶은 말을 입 밖으로 꺼내고 말았다.

"원래 계속 호위 기사로 계신다고 들었는데, 아닌가요?"

"그랬죠. 아직까지는 후계 수업을 받을 필요가 없으니까요. 그런데 무슨 심경 변화라도 있었는지 수도에 남는다고 하시더라고요. 그럴 만한 이유가 있다면서. 우리끼리니까 하는 얘기지만 수도에 있는 동안 마음에 드는 여자라도 생긴 것 같아요."

아멜리는 자신이 말하고도 웃긴다는 듯 소리 높여 까르르 웃었다. 하지만 철렁 내려앉은 내 마음은 한참이 지나고도 괜찮아지지 않았다.

Chapter 6 피고 진다는 건

버컨 공자와 캐스카트 영애의 결혼식이 있는 날이다. 황족의 결혼식이었기에 다른 결혼식에 비해 훨씬 더 꼼꼼하게 단장한 뒤 헌팅턴 공과 함께 마차에 올랐다.

원래는 신전 앞에서 예식을 치르기로 되어 있었으나 결혼식을 이 주 앞두고 플로리치아 운하가 지나는 수도 중간의 다리로 변경되었다. 평소라면 시끄러웠을 공간은 기사들의 통제 덕분인지 아름다운 음악 소리만이 울려 퍼지고 있었다.

그렇다고 해서 평민들의 접근이 아예 불가능한 건 아니었다. 평민들 역시 황족의 결혼식이라는 진풍경을 구경하기 위해 운하를 따라 줄줄이 서 있었다.

늦봄이나 되어야 흩날릴 꽃이 진득한 향을 풍기며 날렸다. 낭만적인 광경이었으나 나는 아마릴리스 공주가 무척 피곤할 거라 생각했다. 예행연습 때에도 그녀는 이 마법이 너무 많은 정신력을 소모하게 한다며 힘들어했었다.

"아름답긴 하지만 여기서 뭘 한다는 건지 잘 모르겠네요."

웨스트미스 부인이 평민들은 딱 질색이라며 불만스럽게 중얼거렸다. 그에 권위 의식이 돋보이던 몇몇 귀족 부인이 동참해서 쑥덕거렸다. 하지만 나는 그들이 이 결혼식에 실망할 것을 걱정하지 않았다. 아마 결혼식이 시작되면 여기에 모인 사람들은 캐스카트 영애를 세상에서 가장 부러워하게 될 테니까. 게다가 웨스트미스 부인은 결혼식조차 재혼이라는 이유로 약식으로 끝내지 않았나.

"그러고 보니 대공 전하께서 정말 오셨네요."

"조카의 결혼식이니까요. 저런 평민들도 오는데 대공께서 못 오실 이유는 없죠."

"필수로 참석해야 하는 건 아니잖아요. 혹시 연인을 만나러 온 거 아닐까요?"

나는 그들이 칭하는 그 '연인'이라는 게 나를 의미한다는 사실을 알고 있었다. 하지만 신경 쓰지 않고 고개를 돌렸다. 오늘은 사람들의 입에서 짓이겨질 나의 평판보다 이 결혼식이 더 중요했다. 조지의 시선을 느꼈음에도 눈을 마주치지 않은 것 역시 같은 이유였다.

잠시 뒤 결혼식이 시작되었다. 어린 소녀 여럿이 나와 손을 잡고 합창을 시작했다. 몇 번이고 보고 들은 장면인지라 이제는 노래 가사까지 외울 지경이다.

"신께서 이 결혼을 축복하시네!"

때 묻지 않은 예쁜 목소리가 울려 퍼지며 노래가 끝나자 박수 소리가 터져 나왔다. 소녀들은 저마다 안고 있는 꽃바구니에서 꽃을 꺼내 던지며 퇴장했다. 침묵이 내려앉고 잠시 뒤, 다시 울림 좋은 음성을 가진 남성의 노랫소리가 들려왔다. 그러나 사람들은 그 노랫소리가 어디서 들려오는지 단번에 찾지 못했다.

"아, 사랑하는 그녀를 맞으러 간다네.
내 심장을 꺼내 바쳐도 모자란 내 사랑.
그녀를 위해서는 내 삶을 바칠 수 있어.
모든 걸 다 잃어도 그녀만 있다면 만족할 수 있어."

그 노랫소리가 플로리치아 운하에서 들려오고 있었기 때문이다. 곤돌라를 젓고 있는 곤돌리에가 부르는 아름다운 노래에 뒤늦게 사람들의 시선이 운하 아래로 쏠렸다. 화려한 곤돌라에 곤돌리에와 함께 타고 있는 사람은 다름 아닌 이 결혼식의 두 주인공이었다. 곤돌리에가 배를 정박하자 결혼식의 주인공들은 가볍게 입을 맞춘 뒤 함께 손을 잡고 다리 위로 올라왔다.

흥분에 도취된 함성과 박수 소리가 플로리치아 운하를 뒤덮었다. 그 어떤 결혼식에서도 이런 식의 입장은 없었다. 게다가 플로리치아 운하에 저렇게 화려하고 고급스러운 배가 뜬 적 또한 단 한 번도 없었다.

"세상에, 저 배는 뭐죠?"

"처음 보는 배인데…… 그보다 저 노래를 부르는 사공은 뭘까요?"

"결혼식을 위해 특별히 준비한 게 아닐까요? 직접 타 보고 싶군요. 흥미로워요."

"낭만적이지 않나요? 저도 저 배 위에서 청혼을 받게 된다면 기쁘게 받아들일 것 같아요."

귀부인들의 반응은 제법 괜찮았다. 완벽한 성공은 아닐지라도 어느 정도 호응을 얻을 수 있을 것 같았다. 그 뒤부터는 영업력으로 승부해야 할 테지.

곤돌라에 관심을 갖던 사람들이 이내 지상에서의 성혼 맹세에 집중하자 나 역시 결혼식의 주인공들을 향해 고개를 돌렸다. 결혼식의 진행 절차가 모두 끝나자 새로이 부부가 된 두 사람은 버진 로드를 따라 함께 거닐었다. 그들은 기쁨을 주체하기 어려운 듯 걷는 도중에도 잠깐씩 멈춰 서서 입을 맞추기도 했다.

나는 이 결혼식을 준비하면서 처음 알게 되었다. 하객들이 앉아 있는 곳을 둘러 깔려 있는 버진 로드가 앞으로 행복하게 살아갈 모습을 보이는 데 쓰인다는 사실을 말이다. 어쩌면 버진 로드에서 그 흔한 포옹 한 번 하지 않았던 헌팅턴 공작 부부의 불화는 예견되어 있었던 건지도 모른다.

"오랜만이야, 스칼렛."

내게 다가온 사람은 조지였다. 귀족들이 흘끔거리는 시선이 느껴졌기에 무릎을 굽혀 예를 갖추었다. 물론 그의 귓가에 바쁘게 속삭인 말은 공손한 인사와는 거리가 멀었지만.

"조금 더 늦게 왔다면 공주 전하께서 서운해하셨을 거예요."

"어쨌든 시간에 맞춰 도착한 건 사실이니 질책은 피할 수 있을 거야. 그동안 잘 지냈어?"

"보시다시피요. 어때요?"

"뭐가?"

"곤돌라 말예요. 당신의 평가를 꼭 듣고 싶었어요. 기획 단계에서부터 알고 있었던 몇 안 되는 사람 중 한 명이니까요."

"내 표정을 보면 모르겠어?"

조지는 씩 웃으며 특유의 근사한 미소를 지어 보였다. 순진한 영애들이 봤다면 반할 수밖에 없을 정도로 빛나는 미소이었지 애석하게도 내 심장에 어떤 반응을 불러일으키지는 못 했다.

"다행이네요. 알고 계시겠지만 내일부터 당장 운행을 시작할 거예요."

"그래서?"

"홍보해 주는 거 잊지 말라고요."

나는 옅은 미소와 함께 그에게서 비켜섰다. 조지와 더 길게 대화를 나눴다간 지금도 아닌 척 나를 툭툭 치고 지나가는 여인들의 뜨거운 눈빛에 뒤통수가 뚫릴 것 같았기 때문이다. 예상했던 대로 내가 그에게서 물러나자마자 수많은 여인이 조지에게 몰려들었다. 나는 미련 없이 돌아서서 아마릴리스 공주에게 다가갔다.

"공주 전하."

"아, 헌팅턴 부인. 이 결혼식의 일등 공신이 이제야 날 찾아왔군요."

"정신을 집중하는 데 방해가 될 것 같아서 부러 식전에는 찾아뵙지 않았어요. 그리고 공주 전하께서 도움을 주지 않으셨다면 이렇게 성공적인 반응을 이끌어낼 수도 없었을 거예요."

"아뇨, 부인의 아이디어가 아니었다면 모든 국민이 즐길 수 있는 축제 같은 결혼식을 만들 수 없었을 겁니다. 내 부인에게 뒤늦게라도 반드시 보답하지요. 고마워요."

"응당 해야 했을 일입니다, 공주 전하. 사람들이 인사를 하러 오는군요. 이만 물러나겠습니다."

마법을 쓰기 위해서는 고도의 정신 집중이 필요한 만큼 아마릴리스 공주는 상당히 힘겨워 보였다. 그럼에도 표정은 그리 나쁘지 않았다. 과거, 결혼에 실패했다는 오명이 그녀에게 큰 상처를 남겼던 만큼 버컨 공자의 결혼식이 그 상처를 치유해 준 모양이다.

"아들의 결혼식인데도 표정이 안 좋네요. 아들을 빼앗긴다고 생각해서일까요?"

아마릴리스 공주에게서 벗어난 나는 귀부인들의 틈에 무리 없이 섞여들었다.

"계속 마법을 쓰고 있으니 그런 거겠죠. 그러고 보니 폐하와 황비 전하는 결국 참석하지 않으셨네요."

"폐하께서 버컨 공자를 마음에 들어 하지 않는다는 소문이 있잖아요. 건강을 핑계 대고 불참하신 거죠."

캐런 부인의 거침없는 발언에 메이슨 부인은 질색을 하며 부채로 입을 가렸다.

"어머, 불경한 말씀이세요. 설마 황제 폐하께서 다른 이유도 아니고 건강을 핑계 삼으시겠어요?"

"하지만 듣기로는 폐하께서는 건강이 안 좋다 하셔도 일선에서 물러나신 적은 없다고 들은걸요."

"그래요? 저는 편찮으시다고 들었어요."

"어머, 저는 완쾌하셨다고 들은걸요."

저마다 남편에게 들었다는 귀부인들의 의견은 분분했다. 그러나 진실을 명쾌하게 밝혀주는 이는 없었다. 결국 입씨름을 하던 여인들은 황제의 건강이라는, 그다지 유쾌하지 않은 주제에서 벗어나 다른 화제를 꺼냈다.

"저는 플로리치아를 자주 지나다니는 편인데 저 배는 정말 오늘 처음 봤어요. 아마릴리스 공주 전하께서 공을 꽤 많이 들이셨나 봐요."

"그러게요. 저건 이제 볼 수 없을까요?"

"앞으로도 계속 보고 싶네요. 형편없는 나룻배보다 미관상으로도 훨씬 좋고요."

"어머, 그러고 보니 플로리치아 운하는 아마릴리스 공주 전하의 소유잖아요. 어쩌면 결혼식의 상징으로 저 배를 계속 운행해 주시지 않을까요? 만약 그렇게 된다면 한번 타 보고 싶어요."

에일스포드 영애의 말에 다른 영애들 역시 손뼉을 치며 고개를 끄덕였다. 모두들 곤돌라의 외관에 꽤나 만족하고 있는 것 같았다.

"저는 저 배를 떠나서 노래를 부르는 사공이 탐나요. 노를 저으며 노래를 부른다니 얼마나 낭만적인가요?"

"그러게요. 만약 달이 환하게 뜬 밤에 저 배에서 사공이 노래를 불러준다면……. 정말이지 상상만으로도 행복하군요."

다른 귀부인들 역시 같은 생각을 한 듯 황홀한 표정을 지었다. 곤돌라가 지속적인 반응을 얻게 될지 한순간의 유행으로 끝날지는 모르겠지만 지금 상황으로 봐서는 내일 개시해도 무리 없는 반응을 끌어낼 수 있을 것 같았다.

결론을 내린 나는 슬그머니 자리를 벗어났다. 총괄 매니저인 제임스 카빈 씨와의 선약이 있었기 때문이다. 푸치니 씨가 추천했듯 그는 무척이나 꼼꼼했다. 물품 주문이나 예약 시스템의 체계적인 구축, 일회성 물품에 대한 처리 등 내가 생각지도 못했던 다양한 부분을 깔끔하게 처리해 주었다. 그가 없었더라면 나는 운행 개시 후 많은 곤란한 상황에 직면해야 했을 터다.

"아, 카빈 씨."

"오셨습니까, 부인."

게다가 그는 표면적인 사업주로 내세우기도 좋았다. 나는 카빈 씨에게 손을 가볍게 내밀었고 그는 내 손등에 빠르게 입을 맞추었다.

"반응은 훌륭했어요. '로즈'에는 다른 문제가 없었나요?"

로즈는 오늘 결혼식 때 운행되었던 곤돌라의 이름이다. 장담하건대, 로즈는 앞으로 귀족 여인들에게서 가장 뜨거운 반응을 얻게 될 것이다.

"괜찮았습니다. 다만 러그를 재활용하기는 어려울 것 같더군요. 한 번 사용할 때마다 교체해 주어야 할 것 같습니다."

"러그도 일회성 물품으로 분류되는 건가요?"

"예. 대신 러그의 질을 낮추면 됩니다. 케베시스산 양털 러그가 아닌 호리둔산 잡사 러그로 교체하는 거지요. 겉보기에는 거의 동일합니다."

카빈 씨의 제안에 고개를 끄덕였다. 값비싼 러그를 지저분하게 사용할 바에는 저렴한 러그를 그때그때 교체하는 게 만족도를 높이기에는 더 나은 방법일 터다.

"그럼 그렇게 하세요. 다만 주문해 놓은 물량이 있으니 오픈 기념으로 당분간은 있는 러그를 모두 쓰고 앞으로는 사용했던 러그를 세탁해서 고아원, 보육원 등에 기부하도록 해요. 더 좋은 방법이 있나요?"

카빈 씨는 좋은 생각이라며 거래처와 논의하여 가격을 결정할 테니 내일 오후 디시마드 상단에서 다시 만나자고 제안했다.

"그건 힘들어요. 내일 오후 2시에 입소문을 낼 수 있는 귀부인들과 함께 곤돌라를 타러 올 생각이었거든요. 그러고 보니 잊을 뻔했네요. 곤돌라는 로즈로, 곤돌리에는 가장 음색이 빼어난 사람으로 선별해 줘요."

"분부대로 하겠습니다. 그럼 뵙는 시간은 언제가 괜찮겠습니까?"

"오후 6시에 만나죠."

약속 시간을 고정한 나는 그를 뒤로하고 곤돌리에 교육 현장에 방문하기 위해 걸음을 재촉했다.

사업은 성공적이었다. 곤돌라에 탑승하는 비용은 무척이나 높았으나 귀족들은 높은 가격이 곧 그 가치를 나타낸다고 생각했는지 기꺼이 지불 의사를 밝히며 앞다투어 곤돌라를 찾았다. 그럼에도 그들은 원하는 곤돌라를 원하는 시간에 탈 수 없었다. 벌써부터 예약이 잔뜩 밀려 있었기 때문이다.

처음부터 인기가 많을 거라고 생각했던 로즈는 이미 두 달 뒤까지 예약이 꽉 차 있었다. 그 외에도 여성 귀족들을 겨냥해서 만든 곤돌라는 모두 인기가 높았고 그 테마에 맞추어 새로운 이름이 붙여지기도 했다. 요즘 수도의 사교계는 로즈, 바이올렛, 러브 가든 등의 인기 높은 곤돌라에 탑승한 경험이 있는 귀족 여인들이 대화를 주도한다고 말할 수 있을 정도로 곤돌라의 열기는 뜨거웠다.

인기 요인은 두 가지였다. 버컨 부인의 결혼식으로 인한 광고 효과, 그리고 새로운 놀잇거리. 반복되는 유형의 사교 모임에 질려 있었던 귀족들은 곤돌라라는 새로운 흥밋거리에 열광했다. 그 덕에 나는 사업 시작 후 얼마 되지 않아 푸치니 씨에게 빌린 투자 비용을 전부 상환할 수 있었으며 그와 나는 수익 비율을 재조정하는 것으로 합의를 마쳤다.

곤돌라 사업은 특히 여성 귀족들에게 더욱 인기가 많았다. 예쁘게 꾸며진 깨끗한 배 위에서 용모가 단정한 곤돌리에가 부르는 아름다운 노래를 듣는다는 건 무척이나 낭만적으로 여겨지기 때문이다. 그 부작용으로 잘 교육시켰던 곤돌리에가 귀부인의 애첩이 되어 빠져나가는 경우도 꽤 있었다. 결국 나는 여성 곤돌리에도 몇 뽑는 게 어떠냐는 의견을 제안했으나 푸치니 씨는 질 나쁜 귀족들의 희롱에 대처하기 어려울지도 모른다며 좀 더 고심해 보자고 만류했다.

그래도 플로리치아 운하와 관련된 사업은 모두 순조롭게 이루어지고 있었다.

"적극적으로 도와주신 덕분이에요."

"아닙니다. 곤돌라 사업으로 인해 디시마드 상단 역시 테베에 확실하게 자리 잡을 수 있었습니다. 모두에게 좋은 일인 거지요."

"그래도 곧 단물이 빠질 거예요. 빠르게 달아오른 만큼 빠르게 식을 수밖에 없으니까요. 이전에도 부탁드렸던 대로 인접한 이웃 국가에 소문을 퍼뜨리는 일을 서둘러 주세요."

귀족들의 발걸음이 뜸해진다고 해서 곤돌라의 탑승 가격을 낮출 수는 없었다. 가격 저하는 곧 서비스 질 하락으로 이어질 수밖에 없으니 말이다. 타국의 부유한 관광객을 다음 타깃으로 한 건 그 때문이었다.

"너무 조급하게 마음먹지는 마십시오. 테베의 모든 귀족이 곤돌라를 타려고 해도 두 달 넘게 줄을 서야 합니다. 귀족들이 빠지면 테베의 부유한 평민들의 줄이 이어질 거고, 그러는 동안 타국의 관광객들도 곤돌라를 찾겠지요."

"제가 급해 보였나요?"

"조금은요."

나는 그 말을 부정할 수 없었다. 요즘 내가 이렇게 큰 성공을 감당할 수 있는 사람인지에 대해 끊임없이 의심하곤 했기 때문이다. 나는 불안했다. 하나 이 극심한 불안감이 어디에서 오는지는 알지 못했다. 그래서 마냥 기뻐하지 못하고 걸어가야 할 때에 달리려고 하는 것이다.

"피곤해서 그런가 봐요."

"곤돌라 사업은 더욱 잘될 겁니다. 너무 걱정하지 마십시오. 혹 무슨 일이 있으면 곧바로 말씀드릴 테니 말입니다."

"고마워요. 아, 그러고 보니 선약이 있네요. 이만 일어날게요."

"살펴 가십시오. 그리고 부인."

"네, 말씀하세요."

"요즘 살이 너무 많이 빠지신 것 같습니다. 아무리 바쁘셔도 식사는 챙기십시오."

푸치니 씨의 염려에 나는 애써 입꼬리를 끌어 올리며 고개를 끄덕였다.

"걱정해 줘서 고마워요."

끝내 약속은 하지 않은 채.

부정적인 생각은 건강한 마음조차 좀먹는다. 긍정의 힘보다는 부정의 힘이 사람을 더 쉽게 움직이고 나 역시 남들과 크게 다르지 않은 사람인지라 우울감에 자주 휘둘리곤 했다. 그럴 수밖에 없었다. '나'를 상실했으니까.

나는 내가 어디에 있는지를 모른다. 아니, 근본적으로 내가 누구인지도 모른다. 과거의 나는 통째로 부정당했다. 과거의 경험은 거짓이었으며 내가 느낀 감정들은 가짜에서 온 것들이다. 나는 나조차 내 생각으로 만들어진 실체 없는 것일까 봐 종종 두려움을 느꼈다.

그렇다고 현재의 내가 분명할까. 과거를 놓고 보아도 결코 단정지을 수 없는 불안한 자리에 있다. 헌팅턴 공작 부인으로 불리지만 실제로는 그 어떤 존경도 존중도 받지 못한 채 더 이상 잃지 않기 위해 자리에서 아등바등 버티고 있을 뿐이다. 남편은 무언가를 숨기고 있고 남편의 정부는 황족의 아이를 임신했을지도 모르는 데다 연인은 계속해서 나를 속이려 한다.

나는 어디에 있을까. 나는, 누구일까.

"마님, 베스입니다."

저택으로 돌아와 멍하니 앉아 있던 나는 들려오는 목소리에 고개를 돌렸다. 조슈아의 교육을 마치고 돌아온 베스가 고개를 숙인 채 멀찍이 서 있었다.

"앉으렴."

나는 손가락 끝으로 맞은편의 자리를 가리켰다. 베스는 과연 누군가를 가르치기에 부족함이 없을 정도로 깔끔한 자태로 자리에 앉았다.

"무엇을 가르쳤니?"

"그분은 오늘 계급 체계에 대해서 배우셨어요. 또한 여인으로서 가져야 할 기본적인 몸가짐과 말씨 등에 대해서도 배우고 계세요. 식문화에 대한 예법은 지난주에 끝냈고요."

"잘 따라오는 것 같아?"

"남들보다 부족하지도 뛰어나지도 않아요. 한 달 정도면 충분한 소양을 갖추게 될 정도는 되겠지만……."

공작의 약혼녀였을 때만 해도 조슈아를 비상하다 여기며 크게 경계했건만 실망스럽게도 껍데기를 벗은 그 아이는 평범한 사람에 지나지 않았다. 베스의 명료한 판단에 고개를 끄덕이며 몇 가지를 더 물었다.

"이상한 점은 없니? 임신한 몸이라 몸에 무리가 가거나 하는 일은 없고?"

"글쎄요, 걸음걸이 교정 등 몸으로 체득하는 예법은 임산부인 만큼 오랜 시간을 들여 천천히 진행하고 있어요. 그런데 답답함을 느끼는지 공저에서 나가고 싶어 하는 눈치예요."

그 말에서 나는 이상한 점을 포착했다. 이어지는 베스의 말을 듣던 나는 한 손을 들어 말을 중단시켰다.

"조슈아는 공저 밖으로 마음대로 나갈 수가 없는 거니?"

"……모르고 계셨나요?"

"굳이 묻지 않았으니까."

"주인님께서는 그분이 바깥에 노출되는 것을 크게 경계하셨어요. 그래서 그분은 출입의 자유가 없답니다. 제가 알기론 이 저택에 온 이래 단 한 번도 밖에 나가지 못했어요."

당혹스러운 얼굴을 감출 수가 없었다. 가짜 아내를 들일 만큼 사랑하는 여인을 단 한 번도 바깥에 나가지 못하게 했다니, 이게 과연 정상적인 사랑일까. 게다가 헌팅턴 공작은 그 사실을 내게 먼저 알리지도 않았다. 중요하다면 중요한 사안임에도 불구하고.

"마님, 괜찮으세요? 또 어디가 안 좋으신 거예요?"

"괜찮아. 보고는 이만 됐으니 나가 보렴."

"네. 혹시 필요한 게 있으시면 찾아주세요."

나는 생각에 잠겼다. 딱히 필요한 게 없는 조슈아가 부러 두문불출한다 생각했지 외출을 금지당했을 거라고는 상상조차 해보질 못했다.

그는 왜 조슈아의 외출을 금지했을까? 그녀가 자신을 떠날 거라고 생각했을까, 아니면 조슈아가 남에게 발각당해서는 안 되는 사람이기라도 한 걸까. 그도 아니면, 정말로 끔찍할 정도의 소유욕을 가지고 있는 걸까…….

저택 내에서의 자유가 주어진다고 해도 답답한 일이건만 저택 안에서조차 조슈아는 자유롭지 못하다. 이건 정상적인 사랑도, 정상적인 상황도 아니다. 혹 그와 조지는 이전부터 조수아를 두고 다퉈 왔던 걸까?

일의 전말을 알 방법이 없으니 답답함은 더욱 심해질 수밖에 없다.

간만의 저녁 식사다. 입맛이 없어 저녁을 거르는 일이 잦았으나 빈속에 와인을 마시는 것만큼은 피하는 게 좋았기에 음식을 꾸역꾸역 밀어 넣었다. 자주 굶었던 탓에 쪼그라든 위가 고통을 호소했으나 식사를 마친 뒤에는 후식까지 모두 먹었다. 그리고 난 뒤에야 나는 욕실로 들어갔다. 헌팅턴 공과 보내야 할 밤을 준비하기 위해서였다.

목욕물을 받아놓으라고 지시하지 않았기 때문인지 욕조에는 물이 차 있지 않았다. 나는 욕조 바닥에 깔려 있는 약초와 마른 꽃들을 손으로 쓸어 모아 욕조 바깥에 빼놓았다. 종종 이런 방법을 이용해도 좋을 것 같다는 생각이 머릿속을 스쳤다.

관심이 없는 건지, 더 중요한 일로 바쁜 건지, 아니면 진정 내가 불임이 되기를 바라는 건지 모르겠다. 애당초 그 치를 믿은 적이 없었고 내 몸은 스스로 지키는 게 맞으니 사소한 불평 따위는 접어두는 게 좋겠지만…….

임신을 돕는다던 약초는 사실 피임 효과를 내는 약초였다. 남편의 지시로 넣었다는 말에 약초를 수상하게 여겨 소량을 몰래 빼놓지 않았더라면, 그리고 그 약초를 들고 약사를 찾아가지 않았더라면 나는 아무것도 모른 채 석녀가 되었을 것이다. 약사는 이 약초를 우린 물로 100일 이상 목욕을 하면 불임이 될 수도 있다고 말했다. 그리고 욕조에 불임 약초가 보이기 시작한 지는 3개월이 넘어가고 있었다.

"우욱……."

그때를 떠올리던 나는 구토감에 입을 막으며 올라오는 신물을 참아냈다. 헌팅턴 공의 무자비함을 떠올릴 때마다 나는 소름 끼칠 정도의 역겨움을 느꼈다. 과식을 한 건 그 때문이다. 그에게 무감각해지기 위해, 이 차오르는 구토감이 공포가 아닌 과식 때문이라고 여기기 위해.

그러나 두렵다. 두렵다고 말할 수 없는 이 상황도 두렵다. 모든 게 미쳐 돌아가고 있었다. 여기서 버티기 위해서는 제정신일 수가 없었다. 그래서 나 역시 미쳐 가고 있는 것 같았다.

아, 어느샌가 얼굴이 축축하게 젖어 있었다. 흐르는 눈물은 공포 때문이 아닌 과식으로 인한 속의 괴로움 때문이다. 나는 쏟아지는 눈물을 닦아내며 중얼거렸다. 그러고는 욕조에서 완전히 몸을 일으켰다.

수건으로 몸을 닦아낸 나는 바깥에 꺼내놓았던 약초들을 물에 집어넣었다. 눈치챘다는 사실을 아직까지는 숨길 필요가 있었기 때문이다. 나는 내 시녀들을 좋아하지만 그들을 완전히 신뢰하지는 못한다. 무어 부인이 어리석어 지나치게 티를 냈을 뿐, 시녀들 역시 무슨 생각을 하고 있을지는 알 수 없다. 완벽한 신뢰는 내 발목을 잡기에, 나는 이제 그 누구에게도 믿음을 주려 하지 않는다.

"마님, 준비를 도와드릴까요?"

물에 젖은 긴 머리칼을 닦는 게 퍽 힘들어 보였는지 노라가 돕겠다는 의사를 보인다. 하지만 나는 고개를 저었다.

"퇴근하렴."

"하지만……."

"공께서 오실 시간이 머지않았단다. 그분은 내가 혼자 있길 바라실 거야."

공저에서 헌팅턴 공작은 절대적인 존재다. 그의 이름이 나오자 노라는 별다른 말 없이 퇴근하겠다며 방을 나갔다. 그리고 잠시 뒤 나는 머리카락을 모두 말리지 못한 채로 그를 맞이해야 했다.

나와 그의 관계에 대화란 필요 없는 겉치레일 뿐이다. 아무 말 없이 준비해 놓은 와인을 따라 그에게 건네고 나머지 와인을 연거푸 두 잔이나 비운 까닭도 거기에 있었다. 약기운 때문인지 취기 역시 금방 올라 몸이 나른해졌다. 나는 그의 반응을 궁금해하지 않고 곧장 가운을 벗어 내렸다. 깡마른 몸이 불이 환하게 밝혀진 방 안에 적나라하게 드러났다.

나는, 나의 볼품없음을 알았다.

"원하신다면 불을 끄세요."

"괜찮습니다. 동하지 않는 몸을 보며 사람의 노력이 무엇을 이룩해 낼 수 있는가를 확인하는 것도 그리 나쁘지는 않으니까요."

"본받을 만한 도전 정신이군요."

나는 그와 눈조차 맞추지 않은 채 셔츠의 단추를 풀어 내렸다. 헌팅턴 공작은 침실에서도 진정한 귀족인지 조금의 협조조차 하지 않은 채 뻣뻣하게 서 있었다. 그러다 내가 한숨을 쉬자 그제야 침대로 걸어갔다.

이어 그의 손길이 그 어떤 것으로도 막고 있지 않은 내 피부에 닿았다. 소름이 끼쳐 왔다. 마음을 비우려 애썼으나 그럼에도 헌팅턴 공작의 꺼림칙한 체온이 기분을 나쁘게 했다. 그래서 나도 모르게 인상을 찌푸렸던 것 같다.

"기분이 안 좋으십니까?"

"저 역시 누군가에게 박수를 받을 만한 도전을 하고 있으니까요."

"그것참 다행이군요. 저 혼자만 노력하고 있었다면 서운했을 겁니다."

그 말과 함께 역한 느낌이 나를 침범했다. 아릿한 통증이 가라앉지 않음을 느끼며 나는 서늘하게 웃었다.

"이해해요. 참 힘드시죠? 저 역시 힘들…… 윽…….."

헌팅턴 공작의 양손이 갑작스레 내 목을 죄어왔다. 내 위에 올라탄 그가 비릿하게 웃으며 나를 조롱했다.

"양손도 필요치 않습니다. 겨우 한 손이면 이 가냘프고 부질없는 생명이 끝이 날 텐데."

"흐으윽…….."

내가 신음을 뱉으며 괴로워하는 모습을 보는 게 즐거운 건지 남편은 한참 동안 제 아래에서 바르작거리는 나를 관찰했다. 그러다

낮은 웃음소리와 함께 목을 쥐었던 소름 끼치는 손을 내게서 떼어
냈다.

"물론 농담입니다, 부인. 놀라신 건 아니지요?"

나는 컥컥거리는 기침을 토해내며 분기에 찬 눈으로 그를 노려보
았다. 하지만 그는 내가 계속해서 자신을 쏘아보도록 내버려 두지
않고 난폭한 움직임으로 나를 정복해 나갔다. 그래, 헌팅턴 공은 나
를 정복했다. 술과 약에 취한 내 몸은 자아를 상실하고 그를 받아들
였고 그는 내게 자신의 씨앗을 배설하겠다는 목적의식에 충실했다.
그러고는 성의 없이 그 시간을 끝냈다.

"쉬셔야 할 것 같으니 이만 가겠습니다."

헌팅턴 공은 옷을 대충 걸친 채 피곤하다는 얼굴로 인사를 건넸
다. 그 모습을 가만히 보던 나는 순간적으로 분기가 차올라 그에게
물었다.

"왜, 그러셨어요?"

"무엇을 말씀이십니까."

"공께선 제게 대외적으로는 금슬 좋은 부부처럼 보이자고 말씀하
셨어요. 그런데 왜 빙어 낚시 대회에서 웨스트미스 영애를 에스코
트하신 거죠?"

"……그녀가 자신을 에스코트해 주길 원했습니다. 부인께선 다
른 말씀이 없으시더군요."

그 말에 나는 입꼬리를 올렸다. 방금 전까지는 죽음의 공포를 느
꼈음에도 이 순간의 나는 겁이 없었다. 약에 취해서인지 술에 취해

서인지는 모를 일이다.

"말하지 않아도 당연했으니까요. 하지만 이젠 제게 뭘 원하시는지 모르겠네요."

"남들에겐 당연한 사생활을 즐기는 겁니다. 부인이 알고 싶다면 나 역시도 부인에게 물어야지요."

그는 지금 조지와 나의 관계를 말하고 있었다. 나는 한참 동안 그를 노려보다가 고개를 돌렸다. 그리고 헌팅턴 공작은 내 미약한 반항을 우습게 여긴다는 사실을 숨기지 않으며 방을 빠져나갔다. 나는 곧장 일어나 서랍 속의 피임약을 꺼내 물에 타서 들이켰다.

정신이 조금 들자 옷을 대충 껴입고 책상 앞에 앉았다. 그러고는 잠깐의 생각 뒤 확신했다. 헌팅턴 공작이 그가 줄곧 계획하고 있었던 일을 거의 다 완성했다는 사실을. 그는 더 이상 금슬 좋은 부부 연기에 집착하지 않는다. 하지만 늘 그랬듯 정해진 날 찾아와 관계를 가지는 것을 보면 완전히 끝나지는 않았다. 공저에서의 내 이용 가치가 아직 남아 있는 것이다.

곤돌라 사업이 성공했으나 나는 아직 내 인생의 방향을 찾지도, 훗날을 볼 만큼 완성시키지도 못했다. 완전히 버림받기까지의 얼마 남지 않은 시간 동안 나는 어떻게든 살아남을 방법을 강구해야 한다.

나는 몸 상태가 나쁘다는 사실을 상기하지 않으려고 애쓰며 조지의 편지에 답장을 쓰기 시작했다.

사랑하는 조지.

축하해 줘서 고마워요. 그래도 제 성공의 반은 당신의 것이에요. 당신이 아니었다면 나는 처음부터 시작도 하지 못했을 테니까. 그래서인지 오늘 밤은 당신이 더 그립기도 해요.

결혼식 날 제대로 대화를 나누지 못했던 건 저 역시 유감스럽게 생각하고 있어요. 그러나 어쩔 수 없는 사정이 있었음을 알잖아요. 부디 너그러운 마음으로 이해해 주길 바라요.

2주 뒤에 만나요. 그날을 기다리고 있을게요.

사랑을 담아, 스칼렛.

나는 잉크가 마를 때까지 기다렸다 편지를 예쁜 편지 봉투에 담았다. 그 후 촛농으로 봉인한 편지를 서랍 안에 숨겼다. 중요한 내용이 담겨 있는 게 아니라 할지라도, 이 편지가 누군가의 손에 들어가게 하고 싶지는 않아서였다.

여자의 직감일까, 아니면 망상일까. 나는 요즘 주변의 모든 것을 경계했다. 아무도 없는 방 안에서 괜히 주변을 두리번거렸고, 조용한 곳에서 이상한 이명을 들었으며, 평온한 상태에서 갑자기 미친 듯이 심장이 뛰기도 했다. 아침이라 눈을 뜬 것임에도 감당하기 어려울 정도의 우울감이 덮치는, 그런 나날의 반복이었다.

그래서 나는 무서웠다. 내가 정말 정신이 이상해지고 있을까 봐, 사업의 성공과 맞물린 이 불안감을 영원히 해소할 수 없을까 봐.

간만에 오전 일정을 비워두었다. 요즘 살이 많이 빠져서인지 몸이 쉽게 지쳤기 때문이다. 평소라면 꾸역꾸역 버티겠지만 오늘은 사교 모임이 있는 날이었으므로 조금 쉬어둘 필요가 있었다. 말장난이 흔한 사교계에서 눈뜨고 당하지 않으려면 힘을 비축해 두는 게 현명한 일이다. 그래서 나는 오전 내내 밀린 답장을 쓰는 것으로 시간을 보내다 오후가 되고 나서야 메이슨 부인의 티 파티에 가기 위한 준비를 시작했다.

　날씨는 적당히 선선했다. 계절감에 맞는 드레스를 골라 입은 나는 한껏 단장한 뒤 보석을 고르기 위해 일어났다. 그러나 좀처럼 마음에 드는 보석이 손에 잡히지가 않았다. 왜일까, 에드먼드가 선물한 보석 세트를 넣어둔 서랍에 자꾸 눈이 갔다. 나는 위선적인 나를 꾸짖으며 한구석에 박혀 있던 얌전한 토파즈 보석 세트를 착용했다. 그러고 나서야 공저를 나섰다.

　사교 모임은 오랜만이었다. 곤돌라의 폭발적인 인기로 인해 계절적으로는 가장 활발해야 할 사교 모임이 겨울보다 침체된 분위기를 보였다. 내 또 다른 일터인 사교계가 휴업 상태였던 덕에 나는 자연스럽게 다른 사람들의 틈에 섞일 수 있었다.

　"와줘서 고마워요, 헌팅턴 부인. 오늘 즐거운 시간이 되었으면 해요."

　"초대해 주어 고마워요, 메이슨 부인."

메이슨 부인과 가볍게 인사를 나눈 나는 시녀의 안내를 받아 느긋하게 티 파티 장소로 향했다. 먼저 도착해 있던 버컨 부인과 아멜리, 그리고 해밀턴 부인 등 평소 친밀하게 지내던 이들이 나를 반겼다.

"스칼렛, 왔군요."

아멜리는 내가 앉을 수 있게 의자를 살짝 밀어주는 호의를 보였다. 나는 기쁘게 웃으며 고맙다는 인사를 건넨 뒤 자리에 앉았다. 그리고 같은 테이블에 앉은 여인들을 둘러보았다. 아멜리와 해밀턴 부인은 이전과 달라진 바가 없으나 버컨 부인은 안색이 좋지 못했다. 결혼 후 아마릴리스 공주와 함께 살고 있으며 그녀가 사사건건 간섭을 하는 탓에 심기가 편할 날이 없다는 소문이 사실인 듯했다. 한창 밝을 얼굴에 그늘이 져 있었으나 나는 입에 침도 바르지 않은 채 버컨 부인을 칭찬했다.

"결혼하시더니 더욱 아름다워지신 것 같아요."

"고마워요. 헌팅턴 부인도 날이 갈수록 미모가 빛을 발하는군요."

"어머, 그러고 보니 여기 계신 분들은 모두 결혼을 하셨네요. 저 다른 테이블로 가야 하는 건 아니겠죠? 부디 나를 쫓아내지 않기를 바라요."

아멜리의 능청스러운 농담에 모두들 즐거운 웃음을 터뜨렸다. 순진무구한 얼굴로 주변을 둘러보던 해밀턴 부인이 의아하다는 듯 질문을 던졌다.

"그런데 탕크빌 영애는 왜 참석하지 않으신 거죠? 버컨 부인께서는 탕크빌 영애와 깊은 친분이 있지 않나요?"

해밀턴 부인은 나를 조롱하기 위해 일부러 탕크빌 영애를 거론할 만한 사람이 못 되었다. 그 사실을 알고 있었기에 나는 부채를 꺼내어 부치며 그녀의 말을 듣지 못한 척했다. 버컨 부인이 황급히 그녀의 질문에 대답했다.

"탕크빌 영애는 한동안 사교 모임에 나오지 못해요."

"네? 왜죠?"

"얼마 전, 웨스트미스 영애와 거리에서 크게 다투었기 때문이에요. 웨스트미스 영애가 탕크빌 영애의 머리카락을 아주 다 뜯어놓았다고 들었거든요."

아멜리의 적나라한 대답에 나는 얼른 그녀를 쳐다보았다. 버컨 부인과 탕크빌 영애의 우정은 사교계에서도 유명했다. 하지만 지금 아멜리는 너무나도 고의적인 태도를 보이고 있었다. 나는 불안한 얼굴로 그녀에게 눈치를 주었다. 하지만 내 예상과는 달리 버컨 부인은 안타깝다는 표정과 함께 고개를 끄덕이며 동조했다.

"네. 무슨 일로 그랬는지는 모르겠지만 귀족들 앞에서 사나운 꼴을 보였다고 해요. 메를린은 웨스트미스 영애의 목에 손톱자국을 냈죠. 흉이 꽤 크게 질 것 같아 안타깝더라고요."

"세상에! 어린 영애들 사이에서, 그것도 많은 사람이 다니는 거리에서 육탄전이라니……. 귀족의 명예를 제대로 실추시키는군요."

"유감스러운 일이군요."

나는 눈을 살짝 내리깔며 무심하게 평했다.

"굉장히, 유감스러운 일이지요. 두 분이 다툰 이유조차 입에 담기 꺼려지는 내용이니 더욱. 사실 나이가 이 정도 차면 행동에 조심을 가해야 할 텐데요."

오늘따라 아멜리는 공격적이었다. 그러나 탕크빌 영애를 감쌀 거라고 생각했던 버컨 부인은 더 공격적이고 적극적인 태도를 보이고 있었다.

"방탕한 생활을 접을 때가 되긴 했죠. 이 테이블에 앉아 있는 유부녀들은 결혼을 일찍 한 편이긴 하지만 그분들도 이제 곧 생각을 해야 할 때잖아요. 남자들은 행동에 품위가 없는 여인들을 평생의 반려로 생각하지 않기에 좀 걱정스럽긴 하네요."

"그런 관점에서 보자면 버컨 부인께서는 여러 모로 훌륭하셨죠. 아, 물론 해밀턴 부인도 마찬가지고요."

나는 적당히 끼어들어 그들을 칭찬하며 화제를 전환했다. 하지만 버컨 부인은 끝까지 이 주제를 놓으려 하지 않았다.

"여인들이 가져야 할 태도 중 하나죠. 제가 그리 보수적이지는 않지만 공공연한 애인을 두는 행위나 공적인 자리에서 스킨십을 하는 행위는 사실 눈살이 찌푸려져요."

애석하게도 그녀는 '내가 보수적이다'라고 직접 말하지 않을 뿐 그것을 암시하는 말을 지나치게 남발하고 있었다. 물론 나는 그녀의 잘못된 의식을 바로잡아주지 않은 채 찻잔을 고쳐 잡을 뿐이었다.

잠시 뒤 나는 아멜리와 함께 다른 테이블로 자리를 옮겼다. 우리가 향한 테이블은 이미 네 명의 귀부인이 자리를 차지하고 있어 상대적으로 말을 꺼내야 한다는 부담감이 적은 곳이었다. 나는 웨스트미스 부인, 트워드데일 부인, 넬슨 부인, 메이슨 부인에게 차례대로 눈인사를 한 뒤 자리에 앉았다.

"네 분께서 즐겁게 대화를 나누시고 계신데 눈치 없이 끼게 된 것 같아 걱정스럽네요."

"무슨 말씀을. 간만에 두 분을 뵙게 되어 즐거운걸요."

부인들은 능숙하게 우리를 맞아주었다. 이 테이블에서는 대체로 웨스트미스 부인과 트워드데일 부인이 대화를 주도하고 넬슨 부인이 알고 있는 정보를 덧붙였으며 마지막으로 메이슨 부인이 화제를 전환하고 있었다. 대화가 워낙 물 흐르듯 흘러갔기에 나와 아멜리는 이질감 없이 금방 집중할 수 있었다.

"아, 황비 전하께서 결국 새 애인을 만드는 데 성공했다는 소문을 혹시 들으셨나요?"

"저는 들었어요."

"어머, 정말요? 저는 처음 듣는걸요?"

화제를 가장 먼저 꺼낸 트워드데일 부인은 자리에 있는 대부분이 모른다는 사실이 흡족한 듯 기분 좋게 웃으며 자세한 이야기를 시작했다.

"심지어 황궁도 아닌 수도 한복판에서 밀회를 가졌다는군요. 사실 밀회도 아니죠. 공공연한 장소였으니."

"어머, 어디이기에?"

"로즈였답니다. 로즈에서 해밀턴 백작과 진한 입맞춤을 하고 계셨다는군요. 아직 해밀턴 부인은 모르시는 모양이에요. 그러니 저렇게 걱정 없이 웃고 계시겠죠."

염려 가득한 음성이었으나 그와 달리 해밀턴 부인을 곁눈질하는 그녀의 눈초리는 상당히 잔인했다.

"로즈라면 설마, 그 곤돌라 '로즈'를 말씀하시는 건가요? 그렇게 공개적인 장소에서요?"

"처음에는 망토를 쓰고 계셨는데 나중에는 아주 구경하라는 듯 망토도 벗어버리셨대요. 스킨십이 너무 과해서 곤돌리에가 당황할 정도였다고 하니 어느 정도였는지 짐작이 가시죠?"

황비의 외도는 사실 이제는 특별할 것도 없는 화제였다. 그럼에도 매번 그녀의 애인이 되는 사람들에게는 관심이 집중되었다. 나는 당분간 사교계에서 만나기 힘들 해밀턴 부인을 위해 짤막하게 기도했다. 황비의 연인으로 내 남편이 지목되지 않는 것을 다행으로 생각해야 할는지도 모르겠지만.

"내가 죽는 꼴 보고 싶어?"

"그게 아니야. 나는 단지…….."

"결국 내 아이를 죽이겠다는 거야? 날 버리겠다는 거냐고!"

목격은 이명이 되어 다시 내게 돌아온다. 나는 심장을 파고드는 이 지독한 서늘함을 이겨내기 위해 발버둥 치며 주먹을 움켜쥔다. 그러나 느껴지는 건 긴 손톱에 찔린 손바닥의 아픈 비명뿐 그 어느 것도 나아지지 않는다. 여태까지 무언가가 나아지는 것을 목격한 일도 없다. 그런 이유로, 나는 언제나 침체되어 있다.

"그럴 리가 없잖아. 너와 내가 만들어낸 축복이야. 단지 나는 각오가 필요 했던 거였어."

"무슨 각오? 나를 덩그러니 내버려 둘 만큼 그 각오가 중요했어? 으흐흑, 내 가 의지할 곳이 없다는 걸 알고 있었잖아! 모르지 않았잖아!"

"미안해. 정말 다시는 이런 일 없을 거야. 지금은 전부 설명할 수 없지만 나는…… 너와 아이를 위해 내 모든 걸 바칠 거야. 맹세할 수 있어."

아무것도 알지 못하는 나는 근거가 부족한 추측을 토대로 그가 아이에 대해 말할 때 단 한 번도 '나의' 아이라 말하지 않았다는 데 집중한다. 하지만 당연하게 그의 아이이므로 소유격으로 말하지 않 는 건지도 모르기에 내 추측은 결국 허상이며, 너무나도 쉽게 터져 버릴 비눗방울 따위에 지나지 않는다.

보라색 튤립은 황실을 상징하는 꽃이다. 나는 조지가 보낸 그 꽃의 종자를 적당한 곳에 심어달라며 정원사에게 건넨 뒤 한동안 잊고 있었다. 하지만 그는 내 부탁이 아주 중요하다고 생각했는지 정원 길을 따라 튤립을 정성스레 심어놓았다. 헛수고였다. 나는 애초에 튤립을 좋아하지 않았으니까.

그러나 변덕은 불안정한 여인의 가장 친밀한 친구로, 어느 날 갑자기 그게 생각난 나는 튤립을 보기 위해 정원으로 나갔다. 헌팅턴 공작과 조슈아의 다툼은 그렇게나 우연히 목격된 거였다. 나는 혼란함을 뒤로하고 세 가지 가정을 했다.

하나, 갑작스럽게 생긴 아이에 놀란 헌팅턴 공이 단순히 마음을 잡지 못했다는 것.

둘, 헌팅턴 공작이 모든 것을 알고 있으나 조슈아를 받아들이겠다고 결심했다는 것.

셋, 내가 알고 있는 것이 전부 틀렸다는 것.

진실은 알 수 없었다. 그래서 나는 사실만을 정리했다.

하나, 헌팅턴 공작은 조슈아가 임신했을 때부터 나의 임신을 바라지 않게 되었으며 조슈아의 아이를 지킬 의사가 충분히 있다.

하나, 조지는 나와 헌팅턴 공작의 결혼식 날 별채 근처에서 목격된 적이 있고 조슈아의 존재를 알고 있을 가능성이 매우 높으며 그녀의 임신 사실에 반응을 보였다.

하나, 조슈아는 사실상 공저에 감금되어 있으며 배 속의 아이는 헌팅턴 공작의 아이인지 조지의 아이인지 알 수 없으며 조지와 관계를 맺었는지도 확실치 않다.

알면 알수록 수수께끼에 빠져드는 것 같아 머리가 아파왔다. 무언가 중요한 것을 놓치고 있다는 생각이 들었으나 그게 무엇인지도 알 수 없었다. 하나 압박감은 계속해서 가슴을 조여왔다. 나는 내가 어째서 이런 답답함을 느끼고 있는지, 이 두려움은 어디에서 오는 것인지 그 무엇 하나 분명하게 확인할 수 없었다.

나는 땀에 젖어 얼굴에 달라붙은 머리카락을 떼어 넘기며 침대에서 일어났다. 잠을 설쳤던 건지 이불보는 형편없이 구겨져 있었고 베갯잇은 눈물인지 땀인지 알 수 없는 액체로 젖어 있었다. 그 초라한 광경이 나를 더 우울하게 했다.

기분 전환에 가장 탁월한 건 목욕이었기에 시녀들에게 물을 데워달라 말한 뒤 곧장 욕실 안으로 들어섰다. 거뭇하게 마른 약초가 욕조 바닥에 괴기스런 자태로 놓인 채 나를 반기고 있었다. 나는 그 저주스러운 것들을 한 번에 쓸어 모아 바닥에 던져 버리고는 물을 틀었다.

물은 금방 차올랐다. 나는 그리 깊지도 않은 물속에서 잠수하며 허우적대다 발버둥치는 내 작태가 우스워 웃었다. 그러다 이 고요한 공간만이 내게 안식을 줄 수 있다는 사실을 상기하고는 서글퍼졌다. 또 그러다 갑자기 두 동생과 함께 수영을 하며 놀던 어린 날이 떠올라 울어버렸다.

나는 내 나약함이 한심해 견딜 수가 없었다.

"마님, 편지입니다."

"책상에 놓고 나가."

시녀들은 이제 내가 신경이 날카로울 때면 어떤 모습을 보이는지 안다. 제인은 도착한 편지들을 책상 위에 내려놓고 조용히 방을 나섰다. 나는 물기 젖은 머리카락을 수건으로 닦으며 쌓인 편지들을 흘긋 쳐다보았다. 눈이 쓸데없이 좋아 발신인의 이름이 선명하게 보였다. 나는 한숨과 함께 책상으로 다가가 아버지의 이름이 적힌 편지를 꺼내 들었다.

스칼렛.

내가 네게 준 마지막 기회를 허투루 낭비하지 않길 바란다.

부디 현명한 선택을.

크리스토퍼 챈들러.

아버지는 내가 출생의 비밀을 알게 되었다는 사실을 그리 어렵지 않게 확인했다. 처음에는 설득조의 편지였다. 부모님은 최선을 다했으며 나는 그 은혜를 갚아야 한다는. 그다음은 헌팅턴가와의 거래 파기로 인한 손해로 크게 분노한, 저주에 가까운 편지를 보냈다. 그리고 이제는 협박이다. 내가 사생아라는 것을 모두에게 알리겠다는 끔찍하고 우스운 협박.

저급한 협박은 조금의 위협도 되지 않는다. 다만 내 마음을 아프게 했던 건 아버지가 이런 사람이라는 사실을 내 무의식이 이미 알고 있었다는 거였다. 마치 이런 식의 행동을 미리 짐작하기라도 했던 것처럼, 나는 시간이 갈수록 더 저열해지는 아버지의 협박 편지에 그다지 놀라지 않았다. 그래서 가족에 대한 내 기억은 스스로가 미화시켜 놓은 것임을 깨달을 수 있었다. 한동안은 그 사실에 대한 인정이 어려워 많이 울었지만 이제는 그럴 눈물조차 남아 있지 않다. 단지 구역질이 날 뿐.

자리에서 일어나 한참 동안 방 안을 서성이던 나는 다른 편지도 읽어 보고 싶지 않아 책상 위에 놓인 편지를 모두 집어 들어 벽난로에 털어 넣었다. 그리고 그것들이 더 잘 탈 수 있도록 부지깽이로 편지를 뒤적거렸다. 그러다 분노 조절에 실패한 사람처럼 부지깽이를 바닥으로 집어 던져 버렸다.

끔찍했다. 마른세수를 하고 다시 고개를 든 나는 벽난로에 처박아버린 수많은 편지 속에 섞여 함께 벽난로에 내던져진 편지를 하나 발견했다. 하나 쉽사리 그 편지를 건져 내지 못했다.

에드먼드 루이스.

편지 봉투에 적힌 글씨는 내가 알고 있는 에드먼드와 너무나도 잘 어울린다. 하나 정갈하고 단정한 획이 인상적인 그 검은 글씨는 검은 불꽃에 먹혀 천천히 사그라들고 만다. 한참 고민하던 나는 가장자리가 불타기 시작하는 것을 확인하고 갑자기 미친 사람처럼 달려들어 벽난로에서 편지를 꺼냈다.

"마님!"

부지깽이를 던지는 소리에 놀라 달려온 시녀들이 내 정신 나간 행동을 보며 뛰어들어 말렸다. 나는 그러거나 말거나 편지에 붙은 불을 바닥에 털어 껐다. 그러고서야 그들을 보았다.

"손이! 주치의를 불러야 해요!"

"괜찮아. 소란 떨 것 없단다."

"하지만……!"

"내 상태는 내가 더 잘 알아. 너희는 나가 있으렴."

나의 관심은 손이 입은 화상의 여부에 있지 않았다. 그렇게 급히 건져 냈는데도 결국 새카맣게 타고야 만 편지의 가여운 행색에 있을 뿐. 한참을 고민했으나 나는 결국 편지를 열어보지도 못 한 채 서랍 속에 쑤셔 넣는 겁쟁이 같은 선택을 하고야 말았다. 내게는 에드먼드에게 신경 쓸 여유가 없다는 이유를 들며.

시녀들이 내 명령을 어기고 부른 주치의에게 급하게 치료를 받은 나는 푸치니 씨와의 약속 장소에 가기 위해 준비를 서둘렀다. 하지만 치료를 받는 시간이 꽤 오래 걸려 결국 약속 시간에 늦어버렸다.

"오랜만입니다, 부인. 간만에 뵈니 더욱 반갑군요."

"늦어서 죄송해요, 푸치니 씨. 잘 지내셨나요?"

"물론입니다. 부인 덕에 제 삶의 질이 훨씬 나아졌으니까요. 아,

그렇잖아도 확인해 달라고 요청하셨던 부분에 대해서 알아놓은 게 있습니다."

만남의 목적이었다. 나는 푸치니 씨에게 짧게는 1시간, 길게는 1시간 30분 가까이 타야 하는 곤돌라에서 간단하게 요기를 할 수 있는 음식을 판매하자는 의견을 제시했다. 나는 그에게 한입에 들어갈 만큼 작고 냄새가 없으며 부스러기를 남기지 않는 음식이어야 의견을 전달했다. 푸치니 씨는 다행히 적합한 음식을 찾은 모양이다.

"비슷한 것을 찾기는 했습니다만 마음에 드실지는 모르겠습니다. 대륙 건너의 아세던이라는 나라에서 수입한 디저트입니다. 이름은 '마카롱'이지요."

그는 내게 생크림 같은 것을 가운데에 끼워 넣은 연분홍색의 딱딱한 무언가를 건넸다. 냄새도 없었고 손으로 잡고 있음에도 찐득거리는 느낌이 나지 않았다. 나는 잠깐 망설이다 그가 내민 접시 위에 놓인 마카롱을 집어 맛을 보았다. 그리고 곧바로 고개를 끄덕였다.

이런 식감과 맛을 느끼게 하는 디저트는 테베 어디에서도 찾아볼 수 없었다. 겉은 바삭하지만 속은 쫀쫀하게 씹히면서도 사르르 녹았고 치아 사이 무언가가 낀다거나 하는 불쾌한 상황을 연출하지도 않을 것 같았다. 이 정도면 까다로운 테베 귀족들의 입맛을 충분히 사로잡을 수 있을 것이다.

"완벽해요."

"만족스러우시다니 다행입니다."

"모든 곤돌라의 탑승객에게 마카롱을 제공하되 포장 판매는 특정 곤돌라의 탑승객만이 가능하도록 했으면 좋겠는데 푸치니 씨는 어떻게 생각하시나요?"

"특정 곤돌라에 대한 경쟁을 강화하고 싶으신 거군요."

푸치니 씨는 내가 내놓은 의견이 제법 괜찮다고 생각하는 것 같았다. 나와 푸치니 씨는 이후 마카롱의 포장과 판매, 진열 등에 대해 길게 대화를 나누었다. 그리고 투자 비용과 보충 인력 등 대강의 사업 계획에 대한 구상을 마친 뒤에야 다음에 또 보자는 약속과 함께 자리에서 일어났다.

"오늘도 고생하셨어요. 정말 감사해요."

"좋은 배움의 시간이었습니다. 한데 부인, 실례지만 살이 너무 많이 빠지신 거 아닙니까? 건강이 좋지 않으신 건 아닌지 염려됩니다. 게다가 그 손도……."

"아, 손은 사고였어요. 그리고 괜찮아요. 곧 여름인지라 몸이 드러나는 드레스를 입어야 해서 몸매 관리를 하고 있거든요."

스트레스로 인해 살이 많이 빠지긴 했지만 걱정할 정도는 아니었다. 나는 아무 문제도 없다며 그를 안심시킨 뒤 유익했던 시간을 마무리하고 상단을 나왔다.

평소와 달리 상단 앞에 줄지어 늘어서 있던 마차들은 보이지 않았다. 푸치니 씨와 대화를 나누는 동안 상단에 손님이 많이 다녀간 모양이다. 결국 나는 얼마 떨어져 있지 않은 마차 거리에서 직접 잡아타야겠다고 생각하며 천천히 걷기 시작했다.

시간이 그리 오래 지난 것 같지 않았음에도 벌써 해가 내려오고 있었다. 하루가 저물어가고 있어서일까, 요즘 빨리 피로해지는 것을 감안해 느리게 걸었음에도 금방 다리가 아파왔다. 나는 시녀들을 데리고 올 것을 그랬다며 벽을 잡고 몸을 지탱했다. 머리가 약간 어지러웠다. 그러나 앉을 곳이 보이지는 않았다.

"도와드리겠습니다."

주변을 둘러보고 있으려는데 옆에서 익숙한 목소리가 들렸다. 나는 소스라치게 놀라며 위를 올려다보았다. 그리고 잠시 뒤, 늘 나를 담던 보라색 눈이 여전히 나를 보고 있음을 발견했다.

"……여긴 어떻게."

가다듬지 못한 쉰 목소리가 목구멍 밖으로 새어 나왔다. 너무 얼떨떨한 나머지 냉정하게 대해야 한다는 것도 잠깐 잊은 거였다. 나는 멍하게 그를 보다 곧 서늘하게 덧붙였다.

"도움은 필요치 않아요."

"우선 사과하겠습니다."

그 말과 동시에 에드먼드는 비명을 지를 새도 주지 않고 나를 번쩍 안아 들었다. 갑작스럽게 몸이 들린 탓에 인 현기증에 아무 말도 하지 못하다 곧 정신을 차리고 꽥 소리를 질렀다.

"이게 뭐 하는 짓이죠?!"

"잠시만 참으십시오."

짧은 당부를 한 그가 성큼성큼 걸었다. 한 걸음 한 걸음을 내디딜 때마다 몸이 흔들렸고, 나는 어쩔 수 없이 그의 단단한 팔을 붙잡아 몸을 지탱했다. 그리고 얼마 지나지 않아 마차 거리에 다다랐다. 하나 목적지에 도착했음에도 그는 나를 내려주지 않은 채 그대로 나를 안아 마차에 태웠다.

"당신······!"

무어라 항의할 시간조차 없었다. 멍하니 있는 동안 에드먼드는 마부와 이야기를 끝낸 뒤 마차에 올랐고, 그로부터 얼마 지나지 않아 마차가 출발했다.

"······미안합니다."

에드먼드는 기가 막혀 아무 말도 하지 못하고 있는 내게 사과를 건넸다. 그에 극도로 예민해진 신경이 날카롭게 반응하며 분노가 치밀어 올랐다.

"날 대체 어디로 데려가는 건가요? 이게 무슨 무례한 짓이에요?"

"공저에 데려다드릴 겁니다. 다만 당신과 대화를 나눌 잠시의 시간이 필요했을 뿐입니다."

"어떻게 온 거예요? 미행이라도 한 건가요?"

"아멜리를 통해 당신이 오늘 시내에 나올 예정이라는 이야기를 들었습니다."

나는 지나치게 흥분하지 않기 위해 잠시 숨을 가다듬었다. 아멜리는 아마 별생각 없이 나의 행선지를 밝혔을 것이다. 행동을 결정한 사람은 에드먼드이니 원망의 대상 역시 분명하다.

"제게 큰 실례를 저질렀다는 걸 알고 있을 거라 생각해요."

"저는……."

그의 목소리를 듣는 순간 마지막 만남이 머릿속에 짧게 스쳐 지나갔다. 자신을 비참하게, 질리게 만든다는 그 처절한 음성 또한 선명하게 떠올라 버렸다.

"질린다면서 왜 다시 나타났어요? 그걸로 끝일 줄 알았더니."

아, 나는 그 말에 상처를 받았던 것이다. 늘 모질게 굴었던 주제에 내게 상처를 안긴 그에게 원망의 말을 뱉어내는 내 모습에 나는 스스로 초라해져 버렸다. 에드먼드는 그런 나를 말없이 내려다본다. 생각을 정리하는 건지 아니면 이 행동을 후회하는 건지는 지금의 나로선 알 수가 없다.

"이렇게 말하는 제가 우습겠지만 저는……."

그는 한참이 지나고 나서야 겨우 말문을 텄다.

"그저 당신이 보고 싶었습니다."

"하, 그걸 말이라고……."

부정적인 말을 뱉어내면서도 마음은 정처 없이 흔들린다. 나는 차가운 표정을 짓기 위해 주먹을 꽉 쥐었다. 주먹을 파고드는 손톱으로 인해 아린 통증이 느껴졌다.

"멋대로 뒤를 따라서 미안합니다. 못 본 사이 너무 야위어서 쓰러질 것 같아 살필 수밖에 없었습니다."

"착각하지 말아요, 에드먼드. 당신은 제가 쓰러지든 말든 관여할 자격이 없으니까요."

"알고 있습니다. 무례를 범하고 있다는 것도, 당신이 날 원치 않는다는 사실도."

"그렇다면 눈앞에서 사라지세요. 나는 무슨 죄로 이렇게 끔찍하게 여기는 사람과 얼굴을 마주하고 있어야 하나요?"

그 독사 같은 말에 에드먼드가 씁쓸한 미소를 보인다. 표정을 굳히지 않기 위해 억지로 웃고 있다는 사실을 앎에도 불구하고 나는 이 못된 입을 멈추지 못한다.

"이 만남 자체가 역겨워요."

"제가 저를 역겨워하는 당신을 배려할 수 있을 만큼 자상한 사람이었다면 이 마음을 단념할 수 있었을지도 모르겠습니다."

차라리 비겁한 침묵을 택한다. 에드먼드와 이 상황뿐만이 아니라 다른 감정까지 공유하게 된다면 분명 그에게 설득당하고 말 거라는 사실을 알았기 때문이다. 그의 의도가 내 마음을 돌리는 게 아니었다 할지라도 그는 오늘 작정하고 나를 흔들게 될 것이다. 나는 이 남자의 눈에 걸린 절박함을 무시할 수가 없었다.

"분명 지켜만 보려 했습니다만 스칼렛, 불가능합니다. 저는 힘들 것 같습니다. 차라리 제 이기심이니 마음껏 싫어하라 말씀드린다면 제 행동을 이해해 주시겠습니까?"

"증오에 대한 허락을 받을 필요는 없죠. 그건 제 마음이니까요."

나는 야멸찬 대답과 함께 그를 노려보았다. 눈에 너무 힘을 줘서인지 눈물이 날 것 같다. 아니, 눈물이 날 것 같은 이유는 에드먼드의 앞에서 이렇게 무력해지는 나 자신에 대한 자괴감 때문인지도 모른다.

이 남자는 대체 무슨 마법에 걸렸기에 내게 이렇게나 간절할까. 또 무엇 때문에 그 누구에게도 사랑받지 못했던 나를 귀히 여겨주는 걸까. 공감할 수 없어 혼란스럽다. 그리고 결국에는 이 남자에게 독이 될 수밖에 없는 나를 알아 슬프다.

"그렇다면 증오하십시오. 그 모든 걸 감수하고 마음대로 행동할 수 있다면 그러고 싶습니다."

"……그만두세요. 그냥 아무 말 하지 말고 저를 보내주세요. 저와 함께 보내는 모든 시간이 결국에는 상처로 남게 될 거예요."

"그 말을 하는 목소리조차 귀에 담는 게 달콤해서 포기할 수가 없습니다."

알았다. 에드먼드가 나와 가까워지고 있음을 알았고, 곧 눈물에 젖은 숨결을 나누게 될 것임을 알았다.

"후회할 행동이에요."

"후회라는 게 허용된다면 차라리 지울 수 없는 첫 만남을 후회하는 게 빠를 겁니다."

하지만 피할 수 없었던 나는 어느새 눈물로 엉망이 된 얼굴을 소중하게 쥐어 잡는 그 따뜻한 손길에 응하고 말았다. 에드먼드는 흐느낌이 터져 나오는 내 입술을 제 입술로 덮어 내 울음소리를 고스란히 받아주었다. 마치 내 나약함을 전부 이해한다는 듯 다정하게.

스스로와 약속했었다. 에드먼드의 앞길을 막지 않겠다고, 이 남자가 제2의 스칼렛을 만드는 것을 그냥 보고 있지 않겠다고. 스스로를 꾸짖고, 타이르고, 채찍질하며 이 남자에게 가는 마음을 막으려 노력했다. 흔들리지 않으려 최선을 다하기도 했다.

그러나 무너져 버리고 만다. 이 남자가 건네는, 딱히 무어라 정의하고 싶지 않은 깊은 감정에.

"안 돼요."

진심이 없는 거절은 그에게 닿지 않았다. 에드먼드는 더 이상 참지 않았고 나 역시 껍데기뿐인 부정을 그만두고 그를 받아들였다. 더 이상 거절할 수가 없었다. 나는 졌다. 그리고 설득당했다. 이 상황이 최악이라 생각했건만 최악인 건 나였다. 내 마음조차 어쩌지 못하면서 타인의 감정을 비난하는, 윽박지르는 나.

"당신을 사랑해서 어쩔 수가 없었습니다, 스칼렛."

그의 고백에 대한 대답은 그동안 억눌려 있던 흐느낌이었다.

"인내심이 강한 편입니다. 죽음의 위기 앞에서도 신음 하나 내지 않았다며 온갖 독한 놈 소리를 들었습니다. 그만큼 참을성이 대단했다고 스스로도 자부했습니다만 당신 앞에서는 참을 수가 없습니다."

"흐으윽…… 그만해요."

"당신을 만나고 제가 얼마나 비겁해졌는지 모를 겁니다. 대공께선 떠나지만 저는 남을 수 있다는 사실이 저를 어찌나 기쁘게 했는지, 어찌나 가슴 벅차게 했는지, 얼마나 많은 헛된 상상에 즐거워했는지……!"

달아나고 싶었지만 도망칠 곳은 없었다. 나는 파도처럼 밀려오는 그의 감정뿐만이 아니라 모든 옷을 벗어버린 내 나약한 영혼의 나신을 목격했다. 그리고 울었다. 그러면서도 그의 말을 빠짐없이 귀에 담았다.

"우습게도 비어버린 당신의 옆자리를 내가 조금이라도 채울 수 있지 않을까 감히 바랐습니다. 사실은 그런 건방진 생각을 하며 당신을 찾았습니다. 이게 진실이며, 이게 내 이기심이며, 이게! 내 유일한 욕심입니다."

"제발!"

"당신만이 내게 간절합니다."

가빠지는 숨을 편안히 내쉬려 부단히도 애를 썼건만 결국 새어나오는 건 울음소리였다. 나는 한참 뒤 겨우 물었다.

"……어떻게, 하려고 그래요. 이러면 안 된다는 거 알잖아요. 흐흑."

"잊으려 노력했습니다만 당신을 만나기 전으로 돌아갈 수는 없었습니다. 시간의 문제일 뿐 결국 결론은 같았을 겁니다. 그러니 당신의 곁에 남아, 당신의 기사가 되어, 당신을 지키겠습니다."

찢어질 듯 아픈 가슴을 움켜쥐며 나는 그의 품 안에 머리를 기댔다. 차라리 나와의 성관계가 마음에 들어 즐기자며 다가왔다면 그냥 웃어주었을지도 모르나 그게 아님을 알기에 그동안 거부할 수밖에 없었던 것이다. 이 사람의 마음은 진심이니까, 그러나 그 진심을 받아들이기에 나라는 존재가 너무나도 무능력하니까.

에드먼드는 처음으로 나를 스칼렛이라는 사람 그 자체로 봐주었고, 나는 오로지 이 사람 옆에서만 내 진짜 모습을 보여주었다. 나를 보여줌으로써 에드먼드는 내 안에서 너무 귀한 사람이 되어버렸기에 오히려 나는 이 남자를 곁에 둘 수 없다 판단했다. 내가 안은 불행을 옮길 수가 없었기 때문이다.

하나 결국 이렇게 되어버렸다. 내 주변 상황조차 제대로 파악하지 못했음에도 거부할 수 없었다. 내게는 거부할 힘이 없었으며 거부할 의지 또한 남아 있지 않았다.

"내가 당신을 완전히 받아들일 날은 오지 않을 거예요. 꽃이 피고 지듯 그 마음 역시 언젠가는 질 테고 그리되면 결국 당신에게 남게 되는 건 후회겠죠."

"일부라도 내게 기대어준다면 제게 핀 꽃은 결코 지지 않을 겁니다. 아주 조금의 햇빛만 있어도, 아주 조금의 물만 있어도 그 감사함을 잊지 않을 테니까요."

나는 다시 한 번 그의 품에 머리를 기댔다. 동시에 내 인생에 다시없을 유일한 사람을 밀어내지 못하는 한심한 스스로를 모르는 척하기 위해 오열하며 그의 확신 어린 음성을 되새겼다.

진정으로 행복해지고 싶었다. 신이 내 기도를 들어주지 않는다는 사실을 알고 있었음에도.

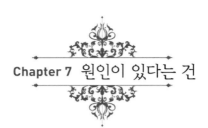

Chapter 7 원인이 있다는 건

협박 편지로 시작하는 아침은 이제 와서는 내게 그다지 특별할 것도 없다. 그럼에도 계속 반복되는 내용의 편지를 읽는 건 혹시라도 사과의 말에 대한 기대를 저버리지 못해서다. 부질없는 희망을 여전히 품고 있는 것이다. 인정하고 싶지는 않지만. 하나 사람은 크게 데여 봐야 정신을 차리게 마련이기에 나는 나 자신을 내버려 두고 있었다. 아직 덜 데였구나, 여전히 그 자리에 바보처럼 서 있구나 하고 자조하면서.

겨울에 비해 욕조에 머무는 시간이 많이 짧아졌다. 나는 머리 위로 물을 끼얹으며 오늘 저녁 조지와 약속이 있음을 기억해 냈다. 저녁에 어떤 드레스를 입어야 할지, 머리는 어떻게 매만져야 할지 고민이 되었다. 쓸데없다 비웃음을 당하나 여인들 사이에서는 결코 무시할 수 없는 것들이다. 나는 오늘 입을 드레스를 고른 뒤에야 욕실에서 빠져나왔다.

"마님, 너무 마르신 거 아닌가요?"

"맞아요. 다이어트는 이제 그만하셔도 될 것 같아요."

시녀들의 말에 나는 거울에 비친 마른 가지 같은 초라한 몸을 훑어보았다. 가슴의 크기가 줄어든 것은 당연했고 노골적으로 드러난 갈비뼈는 예쁘다기보다는 징그러워 보였다. 처절한 결과였으나 저녁 식사를 다시 시작하겠노라 말할 수는 없었다. 식욕 부진의 원인이 스트레스였기 때문이다.

이 상황이 개선되지 않는 한 내 몸도 나아지지 않을 터다. 정신을 단련하고 강인해지려 노력하고 있어도 나 역시 스트레스를 받는 상황 속에서 입맛을 잃고 힘들어하는 나약한 인간에서 벗어나지 못했으니까.

"식사량을 조금 늘려보도록 하마."

그러지 않았다가는 너무 말라 볼품없는 몸매를 감추기 위해 벨라인 드레스나 전전하는 불우한 신세가 될지도 모르는 일이다. 아, 이미 그래야 할는지도 모르지만.

"점심 식사는요?"

"일부터 하고. 서류를 가져와 주겠니?"

"그렇잖아도 이미 옮겨놓았어요. 다른 필요하신 것은 없으신가요?"

베스의 물음에 나는 고개를 저으며 손을 내저었다. 시녀들은 다른 말 없이 허리를 깊게 숙인 뒤 방을 나섰다. 그제야 혼자가 된 나는 몇 장 남아 있지 않은 서류를 처리하기 위해 책상에 앉았다. 하나 평소처럼 수월하게 일을 끝낼 수가 없었다. 눈에 걸리는 게 있었기 때문이다.

이번 달도 줄어든 예산은 복구되지 않았다. 1월부터 예산이 삭감되었으니 벌써 4개월째 영지의 문제가 해결되지 않았다는 뜻이다. 이해할 수 없다. 눈사태로 무너진 영지의 방벽에 4개월 동안 이렇게 천문학적인 금액을 쏟을 필요가 있을까. 분명 내가 모르는 무언가가 있는 게 틀림없다.

정확하게는 알 수 없지만 로렌스가 이 사태에 대해 어떤 말을 하지 않는 걸로 보아 그 역시 이 일에 대해 알고 있을 터다. 그렇다면 나는 이 상황에 대해 파악하기 위해 어떤 방법을 사용할 수 있을까. 가문 내부의 일이라 함부로 조사를 맡기거나 할 수도 없고 남편이 시시각각 내 목을 죄고 있으니 어설프게 움직였다가는 되레 당할 수도 있다.

고민하던 나는 결국 모르는 척 도장을 찍었다. 큰 한 방을 위해 몸을 낮추는 것은 어리석은 행동이 아니므로.

예전 같았으면 조용했을 플로리치아 운하의 저녁이나 지금은 예약 손님으로 북적이고 있었다. 사람들은 이제 저녁에 드는 곤돌리에의 노래가 얼마나 낭만적인지를 안다. 그리고 나 역시 그러한 낭만을 체험하기 위해 이곳에 왔다.

"예약 손님이십니까?"

내가 말없이 티켓을 건네자 곤돌리에는 확인 후 허리를 숙여 나를 맞이했다. 그리고 얼마 지나지 않아 곤돌라는 출발했다.

"스칼렛."

"이제 왔어요?"

얼마 지나지 않아 바로 옆에서 익숙한 목소리가 들려왔다. 조지였다. 사전에 마법으로 이곳에 오겠다는 약속을 했기에 갑작스러운 등장에도 놀라지 않았다. 다만 못 본 새 더욱 아름다워진 외모에 다소 당황했을 뿐. 조지는 환하게 웃으며 내 이마에 키스했다.

"더 예뻐졌군."

나는 웃었다. 하지만 너무 어색한 거짓말에 대한 비웃음이었다. 내 몸은 끔찍할 정도로 말라 버렸고 얼굴의 광대뼈는 징그럽게 도드라졌다. 화장으로 가리려 노력했으나 별다른 효과가 없었으므로 조지의 눈에 비친 내 얼굴 역시 거울로 봤던 모습과 다르지 않을 터. 결과적으로 신뢰를 떨어뜨리는 칭찬이었다.

"고마워요."

"보고 싶었어."

진심을 알 도리는 없으나 적어도 내게 와 닿는 감정은 거짓이다.

"마찬가지로 보고 싶었어요."

하나 보일 수 있는 가장 즐거운 미소를 지어 보이며 거짓을 읊조렸다. 조지는 그런 내게 다시 한 번 입을 맞추었고 나는 그의 비위가 상당히 좋은 편이라고 생각하며 다시 한 번 가식적으로 웃었다.

웃음소리가 멎자 노가 물 표면에 부딪히는 소리만이 가끔 들려왔다. 고요함은 내게 불안감으로 닿았다. 나는 그를 해소하기 위해 부러 조지의 단단한 가슴에 머리를 기댔다.

"생각해 보면 당신에 대해 아는 게 별로 없는 것 같아요."

불현듯 던진 말이다. 그는 내게서 살짝 떨어져 내 얼굴을 살폈다. 내가 무엇을 원하는지 알지 못해 고민하는 듯한 표정이다.

"어떤 점에서?"

"전부 다. 당신이 어떻게 살아왔는지, 날 만나기 전엔 어땠는지……."

"이상하군."

"제 질문이요?"

"아니, 당신은 내게 관심이 없었잖아. 별로 궁금해하지도 않았고."

"사랑에 빠진 여인은 변덕이 심하잖아요. 반드시 어떤 이유가 있어야만 하나요?"

여유롭게 말을 받기는 했으나 가슴은 철렁 내려앉았다. 나름대로 좋은 관계를 유지하고 있다 생각했건만 한쪽의 침묵이 관계를 이어오는 데 기여하고 있었다고 생각하니 섬뜩해졌다. 심지어 나는 그가 무언가를 감내하고 있으리라는 생각을 단 한 번도 해보지 않았다.

"물론 원한다면 기꺼이 얘기할 수는 있지."

조지는 나를 떠볼 생각이 별로 없는 것 같았다. 그는 다 알고 있다는 얼굴로 내 머리카락을 잡아 입을 맞추었다.

"나는 어머니의 배 속에서부터 자아를 가졌어. 어머닌 날 사랑했고 많은 대화를 나누진 못했어도 나 역시 어머니께 의사를 전달할 수 있었어. 돌아가신 선황제의 목소리는 몇 번 듣지 못했지만."

"신기하네요. 태어나기 전을 기억하는 사람이라니."

믿지 못하는 것도, 비꼬는 것도 아니었으나 조지에게는 달리 들린 모양이다. 그는 자신의 말이 거짓이 아님을 증명하기 위해 보다 자세하게 설명하기 시작했다.

"레넌의 피를 타고났으니까. 건국 신화는 신화가 아닌 사실이야. 황족은 태어나면서부터 자신이 보통 사람들과 다르다는 사실을 알지."

"그렇군요."

"어쨌든 나는 당시의 내가 어머니의 사랑을 받고 있음을 알았어. 사실 비정한 어미라도 황족의 아이를 품는 순간 그 아이를 사랑할 수밖에 없게 되지만."

세간에 알려져 있지 않은, 처음 듣는 이야기였다.

"나는 어머니뿐만 아니라 같은 배를 타고난 형님과도 이어져 있었어. 당시에는 얼른 태어나 형님과 어머니를 보고 싶었지. 그리고 태어난 순간 나는 내 가족을 사랑할 수밖에 없었어. 아마 내 생에 가장 행복한 시기였을지도 몰라."

현 황제의 손에 직접 죽게 된 알버트 황자는 수많은 학자를 조력자로 거느렸었다고 알려져 있다. 황위 싸움에 희생당했으나 실제로는 황위에 욕심을 갖지 않아 더욱 반발이 컸던 사람이다.

"형님들은 내게 먼 존재였지만 그럼에도 늘 친절하셨어. 그래서 난 형님들 사이에 존재하는 알력 다툼을 전혀 눈치채지 못했지."

그의 목소리는 물기에 젖어가고 있었다. 그 결말을 알고 있기에 그를 동정하지 않을 수 없다.

"프레드릭 형님이 황태자가 된 뒤 나를 제외한 모든 황자는 자결해야 했어. 어머니는 날 살리기 위해 알버트 형님의 피가 식기도 전에 스스로를 베셨지. 그래서 나는 원치 않던 삶을 살아갈 수 있었어."

담담한 태도였다. 그러나 알 수 있었다. 조지는 이미 너무나도 많은 눈물을 흘렸기에, 또 너무 깊은 한을 가지고 있기에 마음껏 울 수 없다는 사실을. 갈라지는 음성이 너무나도 아프게 들려왔다. 나는 그의 앞에서 눈물을 보이는 실례를 저지르지 않기 위해 입술을 깨물었다.

"여기까지가 당신을 만나기 전의 나야. 이미 지나갔으니 그리 가라앉아 있을 건 없어."

"……미안해요. 말해달라고 해서."

"알았어야 할 이야기지. 언젠가는."

그 말과 함께 조지는 나를 안아 입을 맞추었다. 가슴이 묘하게 뛰며 코끝으로 내가 좋아하는 꽃향기가 흘러들었다. 그는 내게 감정을 움직이는 마법을 사용하고 있다. 분위기를 환기시키기 위함인지, 아니면 이 짙은 슬픔을 이용해 거짓된 사랑을 각인시키기 위함인지는 모르겠으나.

"저녁 식사는 했어요?"

"했어. 그대는?"

"아직이에요. 하지만 먹고 싶지 않아요."

"그렇지만 못 본 사이에 너무 말랐는걸. 새뮤얼이 당신을 굶기기라도 하나 보지?"

"차라리 굶기는 게 나을지도 모르죠."

불임 약초를 매일 욕조에 갖다 넣도록 지시하는 것보다는 그게 훨씬 나을지도.

"농담이겠지?"

"식욕이 없는 거예요. 건강하니 걱정하지 말아요."

"물론 건강해야지. 당신이 아프다면 별로 기분이 좋지 않을 것 같거든."

조지는 가끔 스스로의 감정에 대해 확신 없는 말투를 사용하곤 했다. 바로 지금처럼. 나는 그의 추측성 어조에 대해 지적하려다 입을 다물었다. 동시에 시선이 허공에서 마주쳤고 조지는 다시 내게 다가와 입술을 훔쳤다. 촉촉하고 따뜻했다. 그리고 부드러웠다. 하나 그러한 촉감 외에는 그 어떤 것도 느껴지지 않았다.

"헤어져야 할 시간이 다가오고 있네요."

"아쉽게도."

"요즘 힘드네요."

"어떤 것이?"

"공저의 힘없는 안주인 노릇이나 임신한 정부를 보아 넘기는 건 그렇다 쳐도 예산을 대놓고 빼돌리는 행위로 나를 조롱하는 건 버겁게 느껴져요."

생각할 수 있는 한계가 여기까지였다. 내가 아는 사람 중 누가 헌팅턴 공을 두려워하지 않고 움직일 수 있으며 공저 내의 일에 대해서 조사할 수 있겠나. 고민 끝에 떠오른 사람은 조지였다. 조수아를 가운데 두고 대립각을 세우고 있는 게 사실이라면, 미심쩍은 부분에 대한 이야기를 흘렸을 때 나를 대신해 그를 들쑤셔 줄 수 있을 테니까.

"예산을 대놓고 빼돌리다니?"

"1월부터 영지 보수를 위해 쓴다며 떼어 가더니 지금까지도 계속 예산을 줄이고 있어요. 이제 저는 신경 쓸 가치도 없다는 거겠죠."

"1월부터라……."

배가 도착 지점에 거의 다다르고 있었지만 조지는 그 어떤 대답도 하지 않았다. 나는 가만히 그를 보다 모르는 척 물었다.

"그러고 보니 당신, 헌팅턴 공과 막역한 사이였다고 들었던 것 같은데 아닌가요?"

"그랬지."

"조지?"

그의 말투가 생각했던 것과 달리 무척이나 싸늘했기에 나는 당황함을 감추지 못하고 옆을 돌아보았다. 무슨 생각을 하고 있는 건지 알 수 없는 불투명한 황금색 눈동자가 나를 가만히 응시하고 있었다.

"난 그대가 이유 없이 이런 이야길 꺼낼 거라고 생각지 않아. 하지만 지금 현재 나눌 수 있는 건 아무것도 없군, 애석하게도."

"……무슨 뜻이에요?"

"차라리 나를 사랑하는 게 어떨까."

조지는 그 말과 함께 자리에서 일어났다. 입술에 다시 한 번 따뜻한 무언가가 닿은 것도 같았지만 순식간에 형체가 흩어져 버려 확신할 수 없었다. 멍하니 허공을 바라보고 있던 내게 곤돌리에가 말한다.

"도착했습니다, 손님."

자리에서 일어나 플로리치아를 벗어나는 동안에도 혼잡한 머릿속은 가라앉지 않았다. 그동안 단 한 번도 눈치채지 못했던 조지의 이면을 본 것 같아 마음이 복잡했다. 인정해야 했다. 내가 그를 너무 쉽게 생각하고 있었다는 사실을.

아, 착잡했다.

공작가에 공식적으로 만남을 청하는 아버지를 계속 거절하는 것도 이상한 일이다. 하나 잊을 만하면 오는 협박 편지를 받을 바에는 직접 만나 결론짓는 게 나을 거라는 판단이 들었음에도 결단을 내리는 일은 어려웠다. 숙고한 끝에 결국 날짜를 잡긴 했지만 여전히 내 선택에 신뢰가 가지 않았다. 나는 지금 이상의 실망을 하게 될 것이 두려웠다.

아버지는 통보하다시피 한 날짜를 곧바로 수락했다. 나는 거래를 할 때에는 여유를 잃지 말아야 한다는 가르침을 직접 주었던 아버지를 비웃었다. 아니, 비웃으려고 노력하며 시간을 보냈다. 그렇게 마주하고 싶지 않았던 그날이 다가왔다.

새벽부터 일어나 내가 가지고 있는 가장 비싸고 화려한 드레스와 보석으로 치장했음에도 만족은 없었다. 이렇게 대비를 하는 자체가 아버지를 어렵게 생각하고 있음을 스스로 인지하고 있기 때문인지도 모른다. 만남의 시간이 다가올수록 불쾌함은 커졌고 평정을 유지하는 건 어려웠다.

그는 내게 상단 일을 직접 가르쳤으며 나에 비할 바가 못 될 정도로 경험이 풍부했다. 오늘 그런 아버지에게 맞서야 한다는 사실이 나를 압박했다. 운 좋게도 이 거래에서 갑의 위치를 차지하긴 했으나 아버지의 여유를 빼앗을 수 있으리라는 자신감은 들지 않았다.

"오늘은 옆방 응접실은 쓰지 않을 거란다. 1층 응접실에 모시렴."

아버지는 귀빈을 대접하는 옆방 응접실을 쓸 자격이 없다. 겨우 응접실 하나지만 만남의 장소를 선택할 수 있는 권리가 내게 주어져 있다는 사실을 깨닫자 불안정하던 마음이 조금은 가라앉았다. 나는 떨리는 손으로 부채를 잡으며 지체하지 않고 1층으로 향했다.

"모두들 물러가 있으렴. 그 누구도 근처로 와서는 안 된다."

"네, 마님."

응접실로 들어서자 아버지가 벌떡 일어났다. 벗겨진 갈색 머리가 가장 먼저 눈에 들어왔다. 그리고 보면 나는 아버지와 닮은 구석이 단 한 군데도 없다. 그 피를 이어받았음에도 이렇게 닮지 않았다는 사실에 기뻐해야 할까.

"만나기가 참 어렵구나, 스칼렛."

"한 가문의 안주인입니다. 예의를 지켜주세요."

그에 아버지는 피식 웃었다. 더 해보라는 듯한 의기양양한 표정에 빈정이 상했지만 나는 그런 기분조차 내색하지 않으려 애쓰며 천천히 맞은편의 자리에 앉았다.

"말씀해 보세요. 제게 그토록 하고 싶은 말이 무엇인지."

"상단에서는 식자재 거래에 대한 협의를 하지 못한 채 거래 중단을 통보받았습니다, '부인'. 통상적으로 계약 기간 이전에 이런 일이 있을 경우 세 달 이전에 언질을 주게 마련입니다, '부인'."

아버지는 나를 조롱하기 위해 일부러 말끝마다 호칭을 붙이고 있었다. 여전히 나를 만만하게 생각하고 있는 거였다. 그러나 불리한 쪽은 아버지이며 내게 구걸해야 할 쪽도 아버지다. 그래서 이 그릇된 판단을 더욱 이해할 수가 없었다. 나는 성급하게 굴지 않으려고 애쓰며 천천히 입을 열었다.

"계약서에는 한 달 이전이라 명시되어 있고 헌팅턴가에서는 그 기간을 지켰어요."

"명시되어 있는 건 최소한의 기간일 뿐입니다, '부인'."

"어쨌든 문제 될 건 없어요. 더 하실 말씀이 있으신가요?"

아버지의 얼굴이 무참히 일그러졌다. 상단 일을 도왔던 만큼 세 달 이전에 말미를 주는 게 상대방에 대한 예의임을 모르는 건 아니다. 하지만 팔려 가듯 시집간 딸에게 폭력적인 편지를 보내는 일도 그리 예의 바른 행동은 아니지 않나.

"제가 뜻대로 휘둘리지 않으니 화가 나세요?"

무심히 던진 질문이나 그 한마디에 켜켜이 쌓인 분노가 내재되어 있다.

"너……!"

"상도덕을 먼저 어긴 건 아버지세요. 대가를 이미 다 받으셨으면서도 왜 욕심을 버리지 못하세요? 약속을 어기고 팔아치우듯 이곳에 버려놓고 왜, 겨우 버티고 있는 절 이렇게 괴롭게 하시냐고요."

"네가 감히 그런 소리를 해? 오르지도 못 할 나무에 겨우 앉혀줬더니 뭐? 모두가 바라는 게 네가 앉아 있는 그 자리다!"

"단 한 번도 바란 적 없어요."

단호한 대답에 아버지는 벌겋게 달아오른 얼굴로 나를 노려보더니 갑자기 주먹으로 탁자를 내려쳤다. 쾅 소리와 함께 정적이 찾아들었다. 금이 간다면 보상을 청구하리라 생각하며 탁자를 내려다보았건만 깨지거나 금이 간 곳은 없다. 입맛이 씁쓸한 건 아쉬워서일까, 슬퍼서일까.

"그럼 너를 내 곁에 뒀어야 했느냐? 내 자식을 위협하는 너를? 갖다 버리지 않고 키워준 것만으로도 고맙게 생각해야 할 것 아니냐!"

"하, 애초에 무책임한 행동을 하지 않았더라면 아버지의 그 '자식'을 위협하는 저를 키울 일도 없었을 텐데요. 왜, 아버지도 남자라고 여인을 취할 땐 좋으셨나요?"

그 말에 아버지가 무시무시한 표정으로 벌떡 일어나 무방비하게 앉아 있는 내 머리카락을 쥐어 잡았다. 손이 날아온 건 순식간이었다.

철썩!

억센 소리와 함께 고개가 돌아갔다. 갑작스럽게 행해진 폭력에 당황할 틈조차 없이 다시 한 번 손이 날아왔다. 내 머리카락을 쥔 손이 무자비하게 흔들렸다. 머리가 흔들린 탓일까, 아니면 지나치게 충격을 받은 탓일까. 나는 계속된 폭력의 순서조차 가늠하지 못한 채 속수무책으로 휘둘렸다.

"네 더러운 주둥이에서 그딴 소리가 나와! 더러운 년! 그 역겨운 머리색도 볼 때마다 끔찍했고 윌셔 저택에 끝까지 붙어 있겠다고 상단 일을 배우는 것도 지긋지긋했다! 거머리 같은 년!"

또 한 번 날아든 손에 입술이 터져 피가 배어 나왔다. 그러고 나서야 아버지는 나를 내동댕이쳤다. 나는 거친 숨을 몰아쉬며 그를 올려다보았다. 내게 이런 짓을 했다는 데서 오는 공포감보다는 얼마나 짐승 같은 얼굴을 하고 있는지 확인하고 싶다는 욕구가 더 컸다.

아버지는 죄책감 한 점 찾아볼 수 없는 의기양양한 얼굴이었다.

끔찍하게도. 신체적인 고통보다 나를 아프게 한 건 내 부모가 이렇게나 도덕적으로 결여되어 있는 역겨운 인간임을 너무나도 여실히 알게 된 일이다.

"이제 알았겠지?"

무엇을요, 하고 묻고 싶었다. 하지만 그러지 않았다. 대신 미친 사람처럼 깔깔거리며 웃었을 뿐이다. 피투성이가 된 채 웃음을 터뜨리는 그 기괴한 모습에 놀랐는지 그는 눈을 부릅떴다.

"뒷감당은 어찌하려고요."

정신이 나가 보여도 좋았다. 나는 굴복하는 모습을 보이고 싶지 않았고, 그의 의도대로 움직이지 않으리라는 사실을 분명히 알려주고 싶었다. 나는 그와 눈을 마주했다.

"이곳은 공저예요."

"……뭐?"

"그리고 나는 당신이 아니었다면 절대 오르지 못했을 자리에 앉아 있는 헌팅턴 공작 부인이고요."

그의 가슴을 더욱 서늘하게 조이고 싶었다. 더 무거운 압박을 가하며 괴롭히고 싶기도 했다. 물리적인 힘으로 일시적인 우위를 점했을지라도 이 상황을 지속할 수는 없다는 건 나도, 그도 알고 있으니까.

그러나 괴로웠다. 이 추악하고 비겁한 인간을 계속 마주해야 한다는 사실뿐만 아니라 이 상황을 인지하는 그 자체가.

"꺼지세요."

그 역시도 상황의 불리함을 알아차렸는지 얼른 응접실을 나가 버렸다. 나는 그 자리에 주저앉아 있다 머리를 부여잡고 천천히 몸을 일으켰다. 그때 시녀들이 응접실로 들어왔다.

"세상에, 마님!"

그들은 내 모습에 놀랐는지 비명을 감추지 못했다. 누군가가 내 아픔에 공감하는 모습은 가라앉았던 마음을 요동치게 하게 마련이다. 나는 눈시울이 뜨거워지려는 것을 억지로 참으며 건조한 음성으로 말했다.

"소란 떨지 말고 주치의를 불러오렴."

명령을 내림과 동시에 오늘이 헌팅턴 공과의 합방일이라는 사실이 떠올랐다.

남편은 그 어떤 때보다도 무심했다. 나는 이런 관계를 통해 그를 더 증오할 수 있어 다행이라 생각하며 눈을 감았다. 몸을 탐하는 배려 없는 손길은 이제 익숙하다. 가끔 학대라고 말할 수 있을 정도로 가혹해질 때가 고통스러울 뿐.

"실망스럽습니다."

구토감을 억누르기 위해 머리를 비우고 있던 중 들린 그의 음성이 내 몸을 굳게 했다. 속까지 완전하게 메말라 버리는 듯한 느낌을 받으며 나는 눈을 떴다. 그리고 그를 보았다.

"무슨 말씀이신가요?"

"오늘 공저를 방문했던 챈들러 남작에게 많이 맞았다 들었습니다. 다행히 주치의가 약을 잘 써주어 그리 흉이 질 것 같지는 않다만⋯⋯."

헌팅턴 공은 피식 웃으며 여전히 부어 있는 오른쪽 뺨을 쓸어내렸다. 아픔에 미간이 절로 찌푸려졌다.

"공작가의 위신을 떨어뜨리는 일입니다."

"⋯⋯주의하죠."

"솔직히 합방을 피하자 할 줄 알았습니다."

"개인적인 일로 비즈니스를 망치고 싶지 않았어요. 그리고 비위가 꽤 좋은 편이라서요."

헌팅턴 공작은 나의 모욕에 전혀 타격을 받지 않았다. 비열하게 웃는 그 얼굴이 역겨워 그의 위에 앉은 채 그대로 토사물을 게워낼 것 같은 기분이 들었다.

"애석하게도 저는 비위가 그리 좋지 않은 것 같습니다. 이 여윈 몸뚱이 위에서 어떤 흥분을 느낄 수 있겠습니까?"

울렁이는 속을 겨우 가라앉히고 있으려는데 그가 나를 번쩍 들어 침대에 거칠게 내려놓았다.

"오늘은 이만하겠습니다. 더 이상 동하지가 않아 힘들군요."

헌팅턴 공은 그대로 옷을 걸쳐 입고 밖으로 나가 버렸다. 절로 헛웃음이 나왔다. 아내를 그렇게 배려할 수 있는 남자였다면 퉁퉁 부은 얼굴을 본 순간부터 관계를 다음으로 미루자 말했을 것이다. 저 저열한 인간은 단지 내게 최고의 비참함을 선사하고 싶었을 뿐이다.

분노가 치밀었지만 나는 그에 오래 집중하지 않았다. 그저 아무 생각 없이 잠들고 싶었다. 이 정도 수치심은 이제 견딜 수 있을 만큼 익숙하니까.

아침은 늘 우울했다. 다만 내가 우울감에 잠겨 주변 사람들을 괴롭히지 않을 수 있었던 건 늘 스스로를 통제하려 애썼기 때문이다. 그러나 오늘은 달랐다. 애써 밀어내고 있었던 어두운 감정들이 한꺼번에 몰려온 것처럼 무기력했다.

마음이 허하고 아팠다. 내가 얼마나 불행한지에 대해 생각하는 건 새삼 특별할 것도 없는 일이었으나 오늘은 견딜 수 없을 만큼 버거웠다. 그저 결혼을 했을 뿐인데 너무 많은 게 바뀌어 버렸다. 세상은 내게 빠른 적응을 요구했지만 나는 불완전한 인간일 뿐인지라 따라가기 급급할 뿐이다.

내 불행이 어디에서 오는지 알 수 있다면 좋으련만 나는 열등하고 쓸모없는 가여운 인간에 지나지 않아 그조차 알지 못한다. 그저 내가 아는 건 내 무지가 이 불행한 상황에 일조하지 않았다는 것뿐이다. 그래서 이 모든 게 더 억울하게 여겨질지도 모른다.

"마님, 아침 식사는 어떻게 하시겠어요?"

"먹지 않을 거야. 로렌스에게 급한 업무가 아니면 오늘은 보고를 올리지 말라고 전달해 두렴. 좀 쉬고 싶으니."

"오늘 탕크빌가에서 일정이 있는 날인 건 알고 계시지요?"

그에 나는 고개를 끄덕였다. 내가 멈춰 있다고 해서 세상이 함께 멈추지 않는다는 사실은 이미 너무나도 잘 안다.

"오후에 일어날 테니 다들 나가 있으렴."

"예, 마님. 몇 시에 깨워 드릴까요?"

"네 시쯤이면 충분할 것 같구나."

한참을 누워 있었지만 나는 계속 뒤척이기만 할 뿐, 쉬이 잠에 들지 못했다. 스스로에게 연민을 느끼지 않으려 여태껏 부단히도 애를 써왔지만 지금은 나 자신이 가여워 어쩔 줄을 모르겠다.

목표조차 알지 못해 끔찍하게 드리워진 상황만큼이라도 타개하려 노력해 왔건만 성과는 보이지 않고 앞은 여전히 막막하기만 했다. 사업을 하고 주변 사람들의 의뭉스러운 행동을 파헤치는 행동 자체는 거두지 않겠지만 나는 이미 지쳐 있다.

이제 이렇게 치열하게 고민하는 내 모습에 스스로가 질려 가기까지 한다. 견디기도 버티기도 힘든 지금, 나는 어디에 의지할 수 있을까.

"……님, 마님."

수마가 나를 덮칠 때 제대로 눈을 감은 모양이다. 잠깐 잔 것 같은데 평소보다 훨씬 더 개운했다. 나는 눈꺼풀이 부은 것을 느끼며 무거운 몸을 일으켰다. 창밖으로 보이는 바깥은 아직 밝았지만 곧 해가 저물 것 같았다. 한참 동안 밖을 응시하던 나는 시녀들이 재차 부르고 나서야 준비를 시작했다.

"남편은?"

화려한 다이아몬드 목걸이를 목에 걸며 던진 질문에 시녀들이 난감한 표정을 지었다. 대강의 분위기만으로도 나올 대답을 예상할 수 있었다.

"오늘 갑자기 일이 생기셔서……."

드레스 코드를 맞추자는 연락조차 없어 자기 전 제인에게 알아보라고 지시한 내용이다. 당일의 통보에 기분이 상하는 것보다는 그가 조슈아에게 했던 약속이 진심에서 우러난 것인지가 의문스럽다.

정원에서의 목격 이후 헌팅턴 공은 그 어떤 영애도 만나지 않았고 늦게 귀가하지도 않았다. 탕크빌가에서 열리는 파티에 그와 동행한다면 관계를 명확히 알 수 있으리라 생각했는데 지금 보니 불참 자체가 더욱 확실한 이별 선언이다. 이렇게 극단적인 방식을 취할 줄은 상상도 못 했으나.

그들의 관계는 겉보기로는 분명히 끝났다. 오늘 탕크빌가에서 열리는 가면 파티에서 영애의 반응을 살펴야 하나 생각하던 나는 고개를 저었다. 그게 유의미한 행동인지에 대한 확신이 없었기 때문이다.

"끝났습니다, 마님. 마차는 미리 대기하고 있습니다."

"곧바로 출발하는 게 좋겠구나. 숄을 챙겨주겠니?"

가볍게 대답하며 본 거울에 비친 내 모습은 타인처럼 낯설었다. 앙상하게 야윈 여인이 진정 갈망하는 것이 무엇인지를 몰라 나는 한참 동안이나 거울 속 사람과 눈을 마주했다. 오늘 있을 파티가 얼굴을 반쯤 가릴 수 있는 가면 파티라는 사실이 차라리 다행이라 여겨졌다.

안주인이 없는 탕크빌가에서 실질적으로 권한을 행사하는 이는 탕크빌 영애다. 과연 그녀가 직접 꾸민 파티답게 전체적인 분위기가 자유분방하고 음탕하다. 걸린 그림, 조각상의 위치, 드리워진 커튼의 패턴까지 그 모든 게 쾌락을 상징한다. 음식조차 그렇다. 나태함을 느끼게 하는 기름기 가득한 더운 음식의 수가 압도적으로 많았으니까.

"어제 해밀턴 백작과 황비가 티아라에서 만났다면서요?"

"들으셨어요? 해밀턴 부인이 그걸 알고 쓰러져서 난리가 났다더라고요. 백작은 귀가하지 않았대요."

"어머, 어디서 잤을까요?"

"황비의 침실이겠죠. 로에나 굴을 통하지 않은 자는 없으니까요."

여인들의 높은 웃음소리에 나 역시 따라 웃으며 그들 사이에 자리 잡았다. 가면으로 얼굴을 가린 이들은 언행에 더 이상 신중을 기하지 않는다. 그리고 그건 나 역시 마찬가지다.

"아, 들으셨어요? 헌팅턴 공작이 이 파티에 불참했다더라고요."

"근신 중인 탕크빌 영애를 만나려면 참석할 수밖에 없었을 텐데 왜 그랬을까요? 정말 헤어진 걸까요?"

"웨스트미스 영애를 만난다고 하더라고요."

"사실이 아니래요. 잠시 잠자리만 같이했을 뿐이라고. 그녀야 뭐 남자라면 다 좋다고 다리를 벌려대니 공작도 부담은 없었겠죠."

탕크빌 영애와 싸운 웨스트미스 영애가 이 파티에 참석했을 리 없다. 이 공간에 함께 자리하지 않음을 모두가 알아서인지 비난은 보통 때보다 훨씬 맹렬했다.

"웨스트미스 영애도 소문이 자자하지만 탕크빌 영애 역시 뒤처지지는 않죠. 저는 그 차이를 모르겠더라고요. 웨스트미스 영애는 그래도 집안이라도 좋지."

탕크빌가에서 열리는 가면 파티에서 탕크빌 영애를 모욕하는 발언은 용감하다는 평가를 받기에 충분하다. 나는 아멜리가 또래의 다른 영애들 역시 탕크빌 영애와 웨스트미스 영애의 가벼움을 불쾌히 여기고 있다고 얘기했음을 떠올리며 이 상황에 대해 납득했다.

"둘 다 비슷한 부류죠. 남자가 없으면 밤이 길어 견디질 못하니까."

"하지만 헌팅턴 부인의 활약도 대단하던걸요."

"아, 대공 전하와의 스캔들을 말씀하시는 건가요?"

"대공 전하께서 수도를 떠나고도 그녀를 만날 만큼 헌팅턴 부인이 매력적이던가요? 난 아니라고 생각하는데, 호호호."

눈에서 멀어지면 화제에서 멀어지게 마련이다. 조지에 대한 관심은 이미 사그라졌고 여인들은 결혼하지 않은 훌륭한 미혼남에게 연인이 있다는 사실을 인정하고 싶지 않아 했다. 그 덕에 '매력적이지 않다'고 꽤나 모욕적인 평가를 받는 나는 다른 주제에 묻혀 금방 혀 끝에서 달아날 수 있었다.

여기까지 와서 아멜리를 찾아 의지하고 싶지 않았기에 나는 잠시 뒤 그들의 틈바구니에서 벗어났다. 무리에서 떨어진 지 얼마 되지 않아 여러 남자가 눈치를 보며 다가왔고 나는 그중 재킷의 깃이 가장 깔끔하게 펴져 있는 남자의 춤 신청을 받아들였다.

"춤이 능숙하시군요. 나이는 어려 보이는데."

붉은 드레스와 스스로를 뽐내고 싶다는 욕망이 가득한 커다란 다이아몬드 목걸이. 남자는 이 화려함에 내 나이를 재단했을 터다. 나는 부정하지 않고 까르르 웃었다.

"요즘 분들은 눈치가 너무 빠르세요. 여인에 대한 경험이 많으신 건가요?"

"때 묻지 않은 목소리가 내게 알려주는군요."

"짓궂으셔."

"괜찮으시다면 와인 한잔 어떠십니까?"

"그도 좋겠지만 어머니께서 곧 저를 찾으실 거예요."

존재하지도 않는 어머니 타령이라니, 우습지도 않은 거짓말은 내가 나를 조롱하는 기분이다. 남자는 내 대답에 낮은 웃음을 터뜨렸다.

"잠깐이면 괜찮지 않겠습니까? 영애가 마셔도 괜찮을 법한 가벼운 와인을 추천해 드린다면."

이곳의 와인은 모두 도수가 높았다. 하나 잠시 호기심이 일었다.

나와 함께하려고 노력하는 이 남자가 제 역량을 얼마만큼 보여줄
수 있을 것인지가 궁금했달까. 나는 더 이상 빼지 않고 미소와 함께
고개를 끄덕였다.

"많은 시간을 할애하긴 힘들 거예요."

"너무 경계하지 않으신다면 짧은 시간이라도 충분히, 즐거울 겁
니다."

코웃음을 칠 뻔했으나 자제할 수는 있었다. 나는 남자가 건네는
와인을 받아 들고 함께 발코니로 향했다. 허리를 감싼 손은 그리 불
쾌하지 않았다. 키스 정도는 가볍게 허락해도 되지 않을까. 절개라
고는 존재하지 않는 방탕한 생각이지만 죄책감은 없다. 도덕성을
갖기에 나는 지나치게 결여된 사람이기에.

사실 오늘처럼 지치는 날, 누구든 옆에 있어줄 사람이 필요하기
도 했다. 나에 대해 모르는 사람일수록 더 좋았다. 굳이 이 남자일
필요는 없었으나.

"가면을 벗겨보고 싶군요."

"어머니께서 허락하지 않으실 거예요. 저는 그분을 사랑하고 존
경하기에 거스르고 싶지 않아요."

모친을 사랑하는 어린 영애의 역할에 심취한 내게 소름이 돋았지
만 내색하지는 않았다. 겉으로 심정을 표출하지 않을 만큼은 이 세
계에 능숙해졌다는 거다. 물론 이 사실이 그리 기쁘게 다가오지는
않았다만.

"사랑이라……. 사랑은 다 부질없는 겁니다. 아마 영애가 나만큼

나이를 먹는다면 자연스럽게 알게 되겠지만."

"무슨 소리죠? 사랑은 영원한 거예요. 달콤하고 뜨겁죠! 진정한 사랑은 인생에서 한번쯤은 해볼 수 있는 거예요."

헛된 감정에 취한 어린 소녀를 흉내 내는 일은 이제 쉽기만 하다.

"그 사랑이 자신을 파멸로 이끈다 할지라도?"

"진정한 사랑이 왜 저를 파멸로 데리고 가겠어요? 천상의 쾌락과 닿을 수 있도록 돕는다면 모를까."

멍청한 대답에 남자는 짧게 웃음을 흘린 뒤 와인을 쭉 들이켰다. 입술 옆으로 흘러내리는 와인 자국은 조금도 섹시하지 않다. 하지만 그 모습을 황홀하게 바라보다 화들짝 놀라며 눈을 돌리는 맹한 영애 연기는 나를 꽤 즐겁게 했다.

"그런 사랑은 많습니다. 황제 폐하와 황비 전하만 봐도 알 수 있지요."

"두 분 사이에는 원래 사랑이 없는 게 아닌가요?"

"그럴 리가. 황비 전하가 얼마나 폐하를 사랑했는지는 꽤나 유명한 이야깁니다. 하지만 폐하의 방탕한 생활이 계속되자 어느 순간 미쳐 버리셨지요."

"그 말씀은, 원래는 지금과 같지 않았다는 건가요?"

내 물음에 그는 고개를 끄덕였다.

"정숙하고 현명한 분이셨습니다. 성향은 내성적이었고요. 다만 버림받은 후 방향성을 잃은 겁니다. 완전히 다른 사람이 되어버렸지요."

"안타까워요. 그렇지만⋯⋯ 저는 여전히 진정한 사랑에 대해 부정적으로 생각지 않아요."

본심과 다른 소리를 입 밖으로 내는 이유는 이제 그만 남자를 떨어뜨리기 위해서다. 나는 이후 사교 모임에 참석하며 학습한 '인기도 재미도 없는 여자'의 표준을 따라 하기 시작했다. 헤픈 웃음과 함께 멍청한 척 장신구와 드레스 이야기만 늘어놓자 그는 지루함을 견디지 못한 듯 결국 와인을 다시 가지고 오겠다며 발코니를 벗어났다. 나는 남자가 돌아오지 않을 것을 알았다.

키스 정도는 허락할 수 있었는데 아쉽다고 표현해야 할까. 어리석은 생각은 나를 웃게 한다. 마신 와인은 소량이나 몸이 워낙 좋지 않은 탓에 취한 게 틀림없다. 지금의 나는 이 정도 술기운조차 감당하기 어렵다. 만일 남자가 지루함을 조금 더 버틸 수 있었다면 분명 탕크빌 영애가 신방처럼 꾸며놓은 휴게실에 날 밀어 넣을 수 있었을 터다.

나는 어지러운 머리를 감싸며 발코니를 나섰다. 이런 공간에서 약한 모습을 보이는 건 위험했으나 정신이 없었기 때문인지 똑바로 걷는 게 힘들었다. 그러다 오른쪽 발이 꺾임과 동시에 구두가 벗겨지고 말았다.

뒤돌아서 다시 신을 자신이 없다. 허리를 조금만 굽혀도 토사물이 쏟아져 나올 것 같았기 때문이다. 그때, 누군가가 나동그라진 구두를 주워 들었다.

"불쾌하지 않으시다면 도와드리겠습니다."

그 목소리를 듣자마자 에드먼드임을 알아차릴 수밖에 없었다. 다행히 그는 나를 알아보지 못한 것 같았다. 평소와 완전히 다르게 하고 있기 때문인지도 모른다. 가슴이 쿵쿵 뛰었다. 난감한 상황일 때마다 나타나 나를 돕는다는 게 신기하면서도 두려웠다.

"감사하게도. 그렇다면 저를 도와주시겠어요?"

거절하는 게 더 수상하다는 사실을 알았기에 나는 목소리를 평소보다 훨씬 높게 꾸며내며 대답했다. 에드먼드는 내 앞에 구두를 놓아준 뒤 무릎을 꿇었다. 제 어깨를 잡고 구두를 신으라는 뜻이리라. 받아들이면서도 분기가 치밀어 올랐다. 못된 소리를 퍼부어댔으나 그가 아무에게나 이런 과한 친절을 베풀고 있다는 생각 그 자체가 기분 나쁘게 와 닿았다.

다를 거라고 생각했던 당신 역시도 아무 여자에게나 호의를 베푸는 아무 남자였나.

"고마워요."

하나 속내를 감추는 건 그리 어렵지 않다.

"아닙니다. 괜찮으시다면 휴게실까지 모셔 드리겠습니다."

다른 여인에게 에스코트하는 그의 모습을 상상하는 것만으로도 짜증이 났다. 나는 내 속내를 파악할 수 없어 혼란스러웠다. 번져 가는 술기운은 나 자신에 대한 통제를 잃게 만든다.

"에스코트를 하시겠다고요?"

"많이 비틀거리셨습니다. 거부감이 드신다면 차라리 시중인을 불러드리겠습니다."

"됐어요. 그럼 에스코트를 부탁드리죠."

내 대답에 에드먼드는 조심스럽게 내 허리를 감쌌다. 그 손길조차 다정해 화가 난다. 늘 내가 밀어냈음에도 그가 다른 여인에게 이렇게 친절할 수 있다는 사실을 확인하는 게 끔찍하다. 사실 에드먼드는 내가 아닌 다른 여인에게 자상해야 하는 남자임에도 불구하고.

어느새 휴게실 앞에 도착했다. 그를 보내야 하는 시간이 온 것이다. 감사하다는 말 한 마디면 되는데도 입이 쉽게 떨어지지 않았다. 에드먼드는 가만히 나를 기다리고 있었다.

"나는……."

취기가 내 판단을 흐렸다. 나는 그렇게 믿고 싶다.

"술 한잔, 어떤가요?"

술에 깬 뒤에는 스스로를 혐오하게 될 것이 분명하기에 나는 그에게 함께 취하자고 요구한다. 그리고 깨닫는다. 가면으로 얼굴을 가리고 있는 지금이 내게 있어 가장 솔직한 순간이라는 사실을.

"이미 많이 취하신 것 같으니 쉬다가 귀가하시는 것이 좋을 것 같습니다, 영애."

에드먼드는 물러났다. 그가 쉽게 곁을 허용하지 않는다는 안도감과 동시에 오기가 생겼다.

"나와 함께 있고 싶지 않나요? 나는 이 긴 밤 함께 있어줄 사람이 필요해요. 물론 거절해도 괜찮아요. 다른 남자를 찾으면 될 테니까."

천박한 창부나 하는 소리를 겁 없이 잘도 지껄인다. 보통 술에 취한 여자가 아무 말이나 한다고 생각할 테지만 에드먼드는 물러나려던 움직임을 그대로 멈췄다. 가면 사이로 잠시 번뜩인 눈빛이 매서웠다.

그는 내 손목을 움켜쥔 채 휴게실 문을 쾅 닫았다. 그럼에도 긴장감보다는 기대감이 더 컸다. 지금 이 순간은 어쩌면 진정 원하는 대로 행동할 수 있는 유일한 기회다. 스칼렛이 스칼렛이 아니게 되는 이때, 나는 잠시나마 솔직해질 수 있다.

"어째서 그러십니까."

목소리가 이상하리만치 살벌하게 느껴졌다. 나는 그에 대고 뻔뻔하게 웃는다. 술에 취해 사리분별을 못하는 어린 영애처럼.

"재미를 잃는 건 싫으니까요."

"제가 어떤 행동을 하길 바라는 겁니까?"

"아직 모르시겠어요? 나는 재미를 원해요."

에드먼드는 한숨을 푹 내쉬었다. 그리고 완전히 돌변한 눈빛으로 내게 성큼성큼 다가왔다. 침대에 눕혀진 건 순식간의 일이었다. 그의 얼굴이 나와 거의 닿을 정도로 가까웠고 가면 사이로 들숨 날숨이 공유되고 있었다. 그가 서늘하게 물었다.

"영애가 찾으시는 재미가 이런 겁니까?"

내 한심한 현주소를 외면할 수가 없었다. 나른하기만 했던 정신이 갑작스럽게 깨어지고 나는 뒤늦게 고개를 젓는다.

"……아뇨, 아니에요. 잠깐 취했었던 거예요."

그럼에도 에드먼드는 나를 다시 일으켜 주지 않는다. 신사 같은 평소의 모습과는 상반되는 태도다. 그러다 갑자기 내 입술을 자신의 입술로 덮어버린다. 나는 조금의 반항조차 할 수가 없었다. 이 눈으로 그의 모습을 담는 것조차 벅차니 눈 감을밖에, 다른 도리는 없다.

키스는 달콤했다. 그리고 내 가슴을 설레게 했다. 동시에 날 두렵게 했다. 어떻게 해야 할지 갈피를 잡지 못한 상황에서 나는 거부조차 하지 못한 채, 아니, 거부의 의사조차 갖지 못한 채 허상 같은 시간 속에서 부유한다.

관계를 맺는다면 들키지 않을 리 없다는 사실을 알았다. 하지만 필요했다. 지독하게 이기적인 내 자신이 끔찍하게 여겨졌으나 내 손은 그의 셔츠 단추를 익숙하게 풀고 있었다.

"스칼렛."

내 이름을 부르는 목소리에 순간적으로 흐려졌던 의식이 또렷해졌으나 달아나지는 않았다. 외면하려 했으나 알고 있었던 것이다. 에드먼드가 애초에 나를 알아봤다는 사실을. 내가 그를 알아채지 못할 수 없듯 그 역시 나를 모를 수 없다. 그러기에는 나와 그가 공유한 게 이미 너무나도 많았다.

"당신이 필요해요, 에드먼드."

입술이 다시 겹쳐졌다. 조금 전보다 더 농밀하고 세심한 움직임에 나는 속절없이 녹아내리고 만다. 나는 이 순간 그를 강하게 원했다. 에드먼드는 결국 나를 움직이는 데 성공하고야 만 것이다.

촉촉한 입술이 술기운으로 발갛게 달아오른 여린 살갗에 닿았다. 닿은 입술 역시도 뜨거웠다. 접촉하는 소리는 낯이 뜨거워질 정도로 야했고 눈물이 배어 나올 정도로 좋았다. 행위를 통해 위로를 받고자 하는 나 자신이 역겨웠으나 나는 여전히 나를 말리지 못한다.

"당신도 내가 필요한가요?"

"필요합니다."

"왜? 내가 당신에게 어떤 의미이기에?"

"당신은 처음엔 도움을 갈구하는, 실의에 빠진 여인 같더니 어느 순간 불꽃같은 사람이 되었습니다. 그리고 지금은……."

받아들이기 힘들 정도로 커다란 마음과 마주하게 될 것이 두려워진 나는 얼른 그의 입술을 막아버렸다. 하나 그는 기다렸다는 듯이 내 입술을 취한 뒤 내 귓가에 조용히 읊조린다.

"가엾습니다. 너무나도 가여운 내 사람."

의미를 가늠할 시간은 주어지지 않았다. 에드먼드가 나를 조심스럽게 보듬기 시작했기 때문이다. 그가 지나간 자리는 새빨간 흔적이 남았고 나는 이상야릇한 느낌에 취해 눈물을 뚝뚝 흘렸다. 눈물 날 정도의 쾌락과 닿은 건지, 아니면 죄책감과 비참함에 눈물을 흘리지 않을 수가 없는 건지는 여전히 알지 못했다.

"나를 동정하나요?"

"동정합니다."

"어째서?"

"당신의 고통을 온전히 바라보고 감싸고 싶기에 나는, 동정합니다."

이제는 이 사람이 아니면 안 될 것 같았다. 나는 에드먼드에게 매달렸고, 매달리면서도 그를 찾았으며, 그를 찾기 위해 그 귀한 이름을 불렀다. 그 역시 폭풍처럼 무섭게 몰아닥쳤다. 피할 수 없었고 피하고픈 마음도 없었다.

그의 손이 지나간 자리가 홧홧하게 달아올랐다. 흥분을 감추지 못한 다리가 배배 꼬인다. 그럼에도 에드먼드는 어쩔 줄 몰라 하는 내게 틈을 주려 하지 않았다.

"참을 수 없어요……."

결국 나는 애원하고야 말았다. 닿기 전의 느낌만으로는 더 이상 충족될 수 없었기 때문이다. 나는 이 순간 에드먼드의 모든 것을 취하고 싶었다.

"스칼렛!"

참아왔던 것이, 혹은 참지 않았던 것이, 아니면 그 모든 것이 내 안에서 폭포수처럼 터져 나왔다. 그의 일부조차 놓치고 싶지 않았던 나는 내 안에서 온전하게 그를 받아냈다. 황홀함에 눈조차 제대로 뜰 수 없었다. 완전한 충족감에 눈꺼풀이 파르르 떨렸다.

에드먼드는 끝까지 나를 놓아주지 않은 채 땀에 젖은 몸으로 나를 끌어안았다. 눈물이 흘러내렸다. 나는 이 눈물의 의미를 알 수 없었다. 그렇다고 더 생각할 수도 없었다.

이번 주를 기점으로 시작하게 된 곤돌라의 새 사업은 다시 한 번 수도를 뜨겁게 달구었다. 유행이 지나갔음에도 다시 한 번 관심을 끄는 데 성공한 것이다. 귀족들은 자신들의 특별함을 강조하고 부유함을 자랑하기 위해 마카롱이라는 디저트를 이용했다. 마카롱은 오늘 내가 참석한 꽃놀이에서도 모습을 드러냈다.

　버컨 부인은 자신이 주최한 꽃놀이를 특별한 자리로 만들고 싶었던 모양이다. 그녀가 꺼내 든 마카롱에 귀부인들은 탄성을 내질렀다. 내색하지는 않아도 이 자리에서 마카롱을 처음 보는 사람도 있는 듯했다.

　"귀하신 분들과 함께 나누고 싶어 준비했답니다."

　"역시 버컨 부인께선 마음이 참 넓어요. 늘 이렇게 함께 나누려 하잖아요."

　"어렸을 때부터 자애로운 성품은 유명했죠. 당장 구하기 어려운 걸 가져와 나눈다는 건 쉬운 일이 아닌데 감사하네요."

　"감동적이에요."

　"꽃놀이에 함께하면 좋아하시리라 생각했을 뿐 그리 힘들지 않았답니다."

　귀부인들의 칭찬이 그녀를 흡족하게 만든 게 틀림없었다. 버컨 부인은 아닌 척하면서도 자신의 능력을 은근히 과시했다. 본디 남 잘난 꼴은 보지 못하는 사람들이건만 디저트의 달콤함이 그들의 뾰족한 마음조차 녹였는지 토를 달거나 말꼬리를 잡는 이는 없었다.

"고마워요, 버컨 부인. 그나저나 곤돌라 사업을 하는 사람은 정말 누굴까요? 이렇게 여심을 잘 겨냥하다니."

"남자들은 이렇게 엄청난 사업 수완을 발휘하는 사람이 여자일 수 없다고 하지만 전 아니라고 생각해요. 남자들이 이런 걸 생각해 낼 수나 있겠어요?"

"어쩌면 자기 부인의 의견을 잘 따르는 고분고분한 남자일 수도 있겠죠."

"어머, 그런가요?"

간만의 화기애애한 분위기다. 나 역시 귀부인들과 함께 소소한 대화를 나누었다. 그러다 에일스포드 부인이 모두가 신경을 기울일 만한 주제를 꺼내 들었다.

"해밀턴 부인이 수도를 떠났다는 이야기는 들으셨나요?"

"완전히 떠난 건가요? 세상에나."

"그런 건 아니고 임신 중이라 요양차 친정에 갔다고 하더라고요. 하지만 누가 그 말을 믿겠어요? 남편에게 배신감을 느끼고 도망간 거죠, 뭐."

"나라도 충격을 받을 것 같은데요. 해밀턴 백작의 마음을 돌리려고 얼마나 애를 썼는데요."

애인이나 정부를 암묵적으로 허용하는 분위기지만, 이렇게 유부녀들만 있는 사교 모임에서는 바람이라는 주제가 상당히 민감했다. 귀부인들은 하나같이 해밀턴 부인의 불행에 공감하며 고개를 끄덕였다.

"황비께서도 너무하시네요. 한편으로는 가여운 분이지만."

"폐하께 워낙 상처를 많이 받은 분이니까요."

가면 파티에서 만났던 남자가 했던 이야기와 연결되는 것 같았다. 하지만 나이 든 귀부인들의 몇 마디 외에는 더 이상 로에나 황비의 과거에 대한 이야기는 나오지 않았다.

"황제 폐하께서 앓아누우셨다면서요? 일주일에 한 번씩 참석하던 회의도 이 주에 한 번으로 횟수를 줄였대요."

"겨울만 되면 몸이 안 좋으신 건 알았지만 이제 완연한 봄인데 왜 아직 그러실까요? 나이도 젊은데 말이죠."

식상한 주제였으나 여인들은 황제의 건강 상태에 대해서도 이리 저리 입방아를 찧었다. 이야기는 결국 지나친 여성 편력으로 인한 정력 고갈로 결론지어졌다.

"황비 전하께서는 폐하께 발걸음조차 않으신대요. 해밀턴 백작에게 빠져 거의 궁 밖으로 나오지도 않는다곤 들었지만……."

"그래도 남편이 아픈데 간호조차 않는 건 좀 안 좋게 보이네요."

"전 이해해요. 처음부터 그랬던 것도 아니고……. 폐하께 사생아가 있다는 소문까지 있었을 정도로 행동이 심했잖아요?"

"생각해 보니 그 소문을 기점으로 황비 전하의 행동이 완전히 돌변했었죠."

"그때는 황비 전하가 불임인 탓이라는 쪽으로 여론이 기울었지만, 사실…… 다들 아시잖아요. 황제 폐하께서 황비 전하를 거의 찾지 않으셨던 건.”

미드 부인의 말에 다른 귀부인들도 동의했다. 나는 사람이 바닥을 칠 때까지 물고 뜯기 좋아하는 이 사람들이 그 당시에도 이런 반응을 보였으리라고는 생각지 않았다. 사교계에서는 타인의 약점을 기꺼이 안줏거리로 씹길 좋아하니까.

“사생아가 있다는 흉흉한 소문도 그렇지만 황제 폐하께서 황비 전하를 대놓고 멸시한 것도 마음을 돌아서게 만든 원인일 거예요.”

“그러고 보니 탕크빌 영애가 생각이 나네요. 지금으로선 폐하의 마지막 연인이잖아요. 꽤 오래 만났던 걸로 기억하는데.”

탕크빌 영애는 사교계의 여왕이나 마찬가지였으나 웨스트미스 영애와 공개적으로 싸움을 벌인 뒤 그녀의 입지는 많이 하락했다. 귀부인들은 탕크빌 영애에 대한 이야기가 나오자 기다렸다는 듯이 그녀의 단점에 대해 말하기 시작했다. 방탕한 사생활이나 양쪽 어깨의 높낮이가 다른 것, 웃을 때 콧소리를 내는 것 등이 그들이 말하는 단점이었다.

“갑자기 좀 불길한 말을 하는 것 같긴 하지만…… 황제 폐하께서 계속 병석에 누워 계신다면 비어 있는 후계자의 자리는 어떻게 되는 걸까요? 혹시 버컨 공자께서?”

카를로 부인의 물음에 버컨 부인이 급하게 도리질을 쳤다. 이런 이야기는 잘못 전해지면 반역으로 몰릴 수 있을 만큼 예민한 주제였다.

“부군께서는 그런 생각을 감히 품지 않으세요. 농담이라도 그런 말씀은!"

"왜 그리 흥분하세요, 부인. 그저 비어 있는 후계자의 자리가 누구의 것이 될지에 대해서 이야기를 나눈 것뿐인데 목소리가 너무 높군요."

웨스트미스 부인이 싸늘한 어조로 그녀를 비난했다. 버컨 부인 역시 자신이 성급했다 싶었는지 얼굴을 붉히며 입술을 꽉 깨물었다. 가벼운 다툼이라도 입방아에 오르내리게 되지만 이번에는 다행히 두 부인의 이야기가 사교계의 이슈가 되지는 않을 듯했다. 귀부인들은 이미 비어 있는 왕좌에 대해 생각하기 시작한 것 같으니 말이다.

나 역시도 궁금했다. 황제가 이대로 병석에 누워 있다 죽는다면 황위가 누구의 것이 될지. 욕심 없는 얼굴의 버컨 공자일까, 아니면 날카로운 이빨을 감춘 조지일까.

만약 내기를 한다면 나는 분명 후자에 걸게 되리라.

꽃놀이를 마치고 돌아온 나는 곧바로 조수아의 교육에 대한 보고를 받았다. 베스는 그녀가 웬만한 예의범절은 다 터득했으며 임산부의 몸으로도 지친 기색 없이 성실한 학습 태도를 보였다고 알려 왔다.

"다른 문제는 없니?"

"사실…… 정신적으로 문제가 좀 있는 것 같다는 생각이 종종 들어요."

"정신적으로?"

뜻밖의 이야기에 나는 당혹스러움을 감추지 못했다. 가끔 복도를 지나가다 마주치는 그녀의 모습에서 이상한 점을 찾은 적이 없기에 더욱 그러했다.

"자기가 아기와 연결되어 대화를 나눈다는 이야기를 종종 하더라고요."

"……연결이 되어 있다고?"

"가끔 그런 헛된 상상을 하는 산모가 있다고 듣긴 했지만 정말 그런 것처럼 그럴싸하게 얘기해서 소름 돋을 때가 많아요. 의사를 불러야 하는 게 아닐까요?"

조지는 말했다. 황족들은 배 속에 있을 때부터 어미와 연결되어 대화를 나눌 수 있다고. 또한 충실하지 않은 어미도 품은 아이를 사랑하지 않을 수 없다고 했었지. 맞춰지지 않았던 퍼즐이 이제야 들어맞았다.

조슈아는 조지의 아이를 품고 있다. 그게 아니라면 설명할 수 없는 일이다. 다만 이전에 배신을 당했던 남편이 도대체 무엇 때문에 그녀에게 마음을 주기로 결심했는지가 의뭉스러울 뿐.

내가 본 헌팅턴 공작은 사랑에 미쳐 모든 것을 포기할 만큼 한심하고 멍청한 사람이 아니다. 오히려 계산적이라면 모를까. 어쩌면 정치적으로 이용할 수 있으리라 생각했을 수도 있으나 그런 마음을 먹었다면 아이의 부친인 조지를 적대시할 이유가 없을 텐데 대체 무슨 상황인 걸까.

고민하던 나는 결론을 내린다. 어쨌든 조슈아의 아이는 황족이라는 사실을. 헌팅턴 공은 그 아이를 받아들일 생각인 듯하며 만약 그게 진짜라면 나는 방해가 될 뿐이다. 시기가 아니기에 내 목숨이 붙어 있으나 나는 언제 제거되어도 이상하지 않은 불리한 위치에 있다.

그렇다면 누구의 손을 잡아야 하나. 남편과의 협상이나 조지와의 대화가 나를 구해 줄 수 있을까?

"마님?"

"임신 중이라 심신이 불안정할 테고 그 정도 생각은 할 수 있겠지. 다만 베스, 입단속은 철저히 하렴. 임신까지 한 정부의 정신 상태가 그 모양이라는 게 소문나는 게 가문에서는 여러모로 달갑지 않은 상황이니."

"알겠습니다, 마님."

베스를 내보낸 나는 다시 복잡한 생각에 잠겨들었다.

조지의 속내를 도무지 알 수가 없다. 내게 정확히 어떤 감정을 품고 있는지조차 가늠할 수 없는 상황이다. 단지 이용만 할 생각이라면 어째서 자신을 사랑하라 말한 걸까. 이용하기에 사랑이라는 감정이 가장 효율적이라서? 내가 모든 정보를 가져다주며 헌신적으로 희생하길 바라서?

그에 대해서 확신을 갖지 못한다면 협력하는 것 역시 위험하다. 신뢰할 수 있는 단 한 명의 남자가 있기는 하나 피해를 입히고 싶지 않은 마음이 그를 이용하고자 하는 못된 나를 막는다.

고민하는 것조차 지쳐 가는 밤이다.

　결론은 생각했던 것보다 쉽게 도출되었다. 헌팅턴 공작과 조지, 두 사람 중 하나와 손을 잡아야 한다면 가능한 선택지는 단 하나밖에 없었다. 나는 내 고민을 모두 알고 있기라도 한 것처럼 연락 한 통 없이 조용한 조지에게 편지를 보냈다. 그는 기다렸다는 듯 나를 만나러 조만간 수도로 오겠다고 답장했다.

　가장 큰 고민이 해결되었으나 심란함은 가시지 않았다. 이 불안정한 기분을 떨치고 싶었던 나는 오전부터 공저에 대청소를 지시했다. 갑작스러운 지시에 시중인들은 하던 일을 모두 미룬 채 내 명령을 이행해야 했다.

　크게는 가구 배치와 침구, 소소하게는 테이블보와 꽃병의 꽃 그리고 장식품까지 모두 교체하고 나니 원래 지내던 곳과 완전히 다른 느낌의 방을 만날 수 있었다. 지금은 낯설게 느껴지는 이 방이 과연 내 심신의 안정에 도움이 되리라는 장담은 할 수 없었지만 기분 전환에 완전히 실패한 것 같지는 않았다. 주변을 빙 둘러본 나는 그제야 준비를 시작했다.

　"어딜 가시려는 건가요? 오늘은 일정이 없는 걸로 알고 있는데……."

　"헌팅턴에."

"네?"

세 시녀가 놀란 얼굴로 나를 돌아보았다. 그들은 내가 말하는 헌팅턴과 자신들이 생각하는 헌팅턴이 동일한 개념인지 판단할 수 없는 듯했다. 나는 영지를 의미한다며 친절히 가르쳐 주었다. 시녀들의 얼굴은 더욱 묘했다. 갑작스러운 영지 방문이 이해가 되지 않는 듯했다.

"결혼하고 한 번도 가본 적이 없잖니. 영지의 저택이 잘 관리되고 있는지도 확인해 봐야 할 테고."

"주인님과 함께 가시지 않고요?"

"살다 보니 별 우스운 이야기를 다 듣는구나."

내 대답에 질문을 던진 제인은 그제야 나와 헌팅턴 공의 사이가 좋지 않다는 사실을 상기한 것 같았다. 나는 낭패라는 표정을 짓고 있는 그녀를 다시 책하지 않았다.

"부군께서는 무척이나 바쁘시잖니."

"죄송합니다, 마님."

"그럴 필요 없단다. 아, 나가기 전에 잠시 조슈아를 만날 거야. 데리고 오렴. 몸이 무겁다면 직접 갈 테니 움직이는 것을 강요하지는 말고."

시녀들은 갑작스럽게 헌팅턴행을 결정한 것으로도 모자라 조슈아까지 만난다고 하니 놀라다 못해 경악한 얼굴로 나를 보았다. 아침부터 예정에도 없던 대청소를 지시하더니 자꾸 돌발 행동을 벌이는 게 간밤에 무슨 일이라도 있었냐는 듯한 표정들이다.

애석하게도 나는 바빴다. 평소였다면 시녀들에게 표면적인 이유라도 설명을 했을 테지만 지금은 그럴 만한 여유가 없었다. 귀찮은 기색을 알아차린 시녀들은 그제야 바쁘게 움직이기 시작했다.

조슈아는 직접 나를 찾아왔다. 잠깐 못 본 것 같음에도 배는 훨씬 부풀어 있었고 긴장한 표정은 여전했다.

"앉으렴."

예전 같았으면 엉거주춤 앉았을 터다. 하지만 예절 교육을 허투루 받지는 않았는지 그녀는 예의 바른 인사와 함께 단정한 태도로 자리에 앉았다. 그리고 굳은 얼굴로 조심스럽게 입을 열었다.

"부르셨습니까, 마님?"

"아침부터 대청소를 했어. 이제 여름이니까. 날이 더워지면 1층은 습기가 심해진다 들었어. 임산부에게 나쁜 환경에 거주하라 말할 수는 없으니 네 방을 2층으로 옮길 생각인데 어떠니?"

"네?"

내 입에서 나온 말이 워낙 의외였던 모양인지 조슈아는 교육을 받았던 것조차 잊은 채 비명 같은 되물음을 던졌다. 그러다 화들짝 놀라 입을 막았다. 나는 그녀의 예법 선생이 아니었으므로 그런 태도를 굳이 지적하지 않았다.

"눈치 보지 말고 편하게 대답해 주렴."

"……저는 지금 쓰고 있는 방이 좋아요, 마님. 꽤 오래 써서 익숙하기도 하고요. 원래 잠자리가 바뀌면 적응을 잘 못하니 계속 1층을 쓰고 싶어요."

"그러니? 그럼 네 뜻대로 하렴."

무슨 꿍꿍이라도 있을까 작은 머리를 굴리는 게 보였지만 부질없게도 의도 없는 질문이었다. 황족의 아이라면 그에 걸맞게 세심한 배려를 해야 한다고 판단했을 뿐.

"그리고 침구를 교체했겠지? 임산부는 몸을 따뜻하게 해야 한다고 들었단다. 필요하다면 겨울 침구를 달라고 하녀에게 말하렴."

"네, 마님. 신경 써주셔서 감사합니다."

조수아는 안절부절못하며 내 눈치를 보았다. 아무래도 나와 함께 이 자리에 있는 게 상당히 불편한 모양이었다. 그러나 나는 딱히 배려하고 싶은 마음이 없었고 홀로 생각에 잠겼다. 그러다 잠시 뒤 불쑥 질문을 던졌다.

"공저에만 계속 있었다고 했지?"

"……네, 마님."

"갑갑하겠구나. 난 오늘 영지를 보러 갈 생각이야. 네가 외출이 가능했다면 함께했을 텐데 나 역시도 공을 거스르기는 어려워 어쩔 수가 없단다. 이해하렴."

조수아는 곧바로 대답하지 않았다. 내가 건넨 말의 의도에 대해 가늠하고 있는 듯했다. 혹은 갑자기 친절해진 내 모습에 혼란을 느끼는 것 같기도 했다.

"이런 질문이 실례된다는 사실을 잘 알아요. 하지만 마님, 왜 갑자기……."

그녀는 차마 말을 잇지 못했다. 왜 갑자기 상냥하게 구느냐고 묻는 게 무례한 질문이라는 사실 정도는 인지하고 있기 때문인 듯했다. 나는 무지의 용감함이 학습을 경험하는 순간 결국 무(無)로 사라지고 만다는 사실을 나에게서도, 조슈아에게서도 발견한다.

"내가 그 전에는 너를 괴롭혔니?"

"아뇨, 그렇게 말하려던 건 아니었어요. 그저, 그저 저에게 관심이 없으셨잖아요. 그런데 왜 갑자기 제게……."

"임신이 잘되게 하는 약초를 쓰고도 나는 임신하지 못했어. 합방일 역시 내 배란일에 맞춰 잡았음에도 불구하고. 이게 우연이라고 생각하니?"

어떠한 계획은 없었다. 어떻게 이 아이를 찔러 내가 원하는 반응이 나오게 만들지는 온전히 이 순간, 내 직감에 의존한다.

내 물음에 조슈아의 얼굴은 굳어졌다. 배운 게 없다 할지라도 내 말이 무슨 의미인지 정도는 파악했을 터다. 그러니 쉽게 대답하지 못하는 것이다. 나는 그런 그녀를 돕는 데 시간을 지체하지 않았다.

"내가 정말 불임이라면 네가 지금 품고 있는 그 아이가 공작 가문을 잇겠지."

"하지만 사생아는……!"

"공께서 알아서 하실 거야. 뭔들 못 하실까, 어차피 난 너를 가리기 위한 존재임을 너 역시 알진대."

조슈아의 앞에서 나 자신을 폄하하는 것조차 망설이지 않았다. 그녀는 경기를 일으키듯 몸을 떨며 자리에서 벌떡 일어났다. 그러고는 미친 듯이 도리질을 쳤다. 헌팅턴 공의 손가락질 하나에 제거

될지도 모르는 나는 저 미약한 몸부림이 우습게 여겨질 뿐이다. 하지만 냉소를 터뜨리지는 않았다.

"……저는, 저는 아무것도 듣지 못했어요!"

한참 뒤에 겨우 나온 한마디는 실망스럽다. 조슈아는 그 한마디를 외치고는 확인이라도 구하듯 간절하게 나를 바라보았다. 나는 그녀의 금안을 마주하는 것을 주저하지 않는다.

의문이 떠오른다. 진실로 너는 모든 욕심을 버렸나. 배 속의 아이를 지키고 싶다는 마음에 임신 전이었다면 그리도 탐을 냈을 것들이 보이지도 않나. 지금은 손 뻗으면 닿을 만큼 가까워졌을 텐데도.

"네가 그렇다면 그런 거겠지."

나는 우스우리만치 허무한 대답을 내어놓았다. 조슈아는 무너진 얼굴로 나를 보다 번뜩 정신을 차리고 몸을 깊숙이 숙였다.

"이만 물러가겠습니다."

"발 조심하렴. 다른 생각을 하며 걷다 넘어지지 않도록."

겁먹은 얼굴의 그녀에게 끝까지 미소를 지어 보였다. 조슈아는 내가 자신을 배려한다거나 비위를 맞추려 한다고는 조금도 생각하지 못한 채 걱정하고 있을 터다.

나는 완전히 반대가 되어버린 이 입장이 우습다. 배 속에 품은 아이로 인해 조슈아는 내가 손댈 수 없을 만큼 높이 올라가 버렸다. 그리고 나는 나를 겨눌지도 모르는 칼날을 막기 위해 그녀의 환심을 사려 한다. 인생은 한순간이라더니, 그 말이 딱이지 않나.

짧게 웃음을 터뜨렸다. 그러다 또 쓸데없는 호기심이 머릿속을 스쳤다. 자신에게 닥친 상황을 모두 알게 된다고 해도 조수아는 지금의 마음과 다르지 않을 수 있을까.

"마님, 마차가 준비되었습니다."

잠깐 감상에 젖었다. 시간이 촉박함을 상기한 나는 외출을 위해 하얀 카디건을 걸친 뒤 걸음을 재촉했다. 그냥 가기 뭣해 집어 든 자그마한 손가방에는 손수건과 입술연지 외에는 아무것도 들어 있지 않았다. 남자들이 읽는 잡지에서 으레 조롱되는 귀족 부인의 텅 빈 머리처럼 비어 있는 소지품 가방인 것이다. 외모에만 신경을 기울인다고 비난받는 멍청한 귀부인 행세를 해야 함에도 영지로 향하는 위험한 행보를 보이는 이유는 챈들러 상단 때문이다.

얼마 전, 나는 챈들러 상단이 헌팅턴 영지에 지부를 설립한다는 소식을 접하게 되었다. 가문 내에서 보고가 올라온 바가 없었기에 사실 확인이 필요했다. 만약 내 허락 없이 일이 진행되고 있다면 영지 관리자에게 책임을 묻고 챈들러 상단이 헌팅턴에서 철수하도록 종용해야 할 터다.

떨쳐 냈다고 생각했는데 자꾸만 슬금슬금 발목을 잡으려는 게 끔찍하다. 또 당했느냐는 헌팅턴 공작의 비웃음을 받고 싶지도, 나 스스로를 한심하게 여기고 싶지도 않다.

"출발하겠습니다, 마님."

마부의 음성이 평소와는 다른 듯했지만 나는 대리인과 아버지 사이에 어떤 거래가 있었을지 고민하느라 신경을 쓰지 못했다. 그 사소한 게 나의 실책이었다.

작은 방심은 때로 최악의 상황을 불러일으킨다. 마차의 덜컹거림이 유독 심하다 느꼈으나 헌팅턴에 한 번도 간 적이 없었기에 그저 길목의 도로가 잘 닦이지 않았다고 생각했다. 하나 마차는 영지에 도착했다 여기기엔 너무 빠르게 멈췄다. 순간적으로 몸이 굳어졌다.

마차 밖에서는 남자들의 음성이 들렸고 나는 필사적으로 마차의 문손잡이를 잡았다.

덜컹.

그러나 내 힘은 너무나도 미약했다. 마차의 문은 너무나도 쉽게 열려 버렸다. 그리고 마차 안으로 들어온 이는 아버지였다. 가장 먼저 떠올린 사람이 아버지였으나 그 즉시 아닐 거라며 부정했기에 충격은 더욱 컸다. 나는 그가 내 앞에 앉을 때까지 멍청하게 그의 얼굴을 보기만 했다.

"출발해."

마치 제 마차라도 되는 듯한 태도다. 생각해 보면 마차를 탈취하는 데 성공했으니 그의 것이라 할 수 있을지도. 멍하니 이런 생각을 하고 있는 내가 우스워 헛웃음이 나왔다. 피식피식 웃던 나는 입꼬리를 올리며 묻는다.

"언제부터 도적질에 취미를 두게 되셨나요?"

이렇게까지 멍청한 행동을 보일 거라고는 생각지 못했다. 그래서인지 의도하지 않았음에도 빈정대는 말투가 절로 나왔다. 그는 염치라고는 없는 듯 전혀 개의치 않는 얼굴로 태연히 대답했다.

"자식에게 눈 뜨고 도적질을 당한 뒤부터?"

바보 같은 행동이다. 헌팅턴에 챈들러 상단의 지부가 생긴다면 보고되지 않을 리 없건만 가문을 신뢰할 수가 없어 무모한 행동을 강행했다. 조바심에 판단이 흐려지고 만 것이다. 챈들러 상단에 관한 정보라면 상단에서 가장 잘 꾸며내리라는 사실을 기억해야 했건만 방심해 버렸다.

"납치라는 걸 알고 계시겠죠. 이런 무모한 행동을 할 거라는 생각은 하지 않았는데."

신중을 기하지 않아 이런 저급한 함정에 빠져든 것이다. 그 사실에 자존심이 상해서인지 말이 평소보다 훨씬 뾰족하게 튀어나왔다.

"목적이야 알고 있지 않느냐, 스칼렛."

"무엇을 얻게 되리라고 생각하세요?"

당당한 태도에 어이가 없었다. 동시에 이렇게까지 악화된 관계에 마음이 아팠다. 욕심을 버렸더라면 서로를 잊고 살아갔을 텐데, 탐욕은 무엇이기에 아버지는 흡사 악귀로 여겼을 나를 다시 자신의 삶에 끌어들이려 하나.

"헌팅턴가와의 계약이 파기되고 이미 진행되고 있던 수도의 사업이 전면적으로 중단되면서 엄청난 손해를 안게 되었다. 에리카는 너의 전철을 밟을 준비를 이제 모두 마쳤지."

"……그게 무슨 말씀이세요?"

동요해서는 안 된다는 사실은 누구보다 내가 더 잘 알았다. 그러나 무시할 수가 없었다. 에리카라니, 그 이름이 나온 순간부터 나는 평정을 잃고 말았다. 얼른 설명하라는 내 다급한 모습에 그는 예상했다는 듯 회심의 미소를 지었다.

"말 그대로다. 페리에 남작이 재혼한다는 이야기를 듣지 못했느냐? 그가 상단의 빚을 모두 갚아준다 하기에 에리카를 넘기기로 했다."

몸이 발발 떨려왔다. 나는 그 남자를 알았다. 직접 본 적도 있었다. 에드먼드가 구해 주지 않았더라면 넬슨가의 가면 파티에서 가학적인 성 취향을 가진 그 늙은이에게 당했을지도 몰랐으니 기억이 나지 않을 리 없다.

그 끔찍한 손길을 떠올리는 순간 온몸에 소름이 쫙 끼쳤다. 세 번이나 이혼을 한 늙은이에게 에리카를 보낸다는 사실에 나는 분노를 이기지 못하고 소리를 꽥 질렀다.

"미쳤군요! 거기다 에리카를 팔아넘기겠다고요?"

"팔아넘기는 건 내가 아니다. 동생의 곤란함마저 무시한다면 너 또한 궁극적으로 동의한 거나 마찬가지가 아니겠느냐."

흠씬 두들겨 패주고 싶었다. 아니, 죽여 버리고 싶었다. 목을 졸라 그 잘난 혀조차 모두 뽑아버리고 싶다는 생각이 머릿속을 달구었다. 머리가 깨질 듯 아파왔다. 나는 사랑하는 내 여동생이 나 같은, 어쩌면 나보다 더 불행한 처지가 될지도 모른다는 사실을 견딜 수가 없었다.

왜 미리 생각지 못했을까. 이 졸렬한 인간은 조나단은 귀하게 여겼을지 몰라도 에리카와 나에 대해서는 그리 신경을 쓰지 않았다. 거짓말이 아닐 것이다. 역겨운 가치관을 생각하면 그는 에리카가 집안을 위해 희생하는 게 온당하다고 생각하고 있을 테니 말이다.

"그래도 에리카는 너를 원망하지 않을 거다."

"뭐?"

"내가 널 만나러 간다고 하니 눈을 까뒤집고 반대하더구나. 그래서 지금 그 애가 어디에 가 있는 줄 아느냐?"

나는 무릎을 쥔 손을 달달 떨며 그를 노려보았다. 묻지 않았음에도 그는 능구렁이처럼 껄껄 웃으며 친절하게 알려주었다.

"웨딩드레스를 맞추기 위해 양장점에 가 있단다. 나는 웨딩드레스 하나 없이 결혼을 시킬 만큼 나쁜 아비는 아니니 말이다."

목구멍까지 비명이 차올랐고 매캐한 연기를 몇 번이나 들이마신 것처럼 숨이 막혔다. 눈물이 줄줄 새어 나올 것 같았지만 지는 것 같아 입 안쪽의 살을 몇 번이고 깨물어가며 겨우 참아냈다. 나는 그를 죽일 듯 쏘아보았다.

"그 더러운 입 닥쳐요."

"하하하하, 그 애는 네게 피해를 주지 않겠다고 그리 울다가 실신을 하던데 너는 당연하다는 듯이 에리카를 팔아치우는 것에 동조를 하니…… 혹, 너는 에리카도 너와 같은 신세가 되길 바라고 있는 것 아니냐?"

본래 저택에서 근무하던 마부의 시신은 그의 아내에 의해 발견되었다. 그 덕에 내가 무사히 공저로 돌아왔음에도 일은 일파만파로 커졌다. 그는 에리카의 이야기를 전하고 싶었던 것뿐이라며 느긋한 모습을 보였으나 결국 살인을 감수할 만큼 초조하고 급박했던 거다. 그 비겁함을 조롱하고 싶었지만 그러기에는 기력이 없었다.

살인 사건은 조용한 공저를 뒤흔들었고 납치의 피해자인 나는 파리한 안색으로 수사관들을 맞이해야 했다. 마부의 가족들에게 위로금을 전달하라고 명령한 직후였다.

"몸은 좀 괜찮으십니까?"

"무척이나 피로해요."

나는 신경성 두통에 시달리는 귀부인처럼 관자놀이를 짚으며 앉았다. 심기가 불편해 보이는 내 모습에 저택을 찾은 수사관들은 다소 곤란한 모습을 보였다.

"이런 모습을 보이게 되어 유감스럽네요. 너무 피곤해서 그러니 너그러운 이해 바라요."

"물론입니다, 부인. 많이 놀라셨을 텐데 이렇게 찾아온 저희의 무례를 용서하십시오."

"이해해요, 그게 신사분들의 일이니까요."

차를 마시며 조금 풀어진 듯한 기색을 보이자 수사관들은 그제야 눈치를 보며 질문을 던지기 시작했다.

"정확히 언제쯤 저택에서 출발하셨습니까?"

"글쎄요. 서둘렀던 건 기억하는데 정확힌 모르겠네요. 노라, 내가 언제쯤 출발했니?"

"두 시에서 세 시, 그사이였던 걸로 기억합니다."

노라가 긴장한 얼굴로 대답하자 수사관들이 들고 있는 수첩에 무언가를 휘갈겨 썼다. 그들은 그 외에도 목적지가 어디였으며 목적지로 가려 했던 이유가 무엇인지도 물었다. 굳이 내게 묻지 않아도 충분히 알 수 있는 내용이 나오자 절로 인상이 찌푸려졌다.

"그걸 제게 물어야만 아나요?"

"예?"

"요점만 얘기하고 끝냈으면 해요. 오늘 일이 많았고 평소에도 몸이 좋지 않아 지금도 겨우 버티고 있으니까요."

수사관들은 그제야 내가 무슨 말을 하고 싶은지 알아차린 것 같았다. 수사에 협조적이지 않은 귀부인들의 태도에 대해 들었을 텐데도 내게 무슨 친절을 기대하고 온 건지 알 수가 없었다. 나는 신경질적으로 이어진 그들의 질문에 대답했다.

"결혼한 지 꽤 됐는데 영지에 가본 적이 없었어요. 기분 전환 삼아 둘러보고 저녁에 돌아올 생각이었죠. 아시다시피 가까우니까요."

"혹 납치를 당했을 때 얼굴을 보지는 못 하셨습니까? 하다못해 머리색이라도……."

"복면을 썼고 수면 향을 마셔서 그대로 잠이 들었어요. 깨어나 보니 마부를 포함해서 아무도 없는 마차 안에 혼자만 덩그러니 남겨져 있었어요."

"훔쳐 간 것도 없었습니까?"

"무척 이상하게 들리겠지만, 네, 그래요. 보다시피 저 역시 정신적으로 피곤한 걸 빼면 멀쩡하고요. 다친 데도 없어요."

수사관들은 무언가 가닥을 잡은 얼굴로 서로 두런두런 상의하더니 다시 물음을 던졌다.

"혹 영지에 남들이 탐낼 만한 재물이라도 있는지요?"

원하는 수사 방향이었다. 나는 아무것도 모르겠다는 듯 고개를 저었다.

"전혀요. 솔직히 제게 왜 이런 일이 일어났는지도 모르겠어요. 머리도 아픈데 다음에 해요. 정말 피곤하거든요."

꺼지라는 내 노골적인 신호에 그들은 난감한 얼굴로 상의하더니 결국 고개를 끄덕이며 자리에서 일어났다.

"여쭤볼 건 이제 없습니다. 수사권을 얻어 영지를 수색해 볼까 합니다만……."

"제 권한이 아니니 부군과 상의하세요. 이만 가봐도 되겠죠?"

수사관들도 까탈스러운 나와의 시간이 빠르게 끝난 게 다행이라고 생각하는 듯했다. 나는 그들과의 대면이 그리 달갑지 않았음을 노골적으로 티 내며 응접실을 나섰다. 시녀들이 걱정스러운 얼굴로 다가와 나를 부축하려 했지만 나는 고개를 저으며 그들에게서 팔을 뺐다.

"괜찮아. 혼자 있고 싶으니 다들 퇴근하렴."

"스프라도 들지 않으시겠어요? 오늘 드신 것도 없는데……."

나는 그들을 완벽하게 무시한 채 방 안으로 홀로 들어섰다. 홀로 잘 준비를 마친 나는 복잡한 생각을 뒤로하고 침대에 누웠다. 차라리 내일 깨어나지 않았으면.

납치 사건 때문인지 다음 날은 그 누구도 나를 건드리지 않았다. 매번 올라오던 결제 서류도 끊긴 것으로 보아 최소한 며칠간은 로렌스가 알아서 처리할 모양인 듯했다. 그게 아니라면 수사관들의 갑작스런 영지 방문으로 인해 그쪽으로 인력이 쏠렸거나.

신경 쓰지 않기로 했다. 하지만 아무것도 하지 않은 채 보내는 시간은 그 어떤 때보다 훨씬 빠르게 흘러가게 마련이었다. 몸을 단장하고 독서를 즐겼을 뿐 다른 그 어떤 것도 하지 않았음에도 불구하고 벌써 해가 지고 있었기 때문이다.

한 일이 없어서인지 잠이 올 것 같지 않다고 생각했지만 민망하게도 의식의 끈은 베개에 머리를 대자마자 느슨히 풀어지고 있었다. 하나 나는 곧 잠이 거의 든 내 머리칼을 쓸어내리는 느낌에 눈을 번쩍 뜨고 그 손을 잡아버렸다.

어떤 간 큰 자인가. 누구이기에 감히 공작 부인의 방 안으로 들어와 대담한 짓을 벌이나. 분노와 두려움이 뒤섞인 마음으로 얼굴을 확인한 순간, 그만 김이 빠져 버리고 말았다. 미리 알아챘어야 했다. 이런 행동을 벌일 수 있는 사람은 조지뿐이라는 사실을.

"조지?"

"스칼렛."

"오늘 만나기로 한 건 아니었잖아요. 도대체 무슨……."

당황해서 말을 제대로 잇지 못하는 나를 강하게 감싸 안은 조지는 내가 무어라 말할 틈을 주지 않고 진한 키스를 퍼부었다. 얼떨결에 입맞춤을 받아들이고 있기는 했으나 상황 자체가 이해가 되지 않아 멍했다. 그가 원 없이 키스를 하고 나서야 나는 정신을 차릴 수 있었다.

"납치되었다는 소식 듣자마자 왔어. 시간이 있었다면 미리 연락했겠지만 내 한심한 꼴을 보면 알겠다시피 일하다 바로 온 거라서."

명백한 사실인 듯, 늘 깨끗한 옷차림을 고수하던 조지의 하얀 셔츠 소매에 온통 잉크 물이 들어 있었다. 게다가 그의 신발은 외출용 단화가 아닌 실내화였다. 정말 집무실에서 곧바로 온 모양새였다.

"왜 온 거예요?"

"당신을 걱정했으니까."

믿기 어려운 말이다. 웃어넘기려는데 조지가 갑자기 내 어깨를 붙잡았다. 눈빛은 이전과는 달리 진중했고 그 어떤 느낌도 없는 것으로 보아 마법을 쓰고 있는 것 같지도 않았다. 나는 이 상황을 어떻게 받아들여야 할지에 대해 혼란스러움을 느꼈다.

"당신을 진심으로 걱정했어. 만약 당신을 납치했던 자를 잡아낼 수 있었다면 난 분명 그자를 잔인한 방법으로 죽였을 거야."

그 말도, 음성도, 눈빛도 어느 곳 하나 진중하지 않은 데가 없어 아무 말도 할 수가 없었다. 순간적으로 압도당한 것이다. 나는 한참 뒤에야 가까스로 미소를 지어 보일 수 있었다.

"아무 일 없었잖아요. 절 많이 걱정한 거군요?"

"내가 생각했던 것보다 훨씬 더 많이 당신을 걱정하게 되더군."

"무사한 걸 확인했으니 더 이상은 염려 말아요. 보시다시피 이렇게 멀쩡하게 잘 있어요. 다만……."

"다만?"

"우리 관계에 대해 진지하게 대화를 나눠봐야겠다고 생각했어요. 그래서 만나자는 편지를 보냈던 거고요."

조지가 당연히 그 모든 것을 생각하고 왔을 거라 생각했다. 하지만 그는 고개를 내저었다. 표정으로 보아 내가 꺼낸 말이 그리 마음에 들지 않는 것 같았다.

"지금은 아니야."

"네? 무슨 뜻이죠?"

"난 오늘 당신과 그런 이야기를 나누고자 온 게 아니라고. 말 그대로 당신이 납치를 당했다기에 무사한지 확인하러 온 거야."

그의 대답이 잘 이해가 가지 않아 당황스러웠다. 나는 그가 여전히 내게 감정적으로 어필하려 한다면 그것만큼 어리석은 일은 없다고 생각했다. 하지만 조지는 그런 나를 내버려 둔 채 창문 쪽으로 걸어갔다. 그리고 창틀에 기대어 나를 응시했다. 그의 몸이 달빛을 완전히 가려 버렸기에 나는 그가 어떤 표정을 짓고 있는지를 확인할 수 없었다.

"의외…… 네요, 솔직히."

"나 역시 그리 생각하고 있었다면 당신이 믿을까?"

"솔직히 말해 낯설어요."

조지는 아무 말도 하지 않았다. 바람을 불면 날아가 버릴 모래라도 되는 듯 그의 모습은 무척이나 희미하게 보였다. 나는 그가 내가 알던 사람이 아닌 것 같다는 느낌을 받았다.

"다시 볼 때까지 건강하게 있어. 무사한 걸 확인했으니 일이 바빠 이제 가야겠군."

"……잘 가요."

그의 모습이 형체 없이 사라졌다. 눈앞에서 사람이 먼지처럼 흩어지는 게 놀랍지 않은 광경은 아니나 조지의 태도가 너무 나를 혼란스럽게 만들었던 나머지 그에 신경을 쓸 수가 없었다. 그의 동선 하나하나를 떠올리며 혹 수상쩍은 행동을 했었는지를 생각해 보던 나는 결국 머리카락을 헝클어뜨리며 자리에 누웠다.

내가 무지하다는 사실을 아는 순간부터 고뇌는 따라올 수밖에 없다. 그러니 생각이 복잡한 사람에게는 차라리 완전한 무지가 나을지도.

"살인 사건이라니, 모두들 난리예요! 난 혹시라도 스칼렛이 다쳤을까 봐 정말 많이 걱정했어요. 몸은 좀 어때요? 괜찮아요?"

"물론이죠."

나는 시녀들에게 더위로 얼굴이 발갛게 달아올라 있는 아멜리를 위해 시원한 주스를 가져다주라고 명령한 뒤에야 그녀를 돌아보며 대답했다. 하나 그녀의 얼굴이 홍당무 같은 이유는 비단 더위 때문만은 아닌 듯했다.

"정말 괜찮은 거 맞아요?"

"네, 정말이에요. 저한테는 아무 일도 일어나지 않았거든요."

"그나마 다행이네요. 정말이지 온 수도가 시끌벅적해요. 수도 한복판에서 살인 사건이라니……."

"온 수도가 난리라는 건 무슨 뜻인가요? 그런 이야기는 처음 들어요."

"그 이후로 사교 모임에 참석하지 않았으니까요. 귀족을 위협하려는 범죄라는 소식에 다들 걱정하고 있어요. 아버지께서도 스칼렛의 소식을 듣자마자 제게 호위 기사를 둘이나 붙이셨어요. ……물론 잘생긴 신사분들과 일상을 함께하는 건 꽤나 재미있는 일이긴 하지만요."

아멜리는 당혹스러운 내 표정을 알아차렸는지 뒤늦게 덧붙였다. 그러나 나는 그녀의 말을 귀 언저리에 맴돌게 내버려 둔 채 홀로 생각에 잠겼다.

테베는 신분이 철저하게 나뉘어 있으며 신분의 이동을 좀처럼 허용하지 않는 나라다. 일부다처는 물론 사생아에 대한 규제가 엄격했기에 귀족의 수는 적을 수밖에 없었고 그에 소수의 귀족들은 엄청난 특권을 누렸다. 그런 귀족을 위협하는 일이란 상상조차 할 수 없는 것이다.

나 자신이 멀쩡하다고 해서 쉽게 볼 일이 아니었다. 나는 그제야 내가 스스로의 상황에 대한 객관적 판단을 하지 못하고 있었다는 사실을 알아차렸다. 이건 조지가 나를 막무가내로 찾아올 만큼 큰 일이었던 것이다.

"그래도 걱정해 줘서 고마워요, 아멜리."

"당연한 일인걸요. 좀처럼 놀라는 법이 없는 오라버니께서도 어찌나 놀라셨던지 들고 있던 찻잔을 떨어뜨리셨다니까요. 그만큼 스칼렛이 당한 일이 충격적인 거예요. 그 대상이 또 다른 귀족이 될 수도 있는 일이니까요."

갑작스럽게 나온 에드먼드의 이야기에 당황하긴 했지만 다행히 내색하지 않는 데는 성공했다. 나는 그에 관한 생각을 차단하기 위해 의식적으로 침체될 곤돌라 사업에 대해 생각했다. 귀족 사회가 나의 납치 사건으로 인해 충격을 받았다면 아마 당분간 수요가 줄어들 터, 일이 어찌 돌아가는지 오늘내일 중으로 디시마드 상단으로 가 확인해 봐야 할 듯했다.

"어째서 이런 황당한 일이 일어났는지 도무지 가늠할 수가 없네요. 헌팅턴으로 가면서 그런 일이 생겼다면서요?"

"네, 그랬죠."

"정말 거기에 뭐라도 숨겨져 있는 걸까요? 수사관들도 대거 파견되었다고 들었는데……."

내가 원하는 방향의 의심이었으므로 아멜리의 물음은 무척이나 반가웠다.

"가본 적이 없어 정확히는 잘 모르겠어요. 저조차도 모르는 비밀스러운 보물이라도 숨겨져 있는 건지……."

"여하튼 이상한 일이에요. 아, 스칼렛. 이건 선물이에요. 빨리 쾌차하셨으면 하는 마음에."

그녀는 옆이 두었던 예쁘게 포장된 상자를 내게 건넸다. 나는 상자가 두 개가 된다는 사실에 의아함을 감추지 못한 채 아멜리에게 질문을 던졌다.

"이게 뭐죠?"

"왼쪽은 제 선물이고 오른쪽은 오라버니께서 보내신 거예요. 아무래도 저와 스칼렛이 절친하다 보니 마음이 많이 쓰이시나 봐요."

그녀는 대답과 함께 아무런 의심 없이 쾌활한 미소를 보였다. 나는 떨떠름한 기색을 애써 숨긴 채 고개를 끄덕였다.

"고마워요. 루이스 경께도 감사하다고 전해 주세요."

"물론이죠. 아, 지금 풀어봐요. 저도 오라버니께서 스칼렛에게 무슨 선물을 보냈는지 궁금해 죽을 지경이에요. 아무리 물어봐도 알려주지 않으시더라고요."

그 말은 내게 이 자리에서는 절대 선물을 뜯어선 안 된다는 확신을 들게 했다. 나는 침착하게 고개를 끄덕인 뒤 아멜리의 선물을 뜯으며 실수인 척, 가위로 왼손 약지 끝을 살짝 잘라 버렸다. 순식간에 피가 터져 나와 선물 상자까지 물들였다.

"어머, 스칼렛! 세상에나! 이게 도대체 무슨 일이에요?"

그녀의 비명에 시녀들이 뛰어왔다. 그들은 내 손가락에서 떨어지는 피를 보고 얼른 주치의를 부르러 갔다. 납치 사건으로 인해 저택에 머무르고 있었던 주치의가 급하게 달려와 내 상처를 치료했다. 그러는 동안 아멜리는 에드먼드의 선물 상자에 대한 관심을 완전히 놓아버린 듯했다.

그녀를 돌려보내고, 나는 내 신체에 스스로 상해를 입히는 일을 더 이상 주저하지 않는 나 자신에 대해 생각했다. 소름이 끼쳤다. 몸을 혹사시켜 상황을 벗어나는 방법을 가장 먼저 떠올리는 건 결코 정상적인 사고가 아님을 나 역시 알고 있다.

잔뜩 부은 손끝을 어루만지던 나는 곧 탁자에 덩그러니 놓여 있는 에드먼드의 선물로 시선을 옮겼다. 그러다 조심스럽게 선물 포장을 뜯었다. 안에는 자그마한 남색 반지 상자가 들어 있었다.

한참을 망설이던 나는 결국 용기를 내어 반지 상자를 열어보았다.

하얀색 머리띠에 풀색 민소매 원피스. 무언가 심심한 것 같아 하얀색 양산을 손에 쥐고 나니 그제야 요즘 귀부인들 사이에서 유행하는 차림새가 완성된다. 디시마드 상단으로 출발할 준비를 모두 마쳤지만 이상하게 발이 떨어지지 않았다. 몇 걸음 가지 못해 멈추자 시녀들이 내게 염려 어린 시선을 보냈다. 그제야 깨달았다. 내가 지금 다른 사람들의 배려를 받고 있다는 사실을.

처음에는 무슨 상황인가 싶었으나 고민은 그리 길지 않았다. '마차'라는 교통수단이 꺼려지는 이유는 그 공간이 납치라는 내 부주의의 결과물을 맛보게 만들었기 때문이다. 시녀들이 안절부절못한 채 나를 보고 있는 이유 또한 마찬가지인 듯하다.

디시마드 상단으로 가 곤돌라 사업의 진행 상황을 확인해야 하건만 발걸음은 쉬이 떨어지지 않는다. 굳이 확인을 해야 하느냐고 날 설득하려는 내면의 게으른 속삭임도 귓가에 왱왱 울렸다.

"마님?"

시녀들의 부름에 정신을 차린 나는 더운 햇빛 아래 꽤나 오래 서 있었다는 사실을 알아차렸다. 마차를 노려보았지만 그렇다고 해서 해결되는 건 없다. 나는 결국 주먹을 세게 움켜쥐고 빠르게 마차에 올라탔다.

나를 의식한 건지 마차는 무척이나 빠르게 달려 평소보다 배는 이르게 디시마드 상단 앞에 도착했다. 나는 부러 모르는 척하며 디시마드 상단으로 들어섰다. 안내원은 내 이름을 확인하더니 평소처럼 응접실로 데려가지 않고 푸치니 씨의 집무실로 안내했다.

"오셨습니까, 부인."

나는 푸치니 씨가 건네는 손을 가볍게 마주 잡았다.

"병문안을 가고 싶었지만 부인의 평판에 어떤 영향을 미칠지 가늠할 수가 없어 자제했습니다. 귀족 사회가 난리던데 몸은 좀 괜찮으십니까?"

"걱정해 주신 덕에 괜찮아요. 그런데 혹시 어디 여행이라도 가는 건가요? 집무실이 좀……."

그의 집무실은 커다란 상자에 서류와 물건이 정돈되지 않은 채로 아무렇게나 담겨 있었다. 버려진 종이 뭉치가 발에 차일 정도였고 먼지가 어찌나 많았는지 몇 마디 하지 않았음에도 목이 당겼다.

"그렇잖아도 부인과 말씀을 나누려고 했습니다."

"무슨 일이라도 있나요?"

푸치니 씨의 모호한 미소가 짙어졌다. 침묵 속에서 눈빛만이 오 가던 와중 그가 결국 고개를 끄덕였다.

"이번 곤돌라 사업의 성공으로 공로를 인정받아 판델 본사로 돌아가게 되었습니다. 본사에서 발령받아 온 에반도르 씨가 제 역할을 대체하게 될 겁니다."

갑작스러운 이야기였다. 나는 잠시 말문이 막힌 채 푸치니 씨를 보았다. 하고 싶은 이야기가 목구멍까지 차올랐으나 결국 뱉어내지는 않았다. 그가 인수인계를 철저히 하지 않을 리가 없으니 기다리는 게 먼저라고 생각했기 때문이다.

"인계가 진행 중입니다. 사람이 바뀔 뿐 나머지는 달라질 게 없을 겁니다."

"축하드려요. 어쨌든 잘된 거겠죠?"

"물론입니다."

"떠난다고 하시니 아쉬운 마음이 드는 건 어쩔 수 없네요."

"저 역시 괜히 섭섭한 마음이 큽니다. 아, 부인의 방문 이유는 짐작하고 있었습니다. 곤돌라 사업 때문이겠지요?"

나는 고개를 끄덕이며 서운한 내 마음을 돌아보았다. 사업적인 파트너라고 생각했으나 일을 진행하는 동안 푸치니 씨에게 상당히 큰 의지를 하고 있었음을 이제야 깨달았기 때문이다.

"아무 걱정하실 필요 없으십니다. 귀족들의 발걸음이 뜸해진 건 사실이나 부유한 관광객들의 소비가 그 자리를 메우고 있습니다. 특별한 사건이 터지지 않는 한 매출은 유지될 겁니다."

설명을 듣는 동안 그간 푸치니 씨가 내게 필요하지만 미리 요구하지 않았던 부분까지도 귀신같이 알아내어 확인해 주었다는 사실을 알아차렸다. 이런 사람과 헤어지게 된다는 사실은 생각할수록 더 아쉽게 다가왔다.

"미리 말씀하셨다면 약소한 선물이라도 준비했을 거예요."

"아마 들고 가지 못했을 겁니다. 보시다시피 지금만 해도 짐이 산더미라서……. 사실 제가 부인께 드리려고 준비한 선물은 있습니다."

의외의 말에 나는 눈을 동그랗게 떴다. 푸치니 씨는 책상 서랍 쪽으로 가더니 바쁘게 손을 놀려 거무튀튀한 상자 하나를 꺼냈다. 꽤 오래 보관된 듯한 낡은 상자의 모습에 내게 무엇을 주려 하는 건지 더욱 감을 잡기가 어려웠다. 평소처럼 설명해 주리라 생각했건만 그는 딱히 그럴 생각이 없는 듯했다.

"원래부터 드릴 생각이었습니다."

"원래부터라뇨?"

"제 친우 중 부인과 닮은 사람이 있다고 말씀드렸던 걸 기억하실 겁니다. 그 사람에 대한 호감이 짙어 부인을 도와드리지 않을 수가 없었습니다. 이렇게 큰 성공을 불러올 줄은 몰랐지만."

느낌이 미묘했다. 나는 이상한 느낌이 무엇인지를 잡아내지 못한 채 멍하니 생각에 잠겼다. 그때 푸치니 씨의 눈이 내 손가락을 향했다.

"못 보던 반지군요."

나는 어색한 미소와 함께 얼른 두 손을 뒤로 감추었다. 하지만 그는 미소를 거두지 않았다.

"예쁩니다, 부인."

푸치니 씨의 선물을 얼른 풀어보고 싶었던 나는 시녀들에게 상자를 옮겨놓도록 지시한 뒤 서둘러 저택 안으로 들어섰다. 그러나 금세 걸음을 멈춰 설 수밖에 없었다.

"마님을 뵙습니다."

조슈아와 마주쳤기 때문이다. 목소리에 물기가 어려 있음을 눈치채고 말았기에 모른 척을 할 수도 없었다. 나는 그녀의 여린 눈가에 고인 눈물을 확인한 뒤 한숨과 함께 물었다. 살갑지는 못 해도 차갑지는 않은 음성이었다.

"무슨 일이기에 눈물을 보이니?"

하나 조슈아는 입을 떼지 않았다. 겁을 집어먹은 건지 내게 말하고 싶지 않은 건지를 알 수가 없었다. 조금 더 기다리던 나는 한숨을 쉬며 고개를 끄덕였다.

"말하고 싶지 않은 거구나. 원래 임산부는 감정 기복이 심하다 들었단다. 저택을 거닐며 기분 전환이라도 하렴. 조금 나을 거야."

"……그게 아니에요."

모기만 한 목소리였다. 침대 위에서 엉겨 붙어 있다 하더라도 알아듣기 힘들 정도의 작은 목소리에 나는 인상을 찌푸렸다.

"잘 들리지 않는구나. 뭐라고 그랬니?"

"그게, 저와…… 저와 차 한잔 괜찮으신가요?"

마치 질문을 던진 뒤 도망치기라도 하려는 기세였다. 예상치 못한 상황에 꽤나 당황스러웠지만 굳이 그녀와의 시간을 거부해야 한다는 생각은 들지 않았다. 무어가 이 저택에 남아 있었다면 기절할 만한 대답이겠지만…….

"나쁘지 않지. 네 방으로 초대하는 거니?"

"좁아도 괜찮으시다면요."

"개의치 않아. 앞장서렴."

조슈아의 방은 적당히 넓고 쾌적했다. 나는 시중인을 모두 물린 채 그녀의 방에 단둘이 남았다. 무슨 근심이라도 있는 건지 조슈아는 표정이 좋지 않았다. 나는 조금 전 그녀가 내 앞에서 눈물을 보인 이유도, 안색이 나쁜 이유도 알 수가 없었다.

"저는 마님을 미워해요."

갑작스러운 말이다. 나는 조슈아를 향해 고개를 돌렸다. 나를 미워하는 마음은 짐작할 수 있어도 갑작스럽게 이런 말을 꺼낸 의도를 짐작하기는 어려웠다. 게다가 당황스럽게도 그녀의 눈에는 눈물이 그렁그렁 맺혀 있었다.

워낙 예쁜 외모를 가진 터라 우는 얼굴이 보기 싫지는 않았으나 마치 내가 울린 것 같은 상황은 이해가 가질 않았다. 내 침묵을 무슨 의미로 받아들인 건지 조슈아는 앙앙 울음을 터뜨리며 소리쳤다.

"정말로 마님을 싫어해요. 나만 설 수 있다고 생각했던 내 남자의 옆자리를 빼앗은 사람이니까, 내가 가진 유일한 사람을 너무 손쉽게 차지해 버렸으니까! 그래서 마님이 너무 싫었어요."

"도대체 무슨 말을 하고 싶은 거니?"

시간을 낭비하고 있다는 생각이 들 수밖에 없었다. 한심함을 숨길 수 없는 음성에 조슈아가 손수건으로 눈물을 훔치며 대답했다.

"납치를 당하셨다 들었어요."

"내가 무사히 돌아온 게 화가 나는 거니?"

대답은 없었다. 대체 어쩌자는 건지, 빈정이 상하려던 찰나에 조슈아가 아예 목을 놓아 울어버렸다. 흡사 부모라도 잃은 모양새에 도저히 버려두고 갈 수가 없었다. 일단은 참아주고 있었지만 인상이 찌푸려지는 건 나로서도 어쩔 수 없는 일이다.

"그럴 리가…… 없잖아요."

울음소리가 잦아든 뒤 겨우 나온 한마디였다. 희미한 목소리는 위태롭게 느껴졌고 나는 멍하니 그녀를 바라보기만 했다.

"저는 마님을 싫어하고 마님을 미워하지만 마님이 납치를 당하거나, 아프거나, 잘못되는 걸 바라지는 않아요. 흐흐흑. 그 말이 하고 싶었어요. 으흑, 어쩌면 저는 마님을 정말 미워하지는 않는 것인지도 모르죠."

"그거 참 고맙구나."

"장난하고 있는 게 아니에요! 흐흐흑. 마님에게는 이런 제가 우습게 느껴지겠지만……."

나는 위로에 익숙하지 않은 사람이기에 흐느끼는 조슈아를 어떻게 달래야 할지도 알 수 없었다. 그래서 침묵을 고수한 채 그녀를 바라보기만 했다.

"샘의 관심이 멀어진 순간 저는 제가 죽을지도 모른다고 생각했어요. 샘은 제게 차가웠고 저는 샘의 아이를 품고 있었으니까요. 도망칠까 고민도 했었어요. 그런데 그런 저를 잡아준 건 다름 아닌 마님이셨어요."

그녀는 잔뜩 흥분한 듯 숨을 헐떡이며 말을 이어나갔다.

"그런데 마님이 납치를 당했다가 돌아왔다고 하시기에, 흐흐흑, 혹 다치셨을까 봐, 안 좋은 일이라도 당하셨을까 봐……. 정말 걱정했어요."

고해성사라도 하는 모습이라니 우습기 짝이 없다. 어쩌자고 사랑하는 남자의 아내에게 이런 호의를 품은 걸까. 말도 안 되는 꼬락서니를 하고 있는 조슈아를 한심하게 내려다보던 나는 왠지 모르게 동하는 마음을 무시하려 애썼다. 그러다 문득,

'프레드릭 형님이 황태자가 된 뒤 나를 제외한 모든 황자는 자결해야 했어. 어머니는 날 살리기 위해 알버트 형님의 피가 식기도 전에 스스로를 베셨지. 그래서 나는 원치 않던 삶을 살아갈 수 있었어.'

위로를 바라는 듯 가여운 이 모습이 그때의 조지와 겹쳐져 버리는 것이다.

깨달아버렸다. 부정할 수도 없게 확실히 알아버렸다. 왜 여태까지 눈치채지 못했는지 의문이 갈 정도로 명확했다. 왜 나는 조지와 조슈아의 생김새가 이렇게 닮아 있음에도 알아차리지 못했을까.

"네가 그렇게 나를 걱정해 주었다니 감명받지 않을 수가 없구나."

나는 조슈아의 머리카락으로 가만히 손을 뻗었다. 손가락에 닿은 황금색 머리카락은 무척이나 부드러웠다. 그 감촉에 또 한 번 내 멍청함을 상기할 수밖에 없었다. 순금을 한 가닥씩 뽑아놓은 것 같은 이 머리카락은 햇빛이 닿으면 마치 제가 태양의 핏줄이라는 듯 찬란한 기운이 흘렀다. 어찌하여 이 모습을 예사로 넘겼던가.

"네가 나를 걱정하는 만큼 나 역시 너를 걱정하고 생각하고 있었단다. 이상하게도 너에게 마음이 자꾸 가더구나."

이 익숙함을 미리 깨닫지 못한 이유는 내가 다른 가정에 얽매여 있었기 때문이다. 가정 자체가 잘못되었는데 다른 요소들을 검토하며 홀로 고민했다. 모순을 미리 알았더라면 이렇게 돌고 돌 필요는 없었을 텐데.

"난 네가 궁금하단다. 네가 어떤 삶을 살아왔는지 늘 알고 싶다고 생각했지만 그 호기심이 남편의 부인과 남편의 정부로 각각 만난 우리의 관계에 있어서 부정적으로 작용할 거라 생각했지."

내 말에 그녀의 금안이 요동치기 시작했다.

"그래서 너와 진중한 대화를 나눌 기회를 갖기도 어려웠단다. 나라고 모두 쉬운 게 아니야."

나는 단 한 번도 지어 보였던 적이 없는 친절한 미소를 보여주었다. 마치 나는 그전부터 친밀하게 생각해 왔다는 것처럼.

"네 이야기를 내게 해주겠니? 정말이지 나는, 너에 대해 알고 싶구나."

Chapter 8 상황을 앞지른다는 건

몸이 지나치게 허약해진 걸까, 요즘에는 피로가 조금만 쌓여도 잠을 통제하지 못했다. 어제도 그랬던 모양인지 조슈아와의 대화를 끝내고 방으로 돌아온 나는 그대로 기절하듯 잠들고 말았다. 몸을 일으키며 오늘 일정에 대해 생각하던 나는 곧 피식 웃어버렸다. 할 일이 없었기에.

납치 사건 이후 내 일거리는 눈에 띄게 줄어들고 있었다. 퍽 노골적인 태도다. 공저에서 나를 제외시키기 위해 밑밥을 깔고 있는 걸까, 아니면 시작되는 변화를 감출 필요조차 없다고 생각하는 걸까.

어느 쪽이든 기분이 좋을 수는 없다. 그러나 조슈아의 진짜 신분을 확인함으로써 헌팅턴 공작의 계획을 어느 정도 짐작할 수 있게 된 지금, 그의 행동은 내게 그 어떤 불안감도 유발하지 못한다. 이제 나 역시 그가 기다리고 있는 때를 함께 기다리게 되었다. 그를 내 발밑에 무릎 꿇리고 목숨을 구걸케 하기 위해서다.

그 뜻을 이루기 위해서는 오늘로 약속되어 있는 조지와의 만남에 더욱 신경을 기울여야 한다. 안주인으로서 할 일이 거의 없어진 게 오히려 잘된 일인지도 모른다. 평소보다 치장에 더 공을 들인 나는 마차를 타기 위해 빠르게 밖으로 나섰다.

시녀들은 얼마 전 납치가 마음에 걸리는지 또 한 번 동행을 자처했다. 그러나 나는 거절했다. 다른 이도 아닌 조지를 만나는 길이기에 안전에 대해서는 딱히 걱정이 되지 않았기 때문이다. 내가 만약 무슨 일을 당한다면 그는 반드시 나를 찾아낼 것이다. 조지가 내게 모든 것을 드러내지는 않았으나 가끔 보이는 마법만 봐도 그 정도 신뢰는 줄 수 있었다.

이윽고 마차는 레스토랑 앞에 도착했다. 예약제로 손님을 받는 이 레스토랑은 신상 보호를 위해 모든 테이블이 각각의 방 안에 비치되어 있었다. 하지만 궁금해진다. 정말 이곳에서 만난다 해서 비밀이 보장될 수 있을지가.

안내를 받아 방 안으로 들어서자 조지의 모습이 보였다. 그는 내가 들어오자마자 팔을 벌리며 다가왔다. 나는 그의 뺨에 키스한 뒤 곧바로 떨어졌다.

"보고 싶었어요."

"인사치레일지 진심일지가 궁금하군. 개인적으로 후자였으면 좋겠어."

굳이 대답하지는 않았다. 조지는 무언가를 바라는 표정으로 계속해서 나를 응시했으나 나는 때마침 주문을 받기 위해 룸 안으로 들어오는 종업원을 의식하는 척하며 자리에 앉았다.

"이전보다 훨씬 건강해 보이는군."

"얼마 전까지는 환자에 가까웠으니까요. 그래도 괜찮아 보인다니 다행이에요."

"무엇이 당신을 다시 생기 넘치게 만들었는지가 궁금해. 그게 나라면 좋을 텐데 말이야."

나는 상냥한 얼굴로 그의 말을 무시했다.

"B코스로 하죠."

"나도 그리하지. 와인은 생략하고."

조지는 내 태도가 아무렇지 않다는 듯 말을 받았다. 식사를 기다리는 동안 나와 그는 가벼운 대화를 나누었다. 수도의 정세라든지, 곤돌라 사업의 확장이라든지, 그가 다스리는 영지의 세금 문제라든지……. 표면적이라 할지라도 연인이 나눌 법한 대화는 아니다. 하나 나와 그는 의식적으로 그 사실을 외면하고 있었다. 우리의 관계나 앞으로의 계획에 대한 화제 역시 마찬가지였다.

"해밀턴 백작 부부의 파탄에 대해서도 알고 있었어요?"

"나도 듣는 귀가 있으니까."

"그건 알지만, 그래도 당신이 이런 일까지 파악하고 있는 게 신기한 거예요. 어쨌든 백작 부인은 꽤나 가여운 사람이죠. 남들이 우습게 여길 만큼 순진했던 게 화근일까요?"

"어쩌면. 착하기만 한 건 독이 될 뿐이지. 당신도 동의할 거라 생각하는데."

우리는 식사를 마친 뒤 마차에 올랐다. 하지만 마차의 진동을 느낄 새도 없이 그의 손에 이끌려 다른 장소로 이동했다. 빙어 낚시 대회의 향수를 불러일으킨 건 마법의 종류뿐만이 아니었다. 왜냐하면 눈에 펼쳐진 공간이……

"이곳은 오랜만이지?"

빙어 낚시 대회가 있었던 황가의 비밀 장소였기 때문이다. 초여름의 이곳은 훨씬 더 생기 있었다. 온통 초록빛으로 물든 풍경뿐만이 아니라 코끝으로 느껴지는 풀 냄새도 싱그러웠다. 냇가를 따라 가지런히 피어 있는 꽃들도 저마다의 아름다움을 뽐내고 있었기에 나는 따뜻할 때의 이곳이 훨씬 더 매력적이라고 생각했다.

"아름답네요."

"좋아할 줄 알았어. 그래서 데려온 거고."

"마차에서 대화를 나눌 거라고 생각했어요."

"식사하고 나서 바로 덜컹거리는 마차에 태우는 건 숙녀에 대한 예의가 아니잖아. 내가 그 정도로 배려 없는 사람처럼 보였던 거야?"

그 말과 함께 조지는 손을 내밀었고 나는 대답 없이 그에게 팔짱을 꼈다. 우리는 함께 들판을 거닐었다. 그는 높은 구두를 신은 나를 위해 내 팔과 허리를 단단히 잡아 지탱해 주고 돌계단 위로 올라갈 때면 살짝 안아주는 등, 헌팅턴 공작과 완전히 다른 배려를 잊지 않았다.

안타까운 건 그럼에도 내 마음이 조금도 풀리지 않는다는 거였다. 오히려 그가 친절하게 굴면 굴수록 내 경계심은 더욱 높아졌다.

"힘들지는 않아?"

"괜찮아요. 당신이 도와주고 있잖아요."

"늘 이런 그림을 원했는데 결국 내가 도와줄 수 있는 건 이런 물리적인 것뿐이네."

"그럴 리가요. 곤돌라 사업도 당신의 허가가 없었다면 불가능했을 거예요. 그런 의미에서 조지, 당신은 제게 정말 대단한 은혜를 베풀었던 거죠."

"그렇다면 당신도 내게 그 은혜를 베풀어줄 수 있을까?"

물음은 갑작스러웠다. 그의 표정을 살피기 위해 옆으로 돌아보는 즉시 조지는 내게 입을 맞춰왔다. 지금 이 순간은 키스를 하고 싶지 않았다. 나는 고개를 뒤로 젖혀 그의 입술이 닿는 범위에서 완전히 벗어났다.

"도움을 바라는 거라면 어떤 걸 말씀하시는 거죠?"

"글쎄, 여러 방면에서 날 도울 수 있지 않을까. 당신의 협조가 더 능동적일수록 더욱 확실한 도움이 될 테고."

목적을 이루기 위해서는 빙빙 돌려 말해 늘어지는 대화야 얼마든지 견딜 수 있는 나였건만 이상하게도 조지의 애매모호한 말이 짜증스럽게 느껴졌다.

"정확하게 어떤 협조를 말하는 건가요?"

"우선적으로는 새뮤얼 헌팅턴 공작을 적대시하길 바라."

"그럴 수 있어요. 그렇다면 다음은요?"

그는 오랫동안 대답하지 않았다. 조지가 바라는 대화의 전개와 내가 바라는 대화의 전개 사이에는 감출 수 없는 괴리가 있었다. 나는 이해할 수 없었다. 나를 신뢰하기로, 그리고 협조를 청하기로 결심하기까지 수없이 많은 고민이 있었을 게 분명함에도 조지의 태도는 지나치게 불분명했다.

확실히 말할 필요가 있다는 생각이 들었다. 나는 얼굴을 찌푸리며 허리에 감겨 있던 조지의 손을 차갑게 뗐다.

"날 믿지 않는다면 이런 말조차 꺼내지 말았어야죠."

"스칼렛?"

"언제쯤 제게 솔직하게 행동할 건가요?"

"나는 당신이 무슨 말을 하는지 잘……."

"날 이용하기 위해, 내 도움이 필요해서 접근했다고 솔직하게 말했더라면 난 당신을 돕겠다고 나섰을 거예요."

조지의 앞에서 단 한 번도 보인 적 없는 날 선 모습이다. 분위기는 순식간에 싸늘해졌고 내 말을 끝으로 우리 둘 사이에는 그 어떤 대화도 이어지지 않았다. 한참이 지나 조지는 속으로 어떤 결론을 내린 듯 굳어 있던 표정을 부드럽게 풀었다.

"무슨 오해가 있었던 모양이야. 당신이 하는 말이 이해가 안 돼. 내가 당신을 이용하기 위해 접근했다니, 그렇게 말도 안 되는 소리가 어디 있겠어?"

그가 내 감정을 움직이기 위해 마법을 사용할 때마다 나는 익숙한 향기가 내 코를 찔렀다. 나는 내 팔을 잡으려는 조지의 손을 조금 전보다 훨씬 더 거칠게 쳐내며 짜증스러운 얼굴로 입을 열었다.

"그 저질스러운 마법, 이제 그만하지 그래요? 정말이지 지긋지긋할 지경이니까요."

여유 있어 보였던 얼굴은 확연하게 굳어졌다. 그리고 그 모습이 내게 이유를 알 수 없는 은근한 쾌감을 남겼다. 어쩌면 단 한 번도 불리한 상황에 처해지지 않았던 그에게 어떤 압박감을 주는 데 성공했다는 사실에 내 안의 악마가 기뻐하고 있는 건지도 모른다.

조지는 한참 동안이나 입을 다물고 있었다. 마법이 아니었다는 거짓말도, 내가 오해하고 있다는 우스운 해명도 없었다. 마법을 사용하고 있었다는 사실을 암묵적으로 인정하는 거였다. 침묵이 유쾌하지 않았으므로 먼저 정적을 깨뜨린 건 나였다.

"아니라고 하지는 않았으면 좋겠어요."

"어떻게 안 거지?"

설명은 굳이 필요하지 않았다. 당신이 마법을 쓸 때마다 후각으로 느껴지는 향기가 이제 역겨워지려 한다고 말하는 것도 우스웠다. 나는 말없이 그를 바라보았다. 대답할 의사가 없음을 드러낸 거였다.

"내게 실망했어?"

헛웃음을 터뜨릴 뻔했다. 내가 느낀 실망감에 대해 구구절절 이야기해 봐야 달라질 게 없음을 그도, 나도 안다. 지나치게 초보적인 질문이 나를 허탈하게 했다.

"만약 그걸 걱정했다면 이전에 그만두고 기회가 있을 때 설명했어야 해요. 죄책감을 느끼지 않았고 지금도 마찬가지잖아요. 그런데 왜 묻는 건가요?"

"하지만 스칼렛."

"내가 계속해서 물은 건 당신이 날 동등하게 생각해 주길 바랐기 때문이에요. 도움을 필요로 한다면, 당신의 계획에 끌어들일 거라면 최소한 그 정도 대우는 바랄 수 있는 것 아닌가요?"

조지는 얼굴을 일그러뜨린 채 아무 말도 하지 못했다. 무언가 말하려 하는 듯 입을 뻐끔거리긴 했으나 결국 나오는 말은 없었다. 마법을 들킨 이상 변명의 여지가 없는 일이었기 때문인지도 모른다.

"나 따위는 마법으로 움직일 수 있다고 생각한 거겠죠. 안 그런가요?"

"아니야. 당신은 오해하고 있는 거야."

기껏 나오는 변명이 오해라는 한마디일 줄은 몰랐기에 순간적으로 어안이 벙벙해졌다. 아마 그는 자신이 마법을 쓰고 있다는 사실을 알아차린 순간 내가 받았을 마음의 상처 따위는 조금도 이해하지 못할 것이다. 그 사실을 상기하자 나는 더욱 냉정해졌다.

"내가 뭘 오해하고 있는데요?"

"당신을…… 아래로 보지 않았다는 거야."

그 음성에 확신은 담겨 있지 않았다. 스스로의 말조차 믿지 못하면서 듣는 이가 신뢰해 주길 바라는 건 지나친 욕심이 아닌가.

"아뇨, 난 당신의 아래에 있어요. 황가의 피를 이은 당신과는 달리 나는 헌팅턴 공작에게 이혼당하는 순간 아무것도 가진 게 없는 불우한 여자일 뿐이잖아요."

"스칼렛."

"단지 드러난 위치와는 별개로 연인에게 그런 대접을 받고 싶지는 않았다는 거예요. 당신이 내 당당함에 반했다며 연인이 되길 청했을 때, 나는 신뢰를 드리기로 결심했으니까요."

지나치게 흥분하게 될 것이 두려워 나는 숨을 가다듬었다. 어차피 과거의 일이다. 지금의 나는 조지에게 내 불우한 처지를 조금이나마 개선시켜 줄 수 있는 사람이라는 정도의 신뢰밖에 갖고 있지 않으니까.

"당신을 가볍게 보려던 건 아니었어."

"하지만 난 당신에게서 가벼움을 느꼈어요. 심지어 방금 전까지도 내게 아무것도 설명하지 않으려 했잖아요."

그는 착잡한 듯 마른세수를 했다. 그러다 갑자기 고개를 들고는 입을 열었다.

"……묻고 싶어. 내 사랑을 바라고 있었느냐고."

"마법을 눈치채지 못했을 때는 그런 마음이 있었을지도 몰라요, 아주 조금은. 하지만 지금은 아녜요. 당신이 더 잘 알잖아요."

때로는 내 감정이 나보다는 상대방에게 더 확실하게 와 닿을 때가 있다. 나는 은연중에 자리한 거절이 그에게 선명하게 느껴졌으리라고 감히 단언할 수 있었다.

"단순한 거래였어?"

"서로 원하는 바가 명료했으니까요. 단순히 거래 관계로만 생각한다면 우리 사이, 나름대로 공정했다고 말할 수도 있을 것 같네요. 그런 맥락이라면 당신을 원망하지 않을 수 있어요."

조지의 얼굴이 지금 대화에 임하는 내 태도만큼이나 싸늘하게 굳어졌다. 우습게도 그는 내게 배신감 같은 감정을 느끼고 있는 듯했다. 이해할 수 없었지만 그가 이 상황을 받아들일 시간은 주고 싶었다. 내가 가만히 기다린 이유는 그 때문이다.

"……좋아. 그렇다면 당신이 원하는 새 거래의 조건은 뭐지?"

"내게 모든 것을 있는 그대로 알려주고 모든 일이 끝난 뒤, 당신의 능력 범위 내의 소원을 한 가지 들어주는 거예요."

"당신은 내게 무엇을 줄 수 있는데?"

"헌팅턴 공작을 방해하고 당신의 충실한 조력자가 될 수 있겠죠. 최소한 이번 일이 끝나기 전까지는 계속해서 우호적인 관계를 유지할 생각이에요. 제 안정된 삶을 위해서라도 당신과 손을 잡는 일은 필요하니 배신의 우려는 하지 않아도 좋아요."

"우선 앉지."

그는 차가운 손으로 내 손목을 잡아 나를 평평한 둔덕에 앉힌 뒤 자신도 옆에 앉았다. 나무 그늘 아래라 햇빛이 직접적으로 쏟아지지도 않았고 바람도 선선히 불어, 최소한 뜨거운 햇빛 아래 서로 노려보고 있던 방금 전보다는 훨씬 기분이 나아졌다.

"어디부터 설명해야 할까."

"조슈아가 황족이라는 것부터요."

"……그래. 그 아이는 프레드릭 3세, 현 황제의 사생아야. 황제의 하룻밤 상대였던 가여운 시녀를 어미로 뒀지. 출산 전 황비 전하에 의해 황궁을 빠져나왔기에 황제는 제게 자식이 있는지 몰라."

"그녀도 당신의 사람인가요?"

조지는 고개를 끄덕였다. 프레드릭 3세가 오랫동안 병석에서 일어나지 못하기에 황궁에 조력자가 있을 거라 여겼고 황궁 내부를 관할하는 로에나 황비라면 더욱 가능성이 높을 거라 생각했다. 혹시나 했던 일이지만 정말로 그녀까지 끌어들였다는 사실이 나를 놀라게 했다.

"나를 돕고 계시긴 해도 그분과 깊은 관계를 맺은 건 아냐. 어쨌든 황비께서는 시녀를 황궁에서 내쫓으면서 죽음을 함께 사주하셨어. 하지만 시녀를 죽이는 데 성공했다고 생각하신 것과 달리 일은 실패했지."

나는 두 가지를 확인할 수 있었다. 하나, 황비는 조슈아의 생존을 알지 못하고 있다는 것. 또 하나, 조지는 고의적으로 조슈아의 생존을 숨겼다는 것.

"당시의 나는 힘이 없었어. 로에나 황비와 아마릴리스 누님과 협력했어도 얼마든지 서로를 배신할 수 있는 관계였기에 조슈아의 생존은 더욱 숨겨야 한다고 생각했지."

"다른 패로 쓰기 위해서였어요?"

"내가 황위에 오르는 게 힘들어지면 그 아이를 황제로 만들고 대리 통치라도 할 생각이었어."

조슈아에 대해 말하는 조지의 얼굴은 결코 호의적이라고 말할 수 없었다. 아무래도 그는 형제를 죽인 현 황제의 딸에게도 같은 증오를 품고 있는 듯했다.

"신병을 확보한 나는 내 마력으로 막 피어나려던 그 아이의 마력을 모두 제거하고 나를 따르던 충신 중 하나였던 새뮤얼에게 노리갯감으로 선물했어. 대외적으로는 그 존재를 노출시키지 않는 게 결혼 성사에 도움이 될 거라는 충고와 함께."

조슈아는 모친의 죽음 직후 누군가에게 끌려가 며칠 동안 감금되어 있었다 말했다. 그리고 감금된 기간 동안의 기억은 조금도 없어 그 자신도 의아하게 생각한다는 말도 덧붙였다. 헌팅턴 공작이 어째서 그 아이를 데리고 있는지에 대한 의문이 풀렸으며 동시에 모든 이야기가 맞아떨어지고 있다. 나는 그제야 조지가 말하는 진실을 조금이나마 믿을 수 있었다.

"아마릴리스 누님 쪽이 내게 완전히 협력하기로 했음을 확인하면서 그 아이의 생존이 내게 위협이 되었어. 그래서 조슈아를 제거하러 수도에 왔지."

"그런데 헌팅턴 공작이 순순히 내어주질 않았던 거군요."

"오히려 날 수상쩍게 여겨 따로 조사하다 결국 조슈아의 신분을 알아차렸어. 그때부터 내게 비밀을 만들기 시작했던 거야."

결혼 당시만 해도 헌팅턴 공작은 아이를 갖는 것을 조건으로 내걸었다. 나는 그가 나와의 결혼 후 얼마 있지 않아 조슈아의 정체에 대해서 알아차렸음을 가늠할 수 있었다.

"새뮤얼은 조슈아를 이용해 황위를 노리고 있어. 사생아이긴 해도 현 황제의 유일한 자식이기에 나보다 황위 계승권이 앞설 수 있다는 사실을 알고 있거든."

"게다가 조슈아가 아기를 낳게 되면 후계까지 확보되니 미혼인 당신에 비해 더 유리해질 수도 있겠군요."

"맞아. 당신이 늦지 않게 임신 소식을 전달한 덕에 나는 황비 전하께 약물 투여 빈도를 높여달라 청할 수 있었어. 그가 주변 세력을 넓히기 전에 압박하는 것이 가능해졌던 거지."

마치 잃어버렸던 퍼즐 조각을 제대로 찾아 끼워 맞춘 것 같았다. 조지의 이야기는 내가 여태까지 알아낸 것들과 완벽하게 맞물리고 있었으니 말이다. 생각을 정리하기 위해 잠시 눈을 감았던 나는 질문할 것을 떠올리고 갑작스럽게 눈을 떴다.

"남편은 빼돌린 예산으로 무엇을 하고 있었나요?"

"사병 양성, 그리고 고위 귀족들과의 접촉 시도 및 로비. 그리 효과적이진 않았지만 말이야."

조금도 창의적이지 않은 헌팅턴 공작의 행동에 조소가 나왔다. 그야말로 반역을 준비하는 이가 전형적으로 할 법한 행동이 아닌가.

"나는 황위를 차지할 거야. 내가 그 자리에 앉는 게 현 황제에 대한 확실한 복수가 될 테니까."

이야기는 끝났다. 조지의 행동에 대해서 이해할 수 없었지만 지금 이 순간, 그가 가슴속에 품고 있는 현 황제에 대한 복수심만큼은 공감할 수 있었다.

"스칼렛."

이름을 부르는 목소리에 나는 고개를 돌려 그를 바라보았다.

"당신은 내게 우롱당했다고 생각하겠지만 사실, 나는 끝까지 고민하고 있었어. 이 모든 것을 알게 된다면 결국 위험부담이 생기는 거니까."

반역이라는 단어로 표현할 수 있는 이 행위에 가담한다는 건 내가 그만큼의 위험부담에 대해 감당할 의사가 있다는 것이다. 심지어 나는 어느 정도 상황을 알고 그에게 사실을 말하라 요청했다. 그를 모를 리 없음에도 이렇게 말하는 건 마치……

"나를 걱정하는 것처럼 들리네요."

"그래, 걱정했어. 당신에 대한 마음이 전부 거짓은 아니었으니까."

"……무슨 뜻이에요?"

"당신을 사랑하고 있다는 뜻."

거짓은 더 이상 필요치 않다고 말하려던 내 입은 그의 진중한 눈을 마주한 순간 저절로 다물어졌다. 이미 저와 같은 눈빛을 본 적이 있다. 나는 다시 생각나려는 에드먼드의 얼굴을 떠올리지 않기 위해 애쓰며 고개를 저었다.

"저는 믿지 않아요."

"처음에는 당신이 필요해서 접근했던 게 맞아. 하지만 어느 순간부터는 사랑이었어. 당신의 마음 역시 진심이길 바랄 정도의 사랑, 당신이 다치지 않길 바랄 정도의 사랑."

마음은 흔들리지 않았다. 그의 고백이 진실이든 거짓이든 받아줘야 할 의무 따위는 없었으니까. 나와 조지의 관계는 재정립되었다. 나는 그의 연인이 아닌 조력자이자 협력자다.

"헌팅턴 공작에게 대항하려면 어차피 목숨을 걸었어야 해요. 다치지 않길 바라는 건 사치겠죠. 이미 저는 그에게 방해 요소로 작용하고 있기도 해요."

나는 그의 고백을 모르는 척하며 말을 돌렸다. 조지는 내 태도를 통해 모든 것을 눈치챈 것 같았다. 한참 동안 침묵이 흘렀다. 나는 오늘따라 그와 나 사이에 찾아드는 고요함이 지나치게 잦다고 생각하며 앞의 풍경을 바라보았다.

"마법을 쓴 건…… 일을 용이하게 만들기 위해 필요했지만 당신에겐 불쾌했을 거야. 충분히 이해해."

"지난 일이에요. 저와 당신의 협력 관계에 이제는 그 어떤 영향조차 미치지 않을 테고요."

"협력 관계?"

"정확하게는, 당신의 대업에 동참하기로 했으니 군신 관계로 재설정되는 게 맞겠죠."

조지는 실망감과 분노를 굳이 감추려 하지 않았다. 나는 그의 표정을 못 본 척하며 갈라진 손톱 끝을 매만졌다. 어쩔 수 없는 일이다. 나는 더 이상 조지에게 거짓 사랑을 속삭이고 싶지 않았고 마음에도 없는 스킨십을 나누고 싶지도 않았다. 이해관계가 명확해졌다면 더 이상의 이성적인 관계는 필요치 않다.

"그걸 바라고 있어?"

"물론이죠."

그는 대답하지 않았다. 하지만 나는 일방적일 수 없는 '연인'이라는 관계가 완전히 끝이 났다고 결론지었다.

피곤함이라는 단어는 지금 내 상태를 정의하기에 무리가 없다. 잔뜩 긴장한 상태로 상대방의 기분을 살펴가며 대화하는 건 큰 기력 소모를 유발하는 일이니 더욱 그렇다. 나는 시녀들의 도움을 받아 겨우 목욕을 마친 뒤 침대에 그대로 엎어졌다.

너무 피곤하면 잠조차 오지 않는다는 말이 내게도 해당되는 모양인지 쏟아지는 피로함에도 정신은 말똥말똥했다. 한참을 누워 있던 나는 갑자기 푸치니 씨가 준 상자를 떠올렸다. 잊고 있던 사실을 기억해 냈음에도 푹신한 침대를 벗어나고 싶지 않아 한참 망설이다 뒤늦게야 자리에서 일어났다.

상자는 서랍 안에 얌전히 보관되어 있었다. 나는 망설이지 않고 상자를 꺼내어 열었다. 안에는 누런 봉투가 들어 있었고 그 아래에 오래되어 보이는 액자가 하나 깔려 있었다. 나는 누런 봉투를 치운 뒤 액자에 끼워져 있는 그림을 살펴보았다.

평범한 세 여인을 그린 그림이었다. 그러나 내게도 평범하게 와 닿지는 않았다. 달랐다. 그림에서 시선을 뗄 수가 없었다. 나와 같은 머리색을 가진 세 여인, 그리고 '원래부터' 내게 주려 했다던 푸치니 씨의 말.

덜덜 떨리는 손으로 액자를 내려놓은 나는 묵직한 종이봉투를 겨우 잡아 쥐었다. 겨우 뜯은 봉투 안에는 신분 증명 패가 들어 있었다. 테베의 것이 아닌 판델의 것이다. 책꽂이에서 기초 판델어 사전을 급히 찾은 나는 같은 철자를 찾아가며 소리를 하나하나 받아 적은 뒤에야 그 글자를 겨우 읽을 수 있었다.

신시아 베네피키움, 거주지 바하카덴.

바하카덴은 판델의 무역 중심지로, 아버지는 상단 일로 판델에 갔다 모친과 만났다고 했으니 이 신분 증명 패는 나를 낳아준 가련한 여인의 것일 확률이 높다. 이상하게도 눈물이 뚝뚝 떨어졌다. 기억에 남아 있지도 않은 사람이 뭐가 그리 애틋해서 나는 울고 있을까.

신분 증명 패에 각인된 글자를 손끝으로 한참 더듬던 나는 겨우 그것을 내려놓고 액자를 다시 들여다보았다.

다홍색 머리, 에메랄드색 눈동자. 나와 닮아 있는 세 여인의 얼굴에는 하나같이 은은한 미소가 그려져 있다. 가장 나이가 많은 여인은 날 키워줬다는 할머니일 테고 부른 배를 잡고 우아하게 웃는 이가 아마 모친, 그리고 열두세 살쯤 되었을까 싶은 어린 소녀가 바로 푸치니 씨의 지인일 듯했다. 착각이 아니라면 아마 내 이모일 테고.

나는 그가 어떻게 이 모든 것을 갖고 있었는지가 궁금했다. 이모와 연락을 취한 걸까? 그렇다면 이모는 푸치니 씨를 통해 내 소식을 전해 들었을까? 날 보고 싶어 하지는 않았을까?

의문을 가져 봐야 명확한 결론을 내리긴 어려웠다. 나는 내일 당장 푸치니 씨를 찾아가 봐야겠다고 생각하며 오지 않는 잠을 계속해서 재촉했다.

"푸치니 씨는 이미 떠났습니다."

그러나 세상은 내가 원하는 대로 풀려주질 않았다. 나는 안내원의 곤란한 얼굴을 한 번 더 확인하고 나서야 고개를 끄덕였다.

우울감이 덮쳐 왔고 속상한 마음과 화나는 마음이 번갈아가며 가슴을 어지럽혔다. 겨우 찾은 가족의 끈을 다시 놓아야 한다는 사실이 날 무력하게 만들었다. 거짓된 관계 속 유일한 진실을 만들 수 있다 여겼건만 어째서 남들에게는 그토록 쉬운 것이 내게만 유달리 어려울까.

대기석에서 머리를 싸매고 고민하던 나는 급작스럽게 떠오른 생각에 아침부터 아무것도 먹지 않아 배고픈 위장이 질러대는 비명을 무시하며 자리에서 벌떡 일어났다.

"죄송하지만 판넬인에 대한 정보는 찾을 수 없습니다."

신용 조사부서의 레빈 씨는 내 요청을 무척이나 단호하게 거절했다.

"어째서죠?"

"자국민 보호가 첫 번째 원칙이기 때문입니다."

그는 죄가 없었으나 지금 나에게는 원수나 다름없었다. 나는 그를 한참 동안 노려보다 결국 자세를 고쳐 앉으며 고개를 끄덕였다.

"좋아요."

그러고는 그에게 묵직한 돈주머니를 내밀었다. 하지만 레빈 씨는 돈주머니를 다시 내 앞으로 밀어주며 완강하게 고개를 저었다.

"말씀드렸다시피 판델인에 대한 의뢰는 받을 수 없습니다."

"푸치니 씨나 베네피키움 양에 관한 것을 물어보려는 게 아니에요."

말투는 결코 부드럽게 나가지 않았다. 나를 힘들게 하는 상황이 레빈 씨와는 관련이 없었으나 머리로 판단하는 것과 별개로 눈앞에서 상대하는 사람에게 예민한 반응이 나왔다.

"판델로의 귀화 신청에 필요한 서류를 원해요. 시일이 얼마나 걸리는지도."

그는 완전히 질렸다는 얼굴로 나를 보았다. 마치 판델인에 대한 정보를 얻기 위해 판델인이 되려는 미친 사람을 보는 것 같은 표정이었다. 하나 레빈 씨가 어떤 의문을 품든 내가 해결해 줘야 할 의무는 존재하지 않았다. 나는 모른 척하며 디시마드 상단에서 벗어났다.

챈들러 남작에게 편지를 보냈다. 바보 같은 짓이 될까 두려워 몇 번을 망설였으나 생각 끝의 결론은 언제나 같았다. 에리카를 모른 척할 수 없었기 때문이다. 배다른 동생이라 할지라도 내 동생이다. 나는 그 아일 사랑했고 그 아이 역시 날 사랑했다. 거짓된 시간이었다 해도 서로를 아끼고 사랑하던 그 마음까지 거짓은 아니다. 나는 지워낼 수 없었다.

"챈들러 남작께서 도착하셨습니다."

그의 방문이 예정된 오늘, 시녀들은 평소보다 훨씬 더 불안한 모습을 보였다. 아마 이전의 방문 때 내가 당한 일을 잊지 않았기 때문일 터. 하지만 나는 그들을 달래주지도, 나 자신에게 괜찮다 되뇌지도 않았다. 빠른 일 처리를 위해 준비한 서류를 다시 확인한 나는 망설임 없이 1층의 응접실로 향했다.

"시간은 잘 맞춰 오셨네요."

인사라기보다는 대화를 열기 위한 말에 가까웠다. 조금의 호의조차 보이지 않는 내 모습을 어느 정도 예상한 듯 그는 무덤덤한 얼굴이었다.

"그래."

"굳이 서론을 이야기하지는 않겠어요."

나는 비협조적으로 나오는 로렌스에게 내가 모든 책임을 질 생각이며 모든 권한은 내게 있다고 으름장을 놓고 나서야 겨우 받을 수 있었던 서류를 그의 앞에 내밀었다. 남작은 탐욕스러운 얼굴로 얼른 서류를 훑어보았다.

"급한 건 해결할 수 있을 거예요. 챈들러 상단에 준 기한만큼 디시마드 상단에도 충분한 여유 기간을 줘야 하니까 이해해 주리라 믿어요."

"물론이지."

"서류를 건네는 대가는 절연이에요."

"에리카의 일이 해결된 후 다시 중간에서 농간을 부린다면?"

의심 어린 말이 나를 웃게 했다. 그렇게 번거로운 짓을 할 바에는 차라리 에리카를 직접 구해냈을 터다. 나는 그를 비웃고 있다는 사실을 구태여 숨기지 않았다.

"그럴 일은 없어요. 신뢰할 수 없다면 들고 있는 서류를 찢어버리시든지."

"……좋다."

머뭇거림은 아주 잠깐이었다. 그가 서류를 받아 들자 나는 다시 보지 말자는 짧은 인사와 함께 응접실을 나섰다. 방으로 돌아오자 창밖으로 말 우는 소리가 들렸다. 마차 바퀴가 덜컹거리는 소리도 함께였다. 나는 그가 떠나는 모습을 오랫동안 지켜보았다.

내게 무슨 일이 생길 경우 동생들에게 곤돌라 사업의 지분이 귀속된다는 서류를 작성해 놓았으니 그가 동생들을 도구로 이용하려 할 경우에 대해서는 어느 정도 대비책을 마련해 둔 거나 마찬가지다. 그러나 동생들을 위한 배려도, 저 끔찍한 인간을 마주하는 것도 이번이 마지막이다.

오늘 넘긴 서류는 그에게 오랫동안 기쁨을 주진 못할 것이다. 계획대로라면 헌팅턴은 곧 무너질 테고 그리되면 거래 상단 역시 피해를 입을 수밖에 없을 테니까.

나는 오늘 맺은 계약을 위반한 건 아니라 생각하며 몸을 돌렸다. 급한 불은 꺼줬으니 앞으로 살길은 알아서 개척하는 것이다. 모든 진실이 알려지면 내 교활함 역시 더 이상 감출 수 없을 테지만 두려움이나 죄책감은 조금도 들지 않았다.

이런 내가 스스로 조금 무섭게 느껴진다면, 이조차 위선일까.

조슈아와의 티타임이 약속되어 있었다. 원칙적으로는 그녀가 내 방으로 올라와야 할 테지만 임산부에게 굳이 고생을 시키고 싶지 않았던 나는 다과를 준비해 직접 그녀의 방으로 찾아갔다.

똑똑.

노크 소리에 그녀의 하녀가 문을 열었다. 조슈아는 내가 먼저 찾아올 줄 몰랐는지 깜짝 놀라며 나를 맞이했다.

"마님, 여긴 어쩐 일로……."

"내저의 일 때문에 방이 어지럽거든. 그나저나 네 방은 좀 더운 것 같구나."

나는 방 안 온도조차 제대로 조절하지 못하는 미숙한 하녀의 얼굴을 기억하려 고개를 돌렸다. 그러고는 조슈아를 보필하는 하녀가 이전에도 나와 만난 적이 있음을 알아차렸다. 조지가 별채에 얼쩡거렸다는 사실을 알린 아이였던 것이다.

"하녀들이 방을 뜨겁게 하고 지내는 것이 태아에게 좋다고 해서요."

그러고 보니 이 더운 방 안에서 조슈아가 계절에 맞지 않는 두꺼운 옷까지 입고 있었다. 조슈아를 미워하는 하녀들이 못된 농간을 부린 게 틀림없다. 나는 눈을 사납게 치켜뜨며 방 안의 하녀들을 노려보았다. 잘못한 게 있음을 아는지 그들도 곧바로 눈을 내리깔았다.

"창문을 열고 다들 나가 있으렴. 그리고 넌 그 더워 보이는 옷은 좀 벗어두도록 해."

내 지시에 조슈아는 무언가가 잘못되었다는 사실을 알아챘는지 두꺼운 카디건을 벗은 뒤 가만히 입을 다물었다. 하녀들이 떨떠름한 얼굴로 창문을 열고 나가자 그녀가 조심스럽게 물었다.

"더운 게 좋지 않나요?"

"임신해 본 적이 없어 모르겠지만 임산부가 힘들면 아이도 힘들지 않겠니? 정 궁금하면 네 아이에게 직접 물어보렴."

그 말에 조슈아는 잠깐 배 위에 손을 올렸다. 그러고는 옅은 미소와 함께 배를 쓰다듬은 뒤 고개를 끄덕였다. 앳된 얼굴에 가끔 잊곤 하지만 정말로 아기를 품은 어엿한 어미의 모습이 보였다.

"방금 전은 갑갑했대요."

"2층으로 방을 옮기지 않아도 괜찮겠니?"

"네, 2층은……."

그녀는 고개를 숙였다. 조슈아의 마음을 완전히 이해하는 것은 아니다. 나는 그녀가 되어본 적이 없으니까. 그렇지만 대충 알 것 같기도 했다. 의지할 데는 헌팅턴 공작밖에 없었으나 지금은 마음을 열고 솔직하게 소통할 수 있는 소중한 생명을 품게 되었다. 그사이, 유일한 의지처라고 생각했던 그는 조슈아의 곁에 머무르지 않았다.

내게 달려와 살려 달라 사정할 만큼 충격적이고 위협적인 일이었던 것이다. 조슈아는 그가 제 아이를 죽이려 한 것이 아니라는 것에는 안도하고 있기는 했으나 짧지 않은 기간 동안 느꼈던 배신감을 완전히 해소하지는 못 했다. 그것은 태아에 대한 애착이 더욱 깊어지는 계기가 되었을 터다.

"하지만 1층은 점점 더워질 텐데? 아니면 공께 별장으로의 요양을 청하는 것은 어떠니?"

"요양이요?"

"헌팅턴가는 많은 별장을 소유하고 있단다. 더운 여름을 안전하게 보낼 수 있는 곳을 청하면 네 아이를 위한 일인데 무시하지는 않겠지."

무심한 척하고는 있으나 사실 내 입에서 나오는 말은 모두 설득이다. 조슈아 역시 동요하고 있는 듯했다. 그도 그럴 것이, 그녀는 공저에 오고 난 뒤 단 한 번도 저택 밖으로 나가 본 적이 없었기 때문이다. 별장에서만 지내야 한다 하더라도 일단 공저 바깥으로 나가면 지금 느끼는 갑갑함은 훨씬 나아질 것이다.

"허락해 줄까요?"

"네 아이라면, 그리고 너라면. 허락해 주지 않는다면 내가 매일 찾아와 티타임을 가장한 패악을 부린다고 말하렴."

"제가 어떻게 그런 거짓말을 할 수 있겠어요?"

조슈아는 화들짝 놀란 듯했으나 나는 아무렇지 않게 웃었다. 실제로 아무렇지 않기도 했다.

"넌 아직도 나와 남편의 관계가 개선될 거라고 생각하니? 나는 불임이니 결국 그와 헤어지게 될 거란다. 아직 닥치지 않았을 뿐 예상 가능한 미래야."

"마님……."

"내가 사라진다면 네 아들은 공작가의 후계자가 될 테니 이 희소식을 어서 반겨주렴."

떠보는 내 말에 조슈아는 질색하며 도리질을 쳤다.

"감히 그런 생각은 품어 본 적도 없어요. 그저 건강하게 다치지 않고 자랄 수만 있다면…… 배곯는 일만 없다면 저는 아무것도 바라지 않을 거예요."

"조금만 욕심 부린다면 네 아이가 부귀영화를 누리게 될 텐데?"

한참 동안 혼란스러운 얼굴로 침묵을 유지하던 조슈아는 나중에서야 고개를 저으며 정적을 깨뜨렸다.

"진심으로 바라지 않아요. 제 아이 역시도 마찬가지고요. 평화롭게 사는 삶만이 저와 제 아이의 공통된 바람이에요."

"겪어 보지 않아 몰라 그런 게 아닐까?"

"차라리 겪고 싶지 않아요."

그 말을 끝으로 조수아는 더 이상 아무 말도 하지 않았다. 이 대화에 대한 참여 의지가 없음을 나름의 방식으로 드러낸 거였다. 결국 나는 차를 한 모금 들이켜며 이 복잡한 대화를 정리하기로 결심했다.

"그래, 그게 네 유일한 바람이라면 나 역시 그게 가능하도록 도우마."

황궁에서 여름을 여는 무도회를 연다는 전갈이 온 것은 불과 2주 전의 일이다. 통상적으로 한두 달 전 초대장을 발송하는 것과 다른 행보였다. 귀족 여인들은 드레스와 장신구를 부랴부랴 준비하느라 바빴고 살롱으로 향하는 마차의 행렬은 끊이질 않았다. 그런 분위기상 무도회가 하루 남은 오늘에서야 드레스를 고르는 나의 행동은 그야말로 미친 짓이라 평가받을 만하다.

하지만 내 생각에 이번 여름 무도회는 그리 중요하지 않다. 황궁에서 주최한다고는 하나 황제는 병환을 이유로 불참할 테고 로에나황비가 무도회 준비를 맡아 했을 리도 없다. 고리타분한 아마릴리스 공주가 웃어른으로 자리하고 있는 무도회가 즐거울 리 있을까.

그러나 간만에 디자이너를 불러 드레스를 맞추는 일은 가라앉아 있었던 내 기분을 조금이나마 풀리게 했다. 헌팅턴 공작이 찾아오기 전까지는 최소한, 그 기분을 유지하고 있었다.

"언질도 없이 어쩐 일이세요?"

그의 얼굴은 딱딱하게 굳어 있었다. 오늘 저녁은 아무래도 평화롭게 보내기는 그른 것 같다.

"무슨 짓입니까?"

불친절한 질문이다. 나는 헌팅턴 공작이 조슈아와의 대화를 끝내고 나를 찾아왔으리라 짐작했다. 며칠이 지나도록 말 한 마디 꺼내지 못했던 그녀가 아무래도 오늘의 갑작스러운 무더위에 백기를 든 모양이다.

"정확하게 제 어떤 행동을 '무슨 짓'이라 칭하는 건가요? 제가 어떤 대답을 드리는 게 현명할는지 전혀 모르겠네요."

헌팅턴 공작은 지긋지긋하다는 얼굴로 나를 쏘아보았다. 검을 차고 있다면 휘두르기라도 할 기세였으나 슬프게도 나는 그 모습이 우습게 여겨졌다.

"분명 조슈아를 그냥 두라고 말씀드렸을 텐데요. 정말이지 내조가 형편없군요. 내저의 일까지 신경을 쓰게 하다니."

"황궁에서 힘들게 일하고 돌아오신 공께서 편히 쉬지 못한다는 건 저 역시 유감스러운 일이에요. 하지만 제가 언제 조슈아 양을 그냥 두지 않았나요? 그녀는 얌전하게 1층에 처박혀 있을 텐데요."

나의 여유 가득한 대답이 그의 심사를 뒤틀리게 만든 건 분명하다. 헌팅턴 공작은 이를 꽉 깨물며 그르렁거리는 사나운 목소리로 한 글자 한 글자 힘을 주어 말했다.

"그녀를 불편하게 하지 않았습니까."

"대체 무슨 말씀이시죠? 아, 설마 시간이 많이 남아 한가한 제가 조슈아 양을 찾아가 친목을 다지려고 노력한 걸 말하는 건가요?"

헌팅턴 공작이 무어라 대답하기 전, 나는 까르르 높은 웃음을 터뜨리며 고개를 절레절레 저었다.

"설마 그건 아닐 거예요. 조슈아 양은 절 반갑게 맞이했으니까 말예요. 그리고 처음이 불편하다 해도 우린 곧 친해질 수 있을 거예요. 한 남자를 함께 받아들이고 있잖아요?"

"부인!"

"전 해를 끼치지 않아요. 공저의 안주인이라면서 식솔을 만나는 것조차 간섭받아야 하나요?"

일부러 말이 통하지 않는 사람처럼 구는 건 의도대로 그를 화나게 하는 데 충분했던 모양이다. 게다가 아무것도 모르는 얼굴을 하고 있어도 헌팅턴 공작이 원하는 대로 행동할 생각이 없다는 결론만큼은 분명했다.

"되었습니다."

계속해서 나와 대치하는 게 힘만 빼는 짓이라는 사실을 뒤늦게나마 깨달았는지 그는 체념한 얼굴로 물러났다. 현명한 행동이다. 나는 헌팅턴 공작을 신나게 놀려줄 생각은 있어도 대화를 나눌 마음은 조금도 없었으니까.

그리고 다음 날, 남편의 출근 직후 조슈아는 곧바로 나를 찾아왔다. 하녀들은 어디다 떼어놓았는지 보이질 않았고 그녀 역시 사람들의 눈에 띄지 않게 준비를 서두른 탓인지 신경 쓰지 못한 평상복 차림이었다.

"어째서 혼자 온 거니?"

"하녀들에겐 늦잠을 자고 싶으니 오후쯤 깨우라고 했어요."

"늦잠을 자려는 사람치고는 지나치게 이른 시간에 움직이는구나."

"마님을 만나야 했으니까요. 어제 그에게 말했어요. 그래서 마님께서 피해를 입으셨을까 봐……."

나는 헌팅턴 공작과 말이 통하지 않는 것 같으면 차라리 내 핑계를 대라고 말했다. 매일같이 티타임이라며 찾아와 괴롭히는 탓에 쉴 수가 없다고 말한다면 별장행을 고려하지 않을 수 없으리라 여기고서.

임산부에게 스트레스가 치명적이라는 건 상식이었다. 조슈아와 태아를 끔찍이 여기는 그가 그녀의 간청을 아예 무시할 수는 없었을 터다. 그러니 늦은 시간, 기별도 없이 나를 찾아오지 않았겠나.

"화가 난 얼굴로 방을 나서더라고요. 말리려 해봤지만……."

조슈아는 말을 다 잇지 못했다. 사과를 하고 싶은 것 같았으나 그녀는 차마 미안하다는 말을 입에 담지는 못했다. 나는 미안한 기색을 보이는 것만으로도 충분하다고 여겼고 사실 내가 지시한 일에 대해 미안함을 가질 이유가 없다고 생각했기에 얼른 그녀를 달랬다.

"괜찮아. 어째서 그런 사소한 일 하나하나에 마음을 쓰는지 모르 겠구나."

"사소한 일이 아니었어요."

그러나 내게는 사소했다. 이런 일로 오래 시간을 지체했다 계획 을 그르치고 싶지 않았기에 나는 얼른 그녀를 방으로 내려보냈다. 어쨌든 일이 이렇게 되었으니 조슈아가 별장으로 가는 쪽으로 결정 이 될 확률이 높았다. 나는 그것을 간절하게 바랐다.

호숫가에서 조지와 했던 대화를 돌이켜 보면 그가 조슈아를 제거 하려 한다는 사실은 자명하다. 이용할 수 있다면 살려둘 가치가 있 을지도 모르나 지금으로서는 조슈아가 없는 게 조지가 입지를 확고 히 하기 좋았다. 또 로에나 황비와 손을 잡았으니 그녀의 존재는 더 더욱 악수였다.

그에게 있어 처음부터 조슈아는 이용하기 위한 수단이었다. 그러 니 헌팅턴 공작에게 보내져 학대를 당하든 성폭력을 당하든 신경 쓰지 않았던 것이다. 결과적으로는 전혀 어울리지 않았던 두 사람 사이에 사랑이 싹텄지만.

하나 나는 그것을 방관하고 싶지 않았다. 왜 조슈아가 죽어야 할 까. 제가 마땅히 가졌어야 할 능력은 빼앗긴지도 모른 채 상실했고 지금은 아무것도 모르는 채 행복한 미래를 그리는 평범한 여인에 불과하다. 황위를 바라지도 않는데 왜 그 자리를 위해 희생당해야 하나. 조금도 동의할 수 없었다.

조지의 조력자라고 해서 조슈아를 죽이는 것에 협조하기는 싫었다. 나는 나와 같은 사생아인 조슈아를 모르는 척할 수 없었다. 게다가 그녀는 나보다 훨씬 더 끔찍한 상황에 놓여 있지 않나.

사람이 생명을 이어나가는 목적이 이용 가치라는 기준에 있을 수는 없다. 조지는 그런 점에서 나와 분명한 의견 차가 있었다. 상황을 움직일 힘이 없었다면 나 역시도 내가 모르는 일에 희생당했을 값 떨어지는 목숨이었을 거란 생각이 그에게 반하겠다는 내 결심을 더욱 확고하게 했다.

가능하다면, 상황이 허락한다면 나는 그녀를 반드시 살릴 생각이다.

"우리, 만나지 말아요."

먼저 만남을 청한 건 처음 있는 일이다. 나조차도 흉한 꼴로 끝내고 싶지는 않아 평소보다 훨씬 더 신경 써서 단장을 했는데 데이트를 기대했을 이 사람이라고 형편없는 꼴로 왔을까. 오늘의 에드먼드는 여태까지 본 것 중 가장 멋있어 보였다.

그러나 한껏 신경 쓰고 나와 내게 인사를 건네려는 그에게 하는 말은 겨우 만나지 말자는 거절이다. 그러므로 나는 그의 얼굴이 일그러지는 것을 이해했다.

"무슨…… 말입니까?"

"감사했어요. 위기에 부닥칠 때마다 번번이 나타나 구해 준 것도, 내게 대가를 바라지 않는 따뜻한 호의를 베푸는 것도 모두 다. 정말이지 에드먼드, 당신에게는 고맙지 않은 게 단 한 가지도 없어요."

어쩌면 이건 그를 향하는 마지막 진심일 터다.

"그러니 우리 더 이상 만나지 말아요."

"이해할 수 없습니다. 도대체 왜⋯⋯."

"처음부터 당신과의 만남을 받아들인 적 없잖아요. 그럼에도 이렇게 만남을 청해 결론을 지으려는 건 우연한 만남조차 차단하고 싶다는 의미예요."

말뜻은 냉정했으나 목소리와 말투는 부드러웠다. 마지막까지 그에게 가시 박힌 말로 상처를 주고 싶지 않았다. 이전과는 달리 이제는 안다. 에드먼드를 단념시킬 수 있는 건 차라리 설득조의 부탁이라는 것을.

"당신을 좋아했어요. 어쩌면 사랑이라는 감정, 당신에게라면 품은 적 있다 말할 수 있을지도 몰라요."

"대체 왜 자꾸 그런 말을 합니까. 무슨 일이라도 있는 겁니까? 아니면 대공⋯⋯ 때문입니까?"

"당신의 사랑을 이용하게 되는 내가 경멸스러워서 견디기가 힘들어요. 당신이 그걸 원한다 해도 스스로에 대한 자괴감 때문에 당신을 떠올릴 때마다 고통스러워요. 당신은 좋은 사람이잖아요, 에드먼드. 제게 이런 취급을 받아선 안 돼요."

에드먼드는 할 말을 잃은 얼굴로 나를 가만히 바라보고 있었다.

나는 그에게 더 이상의 여지를 주고 싶지 않기에 단호한 태도를 견지했다.

"저를 이해해 줄 거라고 믿어요."

그리고 돌아섰다. 예상했듯 그는 나를 잡지 않았다. 에드먼드는 내가 괴롭다 말하는 데도 막무가내로 행동할 사람이 아니다. 너무 좋은 사람이기에 그렇다, 내게 너무나도 과분한 사람이기에.

피해를 주고 싶지 않았다. 조지와 손을 잡은 이상 이번 반역 사건에는 깊게 연루되었고, 조슈아를 도와주려는 이상 아군조차 완벽한 아군이라 말할 수 없게 되었다. 그야말로 불안하고 위태로운 처치가 된 것이다. 내가 불리한 상황에 처할 때마다 어떻게든 날 도우려 하는 에드먼드의 성격을 생각하면 그와는 이쯤에서 끊어두는 게 맞다.

알면서도 흘러내리는 눈물은 에드먼드를 생각하는 내 마음이 진심이었음을 알게 한다. 정말로, 사랑이라는 단어로 표현할 수 있는 감정이었나 보다. 그러니 더욱 마음을 접어야 할 수밖에.

"어디로 갈까요?"

밖에서 들려오는 마부의 음성에 나는 그제야 에드먼드에 대한 생각에 잠겨 행선지조차 말하지 않았다는 사실을 알아차렸다.

"디시마드 상단으로."

그리 크지 않은 목소리였으나 다행히도 마부가 알아듣는 데는 무리가 없던 모양이다. 오늘 외출의 목적이 에드먼드와의 만남뿐만이 아니었음에도 그 사실을 잊고 있을 만큼 내게 그의 존재가 컸다. 나는 차라리 일정을 끝마친 뒤 그를 만나는 게 좋았을 거라고 생각하며 상단 앞에서 내려 마차 삯을 지불했다.

"무슨 일로 오셨습니까?"

"사람을 고용하려고요."

나를 응대한 이는 이전에도 만난 적 있던 레빈 씨였다. 그는 눈썹을 잠깐 치켜 올리더니 곧 고개를 끄덕이며 서랍에서 신청서를 꺼냈다.

"고용 목적과 고용 기간, 고용 인원을 말씀해 주십시오."

"호위를 목적으로, 고용 기간은 최소한 2개월이에요. 두 명 정도면 충분할 것 같고요."

"신원이 보장된 자가 소개될 겁니다. 혹시 요구 사항이 있으시다면 미리 말씀해 주시면 최대한 반영하겠습니다."

"준수한 편이어야 해요. 겉으로 보았을 때 호위 무사로의 실력이 뛰어나 보이는 게 아니라, 호위 기사를 가장한 애인처럼 보여야 한다는 뜻이에요."

특이한 요구였으나 그에게는 특별할 것도 없는지 별다른 기색은 없었다. 그는 무심하게 고개를 끄덕였다.

"일정을 조율해 보도록 하겠습니다. 혹 금액은 어느 정도 생각하고 계십니까?"

"얼마든 상관없어요. 제게 중요한 부분도 아니고요. 그저 조건에 부합하는 사람이었으면 좋겠어요."

"적당한 자를 골라 저택으로 보내겠습니다. 혹 생명 담보금을 걸면 모든 보수가 부인의 금고에서 미리 꺼내 지급되는데 그렇게 하시겠습니까?"

"네."

이곳을 찾아와 사람까지 고용하면서도 나는 내 행동을 부질없는 발버둥이라 생각하며 회의적으로 여기고 있었다. 그러나 무방비하게 시간이 가기만을 기다리는 것보다는 나을 테지. 나는 마른 입술을 혀끝으로 축이며 자리에서 일어났다.

헌팅턴 공작은 조슈아가 떠난 뒤부터 본격적으로 이를 드러낼 터다. 만약에 대비하는 이 행동이 최소한 부정적으로는 작용하지 않으리라 믿는다. 아무렴.

황궁 무도회 날, 헌팅턴 공작과 나는 같은 마차에 오른 채 황궁으로 향했다. 마차 내부에는 늘 그랬듯 싸늘한 침묵이 흘렀으나 이 분위기는 더 이상 내게 불편하게 다가오지 않았다. 되레 역겨운 이와 대화하지 않아도 된다는 사실이 기껍게 여겨졌다. 나는 그와 한 공간에 있었던 것치고는 놀랄 만큼 좋은 컨디션으로 황궁에 도착했다.

에스코트를 하는 그의 손길은 언제나처럼 불편했다. 하지만 괴롭게 여겨지지는 않았다. 차라리 그가 나를 증오한다는 사실을 확인할 수 있어 심적으로는 편했다. 언젠가는 이런 전쟁 같은 시간도 웃으며 얘기할 수 있을 것이다. 끝이 다가온다는 사실을 알기 때문일까, 내게는 한결 여유가 생겼다.

무도회는 평소의 음전한 분위기와는 달리 무척이나 화려하고 시끄러웠다. 계절적 특성을 반영했다고 보기에는 느낌 자체가 완전히 달랐다. 나는 아멜리에게 무슨 일이라도 생긴 건지 물어봐야겠다고 생각하며 헌팅턴 공작에게 짧게 인사했다.

"나중에 봐요."

대답은 들려오지 않았으나 기분이 나쁘지는 않았다. 저 멀리서 아멜리가 또래의 영애들과 함께 대화를 나누고 있었다.

"어머, 스칼렛."

"아멜리는 요즘 연애라도 하는 모양이에요. 왜 이렇게 예뻐진 거예요?"

"스칼렛이야말로. 그새 살이 붙었네요. 훨씬 보기 좋아요."

살이 쪘다는 건 몸매 관리를 하지 않았다는 의미이기도 해 주로 공격성을 띤 말로 받아들여지지만 그녀는 나를 놀리려거나 비꼬려는 의도가 조금도 없었다. 그 사실을 알기에 나는 환하게 미소를 지으며 고개를 끄덕였다.

"사람들이 들떠 있네요. 분위기가 달라져서 그런 걸까요?"

"아무래도 그렇겠죠. 아마릴리스 공주께서 준비하신 게 아니니까."

"그분이 아니라면 누가, 설마?"

"맞아요. 로에나 황비께서 직접 준비하셨어요. 놀랄 일이죠?"

테베의 어머니로서 황실의 행사를 전담하는 건 당연한 일이지만 그녀는 오랫동안 의무를 저버리고 아마릴리스 공주에게 모든 일을 일임해 왔다. 나는 갑작스러운 태도 변화가 분명 귀족들의 입에 오르내릴 것이라 생각했다.

그녀가 조지와 결탁했다는 사실을 알고 있기 때문일까, 나는 황비가 오늘 갑자기 움직이기로 결심한 이유가 궁금해졌다.

"황비 전하의 연회에는 한 번도 참석해 본 적이 없어요. 사교계 데뷔 전부터 아마릴리스 공주께서 모든 황실 행사 준비를 도맡아 하셨거든요. 그래서인지 굉장히 신기해요. 로에나 황비께서는 이렇게 화려한 분위기를 좋아하시는군요."

"그러게요. 의외예요. 아, 식사는 했어요?"

"아뇨."

"그럼 가볍게 요기라도 해요. 아무것도 먹지 못해서 배가 고프거든요."

오늘은 식사를 하지 않고 온 귀족이 많은지 간단한 요기를 할 수 있는 음식이 잔뜩 세팅되어 있는 바가 유난히 인기가 많았다. 나는 시종들에게 세팅되어 있는 음식들을 모두 조금씩 가져와 달라고 말한 뒤 와인 잔을 받아 자리에 앉았다.

"웨스트미스 영애와 탕크빌 영애가 오늘 파티에 나온다는 얘기를 들었나요?"

그 물음에 고개를 저었다. 사교 모임에 지루함을 느낀 지 꽤 오래되어 정보가 평소보다 느렸다.

"저는 몹시 궁금해요. 두 사람이 근신하는 동안 사교계 분위기가 얼마나 자신들에게 호의적이지 않게 바뀌었는지 알면 반응이 어떨까 싶어서요."

내가 아는 아멜리는 누군가를 괴롭히며 재미를 느끼는 부류가 아니다. 그러나 오늘의 그녀는 두 영애에 대한 적의를 불태우며 묘한 흥분을 느끼고 있었다. 나는 그녀가 은근히 고지식한 부분이 있어서라고 생각하며 다른 화젯거리를 꺼냈다.

"오늘도 황제 폐하께서는 불참하신대요."

"저도 들었어요."

"그럼 로에나 황비께서는 누구의 에스코트를 받게 될까요? 아멜리는 알아요?"

"글쎄요. 조심스럽게 추측하자면 연인이 아닐까요?"

"해밀턴 백작을 말하는 거예요?"

"이미 헤어졌대요. 아, 시간을 보니 곧 입장하겠네요."

그 말에 나 역시 시간을 확인하고는 서둘러 자리에서 일어났다. 귀족들 역시 천천히 홀의 중앙으로 모여들고 있었다. 나와 아멜리는 알려지지 않은 새로운 연인을 확인할 수 있는 기회가 될 거라며 로에나 황비의 새 연애 상대에 대해 추측하기 시작했다.

그러나 황비를 에스코트하며 등장한 사람은 그녀의 새 연애 상대가 아니었다. 황제도 마찬가지로 아니었다. 그녀의 파트너를 발견한 순간, 나는 왜 진즉 생각지 못했는지 놀라고 말았다. 그녀의 옆에 서 있는 사람이 조지였기 때문이다.

"대공 전하가 아닌가요?"

다른 귀족들도 모두 당황했는지 웅성거리기 시작했다.

"동반 입장은 대체 무슨 뜻일까요?"

"대공 전하가 새로운 연인일 리는 없어요."

"세상에! 황비 전하께서 설마…… 대공 전하를 지지하겠다는 입장을 표명하신 게 아닐까요?"

한 귀부인이 던진 말에 귀족들 모두가 헛숨을 들이켰다. 순식간에 분위기가 뒤바뀌었으나 정작 화제의 중심에 있는 두 남녀는 아무렇지 않은 얼굴들이다. 특히 로에나 황비는 무척이나 태연자약하게 개회를 선언했다. 이 모든 것을 예상한 듯했다.

귀족들은 호기심을 충족시키기 위해 인사라는 표면적인 이유를 대고 황비에게 다가갔다. 그녀 역시도 오랫동안 사교 활동을 쉬었던 사람이라고는 믿기지 않을 만큼 능숙하게 귀족들을 응대했다. 나는 그녀의 옆을 지키고 있는 조지에게 잠시 시선을 두었다 곧 고개를 돌렸다.

개회 선언 이후부터 음악이 다시 흐르고 있었다. 나는 쉴 수 있도록 마련된 의자에 앉아 귀족들이 플로어로 나와 춤추는 모습을 바라보았다. 개중에는 아멜리도 있다. 그녀는 얼마 전을 끝으로 다시 본 일이 없었던 에드먼드와 함께 첫 춤을 추는 듯했다. 혹여 그가 고개를 돌릴까 두려웠던 나는 다시 반대편으로 고개를 돌리다 버킨 부인을 발견하고 눈인사를 나누었다. 그녀는 대화를 원하는 것 같았지만 그녀와 영양가 없는 이야기를 나누기에는 머릿속이 복잡했다.

문득 이 모든 일이 이상적으로 진행되어 이상적으로 끝나게 된다면 에드먼드와 다시 만나도 되지 않을까 하는 바보 같은 생각이 머릿속을 스친 것이다. 모든 게 끝나면 조지는 자신의 능력 범위 안에서 나의 바람 한 가지를 들어주어야 한다. 탄탄한 지지 기반을 소망하여 얻게 된다면 에드먼드와 어떤 장애 없이 떳떳하게 만날 수 있을지도 모른다.

희박한 가능성이나 그의 마음이 여전하다는 가정하에, 내 마음이 변치 않는다는 가정하에서는 어쩌면.

"세상에나."

"무슨 뜻일까요?"

"조금 급한 거 아닌가요? 황제 폐하께선 아직……."

귀족들의 수군거리는 소리에 나는 놓고 있던 정신을 잡아 주의가 집중되는 곳으로 고개를 돌렸다. 어느 정도 예상했지만 시선이 모이는 중심에는 조지가 있었다. 그는 버컨 부인의 손을 잡고 플로어 중간으로 걸어가고 있었다.

동요할 법했다. 로에나 황비와의 입장, 버컨 부인과의 춤. 오늘의 조지는 그동안과는 전혀 다른 행동을 보이고 있다. 공식 석상에 모습을 드러내지 않는 병약한 황제, 황족들과의 긴밀한 관계를 노골적으로 드러내는 조지. 말하는 바는 명확하다. 자신의 뜻을 온몸으로 표현하고 있으니 말이다.

"황위를……."

"가장 유력하지 않습니까? 버컨 공자께서는 어린 데다 대공 전하에 비해서 정통성이 떨어지니 말입니다."

"황제 폐하께서 병석에서 일어나지 못한 지도 꽤 되었습니다. 너무 늦지도, 그렇다고 이르지도 않은 적당한 시기라 생각합니다."

"대공 전하께는 그렇겠지요."

사람들은 그가 의도한 대로 생각을 전개해 나가고 있다. 어떤 속내를 품고 있을지는 모르나 드러난 황위 계승권자들이 조지에게 호의적인 태도를 보이고 있는 이상 변수는 헌팅턴 공작과 그가 포섭했을 몇 귀족뿐이다. 미약한 가능성이지만 상황의 반전을 만들기엔 충분하기에 조심해야 한다.

조지에게 순조롭기만 한 이 상황이 헌팅턴 공작에게 주는 중압감이 엄청날 텐데도 꿋꿋하게 버티고 있는 걸 보면 조슈아와 아이에게 모든 것을 걸기로 마음먹은 모양이다. 물론 나는 여전히 그의 선택을 이해할 수 없다.

귀부인들 틈으로 섞여들자 그들이 나를 경계 어린 얼굴로 쳐다본다. 잠시 상황이 이해가 되지 않았으나 곧 조지와의 결혼이 신분 상승을 도울 수 있을 것임이 명백해진 지금, 내가 요주 인물이 되었다는 사실을 인지할 수 있었다.

"오랜만이에요, 부인."

그 와중에도 내게 용감하게 인사를 건네는 여인이 있었다. 탕크빌 영애였다.

"네. 잘 지냈나요, 영애? 귀고리가 무척 예쁘군요."

"아, 이 귀고리는 얼마 전 만났던 분께 선물받은 거예요. 로젤라 건데…… 생각보다 안목이 좋으시네요."

노골적인 조롱에 당황스러웠지만 얼굴을 데울 만큼 어리숙하지는 않아 간신히 태연함을 유지했다. 악의적인 태도에 어떻게 반응해야 할지는 아직 결정하지 못했다. 그 사이 언제부터 여기에 있었는지 알 수 없는 아멜리가 날카로운 목소리로 쏘아붙인다.

"생각보다 안목이 좋다뇨? 무례하시네요. 자숙하는 동안 용어 선택의 기준이 불분명해지기라도 한 건가요?"

나는 탕크빌 영애의 손이 떨리고 있음을 알아차렸다. 그녀는 사교계의 꽃, 혹은 사교계의 여왕으로 불렸던 사람이다. 눈부시게 아름다운 외모에 특유의 매력으로 남녀를 구분하지 않고 사람을 홀리고 다녔던 그녀이기에 자신이 이렇게 공개적인 비난을 받을 거라고는 생각지 못했을 터다.

하지만 자숙 기간 동안 사교계에는 변화의 바람이 불었다. 탕크빌 영애를 포함한 몇몇 영애의 용인하기 어려울 정도로 문란한 행동들이 결혼 적령기 영애들의 반감을 샀다. 남편을 빼앗겼던 적 있는 귀부인들 역시 그녀를 깎아내리는 데 동참했다. 하나 그녀는 이 사실을 여전히 알지 못하고 있다.

"저는 로젤라의 귀고리를 알아보시는 공작 부인의 안목이 뛰어나다는 것을 칭찬했을 뿐이에요. 실수가 있었다고는 하나 지나친 반응 아닌가요?"

"영애의 말에 동의하는 사람이 있을지 모르겠네요. 구차한 변명

보다는 차라리 말을 아끼는 게 어떨까요?"

"무례하네요. 구차한 변명이라뇨?"

아멜리는 무표정했던 얼굴을 구기며 발톱을 드러내는 탕크빌 영애를 향해 내가 그녀를 알아온 기간 동안 단 한 번도 보지 못했던 오만한 모습으로 일침을 가했다.

"본인의 행동이나 돌아보세요."

그러고는 사뿐히 몸을 돌려 버린다. 더 이상 말을 섞고 싶지 않다는 태도다. 아멜리가 물러나자 영애들이 수군거리기 시작한다. 이전이었다면 감히 탕크빌 영애를 거스른 아멜리를 헐뜯었을 테지만 지금은 그 대상이 달라졌다.

"구차한 변명이 아니면 뭐기에?"

"못 배워서 그래요. 남자밖에 몰라서."

그제야 무언가 달라졌음을 느낀 탕크빌 영애의 얼굴이 점차 질려 갔다. 기혼자가 따로 연인을 두는 게 대수롭지 않은 사회라 할지라도 남편과 정을 통했던 여자에게 좋은 감정을 품을 사람은 없었기에 귀부인들의 구원은 바라지도 않았던 모양이나 영애들과의 관계가 그리 나쁘지 않았기에 이런 반응은 예상하지 못한 듯했다.

잠시 당황한 것 같던 그녀는 곧 얼굴을 부드럽게 풀며 나를 본다.

"부인, 제 실수를 너그러이 넘어가 주시길 바라요. 오랜만의 대외적 활동이라……."

나는 언제나 유한 모습을 보였다. 빙어 낚시 대회 때 노골적으로 헌팅턴 공작과 밤을 보냈다는 이야기를 하며 나를 떠봤음에도 무반응으로 일관했기에 탕크빌 영애의 입장에서 나는 해밀턴 백작 부인처럼 만만하고 마음 약한 사람일 수밖에 없다. 그런 오해가 사교 활동에 지장을 주는 건 아닌지라 귀찮음을 굳이 감수하려 하지 않았으나 글쎄, 지금은…….

"그렇다면 어째서 사과하지 않는 건가요, 영애?"

"제가 방금 부인께 사과를 드리지 않았나요?"

화사한 미소를 지었지만 반달로 접힌 눈 사이로 보이는 눈빛은 무척이나 매섭다. 하나 겨우 그 서늘한 시선에 겁을 집어먹을 거였다면 애초에 먼저 물러났을 것을 택했을 터다.

"아뇨, 영애의 사과에는 무엇을 잘못했으며 그를 만회하기 위해 어떤 노력을 할 것인지가 빠져 있잖아요. 예의가 없는 사과는 사과라고 할 수 없어요."

저 붉은 입술이 비틀리는 것을 보면 꼬여 있는 속이 시원하게 풀어질 것 같다. 나는 사람 좋은 웃음을 지어 보이며 그녀를 똑바로 응시했다. 나와 탕크빌 영애의 대치 상황을 풍성한 치맛자락으로 가리고 있는 여인 중 그녀의 편을 들어줄 사람이 없기에 이 상황은 더욱 즐겁게 느껴진다. 나 역시 다수의 힘을 빌어 하나를 꿇리려 하는 비겁자에 지나지 않는 모양이다.

"예의가 없다뇨? 제게 무릎이라도 굽히라는 건가요?"

자신을 적으로 돌리겠냐는 경고지만 이전이었다면 몰라도 지금은 조금도 위협적이지 않다. 방금 전 그녀를 적대시하겠다는 태도를 분명히 했는데 무엇을 두려워할까. 여자가 남자들의 사회에 장벽이 있듯 남자들 역시 여자들의 영역을 침범하는 데 한계가 있다. 내가 이미 이 사회에서 배척당한 탕크빌 영애를 무서워할 필요가 있나.

"사과하고 싶지 않다면 그렇다 말씀하세요. 정식으로 예를 갖추어 사과하는 것을 치욕으로 받아들일 정도로 교양을 모르신다면 저 또한 굳이 사과받고 싶지 않군요."

"저는……!"

"생각했던 것보다 훨씬 더 수준 떨어지네요."

나는 단호하게 돌아서서 그 자리를 벗어났다. 모여 있던 여인들이 '수준 떨어지는' 여자와 대치해야 했던 나를 위로하고자 다가왔으나 순수한 의도가 아님을 알았기에 애석하게도 구역질 외에는 아무것도 느낄 수 없었다. 결국 나는 바람을 쐬겠다는 말과 함께 바깥 정원으로 나왔다.

"조지."

바쁜 탓에 만나기 어려울 거라 생각했건만 정원에서 조지를 마주치게 되었다. 우연은 아닐 터다. 그리 생각하기에는 이 사람의 능력이 너무나도 광범위하니까.

"아까 살벌하던데."

"탕크빌 영애와의 일을 말하는 건가요?"

"처음부터 앞에서 자꾸 얼쩡거리기에 노골적으로 귀찮은 티를 냈거든. 그런데 그때부터 당신에게 악의를 품은 듯해서 유심히 보고 있었어."

"악의조차 마법으로 느낄 수 있나요?"

"그렇다면 편하겠지만 애석하게도 거기까진 힘들어. 신이 아니니까."

나는 무심하게 고개를 끄덕였으나 다른 이야기를 꺼내지는 않았다. 그다지 얘기할 만한 꺼리가 없었던 데다 이전처럼 그와 대화하기 위해 노력해야 하는 처지가 아니었기 때문이다. 조지 역시도 딱히 할 말이 없었는지 우리의 침묵은 꽤나 길게 이어졌다. 결국 먼저 입을 연 건 나였다.

"왜 나온 거예요? 오늘은 중요한 날이잖아요. 저와 이렇게 시간을 보내는 것보다는 다른 귀족들과 한 마디라도 더 나누는 게 당신에게 유익할 텐데요."

"나를 떼어놓으려고 하는군."

"얼마 전까지 입맞춤이 아무렇지 않던 사인데 이런 공간에 둘만 있는 게 편할 리 없으니까요."

협력하는 것과 별개로 감정이 휘둘린 건 기분이 나쁠 수밖에 없는 일이다. 조지를 사랑하는 건지도 모른다고 착각했던 일은 내게 웃어넘길 수 있는 추억이 아닌 기억하고 싶지 않은 치욕으로 남았다.

"……좋아. 그 아이는 어떻게 됐지?"

"며칠 뒤 수도를 떠나게 될 거예요. 그렇다고 신병을 가로채는 건 어려울 거라 생각해요. 헌팅턴 공작이 그녀를 빼앗으려 할 리가 없으니까요."

그는 고개를 끄덕였으나 어떠한 말을 하지는 않았다. 조슈아가 수도를 떠나는 일이 확정되었으니 앞으로 어떻게 헌팅턴 공작의 발을 묶을지 생각하고 있는 듯했다. 되도록 조슈아가 수도로 돌아오기 전 모든 일이 끝나 있기를 바라지만 구태여 말하지는 않는다. 조지를 완전히 신뢰할 수 없기 때문이다.

"곧 모든 일이 끝나게 될 거야."

"황제는 이제 일어나지 못하나요?"

"곧 그렇게 되겠지. 이렇게 온건한 방법으로 끝내게 될 거라곤 생각지 않았지만⋯⋯."

사무친 원한은 깊었다. 그러나 조지는 완전한 복수보다는 신속한 종결을 택했다. 실리를 택한 그가 비겁하다고 생각하지는 않지만 만약 나였다면 다른 결정을 했을지도 모른다는 생각이 든다. 역시, 굳이 이야기하지는 않는다.

"잘될 거예요."

"겁나지 않나? 쉽지 않은 싸움이 될 수도 있고 위험해질 수도 있어."

생명의 위협까지도 생각했다. 쟁취하는 데 성공한다면 승자가 될 테지만 그게 아니라면 나라를 위협한 반역자에 지나지 않을 테니까.

하지만 그렇다 할지라도 물러날 데가 없었다. 나는 조지가 내 신변을 걱정해 주는 게 무의미할 정도로 이미 일상 속에서 위협받고 있었다. 안전한 곳은 어디에도 없기에 나는 목숨을 보존하고 싶다는 최소한의 바람조차 갖지 아니한다.

"제 걱정은 하지 마세요. 제가 그리 약한 사람이었던가요?"

일이 끝나기 전까지는 최선을 다해 나를 지킬 것이다. 이 모든 일을 그르쳐서는 안 되니까. 그러니 조지 역시도 최선을 다해 황위에 올라 왕관을 거머쥐어야 한다.

"조심하라는 거야, 스칼렛."

"그래야겠죠. 끝날 때까지는 끝난 게 아니니까요."

그 말과 함께 나는 돌아섰다. 지금 그 어떤 것보다도 귀중한 그의 시간을 이렇게 허비하게 해서는 안 된다는 생각이 들었기 때문이다. 몇 걸음 걷다 뒤를 돌아보니 조지가 여전히 나를 바라보고 있었다.

"……해내자고요."

"반드시."

그의 대답은 내 마음을 일시적으로나마 안심시키기에 충분했다. 최소한 피로감에 모든 것을 놓고 싶은 지금, 오늘을 버틸 수 있는 정도는 되는 것이다. 내게 있어 조지의 효용 가치가 그 정도라는 사실이 차라리 기쁘게 여겨졌다.

끝과 가까워진다. 다만 두려움은 내가 어디에 있는지는 알 수 없다는 데서 밀려온다.

"차가운 음료를 너무 자주 마시는 건 자제하렴."

"수도보다는 훨씬 시원하다고 들었으니 그렇게 될 거예요."

"그렇다니 다행이구나."

조슈아가 떠나는 날이다. 배는 잔뜩 부풀어 올랐고 앳되기만 했던 얼굴은 어느새 성숙함을 담고 있으며 임신 때문인지 하얗고 티 없이 말끔하던 피부는 울긋불긋한 트러블이 올라와 있다. 나는 비단실 같은 황금색 머리카락을 귀 뒤로 넘겨주었다.

"조심하렴."

"……제가 걱정되세요?"

묘한 기대를 담고 있는 물음임을 알고 있다. 하지만 나는 대답하지 않았다. 어떻게 다시 마주할지 알 수 없는 상황이기에 내게 호의를 품게 하고 싶지 않아서다.

"거기에서는 지금보다 마음 편하게 지낼 수 있을 거야. 떠나는 게 두렵지는 않니?"

"조금은요. 제게 남아 있는 기억의 대부분이 이 저택에서 만들어졌으니까요."

조슈아의 고민과 두려움은 내게 있어서는 지나치게 사소하다. 그러나 헌팅턴 공작의 옆을 벗어나 본 적이 없는 어린 산모에게는 이조차도 겁이 날 터. 다른 조언이라도 하려던 나는 망설이다 입을 다물었다.

내 앞가림도 못하는 처지에 이 아이에게 어떤 도움을 줄 수 있을까 싶어서.

날씨가 더운 날에는 속 깊은 대야에 발목까지 찰 만큼 차가운 물을 부어 발을 담그고 있는 것이 제일이다. 그러니까 무더위 속, 그늘 하나 없는 들판에서 말똥 냄새나 맡고 있는 건 내 취향과는 거리가 있다는 뜻이다. 그럼에도 승마장에 온 건 그만한 목적이 있어서다.

아직까지도 수도에서는 승마장에 출현하는 여인들에 대한 시선이 좋지 않았다. 재수가 없으면 어떻게든 남자를 구하기 위해 몸이 달았다는 평가를 받기도 했다. 그런 오해를 받거나 흠이 잡히는 건 질색인 데다 승마 자체가 내 관심사가 아니었기에 단 한 번도 승마장에서 이루어지는 사교 모임에는 참석지 않았으나…….

"헌팅턴 부인, 여기 있었군요."

익숙한 목소리에 짜증스럽다는 표정을 얼른 지우고 빙긋 웃으며 돌아섰다.

"버컨 부인, 그렇잖아도 계시다는 이야기를 듣고 찾고 있었어요."

"그렇군요. 부인께서 참석하셨단 이야길 듣고 놀랐어요. 그동안은 이런 모임은 기피하셨잖아요. 루이스 영애께서도 이런 취미는 없으시고요."

"날씨가 더워지니 집에만 있는 게 지루해서 활동적인 모임에 한번 나와 보고 싶었어요. 변덕이죠, 뭐."

"세간의 평가와는 달리 건전하고 활동적인 모임이에요. 저와 제 남편도 승마 모임에서 만났었는데……."

버컨 공자와 어떻게 만나 연애를 시작하게 되었는지는 그리 듣고 싶은 이야깃거리가 아니었으나 나는 미소를 지으며 간간이 추임새를 넣었다. 하지만 지루한 건 사실이었다. 날씨가 더운 데다 냄새 때문에 두통이 이는데 재미없는 이야기를 들으며 웃고 있으려니 지금의 상황이 다소 불운하게 생각되었다.

그녀는 이야기를 계속하며 나를 여인들이 모여 있는 곳과 떨어진 쪽으로 이끌었다. 버컨 부인은 어찌 생각하고 있는지 모르겠으나 슬프게도 나는 그녀와 은밀한 이야기를 나누고 싶은 생각이 딱히 없었다. 그럼에도 버컨 부인을 따라가기는 했다. 무슨 이야기를 할지 전혀 궁금하지 않은 건 아니었으니까.

"원래 메를린도 이 모임에 참석하겠다는 의사를 밝혔다는 것을 아시나요? 오늘 부인께서 참석하겠다는 소문을 들었는지 돌연 참석을 취소하더군요."

결국 탕크빌 영애에 관한 이야기였다. 하나 의아했다. 버컨 부인은 분명 결혼 전까지만 해도 탕크빌 영애와 긴밀한 관계를 지속하지 않았나. 온화한 성정으로 유명한 그녀였기에 이 상황이 더욱 이해가 가질 않았다.

"이상한 일이네요. 저는 지난 일을 크게 담아두지 않는 편인데 말예요. 탕크빌 영애께서 크게 오해하고 계신가 봐요."

"이전부터 음흉한 구석이 있었죠. 남의 남자를 탐하는 고약한 취미도 있었고요."

잠깐 호기심이 생겼으나 나는 곧 마음을 고쳐 먹었다. 버컨 부인과 탱크빌 영애 사이에서 어떤 일이 있었던 내가 관여할 바가 아니었기 때문이다. 이전에는 유행을 생각하고 가십 거리들을 귀에 담으며 인맥을 쌓아가는 데 집중해야 했다면 지금은 커다란 것에 주의를 기울여야 할 때다.

"시간이 지나면 그녀의 생각도 곧 달라지겠죠."

더 이상 말하고 싶지 않았기에 나는 가볍게 말을 끝내며 귀부인들의 무리에 섞여들었다.

"오랜만이에요, 헌팅턴 부인. 이런 데서는 처음이네요."

"그러게요, 승마에는 영 관심이 없는 줄 알았더니."

그녀들 역시 나를 반겨주었다. 버컨 부인이 내 뒤에서 황망히 서 있다는 사실을 알고 있었으나 챙겨주고 싶다는 마음은 들지 않았다. 나는 내가 그리 친절한 사람이 아님을 다시 한 번 상기했다.

남성 귀족들이 승마를 즐기는 동안 여인들은 천막 그늘에 모여 차가운 음료를 마시며 대화를 나누었다.

"여름에는 이런 승마보다는 뱃놀이가 훨씬 좋을 텐데 말이죠."

말을 흘린 건 나였다. 모두들 끔찍한 더위에 화장이 녹아내리고 피부와 옷이 쩍쩍 달라붙는 이 상황을 힘겨워했기 때문이다. 트워드데일 영애가 말을 받았다.

"그러게요. 곤돌라나 타면 차라리 좋으련만. 생각해 보니 요즘 잊고 있었어요. 봄에는 그렇게나 뜨거운 인기였는데 말이죠."

"거기서 파는 디저트는 아직도 맛있어요. 가끔 곤돌라를 탄다는 분이 계시면 부탁하곤 하는데 오늘도 생각이 나네요."

"저도 서늘한 저녁쯤에 남편과 곤돌라나 타야겠어요."

"하지만 예약이 많이 밀려 있을 거예요. 듣자 하니 타국의 관광객들이 그렇게들 찾는다더라고요."

귀부인들이 고개를 끄덕이며 곤돌라 예약의 어려움에 대해서 성토하기 시작했다. 나는 그 대화를 가만히 듣고 있다 빙긋 웃으며 입을 열었다.

"필요하시다면 제가 예약을 더 빨리 잡아드릴 수 있어요."

그 말에 귀족들이 황당하다는 얼굴로 나를 쳐다보았다. 싸늘한 반응을 예상치 못했던 게 아니기에 나는 다른 말을 덧붙이지 않고 그들을 마주했다. 그때 이 자리에 있는지도 몰랐던 웨스트미스 영애가 어이없다는 얼굴로 나를 비꼬았다.

"대단한 헌팅턴 부인께서는 마치 곤돌라의 사업주라도 되는 것처럼 말씀을 하시네요. 혹 밤에 긴밀하게 만나는 사이라도 되는 건가요?"

"어떻게 아셨어요?"

나는 환하게 웃으며 그녀를 당당하게 마주했다. 내 반응에 웨스트미스 영애가 도리어 당황한 표정을 지었다.

"네?"

"영애 말씀대로 사업주는 나예요. 누구에게도 말하지 않았는데 어떻게 아신 건가요? 대단히 궁금하네요."

그녀는 더 이상 다른 말을 하지 못했다.

승마 모임이 끝날 때까지 아무도 내게 함부로 질문하지도, 말을 걸지도 않았다. 하나 시선은 계속해서 내게 모이고 있었다. 얼굴이 따끔거린다 해도 모르는 척하는 게 어려운 건 아니었기에 나는 태연한 얼굴로 그 상황을 견뎌냈다.

그리고 다음 날, 드러나지 않았던 곤돌라 사업의 주인이 나라는 소문이 수도 전체에 퍼졌다. 다행히도 호위 무사들이 늦지 않게 공저에 도착했기에 나는 헌팅턴 공작이 나를 찾는다는 소식에도 두려움 없이 그의 방으로 향할 수 있었다.

"들어오십시오."

노크 소리에 헌팅턴 공작이 말했다. 나는 침착한 얼굴로 그의 방 안에 들어섰다. 공은 꼰 다리 위에 책을 올려놓고 소파에 눕듯이 앉아 있었다. 그러고는 내가 들어오는 소리를 분명 들었을 텐데도 고개를 들 생각을 않았다. 결국 시간 낭비가 싫었던 내가 먼저 말을 걸어야 했다.

"무슨 일이세요?"

"제 허락 없이 외부인을 공저로 들였다고요. 듣자 하니 정식 기사도 아니고 고용된 자라 들었는데……."

진정 말하고자 하는 바는 호위 기사에 관련한 게 아닐 터다. 그가 거는 시비를 예상하고 있었기에 당황하지는 않았다. 나는 그의 허락 없이 소파에 앉았다. 헌팅턴 공작의 눈썹이 매섭게 치켜 올라가는 게 보였지만 딱히 두렵지는 않았다.

"이름 모를 자들에게 납치를 당했었고 제가 안전하다고 생각되지 않으니 스스로를 지키려고 노력하는 거죠. 공께서는 제 안전을 위해 노력하지 않으셨잖아요."

"부인."

"지켜지지 않을 약속이지만 너무하다 싶어서요. 제가 또 그런 일을 당하게 될지 어떻게 아나요? 저는 제가 지켜야죠."

그는 더러운 오물을 보듯 인상을 와락 찌푸렸다.

"그냥 호위 무사가 아닌 것 같다 들었습니다."

"그냥 호위 무사가 아니면 어떤 호위 무사라는 뜻이죠?"

"제가 품어주지 않으니 살을 비빌 남자를 밖에서 구해 오기라도 한 겁니까? 공작가의 위신이 떨어질 거라고는 생각지도 않고."

코웃음을 칠 뻔했다. 품어준다니, 그와 나의 관계는 결코 '품어준다'는 따뜻하고 다정한 말로 표현될 수 없었다. 헌팅턴 공작과의 밤은 발정 난 짐승들의 번식 행위보다 못할 정도라 생각되는 시간이지 않았나.

"물론 가끔은 좋은 연인이 되기도 하죠."

"천박하군요."

"천박이요?"

나는 노골적으로 소리를 높여 웃었다. 내 높은 웃음소리에 그가 얼굴을 굳혔지만 그가 어떤 표정을 지어도 더 이상은 두려움을 느끼지 않는다.

"좋아요. 솔직해지죠. 하지만 공께서도 조수아 양이 떠나기 전까지는 저택 내에서 조수아 양을 자유로이 품으셨잖아요. 저도 여자랍니다. 밤이 되면 살을 부딪히며 몸을 달래줄 남자가 필요해요. 하지만 공과의 밤은······."

내 시선이 그의 가랑이 사이로 향했다. 헌팅턴 공작이 움찔하는 모습이 보였지만 나는 미소조차 보이지 않았다.

"시원찮았거든요. 그래서 쾌락을 찾아줄 달콤한 이를 구한 거예요."

이런 식으로 말한 적이 없어서일까, 그는 잠시 충격을 받은 것 같았다. 헌팅턴 공작은 한참 동안이나 말을 잇지 못하다가 겨우 한 마디를 뱉어냈다.

"끔찍하군요."

"······."

"이런 천한 여자를 여태 부인이라고 곁에 두었다는 사실이 치욕스럽습니다."

"어머나, 유감스럽네요."

나름대로 상처를 주기 위해 지껄이는 모양이었으나 이런 가벼운 모욕에 눈물을 보이기에는 당한 게 너무 많았다. 게다가 이 남자에게는 작은 기대를 거는 것조차 과했다. 내게 약을 먹이고 강제적으로 첫날밤을 보냈던 그때부터 헌팅턴 공작은 어떠한 의미도 될 수 없었다.

"어쨌든 용건은 끝인가요?"

노골적인 비웃음에 그는 나를 죽일 듯 노려보더니 주먹을 꽉 쥐었다. 부르르 떨리는 주먹은 예상했듯 탁자를 내려쳤다.

"끝이 아닙니다."

"슬프네요. 할 말이 있으시면 빨리 끝내주세요. 제 사랑스러운 연인들이 저를 간절하게 기다리고 있거든요."

"……곤돌라 사업의 주인이 부인이라는 소문이 돌고 있었습니다. 사실입니까?"

내 안의 악마가 즐겁게 웃는다. 어쩌면 이 사람은 예상 범위를 한 치도 벗어나지 않을 수 있나. 헌팅턴 공작이 전형적이고 진부한 악역이라는 게 이럴 때는 반가웠다.

"네, 들으신 그대로예요. 설마 제 도움이 필요하신가요? 설마 그렇지는 않겠죠?"

아예 앞에서 깔깔거리는 내 모습에 헌팅턴 공작의 얼굴이 포악하게 일그러졌다. 군대 양성에는 천문학적인 금액이 필요하다. 돈 나올 구멍이 정해져 있는 그가 지금쯤 곤란을 겪고 있으리라는 사실은 굳이 머리 굴리지 않아도 쉽게 유추할 수 있다. 내가 눈치챌 것을 감수하면서도 가문의 예산에 손을 댈 정도면 많이 조급했다는 뜻이기도 하다.

자, 이제 어찌할까. 내게 무릎이라도 꿇고 빈다면 10테르 정도는 용돈으로 쥐여 줄 수 있을 터다.

"부부의 자산은 공동의……."

"결혼 약속 당시 가문의 안주인으로서 관리해야 할 예산 외에는, 재산에 관한 어떤 논의도 없었죠. 제 사업에 공께서 기여한 바가 없음은 디시마드 상단에서 증명해 줄 테니 욕심낼 생각은 마세요."

친절한 설명과 함께 나는 다시 한 번 소리 높여 웃었다. 이 오만한 자는 자신의 말이 헛된 주장임을 알면서도 혹시나 싶어 말을 꺼냈을 터다. 나는 이미 짓밟힌 자존심을 더 가혹하게 눌러주고 싶었다.

"구걸하시는 건 좀 실망스럽네요. 그래도 법적으로는 남편인지라 높게 평가했었는데⋯⋯."

말끝을 흐리자 그의 입이 벙긋거렸다. 그러나 헌팅턴 공작은 나를 금방이라도 목 졸라 죽일 것처럼 살벌하게 노려볼 뿐, 아무 말도 하지 못했다. 나는 그를 두고 자리에서 일어났다. 암울하게 느껴지는 그의 방을 벗어나자 소름 끼칠 정도의 쾌락이 발끝에서부터 올라와 온몸을 부르르 떨리게 했다.

아, 오늘 밤은 승리의 축배를 들어야겠다.

Chapter 9 고여 있다는 건

나는 염려하고 있었다. 여성과 남성의 역할이 분명하게 나누어져 있는 사회에서 내가 곤돌라의 사업주라는 사실이 밝혀지게 된다면 혹시라도 사업 자체에 악운이 드리우게 될까 봐. 하나 그런 걱정이 무색하게도 불이익은 없었다. 오히려 수도 귀족들 사이에서 식상하게 여겨졌던 곤돌라는 다시 인기를 얻게 되었고 가문으로 오는 초대장은 며칠 새 두 배로 늘어났다.

곤돌라의 사업주가 나라는 사실을 굳이 밝혔던 건 남편의 일을 방해하려는 의도가 가장 컸다. 그가 이 사실을 알게 되면 내게 관심을 가질 수밖에 없었을 테니까.

공작이 사병 양성에 있어 자산의 한계에 다다랐다는 사실은 그리 어렵지 않게 유추할 수 있는 일이다. 사병을 없애 버리는 쪽으로 유도하는 것도 괜찮은 선택지였으나 황제가 몸져누웠고 황위 싸움이 물 위로 드러나기 직전인 이 시점에서 그가 포기할 리 없었다. 그래서 헌팅턴 공작이 법적 아내인 내가 거대 자산가임을 알게 하는 방법을 택한 것이다.

그동안의 나는 남편에게 너무나도 쉽게 휘둘렸다. 그러니 헌팅턴 공작은 내 자산을 쉽게 집어삼킬 수 있으리라 판단했을 터다. 나는 그가 내 자산을 차지할 방안을 모색하는 것에 집중하길 바랐다.

쉽게 차지할 수 있을 듯한 미끼를 들이밀어 상황에 대한 냉정한 성찰을 방해하는 것, 그를 통해 충분한 시간을 벌고 짜임새 있는 함정을 파는 것. 사소한 것 하나하나가 승률을 상승케 한다.

헌팅턴 공작은 어제저녁에도 나를 찾아와 남창이라 여겨 혐오하는 내 호위 무사들에게 팔이 붙들려 내 얼굴은 제대로 보지도 못 한 채 방에서 치욕스럽게 쫓겨나야 했다. 물론 만족스럽지는 못했다. 아직 그에게 안겨줄 지옥이 무궁하게 많이 남아 있는데 어찌 가벼운 치욕을 안겨준 것으로 이 짙은 증오를 희석시킬 수 있겠나.

"오늘은 일찍 들어가서 쉬어도 좋아요. 외출할 계획이니까요."

내 말에 호위 무사들이 고개를 돌렸다. 거의 한 달 가까운 시간 동안 그 어떤 사교 모임도 나가지 않은 채 저택에만 머물렀기에 더욱 의아하게 여기는 듯했다.

한동안 사교 모임을 자제했고 앞으로도 그럴 계획이었으나 남편이 공작 부인으로서의 의무를 저버리지 말라며 계속해서 닦달을 해댔기에 오늘만큼은 그와 함께 넬슨 백작가의 파티에 참석해야 했다.

나와 대화할 기회를 마련하려는 몸부림이든 뭐든 꿍꿍이가 있는 것만은 분명했다. 평소 등한시하던 사교 모임에 구태여 동행하려 했으니 말이다. 이상한 낌새는 금방 눈치챌 수 있었다만 그냥 모른 척하기로 결심했다. 자신의 협박이 아직 내게 영향을 미칠 수 있다는 착각을 하게 내버려 두는 것 역시 재미있을 터다.

마차에서 나와 헌팅턴 공작은 침묵을 지켰다. 그의 시선이 때때로 얼굴에 닿는 게 느껴졌지만 알아차린 내색을 하지는 않았다. 물론 이젠 돈이 필요 없느냐고 빈정거리고 싶은 마음이 굴뚝같기는 했다. 하나 여태까지의 모습과 지나치게 다르게 행동하는 것 역시 의심을 살 수 있었다. 곤돌라 사업의 성공은 꽤 지난 일이었고 사업주가 나라는 사실을 밝혔다 해서 태도를 완전히 달리하는 건 아무래도 이상할 테니.

마차에서 내린 나는 남편의 에스코트를 받아 넬슨가의 저택으로 들어섰다. 늦게 도착한 탓에 파티장 내의 분위기는 적당히 무르익어 있었다. 나와 헌팅턴 공작은 크게 주목을 받지도, 그렇다고 무시당하지도 않은 채 그 안에 자연스럽게 섞일 수 있었다.

"헌팅턴 공, 그리고 공작 부인."

넬슨 백작 부부가 나와 헌팅턴 공작에게 인사와 함께 다가왔다. 나는 그들을 오래 잡아두지는 않아야겠다고 생각하며 치맛자락을 가볍게 들어 인사했다.

"오랜만이네요."

"그러게요, 헌팅턴 공작 부인. 무슨 일이라도 생긴 줄 알았어요. 너무 오랫동안 사교 모임에 나오지 않으셔서요."

"과한 관심을 가져주시는 바람에 잠시 홀로 시간을 보냈답니다."

"이해해요, 부인. 그럴 법하죠. 저는 부인께서 워낙 두문불출하시기에 혹 좋은 소식이 있어 그러시나 생각했답니다. 그건 아닌 모양이군요?"

넬슨 부인이 말하는 좋은 소식이란 나의 임신을 의미할 터다. 생각만 해도 소름이 끼쳐 웃음을 유지하고 있는 것조차 힘들었다. 나를 불임으로 만들려 했던 남자와의 사이에서 생긴 아이라니, 상상만 해도 끔찍하지 않나.

내가 대답하지 않자 그녀는 조심스러운 얼굴로 사과의 말을 건넸다.

"혹 실례가 되었다면 죄송해요."

"아직 젊으니 자유로운 생활을 오래 즐기려는 거예요. 그러니 염려 않으셔도 괜찮아요."

말은 매끄러웠으나 안색은 여전히 좋지 못했다. 넬슨 부인은 잠시 내 눈치를 보다 손님을 맞이해야겠다며 자신의 남편과 함께 자리를 피했다. 그들이 떠난 자리에 나와 헌팅턴 공작만이 남았다.

"아직 미흡하시군요."

조롱하는 듯한 말투에 나는 몸을 틀어 그를 무심하게 바라보았다. 입가에 걸쳐져 있는 서늘한 미소를 무너뜨리고 싶다는 생각이 잠시 들었다.

"무엇이 미흡하다는 건가요? 적어도 상대방을 앞에 두고 예를 갖출 생각조차 하지 않는 무례한 귀족보다는 나았다고 생각하는데……. 갈수록 참기 어렵네요. 너무 무례하다 보니."

"아아, 그동안은 저를 참고 견디기라도 하셨단 말씀이십니까?"

"여태 눈치채지 못하셨나 보군요. 제가 너무 과대평가한 모양이에요."

"대우할 만한 이가 아니라면 신경 쓸 이유가 없지요."

그 말과 함께 남편은 억지 미소를 보였다. 그래 봐야 나는 그의 아래에 있다는 듯 의기양양한 표정이었다. 갑자기 궁금해진다. 그간 이런 얼굴로 나를 할퀴고 싶어 얼마나 안달이 났었을 지가.

"재미있네요. 대우할 가치도 없는 미천한 계집에게 돈과 명예까지 쥐여 준 게 누구였는지가 생각이 나서요."

나는 짤막한 웃음을 터뜨린다. 이번만큼은 진정 통쾌했다. 그간의 끔찍한 결혼 생활 중 몇 안 되는 즐거운 기억이 있다면 분명 오늘의 일이 포함될 것이리라.

"하는 일에 모두 운이 따르는 건 아닐 텐데요, 부인. 경거망동하다간……."

"그러는 공께선 아직까지 제게 어떻게 구걸해야 할지 그 타이밍을 잡기 어려우신 것 같네요. 알려 드릴까요? 지금 이 자리에서 무릎을 꿇고 한번 청해 보세요. 너무 안타까운 나머지 제 목에 걸고 있는 이 목걸이라도 풀어드리는 아량을 베풀지도 모르잖아요?"

분노에 휩싸인 눈이 순간적으로 위험하게 빛났다. 헌팅턴 공작이 갑작스럽게 내 손목을 거칠게 잡아끌었다. 예상치 않았던 아픔에 신음성이 터져 나왔으나 사람들은 나를 향해 고개를 돌리지 않았다. 넬슨 백작이 혼비백산한 얼굴로 홀 가운데로 뛰어 들어와 소리쳤기 때문이다.

"급보입니다! 황제 폐하께서 위독하십니다. 황비 전하와 아마릴리스 공주 전하께서 킹슬리 대공 전하를 차기 황위를 이을 황태자로 정하셨으며 수도로의 귀환을 명하셨습니다!"

그 말에 분위기가 순식간에 달라졌다. 귀족들은 심각한 얼굴로 술렁이기 시작했고 어떻게 된 일이냐고 묻기 위해 넬슨 백작에게로 다가섰다. 하나 그중에서 남편처럼 빠르게 행동을 개시한 사람은 없었다. 그는 잡고 있던 내 손목을 미련 한 자락 없이 놓고 홀 밖으로 바쁘게 걸어 나갔다. 그 모습을 가만히 보고 있던 나는 시간이 조금 지나고 나서야 정신을 차리고 그의 뒤를 쫓았다.

"기다려요."

내게는 이런 상황이 닥쳤을 때 해야만 하는 일이 있었다. 높은 힐로 뒤꿈치가 잔뜩 당겨왔으나 나는 개의치 않고 그를 따라잡기 위해 걸음을 재촉했다. 내 목소리가 충분히 들릴 만큼 거리가 가까워졌으나 헌팅턴 공작은 뒤를 돌아보지 않았다.

"기다리라고요!"

그가 걸음을 멈추고 돌아선 건 내가 비명을 지르듯 목소리를 높이고 난 뒤였다. 헌팅턴 공작의 눈빛은 자신의 일을 방해하는 장애물은 모조리 치워 버릴 것처럼 살벌했다. 가슴이 오싹해졌다. 그러나 그를 그냥 둘 수는 없었다.

"지금 뭐 하는 짓인가요? 아무리 황제 폐하께서 쓰러졌다고 해도 저곳에 저를 혼자 두고 어딜 가려던 거예요? 이 사교 모임에 참석하자고 한 쪽은 전하셨어요. 괜한 시비를 걸더니 이제는 이렇게 절 버려두고 가시려는군요!"

방금 전의 다툼에 화가 난 아내가 충분히 할 수 있을 법한 항의다. 그러나 지금의 그의 귀에 중하지도 않은 여자의 항의가 들어올 리 없다. 게다가 이제 사병을 움직여야 하는 남편은 내 눈치를 볼 필요가 없다. 나는 다른 카드를 꺼내야 했다.

"이혼해요. 이렇게 무시당하면서까지 결혼 생활을 유지하고 싶지 않으니까요."

그 말에 헌팅턴 공작은 코웃음과 함께 뒤를 돌아보았다. 그러고는 빠른 걸음으로 가던 길을 마저 걸었다. 나는 결국 입술을 깨문 채 그를 따라갈 수밖에 없었다.

그와 나는 같은 마차에 올랐다. 남편은 내가 함께하는 게 불만스러운 것 같았지만 어떤 말을 하지는 않았다. 분위기는 무척이나 삭막했고 공저에 도착할 때까지 우리는 아무런 대화도 나누지 않았다.

황제의 상태에 대해서 알고 있었지만 하필 오늘 일이 벌어질 거라고는 생각지 못했다. 하나 처음부터 순탄한 길이 될 거라고 생각지는 않았으니 어떻게 해야 그를 효과적으로 방해할 수 있을지를 생각해야 한다.

치열하게 고민하는 동안 마차는 이내 공저 앞에 다다랐다. 나는 마차에서 급하게 내리는 남편의 팔을 붙잡았다.

"왜 대답하지 않나요? 나는 당신에게 이혼을 청한 거예요."

"뜻대로 하십시오. 다만 지금은 바쁩니다."

"웃기지 말아요. 당신은 제 이혼 의사를 무시할 수 없어요."

"어차피 지금 당장 이혼할 수도 없지 않습니까."

성의 없는 대답에 나는 회심의 미소를 지었다. 남편은 이 지긋지긋하고 역겨운 결혼 생활을 끝낼 수 있다는 사실이 내게 얼마나 짜릿한 감정을 느끼게 하는지 절대로 알지 못할 것이다.

"그럴 리가요. 나는 지금 바로 이혼을 신청하고 당신이 얼마나 결격 사유가 많은 인간인지를 증명할 거예요."

"우습군요."

헌팅턴 공작은 내 손을 매몰차게 뿌리친 뒤 저택 안으로 들어섰다. 하지만 남편을 내버려 둘 생각은 없었다. 나는 이혼 서류를 들고 그의 방으로 노크 없이 들어갔다. 호위 무사를 대동한 채였다. 그는 내가 갑작스럽게 난입했음에도 불구하고 신경조차 쓰지 않은 채 짐을 챙기고 있었다.

"어딜 그리 급히 가시려고요?"

남편은 대답조차 하지 않았다. 나는 그의 앞으로 다가가 봉투를 내밀었다.

"뭡니까."

"이혼 서류예요. 작성해 주신다면 더 귀찮게 하지는 않겠어요."

내가 눈짓하자 고용된 호위 무사가 방문을 막아섰다. 헌팅턴 공작은 짜증스럽다는 표정으로 나와 그를 번갈아 노려보다 결국 봉투를 열어보았다. 봉투 안에는 이혼 서류뿐만 아니라 이혼 사유가 빽빽하게 적힌 양피지가 함께 들어 있었다.

"양피지에 있는 내용을 서류에 옮겨 쓰세요. 이혼 사유니까요."

"이혼 사유?"

"사생아를 만든 것, 안주인으로서의 권리를 보장해 주지 않은 것, 저를 불임으로 만든 것. 더 말이 필요한가요? 원하신다면 더 설명을……."

"됐습니다."

남편은 마음이 급한 듯 다 듣지도 않고 양피지의 내용을 이혼 서류에 베껴 쓰기 시작했다. 그러나 서류를 모두 작성한 뒤에도 곧바로 밖으로 나가지는 못 했다. 내가 꼼꼼히 살피는 척 느리게 확인했기 때문이다. 나는 한참이 지난 뒤에야 호위 무사에게 비켜주라고 손짓했고 헌팅턴 공작은 분풀이조차 하지 않은 채 바쁘게 공저를 떠났다.

할 수 있는 일은 끝났다. 그러니 나는 다른 귀족들이 그러하듯 옷을 갈아입고 곧바로 황궁으로 향해야 할 터다. 하나 소파에 앉아 등을 기댔다.

모르겠다, 이보다 더 유쾌할 수 없음에도 벌써 눈물이 나는 이유를.

위독하다는 말은 이 고비를 넘기지 못할 경우 가망성이 없다는 뜻이다. 나는 황제가 그에게 닥친 위기를 넘길 수 없음을 안다. 오늘 갖춰 입은 검은색 베일과 드레스는 그의 죽음에 대한 애도의 뜻을 표하기에는 충분할 터다.

마차가 준비되기 전, 주인이 부재한 공저를 둘러보았다. 이곳을 떠나겠다는 각오는 아주 오래전부터 되어 있었음에도 기분은 여전히 묘했다. 공저의 침울한 공기를 잊을 수 있을지, 이 역겨운 공간에서 완전히 도피할 수 있을지 확신할 수 없기도 했다.

발길이 닿는 대로 걷던 나는 정원 앞에서 멈춰 섰다. 조지가 내게 선물했던 보라색 튤립이 초라하게 말라 있음을 발견했기 때문이다. 이것은 패배해 버린 황제를 의미하는 걸까, 아니면 이 저택에서 근 1년간 천천히 시들어 다시 원상회복될 수 없는 나를 의미하는 걸까.

보라색 튤립은 아주 오랫동안 내 눈길을 붙잡았다. 나는, 내가 예전의 스칼렛으로 돌아갈 수 없음을 알았다.

수많은 귀족이 황궁에 모여 있었다. 황제의 병환은 익히 알려져 있었으나 대다수는 경각심을 갖지 않았다. 그의 젊음과 마력을 믿었기 때문이다. 하나 그는 신하들의 기대를 배반한 채 삶과 죽음의 기로에 서 있다.

이 모든 것이 방심으로 인한 결과라 말할 수는 없다. 조지는 시종장과 집정관을 매수했고 마법적 문제의 경우 조지가 없는 동안에는 아마릴리스 공주와 버컨 공자가 그들의 선에서 처리를 끝냈다. 이 은밀한 반역 시도가 완벽했다면 그의 건강 상태가 알려지지 않는 게 정상이었다.

몇몇 귀족은 어리둥절한 얼굴이었고, 몇몇 귀족은 슬퍼했으며, 또 몇몇 귀족은 마치 일이 이렇게 되리라는 것을 이전부터 짐작하기라도 했듯 태연했다.

루이스 일가는 그 몇 안 되는 태연한 귀족에 포함되어 있었다. 나는 루이스 백작의 옆으로 따라선 루이스 백작 부인과 아멜리를 발견했으나 에드먼드의 모습은 찾지 못했다. 오래 찾아보지는 않았다. 어차피 인사를 나눌 만큼 유쾌한 사이는 아니었기에.

귀족들은 시간이 흐르면 흐를수록 황궁 내의 가라앉은 공기를 답답하게 여기는 듯했다. 처음에는 간단한 인사조차 조심스러워하던 이들이 한 시간, 두 시간, 하루가 지나자 조금씩 모여 두런두런 이야기를 나누기 시작했다.

나는 피곤에 절어 있는 그들의 얼굴에서 묘한 기대감을 읽었다. 이제 귀족들은 최근 들어 행동 양상을 달리하기 시작한 황비가 나타나 황제의 부고를 알리기를 바라는 듯했다.

"대공께서 황위에 오르시겠죠?"

"버컨 쪽에서 욕심을 내지 않는다면. 물론 사전 합의를 끝낸 상황이겠지요."

"프레드릭 3세 즉위 초를 제외하면 황실 식구들끼리는 가깝게 지냈으니 신빙성이 있겠군요."

황위는 조지의 것이다. 귀족들 역시 조지가 황제가 될 거라고 가정하고 의견을 나누는 듯했다. 한편 귀부인들은 어느새 결혼 적령기, 미혼 남성으로서 조지가 가지는 가치에 대해서 평가하기 시작했다. 나는 그 어떤 쪽에도 끼지 않은 채 그 모든 대화를 경청했다.

"스칼렛."

"아, 아멜리."

"헌팅턴 공작께선 안 보이시네요. 공께서도 대공 전하를 모시러 간 건가요?"

아멜리의 물음에는 어딘가 이상한 부분이 있었다.

"공께서도라뇨? 그 말은……."

"오라버니께서도 곧장 킹슬리로 떠나셨어요. 대공 전하의 측근 분들과 함께 출발하신 걸로 알고 있어서 그 사이에 헌팅턴 공께서 포함이 되어 있는지를 여쭌 거예요."

듣지 못한 이야기였다. 나는 내가 할 일을 지시받았을 뿐, 조지와 뜻을 함께하는 이들이 어떻게 움직일지에 대해서는 어떠한 언질도 듣지 못했다. 하지만 금방 유추할 수 있었다.

"……사병."

조슈아는 마력을 보유하지 못했고 아기가 태어나려면 아직 몇 개월이 남았다. 헌팅턴 공작이 사병을 활용할 수 있는 범위가 한정되어 버린 것이다. 그는 실패했다. 그러나 실패를 인정할 수 있는 그릇은 못 된다. 내가 그러면 조슈아를 데리러 가는 동안 조지의 귀환을 늦추기 위해 킹슬리로 사병을 보냈을 것이다.

궁금증은 해소되었다. 조지가 이미 헌팅턴 공작이 할 행동을 예상했기에 조지의 측근들이 무력 지원을 위해 킹슬리로 향한 것이다.

"뭔가 짐작 가는 데라도 있는 건가요?"

"그런 건 아니지만……. 무사히 돌아오실 거라 믿어요. 대공 전하도, 루이스 경도."

"그리 말해주니 조금이나마 안심이 되는군요. 그나저나 스칼렛, 아까……."

덜컹!

성문이 열리는 묵직한 소리에 모두의 고개가 동시에 돌아갔다. 이어 엄청난 수로 추정되는 거친 말발굽 소리가 바깥에서 들려왔다. 그 소리는 안중에도 없다는 듯, 황제의 집정관이 홀 안으로 걸어 들어와 침착한 음성으로 귀족들에게 알렸다.

"10분 뒤 황비 전하께서 황위 계승에 관한 공식 발표를 진행할 예정입니다. 분기별 전체 회의에 참석 자격을 가진 귀족들은 발언권을 가지며, 그 외에는 참관할 권리만을 허용합니다."

조지가 도착했다. 복수를 위해 발톱을 숨기고 있었던 그가 드디어 황위를 차지하기 위해 수도에 다다른 것이다. 형용할 수 없는 감정이 목구멍까지 차올랐다. 그가 기다려 온 것처럼 나도 지긋지긋한 불행에서 벗어날 이때만을 기다리고 있었기에 초연한 태도를 유지할 수가 없었다.

잠시 뒤 황족들이 입장했다. 이어 조지의 측근들 역시 홀 안으로 들어섰다.

"오라버니!"

좀처럼 침착함을 잃지 않는 아멜리가 내지른 비명이었다. 루이스 백작 부인이 그녀를 급하게 잡았지만 아멜리는 좀처럼 진정하지 못했다. 나 역시 에드먼드를 찾았다. 그리고 무의식적으로 헛숨을 들이켰다.

그의 상태는 끔찍할 정도였다. 입고 있는 갑옷은 몇 군데가 유실되어 너덜너덜하게 떨어져 있었고, 칼날에 베인 상처에서는 여전히 피가 솟아올랐으며, 검은 머리칼에는 피가 뭉쳐 굳어 있었다. 그야말로 응급조치조차 받지 못하고 급하게 온 것이다.

조지 역시 성한 모습은 아니었다. 곧 황위를 거머쥐게 될 그의 볼에 명백한 칼자국이 새겨져 있었다. 나머지 측근들도 험난한 전투를 치렀는지 상태가 성하지 못했다. 일의 경과에 대해 모르는 귀족들이 웅성거리기 시작하자 집정관이 단상을 두드리며 주의 집중을 요구했다.

"상황이 상황인 만큼 예는 모두 생략하겠습니다."

황비가 단상 위로 올랐다. 그녀는 얼마 전의 무도회에서 봤을 때보다 훨씬 더 생기 가득한 얼굴이었다. 하나뿐인 남편이 죽음을 앞두고 있다고는 믿기 어려울 정도의 모습이었으나 아무도 신경 쓰지 않는 듯했다.

"황제 폐하께서 의식을 잃으신 지 일주일이 지났습니다. 그동안 회복을 위해 갖은 방법을 썼으나 통하지 않았습니다. 그러던 중 사흘 전 밤부터 폐하의 몸에 열이 끓기 시작했고 결국, 마음의 준비를 하라는 통보를 받았습니다."

그녀는 잠시 말을 멈추고 목을 가다듬었다. 슬픔을 연기하려는 것 같았지만 노력의 효과는 미비한 것 같았다.

"황가의 구성원 중 유일하게 황실에 적을 둔 저와 아마릴리스 공주는 상의하에 계승 서열 1위이면서 훌륭한 인품으로 타의 귀감이 되었던 조지 테베 킹슬리를 후계로 책봉하기로 뜻을 모았습니다."

대부분의 귀족이 조지가 황위를 잇는 데 이견이 없다는 태도를 보이고 있었다. 나는 성공을 확신했다. 평화로운, 그리고 안정적인 결말을 맞이할 수 있을 것이다.

"그렇다면 이견이 없는 것으로 알고……."

"킹슬리 대공께서 황위 계승 서열 1위라는 데 동의할 수 없습니다."

문이 열림과 동시에 홀 안에 울려 퍼진 굵직한 음성은 내가 익히 아는 자의 것이다. 나는 눈을 잠시 질끈 감았다. 그리고 잠시 뒤 고개를 천천히 돌렸다. 역시나 남편, 아니, 전 남편이었다. 뒤에 끌려오듯 로브를 쓰고 따라오는 여인은 조슈아임이 틀림없다. 나는 로브 사이로 잠시 보인 황금색 눈에 두려움이 어려 있음을 확인했다.

"그게 무슨 소립니까?"

누구의 것인지는 모르나 의심이 가득한 목소리였다. 나머지 귀족들 역시 수군거리기 시작했다. 이 공간에서 그에게 우호적인 태도를 보이는 이는 단 한 명도 없는 듯했다. 그럼에도 헌팅턴 공작은 지나치다 싶을 정도로 당당하게 입을 열었다.

"프레드릭 3세 황제 폐하의 유일한 핏줄이 버젓이 생존해 있습니다. 그러니 저는 킹슬리 대공께서 황위를 잇는 데 동의할 수 없습니다."

그리고 조슈아의 팔을 잡아끌어 앞으로 내세웠다. 머리까지 덮은 망토를 벗겨내자 순수한 황금색의 머리카락과 눈이 드러났다. 조슈아는 자신을 찢어발길 듯한 눈빛으로부터 아기를 보호하려는 듯 부푼 배를 꽁꽁 감싼 채 겁먹은 얼굴로 주변을 둘러보았다. 그러다 나와 눈이 마주쳤다.

안쓰러웠다. 하나 지금의 나는 그녀를 도울 수 있는 아무런 방법이 없다.

"17년 전 황제 폐하의 직속 시녀였던 엘리자베스 트레인 소생으로 프레드릭 3세 폐하의 핏줄이 분명합니다. 그러니 대공 전하의 계승 서열이 앞선다 말할 수 없겠지요."

그 말에 장내는 찬물을 끼얹은 듯 조용해졌다. 그러다 잠시 뒤, 다시 시끄러워지기 시작했다. 귀족들이 자리에서 하나둘 일어나 헌팅턴 공작을 공격하기 시작했다.

"그 말을 어찌 믿습니까?"

"그 당시 그런 소문이 돌기는 했습니다. 그것만큼은 부정할 수⋯⋯."

"하지만 사생압니다. 어떻게 사생아를 인정할 수 있습니까? 국법을 부정하는 일입니다!"

"그보다 저 여인이 프레드릭 3세 폐하의 사생아라는 것을 어떻게 증명합니까?"

그러는 동안 조지가 자리에서 일어났다. 그는 조슈아에게 천천히 다가섰다. 그녀 역시도 그의 존재를 느꼈는지 겁을 집어먹고 몸을 떨기 시작했다. 헌팅턴 공작이 조지를 막아서려 했으나 그의 행동은 조슈아를 완전히 보호하지 못했다. 조지는 그 어떤 방해 없이 그녀의 팔을 잡았다.

"헌팅턴 공은 이 계집이 프레드릭 3세의 사생아라고 주장하는 것 같습니다만, 나는 인정할 수가 없군요."

"그분은……."

"그 어떤 마력도 느껴지지 않습니다. 또한, 진정 프레드릭 3세의 피를 이었다 해도 황비 전하의 소생이 아닌 사생아가 어찌 계승권을 가진단 말입니까?"

"사생아라 하더라도 유일한 현 황제 폐하의 핏줄입니다. 그리고 이분의 배 속에 있는 아기는 온전한 마력을 갖고 태어날 겁니다. 인정할지의 여부는 대공 전하께서 정하시는 게 아닙니다."

헌팅턴 공작의 반발에 조지가 눈살을 찌푸렸다. 위압감이 느껴질 법함에도 그는 조지의 손아귀에서 조슈아의 팔을 거칠게 빼냈다.

"그러니 황제 폐하의 유일무이한 핏줄을 가진 분께 무례는 삼가시지요, 대공 전하."

살벌한 대치에 그 누구도 감히 끼어들지 못했다. 그때, 잔뜩 주눅

든 얼굴로 침만 꼴딱꼴딱 삼키고 있던 조슈아가 말했다.

"……저는, 황위를 계승할 수 없어요."

무척이나 작고 여린 목소리였다. 하지만 듣지 못한 이는 없었다. 갑작스러운 발언에 헌팅턴 공작이 사랑하는 사람을 본다고는 믿을 수 없을 만큼 매서운 표정으로 그녀를 내려다보았다. 조슈아는 그 눈빛을 피해 그에게서 한 발짝 물러났다.

"저, 저는 황위를 계승할 수 없어요."

말을 마친 순간 그녀와 나의 눈이 마주쳤다. 나는 그 선명한 금안을 보며 그날, 그러니까 내 핑계를 대며 공작에게 요양을 청한 일로 내게 사과하러 왔던 그날 아침의 대화를 떠올렸다.

"죄송해요. 다른 핑계가 분명 있었을 텐데……. 그 순간을 벗어나고 싶다는 마음에 마님께 피해를 끼쳤어요."

"정말 더 이상 사랑할 수 없게 된 거구나."

"정확하게는 믿을 수 없게 된 거죠. 그는 이제 제게서 가장 소중한 이 자그마한 아이조차 지킬 수 없는 사람이 되어버린 거예요."

조슈아는 거의 정신이 나간 사람처럼 자신의 심정을 두서없이 털어놓았다.

"다정하던 눈빛이 달라졌어요. 떠나고 싶어요. 도망가고 싶어요. 더 이상 그 사람 옆에서는 버틸 수가 없을 거예요. 저도, 제 아이도……. 늘, 죽을 것만 같아요."

한동안은 고민에 빠져 있었다. 조슈아를 살리고 싶었으나 그녀가 프레드릭 3세의 핏줄인 이상, 황위 계승권을 갖고 있는 이상 제거당할 이유가 충분했기 때문이다. 게다가 배 속에는 마법을 쓸 수 있는 레넌의 생명이 자리 잡고 있지 않은가.

답답한 상황이었다. 하나 곧 방법을 찾아낼 수는 있었다. 프레드릭 3세가 조지의 황위 계승권을 박탈하기 위해 그의 국적을 바꾸려고 했던 일을 떠올렸던 것이다. 국적이 바뀌면 조슈아와 그녀의 아이가 동시에 황위 계승권을 박탈당한다. 하지만 그녀가 원한다면 몰라도 원하지 않는다면 패를 드러낸 게 되니 내가 직접 그녀를 제거해야만 했다.

나는 진심으로 돕고 싶었다. 꾸준히 조슈아를 만나며 공작의 미심쩍은 행동에 대한 의심을 부채질한 건 그녀에 대한 안타까움이, 동정심이 모두 진심이었기 때문이다.

"정말 떠나고 싶니?"

"제 아기를 위해서라면 떠날 수 있어요. 저를 도와주실 수 있다면 제발…… 도와주세요."

그녀가 포기하려는 게 황위 계승권이라는 사실을 알게 된다고 해도 이런 선택을 할 수 있을지 확신할 수가 없었다. 하지만 고민의 시간조차 길지는 않았다.

"너와 네 아이가 최고의 영화를 누리게 된다고 해도?"

"그래도 행복이 없다면, 평화롭지 않다면 원하지 않아요. 그 어떤 부귀와 영화도 진짜 감정을 채워줄 수는 없으니까요."

어느새 눈물이 맺혀 있었다. 조슈아는 흐느낌을 가까스로 참아내며 간절한 목소리로 말했다.

"뭘 말씀하시려는지 알아요. 이미 알고 있었어요. 그는 제게 진실을 말했으니까요. 그래서 더더욱 떠나려는 거예요. 더 이상 이용당하고 싶지 않아요. 제 아이와 행복을 찾고 싶어요."

나는 조이가 떠나기 전까지 귀화 신청에 필요한 모든 서류를 구비해 전달할 수 있었다.

"마음의 준비가 되면 함께 보내는 하녀 중 돌로레스라는 아이에게 서류를 전달하렴. 그 아이에게서 판델의 신분 증명 패를 받는 순간 너는 판델의 국적을 갖게 되는 거야. 진짜 자유를 찾는 거란다."

선택을 강요하지는 않았다. 그렇다고 최종 결정권을 넘긴 걸 후회하지도 않았다.

조지에게는 이 정에 얽매인 미흡한 처리가 미안했으나 딱 그뿐이었다. 나는 조슈아를 위하지 않을 수가 없었다.

"너는 네가 무슨 말을 하고 있는지 알고 있는 건가?"

조지의 목소리에는 잔뜩 날이 서 있었다. 그러나 조슈아는 서늘한 중압감을 이기고 떨리는 목소리로나마 다시 입을 열었다.

"저는 이 나라 국민이 아니에요. 이미 판델인이에요. 이 신분 증명 패가 증명해 줄 거예요. 저는…… 저는 황위를 계승할 자격이 없습니다."

그는 조슈아가 바들바들 떠는 손으로 건네는 신분 증명 패를 떨떠름한 얼굴로 받아 들었다. 그러고는 한참 동안 살펴보더니 옆에 있는 집정관에게 패를 넘겼다. 그 손을 거쳐 발언권을 얻은 귀족 모두가 그녀의 신분 증명 패를 확인했다.

"틀림없는 판델의 신분 증명 패입니다."

웨스트미스 백작이 단언했다. 헌팅턴 공작은 배신감 어린 얼굴로 조슈아를 찢어 죽일 듯 노려보더니 곧바로 소리쳤다.

"저는 프레드릭 3세가 중독되었음을 알고 있습니다. 이 황위 계승은 인정할 수 없습니다!"

그 말에 귀족들이 잠시 술렁였다. 하지만 젊고 강력한 황제가 갑작스럽게 사경을 헤매게 되었다는 자체가 석연찮다는 사실을 모르는 이는 이곳에 없었다. 귀족 대부분은 일이 어찌 되었든 프레드릭 3세가 죽음만을 기다리고 있었기에 추후 조지의 정통성에 대한 논란이 생긴다 하더라도 지금 이 상황을 뒤집을 수는 없다고 판단하는 듯했다.

"사경을 헤매고 있는 프레드릭 3세는 조슈아 님의 피를 마시면 곧바로 몸을 회복할 수 있을 겁니다. 중독도 역시 그런 마법을 통해 이루어졌으니 말입니다."

그러나 다시 이어진 말에 귀족들은 동요하기 시작했다. 황제를 살릴 방법이 없다면 이 모든 것이 은폐될 수밖에 없으나 그가 살아날 수 있다면 일의 판도는 뒤바뀔 수밖에 없는 거였다. 헌팅턴 공작이 그 사실을 어떻게 접하게 된 건지는 모르겠으나 조지의 얼굴이 지나치게 딱딱하게 굳어진 걸로 보아 그의 말은 진실에 가까운 것 같았다.

"사실이 아닙니다."

조지는 뒤늦게 부정해 보았으나 공작은 그 말을 무시한 채 허리춤에 차고 있던 단도를 급하게 빼 들었다.

"딱 한 방울이면 됩니다. 프레드릭 3세 폐하께서는 조슈아 님의 피를 마시면 완전히 회복하실 겁니다. 늦기 전에 얼른⋯⋯."

헌팅턴 공작은 다른 사람들이 움직이기 전 재빨리 조슈아의 팔을 잡아챘다. 로브가 흘러내리면서 하얀 살결이 드러났다. 아주 살짝만 긋는다면, 그 하얗고 보드라운 피부에 아주 조금만 흠집을 낸다면⋯⋯. 모두가 홀린 듯 그녀의 팔을 바라보았다. 그때, 조슈아가 얼른 그 팔을 뿌리쳤다.

"안 할 거야!"

조슈아는 악을 내질렀다. 정적을 가로지르는 그 비명 같은 소리에 그제야 모두들 정신을 차렸다. 마치 사람을 홀리는 마법에서 겨우 깨어난 것 같았다.

"나는 안 해! 왜 내가 얼굴 한 번 본 적 없는 사람을 위해서 내 몸에 칼을 대야 해? 내가 왜 그래야 하냐고!"

아무도 그녀가 거절하리라고 생각지 않았다. 마치 조슈아가 자신의 의사를 결정할 능력이 부재하다고 판단한 것처럼. 그래서일까, 그 반항은 이곳에 있던 모두를 놀라게 한 것 같았다. 헌팅턴 공작역시도 그녀의 거센 저항에 무척이나 당황한 것 같았다.

"조이, 너⋯⋯."

"그 이름 부르지 마, 나는 안 할 거니까!"

그는 눈물을 쏟아내는 조슈아의 얼굴과 제 손아귀를 빠져나간 조슈아의 팔을 번갈아 바라보며 말을 잇지 못했다. 그녀는 울면서 동시에 서글프게 웃었다. 그러고는 몸을 돌려 조지를 똑바로 마주했다.

"저는 판델인이에요. 타국의 황제를 살리기 위해 제 몸에 칼을 댈 이유는 없어요."

숨이 가빠 보였지만 그녀는 쉬지 않았다. 잠시 동안 눈을 감고 있던 조슈아가 몸을 조금 더 틀어 귀족들을 보았다. 설사 호의적이라 할지라도 수많은 시선이 한꺼번에 쏟아지는 건 버거운 일이다. 압도당할 법도 하건만 그녀는 신분을 모르고 살아왔다고는 믿을 수 없을 정도로 당당하게 한 글자 한 글자를 내뱉었다.

"제 나라로 돌아가고 싶어요. 제가 테베에 원하는 건 그뿐입니다."

직후 갑작스럽게 문이 열렸다. 뛰어 들어온 이는 궁의였다.

"프레드릭 3세께서 운명하셨습니다……."

그 의미가 인식된 즉시 모든 귀족이 무릎을 꿇고 이마를 바닥에 댔다. 황제의 죽음에 대한 애도였다. 마지막 예를 갖추고 자리에서 일어났을 때, 내 눈앞에는 새 황제가 위풍당당하게 서 있었다. 나만이 그렇게 생각한 건 아닌 듯했다.

"가시지요, 폐하."

전 황비의 말에 조지가 당연하다는 듯 몸을 움직였다. 사실상 모든 일의 종결이었다. 새 황제와 전 황비가 선황제의 장례를 처리하기 위해 떠나자 아마릴리스 공주가 조슈아를 거두어 밖으로 데리고 나갔다.

홀 가운데에는 실패한 한 사람만이 남아 있었다. 집정관이 여전히 딱딱하게 얼굴을 굳힌 채 서 있는 남자에게 다가가 무어라 속삭였다. 그는 체념한 듯 집정관을 따라 나갔다. 얼핏 자발적으로 보이기도 했으나 이곳에 있는 대부분의 사람이 보이는 것과는 다른 해석을 했다.

굳이 말하지 않아도 모두가 알았다. 그의 얼굴을 다시 보기는 어려우리라는 사실을.

물방울이 톡톡 떨어지는 소리가 들렸다. 여름임에도 불구하고 지하는 어둡고 싸늘했다. 새벽이기에 더욱 그랬다. 하지만 이 시간이 지나면 기회가 없다는 사실을 알고 있었기 때문에 움직이지 않을 수 없었다.

목적지에 다다르자 비참하게 쓰러져 있는 남자가 눈에 들어왔다. 그는 실의에 빠진 얼굴로 허공을 응시하고 있었다.

"……나를 비웃으러 왔습니까?"

"네, 맞아요."

나는 의연히 웃었다. 발끝부터 희열이 느껴진다는 말이 이런 의미였을까. 이 건방지고 오만한 남자를 내려다볼 수 있음이 가슴을 벅차게 했다.

걱정했었던 것도 사실이다. 복수가 생각만큼 유쾌하지 않다고, 되레 마음을 무겁게 하기도 한다는 말이 있었기에 혹 내가 그런 멍청한 감정에 빠져 죄책감이라도 가질까 잠시 고민하기도 했다. 그러나 나는 온전한 행복을 느낀다.

"기쁘네요. 그동안은 몰랐는데 이곳이 정말 잘 어울려요."

진심이었다.

"제가 부인을 꽤 과소평가했나 봅니다. 실책이었군요."

반려를 칭하는 말이 역겨웠으나 들을 날이 얼마 남지 않았으니 너그러이 용서하기로 마음먹었다. 굳이 한 마디 한 마디에 날을 세워 이 즐거운 순간을 망치고 싶지 않았다.

"큰 야망을 품은 것치고는 지나치게 명청하셨어요. 공을 상대하고자 바짝 긴장하고 있었던 제가 우스워질 만큼."

"그렇군요. 그래, 그녀가 접촉할 수 있는 사람은 당신밖에 없었는데 내가 부인과 조이의 관계를 너무나도 단순하게 일축해 버렸군요. 그게 실책이었던……."

"틀렸어요. 그보다 더 많은 것을 간과하고 더 많은 실수를 저질렀죠. 애초에 차지할 수 없는 자리를 욕심내 한계가 드러나 버린 거예요."

내 신랄한 평가에 헌팅턴 공작의 얼굴이 분노로 일그러졌다. 그러나 그는 다른 말을 하지 못했다. 철장 안에 갇혀 있는 그 비참한 모습이 처량하게 느껴졌다. 그리고 내가 그를 처량하다고 생각했음이 내게 돌아와 기쁨이 되었다.

"이제 모든 것을 잃게 될 거예요."

모든 것을 다 잃지 않는다면 세상 끝까지 쫓아가 초라한 나머지라도 빼앗아버릴 작정이었다.

"내게 복수를 하려 한 겁니까?"

"왜 아니겠어요?"

공작의 눈이 잠시 가늘어졌다. 공허하던 눈에 무언가가 담겼고, 직후 입꼬리가 싸늘하게 올라갔다.

"흥미롭군요."

그는 정말 즐겁다는 듯 소리 높여 웃었다. 나는 그가 자신의 불우해진 상황을 인정하고 싶지 않은 나머지 진정 미친 게 아닌가 생각하며 차갑게 노려보았다.

"내가 한 행동이 부인의 복수 동기를 유발할 만큼 의미 있었습니까? 하하하……."

헌팅턴 공작은 나를 비웃고 있었다. 모멸감이 들었다. 나는 불쾌함을 구태여 숨기지 않았다.

"그 입 닥치세요. 입장이 바뀌었음을 인정하기 어렵나요? 내가 마음만 먹는다면 당신은 걷는 것조차 힘든 처지가 될 거예요."

"아아, 무섭군요. 죽더라도 억울하진 않겠습니다."

"무슨 소리죠?"

"제가 부인에게 그렇게나 특별한 존재로 남았다는 게 아니겠습니까? 평생 그 자그마한 머릿속에 남아 당신을 괴롭힐 수 있다면 그것만으로도 유의미한 삶을 살았다 말할 수 있을 겁니다."

내 분노를 밑거름 삼아 희망을 얻고 있는 걸까. 나는 뜨겁게 달아오르는 감정을 통제하며 싸늘하게 대답했다.

"그럴 리가. 비참한 패배자라는 의미로는 남았어요. 앞으로도 내가 무릎 꿇린 자 중 가장 우둔한 인간으로 기억되겠죠."

"글쎄요. 부인은 제가 기억조차 하지 못하는 많은 행동 하나하나를 기억하며 증오할 테니 궁극적으로 이긴 사람은 납니다. 궁금하지 않습니까? 내가 왜 그토록 당신에게 잔인했는지."

대답하지 않았다. 어떤 대답을 하든 이 남자를 막을 수 없다는 사실을 알았기 때문이다.

헌팅턴 공작은 내가 기에서 눌렸다고 생각했는지 즐겁게 이죽거리며 입을 열었다.

"이제 모든 것이 끝날 테니 제 파멸에 일조한 부인께 그 대답을 알려드리지요. 제 마지막 선물입니다."

그는 즐겁다는 듯 입술을 비틀며 잠시 뜸을 들였다. 나는 입맛을 다시는 듯한 그 모습이 늘 귀족적인 사람으로 보였던 그를 천박한 인간으로 보이게 한다고 생각했다.

"저는 단 한 번도 부인을 증오한 적이 없습니다. 그저 제 기분에 따라 분풀이를 하기도 하고 적당히 먹이를 주기도 하는…… 발에 치이는 짐승 정도로 대우했을 뿐."

헌팅턴 공작은 미친 사람처럼 눈알을 데룩데룩 굴리며 나를 샅샅이 훑었다. 공격할 만한 거리를 찾아내려고 하는 것 같았다.

"부인은 그 이상도 그 이하도 아니었던 겁니다. 그러니 오늘이 되도록 제가 부인의 증오와 복수심을 눈치채지 못한 게 아니겠습니까? 즐겁습니다. 제 의미 없는 행동이 당신에게는 동기가 되었다는 사실이."

내가 이 남자에게 발에 치이는 짐승 정도로 여겨졌다는 사실이 내게 무슨 감정을 유발하고 있는지 판단하기 어려웠다. 복잡하고 많은 생각이 머릿속을 혼란하게 했기 때문이다. 단 하나 명확한 건 이 남자가 나를 그런 식으로 대할 수 있었던 이유가 약자였던 내 위치 때문이었다는 결론이었다.

나는 이 상황이 견딜 수 없을 정도로 재미있다는 듯 실성한 사람처럼 웃고 있는 공작을 바라보며 1년 동안의 일들을 떠올렸다. 나를 존중해 주는 것 같던 신사적인 태도, 그리고 상반되는 잔인한 학대. 일정하지 않았던 모습은 결국 그가 제 기분에 따라 나를 대했기에 나올 수 있었던 행동인 것이다.

의미가 없다 여겨졌다. 우습게도 그랬다. 귀부인들이 기분에 따라 아랫사람에게 손을 대는 것처럼 헌팅턴 공작도 마찬가지였던 것이다. 게다가 그는 챈들러가에 값비싼 몸값까지 지불했다. 아무것도 그를 방해할 수 없었을 터다.

이 모든 생각은 그를 이해하기 위함이 아니다. 단지 그런 생각이 들었다. 이 사람은 내가 겪은 고통과 아픔을 이해하지 못할 텐데 내가 무슨 이유로 그를 마주하고 있느냐는.

포기할 건 포기해야 했다. 처음부터 진심 어린 사과를 바란 적 없지 않나. 어차피 겪은 고통 그대로를 돌려주면 그뿐인 거였다. 내 아픔만큼 아프게, 내 고통만큼 고통스럽게 만들고 잊으면 되는 것이다. 게다가 그럴 권한이 이제 생기지 않았나.

나는 이 남자와 대화를 나누고 있을 필요가 없다. 이 쓰레기 같은 인간과 이혼해 자유의 몸이 되었고 조지를 도와 명예를 얻게 될 테니 복수심으로 정신적 고통을 치유하는 건 딱 여기까지다.

"재미있네요."

죄책감을 느끼게 할 수는 없지만 마음껏 괴롭힐 수는 있을 것이다. 그러나 그조차 구태여 내 노력을 필요로 하지는 않는다.

"제가 생각을 잘못했어요. 왜 당신이 나를 해했던 방식을 돌려주리라고 생각했던 걸까요?"

나를 조롱할 수 있음이 기쁘다는 듯 웃던 공작은 부드러워진 내 목소리, 그리고 얼굴에 살포시 떠오른 미소를 보며 입매를 딱딱하게 굳혔다.

"기다리고 계세요."

대답을 요하지 않는 혼잣말이었다. 하지만 이 작은 속삭임이 가슴을 두근거리게 했다.

"제가 줄 수 있는 선물은 끝나지 않으니까요. 아, 그런 표정은 짓지 말아요. 약속할게요."

"무엇을…… 말입니까?"

"당신을 절대 편히 죽게 하진 않는다는 것. 충분히 약속할 수 있어요. 저, 거짓말은 안 해요."

황궁에 남았다. 헌팅턴 공작과 관련된 재판에서 증인으로 설 때까지 신변의 보호를 받기 위해서였다. 이혼 서류를 제출한 이상 공저에서 머무는 것도 우스웠으므로 나에게는 차라리 잘된 일이었다.

"잘 만나고 왔어?"

문을 열자마자 눈에 들어온 조지의 모습이 나를 잠시 당황케 했다. 그는 마치 이곳이 제 방인 것처럼 편히 앉아 있었다.

"······폐하."

"궁금했어. 그대가 새뮤얼과 만나 무슨 이야기를 했을지가."

"많은 이야기를 하지는 않았어요. 그럴 필요가 없었으니까요."

나는 잠시 뜸을 들였다. 조지는 바쁜 와중에도 나를 생각해 헌팅턴 공작과 만날 수 있도록 주선해 주었다. 그에 대해 고마움을 표해야 했다.

"만날 기회를 주셔서 감사해요."

"그 계집에 대한 이야기를 해볼까."

조슈아에 대한 이야기가 나올 것을 짐작하고 있어 놀라지는 않았다. 그녀는 지금 아마릴리스 공주가 기거하는 궁에 머무르고 있다.

여러 모로 복잡한 상황이 되어버렸다. 프레드릭 3세에게 사생아가 있었다는 사실이 밝혀져 조지의 정통성이 위협받을 가능성이 생겨났고, 그녀를 증오할 게 분명한 로에나 황비가 조지의 황위 계승에 큰 기여를 했으니 조슈아의 신변은 보장받기 어려웠다.

"그대의 일 처리가 부진했던 탓에 위험에 처할 뻔했어. 프레드릭 형님이 그때 죽어주지 않았다면 곤란한 상황과 마주해야 했을지도 몰라. 그대도, 나도 지금 단두대 앞에 무릎을 꿇고 앉아 있었을지도 모르고."

부드러운 음성이었으나 담긴 내용은 무거웠다. 나는 내가 저지른 행동이 조지에게 얼마나 큰 타격을 주었는지를 모르지 않았다. 그에게는 면구스러웠다.

"왜 없애지 않았지?"

"그녀의 국적이 판델이니 상관없을 거라고 생각했어요. 불필요한 희생을 만들고 싶지 않았어요."

나는 내 대답이 불충분하다는 사실을 알았다. 또한 그의 심기를 거스를 게 분명하다는 사실 역시 모르지 않았다. 그야말로 건방진 대답이었다. 그에 조지는 자신의 분노를 드러내는 데 주저하지 않았다. 그동안 보여주었던 온화한 모습은 온데간데없었다. 그는 나를 마법으로 압박했다. 몸을 짓누르는 압박감에 심장이 죄어들어 왔고 호흡이 가빠졌다.

"흐윽."

소리를 내지 않으려 애썼지만 가슴을 억누르는 고통에 절로 신음이 흘러 나왔다. 조지는 그제야 자신의 분노를 사그라뜨렸다. 압박하던 공기는 사라졌으나 공포감이 없어지지는 않았다. 그는 내가 숨을 몰아쉬는 것을 차가운 눈으로 응시했다.

"불필요한 희생인지 아닌지를 판단하는 건 그대가 아니야."

나는 그가 확실히 달라졌다는 사실을 이제야 깨달았다. 조지는 더 이상 스스로를 감출 필요가 없었다. 이제야 드러난 그의 본모습은 통치자의 자리에 너무나도 잘 어울렸다. 여태까지 생각했던 것과는 다르게.

"그대를 믿었다는 이유로 하마터면 위험할 뻔했어. 나도, 나를 따르는 수많은 사람도."

"주제를…… 넘었어요."

"확실히 처리할 수 있는 게 아니었다면 시도조차 말았어야지. 배신감이 들더군. 그대에게도, 그대를 믿었던 멍청한 나 자신에게도."

아무 말도 할 수 없었다. 차마 떨어지지 않는 입을 겨우 벌리려 할 때, 조지가 통보했다.

"그 아이를 죽일 거야."

위축된 상태였으나 차마 조슈아가 죽는 것을 두고 볼 수는 없었다. 한 마디 한 마디가 버겁고 두려웠으나 나는 결국 그의 의견에 반기를 들었다.

"굳이 죽일 필요가 있나요? 판델의 국적을 가졌으니 크게는 외교 분쟁으로 번지게 될지도 몰라요."

"연줄 하나 없는 계집이 죽는 게 무슨 큰 위협이 될까. 위협이 된다 해도 그대가 저지른 어리석은 행동보다 위협적일까."

단 한 번도 이런 식의 조롱을 당해 본 적 없었기에 나는 어떤 말도 할 수가 없었다. 게다가 조지는 정말로 그런 죽음쯤이야 가벼이 여기는 사람이며 동시에 보잘것없다 여겨지는 가여운 목숨들을 차근차근 밟고 올라온 사람이다. 그의 뜻을 거스르는 건 어려운 일이다.

"저는……."

나는 결국 제대로 말조차 잇지 못했다. 그리고 조지는 노골적인 비웃음을 보였다. 이런 모습을 보는 게 처음이었으나 충격을 받지는 않았다. 나는 내가 그에게 어떤 기대조차 걸지 않았다는 사실을 이제야 깨달았다.

"살리고 싶은 모양이지? 왜, 그사이 정이라도 든 건가?"

긴장한 뇌가 바쁘게 돌아갔다. 조롱이 담긴 질문에 대답하는 게 어떤 결과를 불러올지 감히 짐작할 수 없었기에 쉬이 입을 열 수 없었다.

"……가능하다면 저는, 그 아이가 살기를 바라요."

"황위 욕심은 없더군. 아이를 낳으면 키워줄 수 있다 제안했음에도 거절했어. 보통 미래를 위해 황가에 몸을 의탁할 법함에도 불구하고 말도 제대로 모르는 판델로 가고자 했지."

부와 권력보다 더 중요한 게 무엇인지 그 자그마한 아이가 알고 있기 때문일 터다. 하나 나는 구태여 설명하려 들지 않았다. 그저 내게서 무언가를 알아내려 하는 조지를 가만히 바라볼 뿐.

"알고 있나? 그 계집이 건방지게도 새뮤얼을 살려달라 청했어. 싫다는 저를 막무가내로 끌고 와 목숨까지 구걸하게 만들었는데도 말이야. 같은 피가 흐르는 것치고는 상당히 멍청하지."

"……공작의 처분에 대해 생각하고 계신 바가 있나요?"

내 물음에 그는 자리에서 일어나 창가로 향했다. 창밖으로는 어느새 긴 새벽이 지나 해가 뜨고 있었다. 그의 황금색 머리칼이 떠오르는 햇빛을 받아 눈부실 정도로 빛났다.

"죽이는 게 편하겠지. 하나 왠지 그대의 의견을 듣고 싶어."

"단순한 죽음만을 바라지는 않아요."

"그렇다면?"

"파멸을 원해요."

조지는 단호한 내 대답에 웃음을 터뜨렸다. 그의 기대를 충족시킨 걸까, 아니면 비웃고 있는 걸까. 그는 한참 뒤 결코 쉽게 움직여서는 안 될 고개를 가벼이 끄덕였다.

"참고하지. 한데⋯⋯."

"⋯⋯."

"조금 우습군. 하찮은 계집의 죽음은 두고 볼 수 없으나 한때 살을 부대꼈던 자에게는 이렇게 몰인정하다니."

이유에 대해 설명하지는 않았다. 구태여 그럴 필요가 없었기 때문이다. 내가 계속해서 침묵하자 조지는 천천히 고개를 끄덕이며 방을 나서기 위해 움직였다. 그리고 문을 열기 전, 어쩐지 들뜬 목소리로 통보했다.

"계집이 그댈 만나고자 하더군. 오후에 자릴 만들어주지."

태양이 아침을 밝혔다. 모든 것이 햇빛으로 선명하게 밝혀지는 와중 나는 내 모습을 가리고 싶어 커튼을 쳤다. 죄책감이 가슴을 덮었다. 보다 확실한 방법을 강구했어야 했다. 일이 틀어져 버렸다는 것이 마음을 못내 불편하게 했다.

조슈아는 판델인이 되었으나 때맞춰 판델로 가는 데는 실패했다. 황제가 이렇게나 분노를 표출할 거라고는 생각지 못했으나 납득되지 않는 건 아니었다. 내 부주의가 정말 모든 일을 망칠 뻔했으니까. 나는 좀 더 신중했어야 한다.

살리겠다는 마음만이 앞섰던 것이다. 그러나 이대로 죽게 내버려 둘 수는 없었다. 나는 조슈아가 죽는다면 내가 견디지 못하리라는 사실을 알았다. 그녀는 그 자리를 바란 적이 없다. 단지 배 속의 아이와 평화로운 삶을 살길 바랐을 뿐이다. 그럼에도 황가의 피를 가졌다는 이유로 이런 일에 휘말렸다.

부당하다고 생각했다. 공작은 제 행동의 대가를 받아야 하지만 조슈아는 그 어떤 탐욕을 품은 적도 없다. 그녀는 단지 제 아이와 함께할 평화로운 미래를 욕심낸 것뿐이다. 나는 그녀를 이해했다. 조슈아의 모습에서 연속적으로 나를 발견했으니까.

내가 사생아였음을 알게 된 후, 처음에는 그녀가 품고 있는 아기가 나 같았다. 배 속의 아이를 생각할 때마다 그리 태어나고 싶어 태어나는 게 아닐 거라고 생각하며 마음 아파했다. 그래서 준비했던 약을 먹이지 못했다. 사생아가 태어나더라도 내 자리를 굳건히 지키면 될 거라 생각하며 단념한 것이다. 당시에는 조슈아도, 그 아이도 어떤 의미인지를 몰랐으니까.

다음에는 조슈아에게서 나를 발견했다. 그녀가 황제의 사생아임을 알고 나자 그녀를 내버려 둘 수가 없었다. 이미 친부모라 믿어왔던 이들에게서 이용당하고 버려져서일까, 단지 소박한 행복만을 바라는 사생아가 제 의사와 상관없이 이용당하는 것을 그냥 볼 수가 없었다.

사생아를 품은 사생아는 계속 눈에 밟혔다. 모르지 않았다. 내가 사생아를 품은 사생아와 나를 동일시하고 있다는 사실을.

이제 나는 두렵다. 그녀를 만나게 될 오후도, 그녀에게 무슨 말을 해주어야 할지를 생각하는 것도, 이 만남이 그녀의 마지막이 될 수도 있다는 일말의 가능성을 생각하는 것도 모두 다 두렵다.

어쩌면 조슈아를 지켜주지 못한 내가 뒤늦게 그 아이가 죽을 수밖에 없었다며 합리화를 하게 되는 건 아닐지, 그래서 역겨운 나를 마주하게 되는 건 아닐지 역시 무서웠다. 살려야 하지만 내 능력 밖의 일임이 너무나도 분명했다.

실패와 좌절을 떠올리는 것만으로도 이토록 가슴이 무거워지는 지금, 나는 어떻게 해야 할까.

언제나 그랬듯 시간은 나를 기다리지 않는다. 황궁 시녀의 안내를 받아 조슈아가 머무는 궁으로 걸음을 내디디며 생각했다. 그 요정 같던 아이와 처음 마주했던 날을. 그때까지만 해도 멍청하고 어리석었던 스칼렛 챈들러는 이런 일들과 깊게 엮이게 될 것임을 상상조차 하지 못했다.

똑똑.

노크 후 들어오라는 대답조차 기다리지 않고 문을 벌컥 열어젖히는 황궁 시녀의 태도에서 조슈아가 얼마나 형편없는 대우를 받고 있는지 쉽게 짐작할 수 있다. 하나 내색을 하지는 않았다. 애초에 나를 의식했다면 이런 태도를 보이지도 않았을 테니.

문을 열자 화려하고 고급스러운 응접실이 보였다. 부유한 것으로는 어디에도 뒤지지 않는 공저도 이곳과는 비교조차 할 수 없다. 불편하다면 피해 드리겠노라 말하는 시녀에게 고개를 끄덕여 보인 나는 벌써부터 눈물이 고여 버린 조슈아에게 다가섰다.

"죄송해요. 기회를 주셨는데……."

흐려진 음성에 가슴이 아프다. 사람은 대부분 그러하다. 제 잘못이 아님에도 일단 문제가 생기면 자신에게서 원인을 찾고 제 힘으로 어찌할 수 없는 상황에서 좌절감을 느낀다. 나는 조슈아가 얼마나 큰 죄책감을 느끼고 있을지 가늠할 수 있었다.

"내게 뭘 그리 미안해하니."

"망설이다 일을 그르쳤어요. 너무 당황하는 바람에, 국경에 거의 다 도착했는데……. 흐흑."

조슈아는 결국 울음을 터뜨렸다. 눈물로 상황을 모면할 수 없다는 사실을 깨달을 만큼 많은 경험을 했기에 어떻게든 참아보려는 것 같으나 참아내는 방법이 그다지 효과적이지는 않은 모양이다.

"저를 잡으러 온 사람이 너무 많았어요. 마님이 절 돕기 위해 보냈다는 무사가 죽을 것 같아서 그 사람에게 도망가라 하고 스스로 붙잡혔어요. 마음을 더 굳게 먹었어야 했는데 제가, 제가 그러질 못했어요……."

"두려웠겠구나. 눈앞에서 사람이 죽을 것 같은데 어떻게 평정을 유지할 수 있었을까, 조그맣고 여리고, 또 어린 네가."

잠깐의 망설임으로 잡힌 게 아니었다. 내가 사람을 보냈음에도 그렇게 빠르게 국경까지 따라잡혔다는 건 감시자가 있었다는 뜻이다. 어쩌면 그날의 실패는 예견되어 있었던 것이다. 원인은 조슈아의 망설임이 아닌 내 미숙함에 있었다.

"이제 다 틀린 거겠죠?"

"조슈아."

"이제 저는, 그리고 제 아이는 죽게 되겠죠?"

아니라고 말하고 싶었으나 입은 떨어지지 않았다. 그동안 사교계에서 배운 게 능숙한 거짓말임에도 이 아이 앞에서는 싸구려 연극단의 배우처럼 미숙해진다. 아이를 지키고자 하는 어미의 이 가냘픈 모습이 내 심금을 울린다. 아, 나는 어쩌면 이렇게 아둔했을까.

"죽지 않을 거야."

그러나 눈물은 내 의지를 배반하고 얼굴을 적셨다. 목이 갑갑하게 메어왔다.

"그러니 그런 말 하지 말아. 네 아이가 들을까 겁나는구나."

"죽고 싶지 않아요. 아니, 죽어도 좋아요. 하지만 제가 품은 이 아이 얼굴 한 번만, 딱 한 번만 보고 죽고 싶어요. 아니, 죽고 싶지 않아요. 어떻게 버텼는데, 어떻게 참았는데……."

억지를 부리는 아이가 아니었다. 제 아이를 품기 시작한 이후 조슈아는 함부로 무언가를 원한다고 말하지 않았다. 자신의 실수가 아이에게 짐이라도 될까 봐 두려웠는지 벼랑 끝에 몰릴 때까지도 말에 신중을 기했다. 그런 아이가 울면서 제 복잡한 심경을 토해낸다.

"제발…… 살려 주세요. 이렇게 억울하게 죽기 싫어요. 제가 무슨 죄를 지었나요? 제가 도대체 무슨 잘못을 했어요?"

"그만, 날 더 이상 괴롭게 하지 말아주렴."

절박한 사람을 앞에 두고서 이렇게 이기적인 말만 뱉어내는 나서, 이 행동이 잘못되었음을 알아서 괴롭다. 조슈아는 그에 눈물 번진 얼굴로 도리질을 쳤다.

"폐를 끼치고 싶은 게 아니에요. 단지, 어디에 이런 말을 할 수가 있겠어요? 저는…….”

그녀는 차마 말을 잇지 못했다. 시선을 피하려 했으나 그럴 수가 없었다. 나 역시도 알고 있었다. 조슈아에게는 정말 나밖에 없다는 사실을.

"바란 적 없어요. 욕심내지도 않았어요. 단지 저는…….”

"죽지 않을 거란다."

가늘게 떨리는 내 손을 부여잡고 흐느끼는 이 아이를 모른 척할 수가 없었다. 나는 눈물로 엉망이 된 얼굴을 손수건으로 닦아내며 조슈아의 손을 잡았다.

"조슈아라는 이름보단 조이로 불리는 게 좋다 말했었지."

"마님……?"

"네게 그 이름을 준 사람에겐 그리될 수 없다 해도 네가 품은 아이에게 너는 기쁨이 될 거야."

조슈아의, 아니, 조이의 눈에서 맑은 눈물이 툭 하고 떨어졌다. 그녀는 더 이상 울음을 목구멍으로 억지로 삼키지 않았다. 나는 참아왔던 모든 것을 폭발시키듯 엉엉 우는 그 아이의 결 좋은 머리칼을 쓰다듬으며 결심했다.

가장 값어치 있는 일을 하겠다고.

조지는 내가 막연히 생각했던 것보다 훨씬 더 영리한 사람이었다. 내가 찾아올 것을 예견이라도 한 듯 황궁 시녀에게 미리 언질을 주었던 것이다. 그가 통보한 시간을 기다리는 동안, 나는 서늘해지는 가슴을 다스렸다.

프레드릭 3세가 사망한 지 4일이 지났다. 국장은 치러졌고 조지는 황제가 되어 급한 국정을 처리하고 있으며 헌팅턴 공작은 반역죄로 구금되었다. 주인 내외가 돌아오지 않는 공저는 조사를 위해 파견된 기사단에 의해 쑥대밭이 되어 있을 터다.

이혼 서류는 어디까지 통과되었을까. 앞으로 어떤 절차가 남았을까. 아무것도 알 수가 없었다. 안전을 위해 황궁에 머무르게 되었으나 조지가 이빨을 드러낸 지금에서야 깨닫는다. 온건한 형태의 구금에 처해졌을 뿐, 내가 헌팅턴 공작보다 딱히 나은 상황은 아니라는 사실을.

너무 쉽게 생각했다. 끝이 다가오리라 생각하며 들뜬 마음을 다스리지 못했다. 치명적인 실수는 나를 추락시켰고 지금의 나는 재기할 수 있다는 희망을 보지 못한 채 여기에 있다. '여기'가 정확히 어떤 지점인지 알 수조차 없으나.

자조한다. 초라한 풀 한 포기도 싹이 트고 꽃을 피우고 시들고 지는 나름대로의 장대한 역사가 있는데 제국의 황제가 바뀌는 이 시점을 지나치게 가벼이 생각했음에 대해. 실로 무지했다. 이제 나는 내가 저지르는 일의 무게가 스스로 감당할 수 있는지 없는지조차 알지 못한다.

베갯잇에 달빛이 스몄다. 시간대가 늦었으나 잠은 오지 않았다. 피로감이 온몸을 짓누르고 있음에도 마음이 싱숭생숭하기 때문인지 정신이 지나치게 멀쩡했다. 조지는 약속한 시간보다 조금 더 늦게 나를 찾아왔다. 피곤한 얼굴이었다.

이렇게 늦은 시간대에 남녀가 함께 있다면 흔히들 은밀하고 야릇한 일을 상상하겠지만 조지는 내게 사랑을 고백했던 이라고는 믿기지 않을 만큼 건조한 눈빛으로 나를 봤다. 분위기는 몹시도 삭막했다.

"어떤 방향으로든 결론이 난 모양이지."

냉랭한 시선과는 달리 목소리는 다감했다. 방을 감싸고 있는 공기가 모래바람이 부는 사막처럼 황량해 목을 넘기는 것조차 어렵게 느껴졌다. 긴장하지 않으려 애썼지만 내 몸은 그가 내게 썼던 마법이 준 공포감과 고통을 아직 잊지 못했다.

"협력을 약속했을 때 폐하께서 들어줄 수 있는 범위 내의 소원을 한 가지 들어준다고 하셨죠."

"그런 조건이 있었지. 설마 다시 오지 않을 아까운 기회를 그 천한 계집을 살리는 데 쓰겠다는 건 아니겠지?"

말과는 달리 조지는 뜻밖이라기보다는 내가 조슈아를 살리는 데 소원을 쓸 작정이라고 이미 예상한 것 같은 표정을 짓고 있었다. 이 상황이 흥미로운 모양이었다.

"실망스러우시겠지만 부정할 수 없네요."

"구명을 자처하는 자가 있어 제 목숨을 부지할 기회를 얻었으니 계집은 좋겠어. 안 그래?"

"조슈아와 배 속의 아이가 황가와는 인연을 끊고 판델로 가 행복하게 살 수 있었으면 좋겠어요. 그게 제가 폐하께 바라는 소원이에요. 들어줄 수 있는 범위 내의 소원일 수 있다면요."

목소리가 떨리는 것을 알고 있었으나 그렇다고 말을 멈출 수는 없었다. 내 혀에 두 목숨이 달려 있음을 알았기 때문이다.

"애석하게도 계집의 배 속에 들어앉은 아이는 레넌의 피를 가졌고 마력을 보유했어. 모조리 제거한다면 모를까, 그게 아니라면 황가와의 인연을 완전히 끊기는 어려워."

"그렇다면……."

"황위 계승권은 이미 박탈당했으나 우리 혈족에게는 힘을 다루는 자들을 관리할 의무가 있어. 레넌의 피를 함부로 유출시키는 것도 안 될 일이지."

막무가내로 거절하는 게 아니었다. 타당한 이유였기에 나는 아무 말도 하지 못한 채 멍하니 그를 바라보았다. 내가 할 수 있는 게 고작 이것뿐이라는 사실에 마음이 아렸다.

"하지만 계집이 낳을 아이가 제 힘을 함부로 사용하는 게 아니라면, 그리고 황가의 핏줄에 무슨 일이 생기는 게 아니라면 계집과 아이를 놓아줄 수는 있어. 한 가지 조건을 덧붙인다면."

"그게 뭐죠?"

"계집과 아이를 살리는 순간 자연히 성취될 테니 신경 쓰지 않아도 좋아."

조지의 입가에 걸린 미소가 음험한 느낌을 주었으나 나는 기분 탓이라고 생각하며 고개를 끄덕였다. 어떻게든 결론이 나긴 난 것이다.

"즐거운 소식 하나 전할까. 이혼 절차가 마무리되었어, 스칼렛. 오늘 4시 이후로 더 이상 헌팅턴 공작 부인이 아니게 되었지."

그가 직접 전할 거라고는 생각지 못한 이야기에 나는 눈을 크게 뜨며 그를 올려다보았다. 조지 역시도 나를 평온한 표정으로 내려다보고 있었다. 그는 내게 손을 뻗었다. 잠시 움찔하긴 했으나 볼에 와 닿는 차가운 손가락을 끝내 거부하지는 못 했다.

"끝났다 생각하니 아쉬운가? 왜 기뻐하지 않나."

오싹했다. 나는 조지가 내가 알던 사람이 아닌 것 같다고 생각했다. 지위가 행동을 만든다지만 그 간극이 지나치게 컸다. 마치 다른 사람이 되기라도 한 것처럼.

"……아닌 것 같아요."

"무슨 말이지?"

"폐하께서, 제가 알던 익숙한 사람이 아닌 것 같아요. 정말이지 너무 낯설게 느껴져요."

이 변화가 받아들여지지 않았다. 이해하기도 납득하기도 어려웠다. 물론 짧은 시간 동안 쌓여왔던 이 의문을 드러낸다 해서 친절하게 궁금증을 풀어주리라고는 기대하지 않았지만…….

"글쎄, 타인에게 반드시 진실한 태도를 보여야 하는 건가?"

"무슨 뜻이죠?"

"최소한 전부 거짓은 아니었어. 그대를 사랑한다는 말은 계획 없이 나와 버린 진심이었으니까. 하지만 살아남기 위해 스스로를 감추는 법을 배워야 했던 내게 진실보다는 거짓이 익숙하지 않았을까."

나는 아무 말도 하지 못했다. 무언가를 감추고 있으리라 생각했지만 내게 보여줬던 그 모든 것이 만들어낸 거짓, 꾸며낸 연기라고는 생각지 않았다. 나 역시 내가 경험한 것 외에는 능숙하게 예측하지 못하는 평범한 사람에 지나지 않았기에. 이상한 배신감이 속이 쓰릴 정도로 아프게 올라왔다.

"그렇다면 그동안 저는…… 속았던 건가요?"

"속았다…… 글쎄. 생각하기 나름이겠지."

나른한 목소리가 나를 묘하게 불안케 했다. 아니나 다를까, 그는 진한 미소와 함께 예의 그 느릿한 어조로 말을 이었다.

"진심을 섞기도 했어. 언제부터인지는 모르지만. 최소한 그대가 내 마법을 알아챈 이후부터는 아니야. 지금과는 다소 다르긴 해도 그때도 역시 그대를 원하고 있었으니까."

지금과는 다소 다르다는 말이 불길하게 느껴졌다. 감을 맹신하는 건 아니었으나 지금은 정말로 기분이 이상했다. 나는 이유 없이 덜덜 떨리는 손을 등 뒤로 감추며 그에게서 눈을 떼지 않았다.

"마법을 알아챘다는 자체가 뜻밖의 일이었지. 그래서 조사를 진행하면서 그대가 어떻게 눈치챘는지를 알게 되었지."

단 한 번도 궁금해한 적이 없었다. 그의 마법을 어째서 그렇게 쉽게 간파할 수 있었는지에 대해 의문을 품은 적도 없었다. 당연한 것인 줄만 알았다. 나는 나 자신에 대해서 파헤치려는 노력을 하지 않았다. 상황뿐만이 아니라 스스로에 대해서도 무지했던 것이다.

그가 무슨 말을 하고 싶은 건지 알 것 같았다. 그래서 두려웠다. 막연한 불안감이 현실이 되어가는 가운데, 나는 금방 까무러칠 것 같은 정신을 놓지 않으려 부단히도 애를 썼다.

"그대를 아끼고 사랑해. 욕심 부리지 않는다면 그대는 충분히 만족스러운 삶을 영위할 수 있을 거야."

조지는 내 바람을 너무나도 쉽게 들어주었다. 어째서 그랬는지를 알 것 같았다. 그에게는 보다 더 중요한 게 있었던 것이다.

"인간의 바람에 감응하는 주술사의 피를 이은 그대와 마법의 피가 합쳐진다면 어떤 결과물이 탄생할까. 도박을 해볼 가치는 충분히 있지."

벗어났다고 생각했다. 이제 그 어떤 것에도 소속되지 않은 채 내 삶을 살 수 있을 거라고 생각했다. 하나 내 판단은 완전히 틀렸다. 여태까지 나는 나를 완전히 파악한 이의 손아귀에서 놀아나고 있었다.

절망감이 가슴을 때렸다. 이번에는 또 다른 이유로 나를 저당 잡혀야 한다는 사실이 너무나도 끔찍하게 다가왔다. 헛구역질이 나올 것 같았다. 원망스러운 눈빛을 감추지 못했으나 조지는 내 반응 역시도 예상한 듯 태연한 얼굴이었다.

"그대를 황비로 맞이할 거야."

아주 당연한 듯한 통보였다.

"내 옆에서 아름답게 빛나게 되겠지. 이로써 덧붙이는 한 가지 조건까지도 충족되었군."

목소리가 나왔더라면 비명을 질렀을지도 모른다. 차라리 아무 말이 나오지 않아 다행스러웠다. 그는 내 표정 따위는 개의치 않는 듯 자리에서 일어나며 통고했다.

"계집을 보낼 준비를 하지. 내일 정오 이전에 황궁을 떠나게 될 거야."

울지는 않았다. 눈물을 쏟아내기에는 아직까지도 이 상황을 실감하지 못했기 때문이다. 현실을 받아들일 시간이 필요했다. 그러나 내 정신이 이 모든 걸 부정하고 있었기에 평소처럼 빠르지는 못했다. 쇳조각이 목에 걸려 버린 듯 목구멍이 텁텁해 신음조차 낼 수가 없었다. 조지가 그런 내 허리를 다정하게 감았다.

"뭘 망설이지? 배웅하지 않고서."

나는 그의 품 안을 벗어나 문을 열었다. 내 방을 나서는 그의 뒤로 두 사람 분의 그림자가 시립했다. 그중 한 사람은 에드먼드였다. 아, 이제야 눈물이 흘러내릴 것 같았다. 조금만 더 긴장을 늦췄더라면 그 이름을 입에 담았을지도 모르겠다.

빼꼼 벌어진 입술 사이로는 아무 소리도 새지 않았다. 아찔한 실수 뒤 곧장 입을 다물었기에 에드먼드를 제외하고는 그 누구도 눈치채지 못한 듯했다. 늘 다정하던 그는 무슨 감정을 담고 있는지를 알 수 없는 깊은 눈동자로 나를 온전히 담았다. 내게는 그 눈을 마주할 자격이 없다. 피곤한 척 눈을 내리깐 건 그 때문이었다.

"살펴 가세요, 폐하."

조지는 충족되지 않은 표정으로 나를 바라보다 고개를 숙이며 내게 다가왔다. 에드먼드의 앞에서 이런 모습을 보이는 자체가 수치스럽게 여겨져 피하고 싶었다. 하지만 그는 내 미약한 거부에도 허리를 단단히 감고 억지로 입을 맞췄다.

"굿나잇 키스를 잊을 뻔했잖아."

조지는 장난스러운 말과 함께 키스를 마치고서야 등을 돌렸다. 에드먼드와 다른 기사 역시 몸을 돌려 그의 뒤를 따랐다. 그가 완전히 멀어지고 나서야 나는 문을 닫았다. 그리고 그 자리에서 무너졌다.

운명의 장난이 견딜 수 없을 만큼 고통스러웠다. 몇 번이나 무너졌건만, 몇 번이나 치욕을 경험했건만 이렇게까지 모든 걸 포기하고 싶었던 적은 없다. 어째서 나는 벗어날 만하면 덫에 걸려드는 걸까.

이제야 눈물이 났다. 그러나 울음소리는 나오지 않았다. 어떤 소리를 낼 만큼의 힘조차 남아 있지 않기 때문이다. 나는 결국 또다시 누군가에 의해 휘둘리는 부속물에 지나지 않게 되었다. 에드먼드의 경고는 이를 의미했던 걸까.

가슴이 찢기는 것처럼 아프고 괴로웠다. 날카롭게 벼린 칼로 내 심장의 살점 하나하나를 뜨는 듯한 끔찍한 고통도 함께였다. 미칠 것만 같다. 나는 도대체 무엇을 위해 이렇게나 달려왔단 말인가.

받아들일 수 없다. 다시 휘둘린다는 것, 누군가의 손아귀에 있어야 한다는 것. 운명이라며 순응할 수 있는 나는 이곳에 없다.

차라리 희망을 보지 못했더라면 빛나는 미래도 그리지 않았을 것을……

피해자가 두 명일 뿐 어느 한 사람이 가해자가 아님을 알고 있었으나 올라오는 원망이 가슴을 괴롭게 했다. 조슈아는 살고 싶다는 간절한 소망을 말했을 뿐 자신을 위해 나를 희생하라 말한 적은 없다.

누구에게라도 책임을 전가하고 싶다는 나약한 합리화가 또 한 번 스스로를 자책하게 했다. 바닥으로 떨어진 자존감이 나를 힘들게 한다. 알고 있었다. 원망의 화살은 그녀가 아닌 조지를 향해야 한다는 사실을.

하나 그조차 핑계다. 결국에는 한심한 내가 원인이라 생각하는 게 마음 아파, 생각하는 것을 떨쳐 내려 자리에서 일어났다.

조이와의 만남은 생각했던 것보다 훨씬 나았다. 울음을 터뜨렸더라면 나 역시 감정을 제어할 수 없었을 테지만 그녀는 내 생각보다 훨씬 차분해 보였다.

"짐은 다 챙겼니?"

"애초에 짐이 없었으니까요."

목소리는 우울했다. 원하는 대로 떠날 수 있게 되었건만 어째서 이렇게 슬퍼하는 모습을 보이는지 알 수가 없었다.

"왜 이렇게 침울해하니? 자유를 찾았는데 기뻐하지 않고서."

무심코 내뱉은 말이나 시기와 질투가 들어간 것 같아 얼굴이 붉어졌다. 혼란스러운 마음에 나는 곧장 입을 다물었다. 조이가 그런 나를 올려다보았다. 눈빛은 맑았다.

"다시 볼 수 없을 것 같아서……."

"조이."

"감사하다 말씀드리고 싶어요. 제가 달가운 존재가 아니었을 텐데 잘 보살펴 주셔서, 마음 써주셔서 정말 감사했어요. 절대로 잊지 못할 거예요. 이 초라한 숨이 다하는 날까지, 절대로."

고개를 돌린 건 눈물을 보이고 싶지 않다는 마지막 자존심이었다. 방금 전까지 했던 생각이 너무나도 창피하고 부끄러웠다. 왜 나는 이렇게 나약하고 한심한 인간에 지나지 않는지, 이 아이보다 시근이 못한 부진한 인간인지 모르겠다.

"정말로 잊지 못할 거예요. 저도, 제 아이도."

조이는 희미하게 웃었다. 눈물이 갸름한 얼굴 곡선을 따라 흘러내렸다. 여태까지 본 모습 중 가장 편안해 보였다.

"늘 받기만 해서, 제가 해드린 건 아무것도 없어서 정말…… 죄송했어요."

그 말에 나는 결국 울음소리를 낼 수밖에 없었다. 내가 어떻게 몇년 동안이나 바깥 구경도 못 한 채 공저에만 갇혀 있었던 이 불우한 아이를 미워할 수 있을까.

"물질적으로 주는 것만 주는 거라고 할 수 있겠니?"

꼭 말하고 싶었다. 이 아이가 내게 아무것도 베풀지 못했다는 자책감을 갖고 떠나게 하고 싶지 않았다.

"마님……?"

"넌 내게 아무것도 주지 못했다 말하지만 나는 이미 네게 많은 걸받았어. 물질의 교환만이 다가 아니잖니."

"흑흑, 그렇게 따지면 저는 마님께 받은 게 수없이 많은걸요. 제가 이 은혜를 어떻게 다 갚을까요……."

"오늘을 끝으로 함부로 눈물을 보여선 안 된다, 조이. 네 아이를위해서라도 강해져야 하지 않겠니?"

나 역시 이 감정을 주체할 수 없어 말끝을 떨기는 했으나 이 초라한 조언이 조이에게 줄 수 있는 전부였다. 그렇게, 나는 이 가여운 아이를 떠나 보냈다.

오후는 평화로웠다. 정확히는 가만히 앉아 책을 읽거나 식사를 거르지 않고 먹는 행위들이 겉보기의 평화를 만들어냈다. 내가 머무는 공간은 하루 종일 고요했다. 표면적 안정이라도 없다면 정말 미쳐 버릴 것 같아 억지로 만들어낸 거였다.

나는 오늘 조지가 찾아올 것임을 알았다. 범인과 다른 형태긴 해도 나를 사랑하고 있다는 사실만큼은 분명하기에 유추할 수 있었다. 내 비정상적인 상태를 보고받고도 모른 척할 수는 없을 터다.

감정을 가라앉히고 머리를 굴리기 시작하니 그가 업무를 대충이나마 끝내고 찾아올 시간을 충분히 예상할 수 있었다. 나는 그전까지 냉정해지기 위해 노력했다. 그리고 예측했던 시간에 그가 나를 찾아왔다.

문 열리는 소리가 들렸음에도 나는 멍하니 창밖에만 집중하고 있었다. 눈꺼풀에 힘을 푼 채 아무것도 보이지도 들리지도 않는 사람처럼 구는 것은 삶에 회한을 느끼는 것처럼 보이는 데 도움이 될 것이다.

조지는 나를 곧바로 부르지 않았다. 나를 관찰하는 것만은 분명한 듯했으나 섣불리 움직이는 건 꺼려지는 모양이었다. 그는 한참이 지나서야 나를 들어 제 무릎 위에 앉혔다.

나는 놀라지 않았다. 대신 무표정으로 그와 눈을 맞췄을 뿐이다. 조지의 얼굴이 못마땅하게 일그러졌다.

"뭐가 그리 불만이지? 나는 약속을 지켰어."

"알아요."

"한데 왜?"

"제가 뭘 해야 하나요?"

"뭐?"

"무슨 말이든, 무슨 행동이든 결국 뜻대로 되는 건 없어요. 그러니 생각을 놓을 수밖에요. 마음을 비우고 제 무력함을 인정하면 일시적으로나마 편해져요."

미소를 지으려 애썼지만 그것만큼은 뜻대로 되지 않았다. 나는 천천히 그의 무릎 위에서 일어나 입고 있던 가운을 벗었다. 얇은 슬립 한 장만을 걸치고 있는 가녀린 여체가 드러났다.

"스칼렛."

목에는 손자국이, 가슴에는 멍이 가득했다. 밤새 자해한 흔적이다. 조지의 시선은 끔찍한 상흔에서 떨어질 줄 몰랐다. 그러나 나는 마치 자랑이라도 하듯 그 얇은 슬립조차 벗어버렸다. 그리고 웃었다.

"취하세요."

"……뭐?"

"저를 취하시라고요."

손을 뻗어 그의 차가운 손을 잡았다. 그리고 내 젖가슴에 올려놓았다. 나는 긴장으로 뛰는 심장 소리가 그에게 닿지 않기를 바랐다.

"결과물이 궁금하다 하셨잖아요. 그러니 목적을 성취하기 위해 취하시라는 거예요."

조지의 얼굴은 딱딱하게 굳어 있었다. 그는 내가 이런 행동을 보일 거라고는 전혀 생각지 못한 것 같았다. 하지만 정말 몰랐을까. 사실 이런 걸 원하진 않았을까.

"입어."

"어째서요?"

"지금 이러고 있는 당신을 취하고 싶지는 않아. 내가 원하는 건 이런 게……."

"제가 원해요. 그렇게 증오했던 헌팅턴 공작과도 몇 번이나 배를 맞췄는데 이쯤이야 못 할까요. 잘하는 편이에요. 싫어도 색기 가득한 신음을 흘리는 것쯤은."

내게 있어 지금 조지의 행동은 그자의 행동과 다르지 않게 느껴졌다. 나는 그 사실을 구태여 감추지 않았다.

"창녀들이나 할 법한 행동도 거리낌 없이 했어요. 그를 만족시키고 행위를 끝내려면 필요했거든요."

조지의 바지춤은 이미 내 손에 의해 풀어헤쳐져 있었다. 그는 나를 말리지 못하고 당황한 기색이 가득한 얼굴로 내려다보고 있었다.

"뭘 못 하겠어요, 제가."

"그만둬."

나는 감히 황제의 명령을 거역했다. 그리고 손을 움직이기 시작했다. 정말로 그만두길 바란다면 그는 나를 발로 차서라도 뿌리쳐야 했다. 하지만 그러지 않는다. 그러니 가식적인 명령은 믿을 수가 없었다.

"더 비참해지지 못할 이유가 없잖아요. 이미 이렇게 비참한데."

"스칼렛."

"조력, 협력……. 구색 좋은 말을 갖다 붙여도 돌아온 건 또 한 번 임신 기계 취급이네요. 그러니 정말 그렇게 될 수밖에요."

허탈한 웃음과 함께 그의 것에 입을 가져다 댔다. 하지만 원하는 바를 이루지는 못했다. 조지가 내 어깨를 잡아 막았기 때문이다. 멈춰 세울 거라고 생각했으나 예상보다는 빠른 제지였다. 그래서 놀라움을 숨기지 않았다. 내 표정을 뭐라 해석할지는 온전히 그에게만 맡겨둔 채.

"이런 걸 원한 건 아냐. 이런 식은 내가 허용 못 해."

"이런 식이 아니면 평생 저를 취하지 못할 텐데요."

대답에는 일말의 망설임조차 없었다. 조지는 한참 동안 참담한 얼굴로 나를 내려다보았다. 그러다 갑작스럽게 내 손목을 잡아 일으켜 침대에 눕히고는 이불을 목까지 덮어주었다.

"사랑한다 말했어. 그 외에는 단지 그댈 잡아두기 위함이야. 괴롭게 할 생각은 없었어."

나는 조지의 자상함이 우습게 여겨져 누운 채 웃음을 터뜨렸다. 기괴한 웃음소리는 곧 처량한 울음소리로 바뀌었다.

"그대는 날 도운 공로와 특별한 핏줄을 공인받아 이 나라에서 여성이 차지할 수 있는 최고의 자리에 앉게 될 거야. 곤돌라 사업 역시도 계속할 수 있을 거고."

그는 절박했다. 하나 나는 그 어떤 동정심도 느낄 수 없었다. 지금은 나 외의 다른 사람을 가엾게 여길 만큼의 여유가 존재하지 않았다. 나는 내가 안타깝고 불쌍했다. 그게 전부였다.

"내 옆에 있어야 한다는 것 외의 제약은 없을 거야. 맹세할 수 있어. 원한다면 이름도, 명예도 전부 걸지."

끝까지 나를 이해하지 못한다. 나 역시 이해득실을 따질 수 있는 사람이다. 조지의 반려가 된다면 그의 품 안에서 무엇이든 하며 편히 살 수 있을 것이다. 그러나 '그의 품 안'이라는 그 범위가 내 숨을 죄고 있는 것이다.

대답은 하지 않았다. 그는 시간을 허비할 만큼 한가하지 못했기에 얼마 기다리지 못하고 방을 나섰다. 떠나는 그 순간까지도 불경하게 허공만을 응시했다. 그 정도 무례가 용납될 수 있음을 계산했기에 가능한 행동이었다.

똑똑.

갑작스런 노크 소리에 나는 고개를 돌렸다. 대답은 하지 않았다. 또 한 번의 노크 소리와 함께 갑작스럽게 문이 벌컥 열렸다. 문을 열고 들어온 이는 에드먼드였다. 그는 급하게 들어오다 위태롭게 누워 있는 나를 보고 멈춰서 안도의 한숨을 내쉬었다.

"다행…… 입니다."

"에드먼드."

"목숨이라도 끊었을까 두려웠습니다."

진심인 것 같았다. 그는 한참 동안 나를 보다 곧 몸을 돌려 옷장으로 걸어갔다. 그리고 아무 옷이나 꺼내 와 내가 덮은 이불을 들췄다. 보이고 싶지 않은 얼룩진 알몸이 그의 눈앞에서 드러났다. 에드먼드는 그 어떤 욕정도 느끼지 않는 듯 덤덤한 얼굴로 날 일으켜 옷을 입혔다. 그러고 나서야 나를 안았다.

전해지는 온기에 눈물이 쏟아진 이유는 모른다. 나는 울었다. 언제나 내게 다정하기만 했던 그 품 안에서, 참지 못하고 울음을 토해 냈다.

"왜, 왔어요……."

이렇게 볼품없는 모습만을 보이는 게 자존심 상했다. 가장 완벽한 모습만을 보여주고 싶은 상대에게 늘 이렇게 허술한 면모를 보이게 된다. 위로가 되는 건 그가 단 한 번도 나를 동정받아야 할 뒤떨어지는 대상으로 본 적이 없다는 것 정도일까.

"이유를 대야 한다면 많을 겁니다. 보고 싶어서, 걱정돼서, 손 한 번이라도 잡아보고 싶어서……."

"정말이지…… 바보 같아요. 더 이상 만나지 말자고 했잖아요."

"제 존재가 당신을 괴롭게 할 것이 두려워 그 말을 수용했지만 지금은 홀로 버틸 수 없어 보이는 당신을 잃는 게 더 무섭습니다. 그래서 오지 않을 수가 없었습니다."

어리석다 여겨질 정도로 친절한 사람이다. 나는 그의 품에서 벗어났다. 그리고 손을 뻗어 그의 얼굴을 쓸어내렸다.

"에드먼드, 안 돼요."

확신이 없는 거절이었다. 본심과는 정반대의 대답이었기 때문이다. 에드먼드는 나를 너무나도 잘 알았기에 아무렇지 않게 그 말을 무시하며 입을 열었다.

"함께 떠났으면 합니다. 당신을 위해서, 그리고 나를 위해서."

"고마워요."

나는 웃었다. 그는 이 말이 거절을 뜻한다는 사실을 알고 있을 터다. 고맙다는 한 마디로 다 담아낼 수 없는 복잡한 감정이나 이 사람이라면 알아들을 거라 믿기에 다시 한 번 건네는 말.

"진심으로 고마워요."

"스칼렛."

"달아날 수가 없어요. 아무것도 끝난 게 없으니까요."

"당신의 힘으로는 아무것도 끝낼 수 없습니다."

에드먼드는 무척이나 단호하게 말했다. 그럼에도 나는 고개를 저었다. 조지는 나를 죽이지 못할 것이다. 하지만 내 앞의 이 바보 같은 남자는 죽일 수 있을 터다. 그에게 나를 대체할 여자는 없지만 충성을 맹세할 기사는 차고 넘치니까.

"못 가요. 헌팅턴 공작의 재판이 남았고 폐하께서 아직 대관식도 치르지 않았잖아요. 게다가 당신은 루이스가의 후계자예요. 저 같은 사람으로 당신의 미래를 무너뜨릴 생각은 하지 마세요."

"이미 모든 것을 버리려고 각오했습니다."

"전 아니에요."

한때는 멍청한 생각을 했다. 이혼 딱지가 붙더라도 조지의 황위 계승에 기여해 힘을 갖게 된다면 에드먼드와 연애 한 번쯤은 해봐도 좋지 않을까 하고. 지금은 그런 상상조차 이 남자에게 죄스럽다.

"그러니 조심히 가요."

감히 탐할 수조차 없는 사람이기에 에드먼드를 떠나보낸다. 그럼에도 이 남자에게 받은 풀꽃 반지가 왜 여전히 손가락에 끼워져 있는지는 알 수 없는 노릇이지만.

가을이 오고 있다. 국장은 끝났고 대관식 이틀 전인 오늘, 헌팅턴 공작의 재판이 잡혔다. 나는 단정한 차림새로 공개 재판이 열리는 황궁 앞으로 향했다.

조지는 대관식으로 바쁜 와중에도 반역자를 벌할 재판장의 품격을 갖추는 데 노력을 기울였다. 그 덕인지 급조한 것치고는 앉을 좌석도, 시선을 모을 단상도 제법 준수했다.

나는 모여든 백성들을 슬쩍 둘러보다 시종의 손짓에 자리를 옮겼다. 이 재판은 모양새를 갖추려는 노력일 뿐, 기적이 일어나지 않는 이상 공작은 혐의에서 벗어날 수 없다. 사람들이 궁금한 건 그가 얼마나 잔인하게 벌해질지에 관한 것뿐. 호기심은 때론 잔인한 형태로 나타나기도 한다.

프레드릭 3세가 형제들에게 자비를 베풀지 않았던 과거는 아직 잊히지 않았다. 어린 나이라는 이유로 운 좋게 살아남았던 조지가 어떤 행보를 보일지는 초유의 관심사였다.

"죄인 새뮤얼 헌팅턴은 앞으로 나오시오."

어느새 재판이 시작되었다. 헌팅턴 공작은 이름이 호명되자 천천히 걸어 나왔다. 오랫동안 씻지 못하고 제대로 먹지도 못 했기에 그의 모습은 이전과는 달리 비루했다. 준수한 외모로 꽤나 인기가 많았기 때문일까, 어린 영애들 사이에서 탄식이 터져 나왔다.

"재판을 진행하겠소. 재판 진행 전, 죄인이 스스로의 죄를 반성하고 고백한다면……."

"그럴 생각은 추호도 없다."

헌팅턴 공작이 말을 끊었다. 법관의 말을 무시한다는 건 황제의 권위를 무시하는 것과 동일한 의미다.

"그러나 자격 없이 황위에 앉아 있는 반역자를 모두의 앞에서 고발할 생각은 있다."

조지는 얼굴을 굳히지 않았다. 대신 유들유들한 어조로 대꾸했다.

"허락하지."

"저 반역자는 선황제 프레드릭 3세의 피를 이은 정통 후계자였던 조슈아 공주의 마력을 제거하고 죽음을 사주하였으며 결국 황위를 찬탈한 악행을 저질렀다. 저런 자가 황제가 된다면 테베는 곧 패망의 길을 걷게 될 것이다."

그가 숨을 고르기 위해 말을 멈추는 사이 내가 그늘 아래에서 걸어 나왔다.

"거짓입니다."

헌팅턴 공작을 향하던 시선이 내게 모였다. 조이는 우호적이지 않은 시선을 받아내며 제 할 말을 또박또박 했었다. 그 아이보다 못해서야 될까. 나는 부담감을 이겨내고 입을 열었다.

"죄인은 황위를 찬탈하기 위해 선황의 사생아를 저택에 5년 동안 감금하고 그녀를 고의적으로 임신시켰습니다. 그녀는 아무런 교육도 받지 못했습니다. 이 광활한 제국을 통치할 수 있는 사고 자체가 불가능했죠."

얼핏 들으면 그가 조이를 강제적으로 범했다는 말로 들릴 수 있었다. 물론 의도한 것이다. 헌팅턴 공작이 나를 죽일 듯 노려보았지만 나는 그를 쳐다보지도 않았다.

"게다가 저자는 사병을 몰래 양성하는 등 국법을 어기고 현 황제 폐하를 시해하려고 사주했습니다."

백성들은 누가 옳고 그른지에 관심이 없다. 나와 공작의 주장을 반절 알아들었다면 많이 이해했다고 여길 수 있을 만큼. 여론을 이끄는 건 '진실'이 아니었다. 더 자극적이고 끔찍한 죄를 뒤집어씌우는 데 성공하면 그게 곧 여론이 된다.

헌팅턴 공작의 잔악한 죄목에 백성들이 술렁이기 시작했다. 나는 잠자코 기다렸다. 이쯤 되었으면 심어놓은 선동꾼들이 움직일 때가 되었다.

"반역자를 죽여라!"

역시나 그를 죽이라는 함성이 터져 나왔다. 흉악한 범죄자의 몰골을 하고 있는 초라한 남자와 그를 고발하는 전 부인, 그리고 반역자를 죽이라는 선동꾼들의 외침. 원하는 결과를 만들기에는 부족함이 없었다.

어차피 그는 정해져 있는 판결을 뒤집지 못한다. 그래서 황제를 모독하고 그의 정통성을 의심하게 만들려고 했던 것이다. 그것이 모든 것을 상실한 그가 할 수 있는 가장 그럴듯한 복수이기 때문이다. 하나 그조차도 허용하고 싶지 않았다. 나는 성난 군중이 던지는 돌을 맞고 있는 그를 보며 회심의 미소를 지었다.

부디 걱정하지 않길 바란다. 내가 설마 당신을 편히 죽게 내버려 둘까.

"죄인 새뮤얼 헌팅턴은 들으라."

조지가 드디어 입을 열었다. 아름다운 외모, 왕관보다 더 찬란히 빛나는 금발과 신뢰감을 불러일으키는 굵직한 목소리. 섭정을 꿈꿨던 죄인과 상반되는 모습에 백성들은 멍한 얼굴로 그를 바라보았다. 나는 그가 마법을 쓰고 있음을 알았다.

"그대는 선황제를 속이고 나를 기만하였으며 황가의 핏줄을 더럽혔다. 또한 분수에 맞지 않는 반역을 꾀하고 신성한 재판장에서 황족을 모독했다. 그러나 그대에게 죽음을 내리지는 않겠다. 그대의 전 재산과 지위, 영지를 회수한다. 그리고 거짓만을 말하는 더러운 혀를 잘라 짐승의 먹이로 던져 주겠다."

헌팅턴 공작의 얼굴이 일그러졌다. 차라리 죽음을 바라는 듯했다. 그것만으로도 치욕이겠지만 지은 죄에 비해 형벌이 지나치게 관대하지 않나. 나는 그가 끝이라고 착각하지 않길 바랐다.

"지나치게 너그럽습니다!"

"폐하, 반역자입니다!"

"재고하여 주십시오!"

예상했듯 귀족들이 거세게 반발했다. 반역에 대한 처벌이 가벼우면 나라의 기강이 흐트러질 수 있었다. 그러니 이런 반응은 당연했다. 조지는 선심이라도 쓰듯 고개를 끄덕였다.

"그렇다면 어떤 처벌이 좋을지 의견을 구해 보지. 용기 있는 증언을 보여줬던 챈들러 양에게 물어도 되겠나."

예견된 지명에 나는 자리에서 천천히 일어났다. 그리고 흥분한 가슴을 가라앉히며 천천히, 또박또박 한 자 한 자를 발음했다.

"저 역시 저지른 죄에 비해 죄인의 처벌이 가볍다고 생각합니다. 저는 반역자가 땅을 똑바로 딛고 설 수 없도록 양 엄지발가락을 자르고 더러운 씨앗을 퍼뜨릴 수 없도록 고환을 자르는 벌을 내려야 한다 생각합니다."

목숨을 거두라는 제안이 일반적이기에 사람들은 놀란 듯했다. 하나 웅성거림은 이미 정해진 결과에 그 어떤 영향도 미치지 못한다.

"하지만 그조차 죄에 비하면 가볍습니다, 폐하."

"그대의 말이 옳아. 받아들이지. 죄인의 양 엄지발가락과 고환을 잘라 죄인에게 주어 평생 뉘우치게 하라."

재산과 작위를 빼앗는 것만으로도 상실감과 수치심을 느끼게 하기에는 충분했다. 그러나 사무친 증오와 복수심이 충분하지 않다 외쳤다. 어쩌겠나, 일이 이렇게 된 이상 마음 가는 대로 해야지.

헌팅턴 공작은 아무런 죄책감 없이 잔인한 방법으로 나를 짓밟았다. 동등한 사람으로 대우하지 않고 짐승처럼 취급했기에 학대도 서슴지 않았다. 나는 분노했다. 그러나 막을 방법은 없었기에 속수무책으로 당해야 했다. 그는 그것을 너무나도 잘 알고 있었다.

얼마나 두려웠는지, 얼마나 무서웠는지 그 고통을 입 아프게 말해봐야 이해해 줄 이는 없다. 공작과의 밤을 보낸 다음 날이면 수전증이 심해져 깨버린 찻잔만 해도 수십 개였다. 하나 그걸 누가 알겠는가.

복수라는 이름으로도 부족한 응징이다. 동시에 두 여자의 삶을 더러운 손 위에 올려놓은 것에 대한 보복이다. 또한 분수에 맞지 않은 자리를 노린 대가다.

더없이 만족스러운 건 내가 저 쓰레기를 결국 여기까지 몰고 왔다는 것이다. 수없이 짓밟히면서도 바퀴벌레처럼 죽지 않고 꾸역꾸역 기어 올라와 기어코, 살아 있다는 사실을 동정할 정도로 그를 망가뜨렸다.

흡족했다. 그래서 그의 신체가 잘려 나가는 것을 보지 않고 돌아섰다. 징그럽거나 겁이 나서는 아니다. 단지 그의 신체가 잘리는 모습을 아무렇지 않게 본다는 세간의 평을 조심할 필요가 있어서였다.

게다가 충분했다. 정말로 그를 파멸시켰음을 알았기에 나는 미련 없이 자리를 벗어날 수 있었다.

대관식 하루 전날인 오늘은 모두가 바빴다. 나는 방 밖으로 나가지 않고 은둔하는 것을 택했다. 조지는 내게 시간을 주었고 내일은 그 기한이 끝나는 날이다. 하나 내 마음은 정리되지 않았다. 납득할 수 없었기에 내적 갈등이 여전한 것이다.

사람에게는 누구나 타협할 수 없는 것이 있다. 자유가 내게는 그런 거였다. 우습게도 전 헌팅턴 공작이 깨닫게 하기는 했지만…….

"황제 폐하께서 초대하신 저녁 만찬 시간이 얼마 남지 않았습니다."

시녀의 말에 나는 고개를 끄덕이며 일어섰다. 오늘 저녁, 조지는 내 뜻을 확인하려 할 것이다. 확신이 서지 않았음에도 그를 대면해야 한다는 게 버겁게 여겨지지만 별수는 없다. 그는 황제고 나는 여전한 약자에 지나지 않으니.

도착한 식당에는 아무도 없었다. 기다란 식탁에 갖가지 음식을 담은 황금색 그릇이 빈틈없이 놓여 있었지만 식욕이 돌지는 않았다. 최근 다시 살이 빠지기 시작했다. 아마 이 불편한 자리에서 식사를 한다면 방으로 돌아가 모든 음식을 게워내게 될 것이다. 공저에서는 흔한 일이었다.

"집무 때문에 조금 늦었어."

조지의 목소리에 나는 얼른 자리에서 일어나 무릎을 굽혀 예를 갖추었다. 그는 당연하다는 듯이 인사를 받은 뒤 앉으라 명령했다. 그 명령이 딱히 감읍하게 느껴지는 건 아니었으나 나는 형식적인 감사 인사를 무심하게 중얼거렸다. 조지는 여전히 신경 쓰지 않는 듯했다.

"요즘 식사를 통 하지 않는다 들었어."

"가을이면 식욕이 없어지곤 해요."

"그래도 걱정스럽군. 저번처럼 지나치게 살이 빠져 버릴까 봐. 평소 좋아한다는 음식들로만 준비했는데 오늘은 좀 먹었으면 좋겠어."

그가 눈앞에서 사라진다면 아마 즐겁게 식사를 즐길 수 있을 거라는 생각이 들었다. 물론 입 밖에 낼 만큼 어리석지는 않았다.

"신경 써주셔서 감사합니다."

식기가 부딪히는 소리만이 식당 안을 메웠다. 그때, 누군가가 식당으로 걸어 들어왔다. 나는 묵직한 갑옷을 입은 그 모습만으로도 에드먼드라는 사실을 알 수 있었다.

"지시한 것은?"

"명하신 대로 처리하였습니다."

"대기해."

조지의 명령에 에드먼드가 절도 있게 허리를 숙인 뒤 그의 뒤로 가 그늘진 곳에 섰다. 내 눈이 무의식적으로 그의 걸음을 따랐다.

조지도 그것을 눈치챈 모양이었다.

"아, 이전에 인사했던 적이 있지."

"로젤라에 동행했었죠."

"기억력이 좋군."

나는 그의 묘한 어조를 눈치채지 못하고 고개를 끄덕였다. 그러면서 자연스럽게 왼손 약지에 낀 풀꽃 반지로 시선을 내렸다. 멍청하게도 여태 빼지 않았다. 거절해 놓고도 그가 준 반지를 끼고 있는 게 얼마나 큰 모순인가.

"예쁘군."

"네?"

"왼손 약지에 끼워진 반지를 말하는 거야."

그제야 내 눈이 향하는 곳을 그가 계속해서 따르고 있었음을 알아차린 나는 지나치게 당황한 나머지 순간적으로 시선 처리를 제대로 하지 못했다. 반지를 보았다 에드먼드를 쳐다보고 만 것이다.

실책이었을까, 아니면 일찍이 눈치를 채고 있었던 걸까.

"보고 싶군. 이리 줘봐."

"이건 아무것도 아니에요. 보잘것없는……."

"달라 했어. 거역하는 건가?"

음성은 차가웠다. 나는 조지가 분노를 드러내고 있다는 사실을 알았다. 그가 갑작스럽게 화내는 이유를 알 수가 없어 더욱 당혹스러웠다. 변명을 하기 위해 입을 여는데 그 전에 풀꽃 반지가 저절로 손가락에서 빠져나가 그의 손아귀에 들어갔다.

"재밌군."

"폐하……?"

"이 꽃이 무슨 꽃인지 알고 있나?"

조지의 입에 걸린 미소가 섬뜩했다. 나는 곧장 고개를 저었다.

"모릅니다."

"꽃을 딴 자의 사랑이 식기 전까지 결코 시들지 않는 꽃이야. 그대에게 이 풀꽃 반지를 선물한 자가 여태 사랑을 포기하지 않았단 의미겠지."

모르고 들었다면 꽤 아름답고 낭만적인 이야기라 생각했을 터다. 하지만 이 어려운 상황에서 조지에게 듣는 건 너무나도 두려웠다. 그야말로 최악이었다.

"감히 황제의 여자가 될 그대를 여전히 연모한다는 건가?"

나는 표정 관리를 제대로 하지 못했다. 조지는 그런 나를 보다 픽 웃어버렸다.

"불경하게도."

손아귀에 있던 풀꽃 반지에 불이 붙었다. 타는 소리가 제대로 나기도 전에 풀꽃 반지는 완전히 타 없어졌다.

"모두 나가."

그의 명령에 식당 내에 있던 시중인들이 모두 바쁘게 밖으로 나갔다. 에드먼드 역시 명령의 범위 내에 포함된 모양인지 시중인들과 함께 사라졌다. 나는 그가 이 자리에서 벗어났음을 다행이라 여겼다.

"그대는 나를 기만했어."

"그 반지의 뜻조차 알지 못했어요."

"참 맹랑해. 그 하찮은 변명이 이딴 걸 네 번째 손가락에 끼고 있었다는 사실을 설명할 수 있나? 끝까지 날 기만하려 드는군."

한참 동안 그 어떤 말도 할 수가 없었다. 하지만 조지는 나를 기다려 줄 생각이 없는 것 같았다. 침묵을 지킬수록 그가 끌어 올리는 기세가 매섭게 변해갔다. 결국 나는 입을 열 수밖에 없었다.

"폐하, 저는⋯⋯."

긴장감과 두려움이 등줄기를 타고 올라왔다. 하나 이것이 결국 내 의지이자 결론이다.

"황비가 되겠다는 확답을 드린 적이 없습니다."

가까스로 뱉은 말이다. 나는 용기를 내어 겨우 그의 눈을 마주했다. 그러나 그의 눈빛에서는 그 어떤 것도 발견할 수가 없었다. 조지는 단지 나를 뚫어져라 쳐다볼 뿐이었다.

"스칼렛."

"⋯⋯네."

"내가 언제 그대에게 확답을 받겠다 말했지?"

모골이 송연해지는 목소리가 식당 내에 울려 퍼졌다. 그 어마어마한 위압감에 나는 아무 말도 할 수가 없었다.

"황제가 언제부터 허락을 구했나."

그 당연한 말에 아무런 대답도 할 수가 없었다. 내가 할 수 있는 건 고개를 숙인 채 파들파들 떠는 일밖에 없었다. 나는 내가 약자라는 사실을 다시 한 번 깨달았다. 처참한 기분이었다.

"그대를 존중하려 하지만 허락을 구한 적은 없어. 내가 그대를 어여삐 여기는 이 상황을 부디 이용하도록 해. 그대는 현명한 여자니까."

비참하다. 코끝이 찡해지면서 갑자기 눈물이 뚝뚝 떨어졌다. 멀리 밀어두었던 감정이 다시 파도처럼 밀려온다. 설움과 억울함에 입술이 덜덜 떨렸다. 나는 내가 왜 울고 있는지 알 수가 없었다.

"굳이 허락을 구하지 않으신다면 저를 이곳에서 강제로 자빠뜨리고 범하셔도 되잖아요. 저는 아무런 반항도 하지 못할 텐데요."

"스칼렛, 그대는 영리한 사람이지. 그 말 자체가 내게 반항하고 있다는 사실을 모를 거라 생각지 않아. 내가 원하는 게 이런 게 아니라는 것 역시 잘 알 테고."

그가 천천히 자리에서 일어났다. 그리고 허리춤에 차고 있던 검을 뽑았다. 날카롭게 벼려진 귀한 보검이 찬란하게 빛났다. 나는 멍하니 빛에 반사되어 번쩍이는 검을 바라보았다. 바로 그 순간, 검이 나를 향해 날아왔다.

아, 이렇게 죽는 걸까.

검이 얼굴에 꽂히기 직전, 돌연 검의 방향이 틀어져 내 뒤로 날아갔다. 검을 따라 고개가 절로 돌아갔다. 나를 향하던 검은 커튼 뒤에 꽂혀 부르르 떨리고 있었다.

"으윽……."

아무도 없어야 할 커튼 뒤에서 신음이 터져 나왔다. 깜짝 놀란 내가 벌떡 일어났지만 조지는 그 어떤 동요도 없이 나를 그대로 응시하고 있었다. 비릿한 피 냄새가 공포를 부채질했다. 두려움에 다리가 풀릴 것 같았다.

"스칼렛, 나는 내 손으로 에드먼드를 죽이고 싶진 않아. 알다시피 너무나도 충실한 신하니까."

그 입에서 나온 이름에 멍해질 수밖에 없었다. 조지는 모든 것을 잃어버린 듯한 내 표정을 흥미롭게 관찰하며 웃었다.

"에드먼드 역시 내 친우지. 하나 나라의 중대사인 결혼을 방해한다면 그를 반역자로 몰아 죽일 수밖에 없을 거야."

그 말에 눈물이 쏟아졌다. 결국 내 미숙함이 나를 구원해 준 유일한 사람까지 망쳤다는 사실이 너무나도 끔찍했다. 믿고 싶지 않았지만 내가 처한 상황이었다. 조지의 앞에서 눈물을 보인다는 자체가 굴욕적이었으나 울지 않는다면 이 모든 어두운 감정이 뭉쳐 내가 죽어버릴 것만 같았다.

나는 시종들이 들어와 가슴에 검이 꽂힌 채 죽은 암살자를 치우기 전까지 숨조차 제대로 쉬지 못했다. 끔찍한 피비린내 때문인지, 상황이 주는 구토감 때문인지는 알 수 없었다. 조지는 그런 내게 아무런 도움을 주지 않았다. 단지 싸늘하게 노려보고 있을 뿐이었다.

현실감이 없었다. 이게 꿈인지 실제 상황인지조차 구분이 잘 되지 않았다. 그러다 갑작스럽게 찾아온 깨달음에 무너지지 않을 수 없었다.

모든 것이 바뀌었음에도 나는 끝내 비슷한 상황 속에 고여 있었다.

Chapter 10 사랑이라는 건

　대관식의 아침이 밝았다. 뜬눈으로 밤을 샜음에도 의식을 놓아버릴 정도의 피로감은 느껴지지 않는다. 긴장이 내 몸과 정신을 지배했기 때문이다. 눈꺼풀이 무겁고 안구는 건조해 눈 안이 바싹바싹 마르는 것 같았으나 눈을 붙이고 싶다기보다는 무어라도 해야 할 것 같다는 생각이 들었다.

　입안이 깔깔했다. 물주전자를 그대로 들어 물을 입안에 쏟아부었지만 갈증은 나아지질 않았다. 목소리를 내야 하는 날이니 잠긴 목이 풀어져야 할 텐데도.

　시녀들이 오기 전 미리 목욕을 마쳤다. 그리고 걸려 있는 드레스를 살폈다. 묻어 놓았던 한 자락의 기억이 떠올랐다.

　결혼식이 있던 날 아침, 딱 이 시간쯤이었다. 조이에게 집중되어 있던 공저의 분위기를 바꾸기 위해 웨딩드레스를 직접 찢어발겼다. 그러던 도중 손바닥 안쪽을 살짝 베였다. 그러나 아무도 그 사실을 알지 못했다. 심지어 결혼식 내내 손을 맞잡고 있었던 그 구제불능의 인간조차도. 당시에는 몰랐으나 그 상처를 시작으로 내 몸과 마음에는 상흔이 아문 적 없었다.

똑똑.

상념으로 시간을 보내던 중 드디어 시녀들이 도착했다. 나는 그들의 도움을 받아 금색 자수가 놓인 크림색 드레스를 입었다. 가슴에 꽂은 꽃은 보라색 튤립으로 이 모든 게 지나치게 노골적인 의미를 내포하고 있었다. 조지가 전달하고자 하는 바가 명확해 허탈한 웃음이 나왔다. 하나 손 쓸 수 있는 건 없다. 이 순간, 나는 무기력하고 무능력한 인간에 지나지 않는다.

"대관식까지 얼마나 남았죠?"

"30분 뒤에 출발하시면 딱 맞을 겁니다."

"그럼 그때까지는 혼자 있겠어요."

내 말에 황궁 시녀들은 허리를 숙이고 밖으로 나갔다. 그제야 나는 편하게 앉았다. 코르셋의 조임에 갈비뼈가 아파왔지만 딱히 신경을 거스르지는 않았다. 그보다 더 심각한 일을 목전에 두고 있기 때문인지도 모른다.

나를 긴장하게 만드는 건 오늘 하루 동안 벌어질 일련의 사건이다. 생각만으로도 간담이 서늘해지고 손아귀에 식은땀이 고인다. 미친 듯이 뛰는 심장을 달래는 일이 이렇게까지 어려울 줄은 생각지 못했다. 이 두려움을 어떻게 타개해야 할는지 알 수가 없다.

"출발 시간입니다."

노크와 함께 들어온 시녀가 고했다. 다리가 후들후들 떨리고 심장박동이 더욱 거세졌다. 나는 이 긴장을 내색하지 않으려 애쓰며 급하게 걸음을 옮겼다.

백성들이 보는 앞에서 대관식이 치러진 후, 황제는 귀족들과의 간담회를 갖는다. 하지만 오늘은 순서가 바뀌었다. 귀족들과의 간담회 후 대관식을 치르러 떠나는 것으로. 황제의 결정이었으나 아무도 의중을 파악하지는 못 했다. 나 역시 마찬가지다. 내가 느낄 수 있는 건 그저 손 쓸 수 없는 상황에 대한 두려움뿐이다.

홀 안으로 들어서자 황제를 기다리기 위해 전국 각지에서 올라온 귀족들의 모습이 보였다. 대관식 참여는 귀족에게 있어 필수적이라는 사실을 알고 있었음에도 사람이 너무 많아서인지 주눅이 들고 힘이 빠졌다. 나는 안면 있는 이들과 아는 척하지 않으려 애쓰며 부채로 가슴의 튤립을 가렸다.

그 난감한 상황은 그리 길게 이어지지는 않았다. 시간을 거의 맞춰 도착한 덕에 얼마 지나지 않아 조지가 중앙의 문을 통해 홀 안으로 들어섰기 때문이다.

금발, 금안, 크림색 천에 수놓아진 황금색 튤립 문양과 붉은 망토…….

테베의 통치자를 상징하는 근사한 차림새를 하지 않았더라도 그는 충분히 이 나라의 황제처럼 보였을 터다. 입가에 걸친 미소에서는 여유가 보였고 살짝 든 턱에서 군주의 오만함이 느껴졌다. 그가 왕좌 앞에 서자 모두가 무릎을 굽혀 예를 갖추었다.

"일어나라."

목소리는 낮았으나 장내가 워낙에 조용했기에 그의 말을 알아듣지 못한 자는 없었다.

"행사 순서를 바꾼 건 테베를 이끌어나갈 주역들과의 시간이 중요하다 여겼기 때문이다. 그리고 그 주역들이 바로 이 자리에 있는 그대들이지."

조지가 손가락을 까딱거리자 자의와 상관없이 숙여졌던 고개가 들어 올려져 그를 향해 돌아갔다. 모두에게 동시다발적으로 적용된 마법에 귀족 몇몇이 헛숨을 들이켰다. 하나 그는 조금도 신경 쓰지 않았다. 오히려 미소를 지어 보였다.

"테베는 긴 세월 타국을 내려다봤지. 그럴 수 있었던 이유는 아마 내 안에 자리 잡고 있는 레넌의 피와 그로부터 파생되는 마법의 힘 때문이다. 그러나 타국에서도 주술, 과학 등을 발전시키며 그들 간의 교류를 통해 힘에 대한 활용 방안을 모색해 왔어."

전시 상황이 아닌 이상 대관식에서 타국을 논하는 일은 없었다. 조지의 의중을 파악하지 못한 이들이 의아함을 감추지 못하고 웅성대기 시작했다. 하지만 그는 신경조차 쓰지 않은 채 여전히 진중한 얼굴로 귀족들을 내려다보았다.

"고인 물은 썩지만 흘러가는 물은 변화를 이끌어내지. 테베는 여전한 강대국이지만 국정 운영 및 행정 처리 과정에 있어 타국에 비해 뒤떨어져 있다. 선황제들은 모른 척했으나 짐은 이 문제를 과감하게 다룰 것이다."

자국의 문제점을 지적하는 행동 역시 여태까지의 대관식에서는 없던 일이다. 테베가 실제로 타국과의 교류에 소극적인 태도를 보이고 있다고는 하나 구태여 이 상황에서 언급할 필요가 있을까. 나는 귀족들의 반응을 찬찬히 살폈다. 조지가 정신 마법을 사용하고 있는 건지 불쾌한 기색을 보이는 사람은 없었다.

"테베는 그동안 닫혀 있었으나 지금부터는 변화를 꾀할 것이다. 짐은 결코 내 나라를 고인 물웅덩이 안에 두지도, 눈앞의 만족으로 배움을 지체하게 두지도 않을 테니."

조지는 앞으로의 통치 방향과 신념을 명확하게 드러내기 위해 무겁다면 무거운 이야기를 꺼낸 듯했다. 그 사실을 깨달은 건 나만이 아닌지 귀족들의 표정도 찬찬히 달라지기 시작했다.

"외교부를 신설하고 젊은 인재들을 등용할 것이며, 테베의 마법에 대한 모방과 대항으로 타국에서 발전시켜 온 여러 문물을 습득하는 사신단도 창설할 생각이다. 짐은 그대들이 나와 뜻을 같이할 수 있는 애국자라고 믿는다."

좋은 평가를 내리고 싶지는 않았지만 그의 연설은 훌륭했다. 특히 변화를 두려워하지 않는 젊은 귀족들은 그에게 완전히 반한 듯 연설이 끝나지 않았음에도 벌써부터 박수를 보내고 있었다. 그의 연설은 그렇게 마무리되는 듯했다.

아마 왕좌에 앉은 조지가 다시 입을 열지 않았더라면 나는 여전히 그러한 착각에 빠져 있었을 터다.

"마음 놓고 국정에 집중하려면 옆에서 보필해 줄 현명한 반려가 필요하겠지. 실제로 그동안의 약식 회의에서도 황비를 맞이해야 한다는 건의가 몇 번이나 올라왔다."

그 말에 다시 홀 안이 고요해졌다. 올 것이 왔다는 생각에 두려움이 앞섰다. 예민해진 신경으로 인해 배가 쿡쿡 쑤셔왔다. 나는 조지의 입술이 더 이상 움직이지 않기를 간절히 기도하며 그의 붉은 입술에 시선을 고정시켰다. 그러나 신은 역시나 내 소원을 들어주지 않는다.

"해서 짐은, 스칼렛 챈들러를 황비로 맞이하려 한다."

주저앉아 구토를 쏟아낼 뻔했다. 하나 그럴 수조차 없었다. 조지의 마법이 내 발을 멋대로 움직였기 때문이다. 내가 그의 앞에 서자 조지는 만족스러운 얼굴로 입꼬리를 올렸다. 그 묘한 미소에 온몸이 사시나무 떨리듯 떨려왔다.

"모두들 잘 알겠지만, 스칼렛은 아무도 관심 갖지 않았던 플로리치아 운하의 가능성을 보고 운하의 기적을 만들어내어 테베의 발전에 공헌했다. 또한 반역자의 낌새를 알아채고 교란하며 보이지 않는 자리에서 충성을 다했지."

인정할 수 없다는 눈빛들이 나를 날카롭게 꿰뚫는다. 그 속에 담긴 악의에 몸이 미약하게 떨려왔다. 내 상태를 눈치챈 조지가 얼른 내 손목을 잡았다. 그의 손바닥은 무척이나 뜨거웠다.

"게다가 스칼렛의 친모는 판델의 주술사였다. 챈들러 남작이 부모를 여읜 조카를 가엾이 여겨 입양함으로써 완전한 테베인으로 살아오게 된 거지. 그러니 스칼렛과 짐 사이에 태어날 후계는 마법과 주술의 힘을 동시에 보유하게 될 가능성이 존재하는 것이다."

이 비루한 출생의 비밀이 귀족들에게 재고의 여지를 준 듯했다. 하나 분위기가 완화되었음에도 긴장은 풀리지 않았다. 나는 현기증을 이겨내려 애쓰며 입술을 꽉 깨물었다.

"내게 충성을 바칠 그대들에게 가장 먼저 소개하지. 이 여인은 앞으로 테베의 어머니이자 내 보석이 될……."

"그럴 수 없습니다."

조지가 천천히 고개를 돌렸다. 그의 눈빛은 이전에 보았듯 차게 식어 있었다. 섬뜩함에 몸이 떨려왔으나 그렇다 해서 멈출 수는 없었다. 나는 가까스로 남은 말을 토해냈다.

"제가 폐하께 거짓을 고했습니다. 더 늦기 전에 제 죄를 고백하고 싶습니다."

"스칼렛."

내 이름을 부르는 건 더 이상은 참지 않겠다는 경고다. 그러나 이미 멈추기에는 너무 늦어버렸다.

"저는 챈들러 남작의 사생아로, 귀족의 신분이 갖고 싶어 챈들러가를 주술로 협박했습니다. 그리고 전 헌팅턴 공작에 의해 저는 아기를 낳을 수 없는 몸이 되었습니다. 이혼할 당시 작성했던 서류에도 불임 관련한 내용이 적혀 있습니다."

있지도 않은 죄의 고백, 그야말로 기만이다. 알고 있었지만 나는 이 외의 다른 방법을 찾아낼 수 없을 만큼 어리석기만 하다.

죽게 될지도 모르는 이 순간에 가치관 운운하는 게 그야말로 우스운 짓임을 안다. 하나 나는 나를 죽일 수가 없었다. 생명을 끊어낼지언정 내 정신을 죽일 수가 없었다. 유일하게 마음을 건넨 남자의 목숨을 저울질하며 살아갈 수가 없었다.

조지는 나를 궁지로, 벼랑 끝으로 몰았다.

"제 죗값을 치르겠습니다, 폐하."

한바탕 소란이 일었다. 조지의 얼굴은 수습할 수 없을 정도로 일그러졌으며 귀족들은 대관식 날 모두가 보는 앞에서 황제의 명예를 깎아내린 천박하고 추악한 사생아를 벌하라 소리쳤다. 회피하지 않기로 결심했기에 나는 날선 시선들이 무섭고, 성난 목소리가 두려우면서도 그 모든 형태의 비난을 받아냈다.

그 와중 경악에 찬 아멜리의 모습이 눈에 들어왔다. 그녀가 지금 머릿속으로 무슨 생각을 하고 있을지를 생각하는 것조차 아득해 고개를 숙였다.

그리고 잠시 뒤 조지의 앞에 무릎 꿇었다. 눈물은 이제야 조금씩 배어 나오기 시작했다. 나는 내게서 눈물을 자아내게 하는 감정이 정확히 무엇인지를 알지 못했다.

"사특한 술수로 감히 테베의 태양을 속이려 한 저의 죄를…… 용서치 마십시오."

나를 질타하는 목소리가 장내를 메웠다. 사생아면서도 신분을 속이고 그들을 기만했던 나를 혐오스럽게 여기는 눈빛은 예상했기에 이리도 아무렇지 않은 걸까. 차라리 마음은 편했다. 조지를 도울 때 예상했던 끝은 아니었으나 어쨌든 '끝'이 앞으로 다가왔기 때문인지도 모른다.

"곧 퍼레이드가 시작된다. 죄인에 대한 처벌은 그 뒤 결정할 테니 에드먼드, 그대가 죄인을 방 안에 감금하고 지키도록 하라."

갈라지는 음성에 은은한 분노가 담겨 있었으나 더 이상 두렵지는 않았다.

누군가 나를 일으켰다. 나는 그의 부축을 받아 시끄러운 홀을 벗어났다. 압송이 생각했던 방식보다 고상했다 싶었는데 나를 데리고 나온 사람은 에드먼드였다. 조지의 말을 들었음에도 그가 누구에게 명령을 내린 건지조차 인지하지 못했다. 혼이 빠져 있었던 것이다.

"바보 같은 행동이었습니다."

힐난은 아니었다. 오히려 안쓰러움에 가깝다면 모를까. 이 상황까지도 내게 동정심을 품은 이 남자에게 무슨 말을 건네야 할지 알 수 없어 아무 말 없이 그를 올려다보기만 했다.

"어째서 그렇게 죽음을 쉽게 생각했습니까?"

"……글쎄요. 죽음 자체가 두렵지 않았을지도 모르죠."

"제가 당신께 모든 것을 버릴 각오가 되어 있다 말했을 때 스칼렛, 당신은 아니라 하지 않았습니까? 그 말을 믿어 참았습니다. 최소한 극단적인 선택은 하지 않을 것 같아서. 그런데 어떻게 당신이 나를 이런 식으로 배신합니까."

내 대답이 그의 참았던 울분을 터뜨리게 만든 모양이다. 격앙된 목소리에 섬뜩한 두려움이 찾아들었다. 듣는 귀가 많았다. 조지가 대관식을 망친 나를 벌하기 위해 에드먼드에게 위해를 가하려 할 것이 염려되었다.

"스칼렛."

"듣는 귀가 많아요."

"이제 와 그게 뭐가 중요합니까."

이 남자는 끝까지 알지 못한다. 이미 가치를 상실한 나의 삶보다는 밝은 미래만이 남은 그의 삶이 더 귀중할 수밖에 없다는 것을. 최소한 내게 있어서는 그렇지만 구태여 에드먼드를 설득하려 하지는 않았다. 소용이 없음을 알기 때문이다.

"결국 제 선택이에요. 어쩌면 축복받은 건지도 몰라요. 제 손으로 마지막을 결정할 수 있잖아요."

"사람이 어떻게…… 어떻게 이렇게 잔인합니까!"

복도를 메울 만큼 커다란 고함에 나는 화들짝 놀라 걸음을 멈췄다. 하나 에드먼드는 흥분을 가라앉힐 생각이 없는 것 같았다.

"어떻게 내 앞에서 그런 말을 합니까? 왜 항상 나를 배제시킵니까, 왜! 다 버리겠다고, 당신 하나면 된다고 몇 번을 내가……."

"차라리 죽음으로써 벗어나는 게 낫다고 생각했으니까요."

상황에 어울리지 않는 차분한 답이다. 이렇게 끝까지 이기적인 면모를 보인다. 나 역시 이 남자를 마음에 담았으면서, 이 남자가 내 앞에서 죽음을 택한다면 미쳐갔을 것임을 알면서 이 순간에도 내 생각밖에 하지 않는 나는 참으로 저열하고 질 낮은 인간이다.

"그동안은 무슨 일이 있어도 악착같이 이겨내야겠다고 생각했는데 이번에는 정말 죽고 싶었어요. 닥친 상황이 살 의지를 잃게 했어요. 숨을 쉬고 있기는 한데, 살 이유는 없더라고요."

"왜 제게 도움을 청하지 않습니까, 그리고 왜……."

"왜 당신에게 도움을 청해야 했나요?"

내 물음에 에드먼드는 말문이 막힌 듯 멍한 얼굴로 입술만 벙긋거렸다. 이 남자에게는 참으로 모진 질문임을 알지만 누군가에게 의지한다는 것 자체에 거부감을 느끼는 지금, 나는 배려 없이 등을 돌렸다.

"이만 들어가 봐야 할 것 같아요."

쏟아내는 감정을 받아주기에는 버거웠다. 덤덤한 인사에 아무 말도 못하고 있던 에드먼드는 내가 문손잡이를 잡고 나서야 기습적으로 질문을 던졌다.

"그때, 반지는 왜 끼고 있었던 겁니까."

순간적으로 대답이 나오질 않았다. 가슴에 마련된 자리 한편이 비워지지 않아 그랬다고 어떻게 감히 말할 수 있을까. 황제를 기만한 죄인에게 기적이 일어날 가능성은 현저히 적었기에 이 이상의 대화를 나누는 건 위험했다. 특히나 에드먼드에게.

"선물 받았으니까요."

나는 문을 닫았다. 물리적 거리를 두는 건 정리의 첫 단계다. 하지만 효과적이라고 확신할 수는 없다. 함께 있었던 시간에 비해 떨어져 있었던 시간이 훨씬 많았음에도 불구하고 에드먼드를 향한 마음은 좀처럼 사그라지지 않았으니까.

거추장스러운 드레스를 완전히 벗어버린 나는 간소한 원피스 차림으로 침대에 누웠다. 몸은 가벼웠으나 마음은 여전히 무거웠다. 신성한 대관식 날 대형 사고를 쳐버렸으니 무사하기는 힘들 것이다.

내가 살 수 있을까? 그가 나를 살리려 할까?

방금 전까지만 해도 살 이유가 없었다 말해놓고서 살 가능성을 점쳐 보는 내 모습이 우습다. 나는 조지가 자기 자신을 가장 사랑하는 사람임을 안다. 명예를 훼손한 나를 살리려 할 가능성은 희박했다.

차라리 살아서 험한 꼴을 당하느니 죽는 게 나을지도 모른다. 물론 평화로운 죽음까지 바라는 건 지나친 욕심일 테지만.

나도 모르는 새 잠이 들어버렸다. 이 와중에도 잠을 잔 내가 신기하면서도 한심했다. 그러나 자책하지는 않기로 했다. 얼마 남지 않은 시간마저도 스스로를 비하하며 보내는 건 나 자신을 너무 가엾게 만들기 때문이다.

"왔군요."

눈을 뜬 순간부터 이 방 안에 나 아닌 다른 사람이 함께 있음을 알았다. 잠긴 목소리에 인영이 움직였다.

"직접 오실 줄은 몰랐는데……. 병사들과 함께 오시지 않아 다행이라고 해야 할까요?"

"스칼렛."

홀에서와는 달리 조지의 음성에는 그 어떤 감정도 담겨 있지 않았다. 대관식으로 인해 힘이 다 빠져 버리기라도 한 걸까.

"말씀하세요. 이제 어떤 말이든 들어도 괜찮아요."

"무슨 말이든 쏟아내고 싶어. 하나 이제는 그게 무슨 소용일까 하는 생각도 드는군."

"최소한 마음은 가벼워지겠죠."

"내가 만만하고 쉽게 본 거겠지. 하루 종일 머리가 터질 정도로 고민을 하다 보니 문득 우습더군. 왜 내가 이런 상황에 처해져서 이런 생각을 해야만 할까."

"왜 그랬느냐고 묻고 싶으세요?"

나는 거부 의사를 여러 번 표현했다. 배신감이 더욱 극심했던 이유는 나를 오랫동안 봐왔던 조지이기에 내가 궁극적으로 바라는 바가 무엇인지를 알고 있으리라 생각했기 때문이다. 그래서 지금 그가 무슨 말을 하고 싶을지, 내게 무엇을 묻고 싶을지가 궁금했다.

"어차피 돌이킬 수는 없을 테지."

"끝난 일이니까요."

"그렇게까지 해야 했나? 그대에게 제안했던 건 나쁜 조건이 아니었어."

"알아요. 하지만 제게 있어 매력적인 제안은 아니었죠. 폐하께서도 그 사실을 알고 계셨을 거예요."

침묵이 흘렀다. 그 잠깐의 침묵 동안 할 말을 정리했다. 어차피 삶과 죽음의 기로에 서 있다면 모든 이야기를 해도 괜찮을 것 같았다. 물론 조지가 나를 이해해 주기를 바라지는 않는다.

"폐하를 사랑했다면 괜찮았겠지만 아니었어요. 저는 원하지 않았고 폐하께선 그 사실을 알고 계셨죠. 더 이상 끌려다니고 싶지 않았어요. 늘 저를 찾기를 갈망했으니까요."

"이게 당신이 스스로를 찾는 방식인가?"

"극단적이지만, 네, 그래요."

처음에는 그가 모를 수 있다고 생각했다. 하나 생각해 보면 모를 수가 없었다. 조지는 단지 자신의 욕심을 위해 내 바람을 무시하고 나를 조금 더 나은 처지에 있는 '임신 기계'로 만들고자 했던 것이다.

허망했다. 내가 무엇을 위해 도망쳤는지, 무엇을 위해 치열하게 살았는지 회의감이 들어 견딜 수가 없었다. 나는 조지에게서 헌팅턴 공작의 모습을 보았고 죽는 날까지 그를 사랑할 수 없으리라는 사실을 깨달았다. 그렇게 살고 싶지는 않았다.

평화롭고 자유로운 삶은 언뜻 소박해 보이지만 힘없는 자에게는 허용되지 않는 가진 자들만의 특권이었다. 나는 끝내 그 가진 자에 속하지 못했다.

"목숨을 포기하려는 건가?"

"약하게 말씀하시네요."

"뭐?"

"지금 앉아 계신 그 자리를 위해 충실하게 검을 휘둘러 왔던 기사는 쉽게 죽이겠다고 말씀하셨잖아요. 한데 어찌 제 죽음은 그리 무겁게 말씀하시나요?"

나는 웃지도 울지도 않는 무덤덤한 지금의 내 모습이 무섭게 여겨졌다. 홀에서 수많은 사람의 비난을 받을 때에도 진짜 죽음을 떠올리지는 않았던 것 같은데 이제 나 자신이 실감하고 있는 것 같았다. 내게 죽음이 아주 가까이 다가와 있다는 사실을.

"죽음보다는 선택의 자유를 상실하는 게 더 끔찍했어요. 최소한 제게는 그랬어요."

"그래서 죽고 싶다는 건가?"

"제게 바라시는 게 죽음이라면 내리세요. 애초에 그 자리에서 폐하를 모독하고도 살기를 바라지는 않았어요."

"당신을 사랑하는 내게, 당신을 직접 죽이라고?"

슬프게도 조지의 마음에는 그 어떤 공감도 할 수가 없었다. 다만 삶과 죽음 사이의 외줄타기가 나를 대담하게 만들었는지 나는 이 무거운 분위기 속에서도 주눅 들지 않고 그를 올려다보았다. 그리고 입을 열었다.

전 재산을 몰수당했다. 곤돌라 사업과 관련된 재산 중에서도 동생들의 몫으로 돌려놓은 것을 제하고 모든 것이 조지의, 그러니까 테베의 것이 되었다. 하지만 목숨 값에 비하면 저렴하기만 하다.

믿을 사람이 아무도 없는 상황에서 나를 지키기 위해 시작했던 곤돌라 사업이 궁극적으로 나를 살리는 데 정말로 기여하게 되었으니 인생은 얼마나 재미있나.

재산의 몰수뿐만 아니라 영구 추방이라는 벌도 함께 받게 되었다. 죽음보다는 나은 결과인지라 아쉬움이 없다면 거짓말이지만 그래도 웃을 수 있었다.

황궁을 떠나기 전, 조지는 마지막으로 나를 찾아왔다.

"솔직해지자면 내가 그대에게 지나치게 진심이었던 거야. 그래서 멀어지는 게 싫었어. 견딜 수가 없었지."

모든 것이 정리된 후 사이는 평온해졌다. 따지는 것조차 무의미했기 때문인지도 모른다. 조지는 많은 것을 얻었고 나는 필요한 것을 얻었다. 둘 다 완벽하게 만족하지 못했고 씁쓸함과 상처 역시 남았으나 평화로운 결말이었다고 말할 수는 있을 듯했다.

"내가 그대를 사랑하니까 그대 역시 언젠가는 마음을 돌리리라 여겼어. 결국 첫 시작을 망친 황제가 되어버렸지만."

"미안하다는 말은 하지 않을게요."

"바라지 않았어. 애초에 내 오판이니까. 내가 그대보다 나 스스로를 더 아끼는 사람이라는 것을 일찍이 알았다면 우린 좋은 친구로 남을 수 있었을까?"

물음과 함께 그는 손을 뻗어 내 머리칼을 쓰다듬었다. 거부감은 느껴지지 않았다. 나는 미소를 지으며 말했다.

"……건강하세요."

"그대의 앞날을 축복하지."

"죄인에게 하는 인사치고는 과분하네요."

조지의 입술이 내 이마에 닿았다. 눈가가 촉촉하게 젖어드는 것 같았으나 눈물은 보이지 않았고 나는 고개를 돌려 소극적으로 얼굴을 가렸다. 그는 그런 나를 내버려 두었다. 나와 그의 관계는 그로써 끝맺어졌다.

그리고 지금 나는 타국으로 가는 데 사용될 여비와 몇 가지 소지품만을 지닌 채 황궁의 문이 열리기를 기다리고 있다. 문지기들이 귀족을 사칭하고 황제를 우롱했던 죄인에게 경의를 표하기 위해 침을 뱉었지만 나는 묵묵히 그 길을 지났다.

황궁 밖으로 뻗어진 긴 길이 내가 여태까지 걸어온 길을 떠올리게 했다.

공저의 안주인으로 인정받기 위해 노력했던 수많은 나날, 가족이 없다는 사실을 알게 된 후 더 독해지려 이를 악물었던 시간, 곤돌라 사업을 준비하며 받았던 스트레스와 성취감, 귀족 사회에 자리 잡기 위해 소문 하나하나에도 촉각을 곤두세웠던 그때의 나, 받기 두려울 정도로 크기만 했던……,

그러나 내게 아무것도 바라는 게 없다던 사랑.

갑작스럽게 눈물이 터져 나왔다. 하지만 걸음을 멈출 수는 없었다. 한 발짝을 내딛을 때마다 하염없이 흐르는 눈물이 바닥으로 뚝뚝 떨어졌다.

모든 것을 놓았고 모든 것을 잃었다. 내 마음이 시키는 대로 했으나 여전히 옳은 선택이라는 확신은 할 수 없었다. 그 모든 게 내게 어렵고 앞일을 예측하는 건 불가능하며 선택지조차 주어지지 않았다. 게다가 이제는 알지도 못하는 곳으로 떠날 준비를 해야 한다.

그토록 바라왔던 자유로운 선택은 한편으로는 두려운 일이다. 어디서부터 시작해야 할지 몰라 겁이 났고 잘못된 선택을 하게 될까 봐 벌써부터 머리가 복잡했다. 충족감과 두려움이 섞인 이상한 감정에 나는 눈물만을 펑펑 쏟아냈다.

"스칼렛."

잘못 들은 거라 생각했다.

"스칼렛."

하나 환청이 아니었다. 나는 얼른 고개를 숙이고 눈물을 훔친 뒤에야 얼굴을 들었다. 흐릿한 시야로 앞이 선명하지 않았으나 누구인지 모를 수는 없었다.

"……에드먼드?"

모든 것이 다 끝난 마당에 이 남자는 왜 또 내 앞에 나타났을까. 반가우면서도 미웠다. 모든 것을 다 잃어 아무것도 남지 않은 내게서 얻어갈 수 있는 게 없는데 어째서 내 앞에 나타나 초라한 나를 더 부끄럽게 만드나.

"당신을 기다리고 있었습니다."

"어째서……? 알고 계시잖아요. 저는 이제 죄인이에요. 추방당해 이곳에 머무를 수조차 없는 죄인이요. 도대체 왜!"

비관적이라 말할 수밖에 없는 처지를 상기하자 다시 한 번 눈물이 났다. 괴로웠다. 이런 모습으로 에드먼드를 마주하고 싶지 않았다.

"당신이 어떤 모습이든, 어떤 위치에 있든 그런 건 아무런 상관이 없었습니다. 이전부터 그랬습니다."

"제발……."

흐느낌에 말을 제대로 이을 수가 없었지만 나는 차오르는 울음을 비집고 목소리를 냈다.

"이러지 말아요. 사람들이 도대체 뭐라고 생각하겠어요? 사악한 술수를 쓰는 못된 계집에게 루이스가의 후계자가 홀렸다고 말할 거예요. 당신도, 당신의 가문도 추락하게 될 거라고요."

자유를 얻었으나 그 외에 아무것도 갖지 못했다. 잘한 행동이라 생각하면서도 확신은 없었다. 마음대로 선택할 수 있게 되었음에도 실패를 겪을까 두려워 걱정만이 앞선다. 심지어 쫓겨나는 처지에 어디로 가야 할지조차 정하지 못했다.

의지할 사람이 있다면 좋긴 하겠지. 에드먼드는 늘 그랬듯 내게 위안으로 남을 테고 따뜻한 말을 건네며 나를 달랠 테니 그를 이용하는 게 현명한 행동일지도 모른다.

하지만 그러고 싶지 않았다. 나는 불행을 퍼뜨리는 사람이었고 에드먼드는 그 누구보다도 내 불운을 전염시키고 싶지 않은 사람이기에 그럴 수가 없었다.

"하고픈 말이 있습니다."

"그렇다면 차라리 자리를 옮겨요. 보는 눈이 많아요."

"원하신다면."

나는 그가 미리 준비해 놓았던 마차에 올랐다. 채찍 소리와 함께 마차가 움직이기 시작했지만 에드먼드는 아무 말이 없었다. 나 역시 그와 눈을 마주치기가 어려워 창밖만을 바라보고 있었다.

"함께했으면 좋겠습니다."

그러던 중 불쑥 건네진 말은 사실, 그렇게 낯선 말은 아니었다. 그럼에도 이런 말을 할 거라고 생각하지는 못 했다. 내 상황이 완전히 달라졌기 때문이다.

"제가 추방당하는 죄인이라는 건 알고 계신가요?"

"모든 걸 버릴 생각입니다."

"뭐라고요?"

너무나도 간결한 대답인지라 순간적으로 그 말을 듣기만 할 뿐 뜻이 인식되지 않았다. 그러나 에드먼드는 무척이나 태연한 표정이었다.

"아무 생각 없이 당신을 따라다닌 게 아닙니다. 과거의 노력이 소용없어진다고 해도, 누릴 수 있는 현재와 미래를 포기해야 한다고 해도 전혀 거리낌이 없을 만큼 당신이 귀중합니다."

"당신은 루이스가의 하나뿐인 후계자예요. 얼마 지나지 않아 작위를 잇게 될 거고 아름답고 정숙한 여인을 아내로 맞이할 수 있을 거예요. 하지만 당신이 미래를 포기하는 순간 처지가 어떻게 되는 줄 알긴 해요?"

감정이 북받쳤다. 이렇게까지 화가 나는 이유가 무엇인지는 모르겠지만 흥분을 억누를 수가 없었다. 어쩌면 앞날에 대한 막연함과 막막함이 울분을 터뜨리게 했는지도 모른다.

"전 아무것도 가진 게 없어요. 게다가 어디로 가야 할지, 앞으로 무엇을 해야 할지도 정한 게 없고요. 모르겠어요? 전 정말 아무것도 없는 빈털터리라고요! 제가 당신의 앞에서 이런 말까지 해야 하나요?"

"스칼렛."

"당신에게 줄 것도 없고 당신이 저와 함께하기로 선택한 일을 후회하게 되는 것을 볼 자신도 없어요."

"후회하지 않을 거고 원망한 일도 없을 겁니다. 당신이 부족하다면 제가 채우면 됩니다. 그리고 한 사람보다는 두 사람이 함께 고민해서 결정하는 게 낫지 않습니까?"

"배울 만큼 배우신 분이 이상적인 말만 골라 하시네요."

나는 그를 비웃었고 에드먼드는 아무런 대답도 하지 않았다. 여기까지가 나의 최선이었다.

"전 사랑받을 만큼 대단하지 못해요."

"저에게 있어 당신은 제 사랑을 모두 가져가도 부족한 사람이었습니다."

"잊어버리세요."

끝까지 거절만을 하는 내게 다정한 말만 건네는 이 남자는 내 눈에서 눈물을 뽑아낼 만큼 자상하다. 이런 사람에게 기대고 싶은 마음이 전혀 없다면 거짓말일 터다. 하나 내게는 양심이 있었다.

"사랑이면…… 그거면 안 됩니까?"

"사랑으로는 아무것도 해결할 수 없어요. 세상은 그렇게 녹록치가 않으니까요."

"다시 한 번만 생각해 줄 수는 없습니까?"

심장이 쿵 내려앉았다. 나는 에드먼드의 음성에서 정말로 마지막임을 느꼈다. 그러나 더 이상 그를 힘들게 하고 싶지 않았기에 단호하게 대답했다.

"미안해요."

어쩌면 지나치게 경솔했을지도 모르지만.

에드먼드는 더 이상 나와 눈을 맞추지 않은 채 가만히 고개를 끄덕였다. 침묵이 내 몸을 무너뜨릴 만큼 무겁게 느껴졌다. 숨이 턱턱 막혀왔다. 이 상황을 견뎌내는 게 너무나도 힘들다는 생각이 들었다.

"알았습니다."

그가 겨우 한 마디를 뱉었다.

"인정해야겠지요. 당신이 내 도움을 필요로 하지 않는다는 사실을, 나를 사랑하지 않는다는 사실을……."

"에드먼드."

"아마 스칼렛, 당신은 한순간도 꿈꾸는 미래에 저를 그려놓은 적이 없었을 겁니다."

아니라고 말할 수 없음이 가슴 아팠다. 에드먼드는 자신의 말에 확신하는지 이제야 나와 눈을 맞췄다. 보라색 눈에 어린 짙은 슬픔이 거센 파도처럼 나를 덮쳐 왔다. 그러나 아무것도 할 수 없었다. 흔한 위로조차도.

"그렇지만 사랑합니다."

에드먼드의 쓸쓸한 웃음이 내 마음을 아리게 한다.

"그리고 사랑했습니다."

나는 그의 웃음을 본 일이 거의 없다는 사실을 이제야 깨달았다. 내 앞에서 늘 긴장하고, 애를 태우고, 슬퍼했기 때문이다. 그러나 마음을 정리하기로 결심한 순간, 에드먼드는 이제야 어두운 미소나마 내 앞에서 보이고 있다.

"다만 앞으로는 당신을 사랑하지 않겠습니다."

벽 하나가 덜컥 생겨 버린 것 같은 기분이 들었다. 바라왔던 바인데 마음이 어찌 이리 갈라지는 듯 아픈지 모르겠다. 에드먼드는 후련하다는 듯 다시 한 번 웃었다.

"당신을 함께했던 모든 시간을, 늘 값지고 행복하다 여겼습니다."

그는 나를 살짝 끌어당겨 내 입술에 가볍게 입을 맞추었다. 나는 내가 어떤 표정을 짓고 있는지 알 수 없었다.

"미안합니다. 내가 여기까지라서."

"아뇨, 난……."

스스로도 내가 무슨 말을 하고 싶은지 알 수가 없었다. 무슨 말을 해야 할 것 같은데 목구멍에서 많은 말이 걸려 제대로 나오질 않았다. 안타까움에 올려다본 에드먼드는 모든 것을 놓았다는, 그리고 놓겠다는 얼굴을 하고 있었다.

설명할 수 없는 상실감이 내 가슴을 때릴 때, 그가 미소 지었다.

"행복하십시오, 스칼렛. 제가 당신을 보내드리는 겁니다."

방향성을 잃었다고 생각했으나 이 나라를 떠나 도착할 곳은 처음부터 정해져 있었다.

판델, 잃어버린 내 고향. 그곳에서라면 상실했던 모든 것을 찾을 수 있을지도 모른다. 결정을 내리고 나니 움직이는 건 그리 어렵지 않았다. 나는 이틀간 마차를 타고 달려 테베-판델 사이의 국경 지대에 도착했다.

조슈아를 도왔던 덕에 귀화 신청 서류의 접수 방법은 그리 낯설게 다가오지 않았다. 어머니의 신분 증명 패까지 제출한 나는 내일 오후 통과 확인을 위해 다시 방문하라는 안내를 받고 초소 밖으로 걸어 나왔다.

선택을 두려워했던 것이 우습게도 일은 잘 풀려가고 있었다. 테베에서의 일도 정리되었고 챈들러 상단에는 음운이 드리웠으나 동생들의 살길은 트여 있었으나 마음 쓸 것은 남아 있지 않았다.

하나 이상하게 마음이 무겁다. 드디어 기억 속에서 잊혀진 고향으로 향하는데, 나쁜 기억이라고는 전혀 없는 곳에서 새 출발을 하는 것일진대 어째서 이렇게 찝찝한 건지 알 수가 없었다. 착잡한 기분이 들었다. 나고 자란 기억을 잊었고 이제 낯선 장소나 다름없으니 겁이 날 수밖에 없음을 알고 있으나 이 묘한 기분이 그런 요소에서 기인한 것 같지는 않았다.

차라리 내 머릿속을 혼란스럽게 만드는 것은,

"당신을 함께했던 모든 시간을, 늘 값지고 행복하다 여겼습니다."

그 사람의 잔상이었다. 쉬이 잊을 수 있을 거라고는 애초에 생각지 않았다. 힘들 때마다 나타나 구원이 되어준 사람, 나를 위해 자기 자신을 포기해도 괜찮다고 말했던 사람, 이기적인 나를 사랑받을 자격이 있다며 포장해 준 사람이기에 특별하지 않을 수 없었으니까.

다만 흔들리는 건 너무 최악이지 않나.

에드먼드는 드디어 정리를 말하며 돌아섰고 나 역시 곧 테베를 떠나야 한다. 완전한 작별이기에 아쉬움과 미련이 남을 수는 있으나 돌이키려 해서는 안 된다. 그건 마음을 정리하겠다고 말한 그에 대한 예의가 아닐뿐더러 지나치게 악질적인 행위다.

그러나 어느샌가 떨어진 눈물을 발견한 나는 깨닫고야 만다. 에드먼드는 소중하다, 특별하다 등의 말로 표현할 수 없는 사람임을.

사랑이라는 흔한 말로 표현하고 싶지 않아 늘 처음으로 나를 알아봐 준 유일한 사람이라는 복잡하고 거추장스러운 수식어를 붙여왔지만 내 마음이 그를 향하고 있다는 사실을, 이게 정말 그 흔하다는 사랑임을 모르지는 않았다.

어딜 가도 에드먼드의 이름을 들으면, 그의 모습을 발견하면 반응이 먼저 나왔다. 내가 그를 사랑했기 때문이다. 나는 사랑임을 알고 있었다. 단지 이렇게 지독하고 깊은 사랑인 줄을 이제야 깨달았을 뿐이다.

"아……."

신음 같은 흐느낌이 쏟아져 나왔다. 함께하는 미래를 차마 꿈꾸지 못했던 건 에드먼드가 나와는 차원을 달리 하는 품격 있는 사람이라 생각했기 때문이다. 그래서 감히 주제넘게 생각할 수 없었다. 너무 귀한 사람인지라, 너무 대단한 사람인지라 내가 아닌 단정한 여인을 만나야 한다고 여겼다.

물론 핑계다. 내가 두려워서 에드먼드를 받아들이지 못하고 내 마음을 끝내 무시한 것이기도 했다. 보지 않으면 알아서 식을 감정이라 멋대로 판단하면서. 그랬기에 매몰차게 말할 수 있었던 걸까?

당신과 나는 끝밖에 남지 않았다고, 나와 함께 한다면 당신은 나를 원망하게 될 거라고.

먼저 버리지 않으면 내가 더 상처받게 될까 봐 다른 의미로 이기적인 행동을 했다. 그 사람을 위해 희생하는 것처럼 나 자신까지 속여 가면서…….

에드먼드의 웃음을 처음으로 보았으면서도 내가 얼마나 그를 괴롭히고 있었는지는 생각지 못하고 모든 것을 끝내고 싶다는 강박에 사로잡혀 그 의미를 무시하려 했다. 그를 마지막으로 보는 것임을 알고 있었음에도 그토록 멍청한 행동을 저지른 거였다.

떠나보낸 건 나다. 하나 정말 끝났다는 생각에 뒤늦게야 이렇게 아파하면서도 다시 돌아가 잡을 용기는 나지 않는다. 미래가 없음을 알기 때문인지도 모른다.

단념해야 한다. 가슴이 아프더라도 이미 잃은 기회를 돌이킬 수 없기에, 늘 피해만 입혔던 에드먼드의 발목을 또 한 번 잡는 거머리 같은 존재가 될 수는 없기에 마음을 접어야 한다. 그게 이 사랑의 결론이다.

테베를 떠나는 일이 아직까지도 실감이 나지 않았다. 그러나 이미 신분 증명 패를 발급받아 통과를 기다리고 있다. 절차는 생각보다 너무 간단하게 끝났고 긴 줄도 예상보다 훨씬 더 빨리 줄어들어 금방 내 차례가 왔다.

"통과 증명 서류를 주시오."

나는 준비했던 서류와 함께 오늘 발급받은 신분 증명 패를 건넸다. 담당자는 빨리 끝내고 싶다는 듯 서류를 대충 훑어본 뒤 고개를 끄덕이며 받았던 것들을 다시 건네주었다. 이제 이 문을 통과하기만 하면 되는 것이다.

그런데 발이 떨어지질 않았다. 한참 가만히 있는 내 모습에 담당자가 이상하다는 표정으로 나를 보았다. 뒷사람들도 지체되는 이유가 나 때문임을 알았는지 격앙된 목소리로 무어라 항의했다. 하나 여전히 문을 통과할 수가 없었다.

망설이고 있는 거였다. 이 문을 지나면 정말 모든 게 끝이라서, 이 깊은 미련을 두고 다시는 오지 못할 테베를 그냥 떠날 수가 없어서.

결국 답은 나와 있었다.

나는 미안하다는 사과와 함께 줄을 이탈했다. 불안감이 가슴을 괴롭게 했다. 객관적으로 생각하면 금방 알 수 있듯 나와 함께하는 순간 에드먼드의 밝고 창창한 미래는 구겨진 종잇조각처럼 아무런 쓸모가 없어지기 때문이다.

하지만 마음이라도 전하고 싶다는 욕심이 더 앞섰다. 말하고 싶었다. 내가 당신을 사랑하고 있다고, 당신은 외사랑을 한 게 아니었노라고. 설사 거절한다고 해도 그 말 한마디를 전할 수만 있다면 아픈 가슴을 움켜쥐고라도 떠날 수 있을 것 같았다.

나는 목숨을 걸고 말을 달렸다. 빗방울이 떨어지기 시작했으나 멈추지 않았다. 테베에 머무를 수 있는 기간이 얼마 남지 않아 마음이 조급했다. 최대한 빨리 도착해 가슴속의 한 마디라도 더 전하고 싶었다.

그렇게 누더기가 된 채 이틀 만에 수도에 도착할 수 있었다. 여름을 끝내는 장마가 역수같이 쏟아졌으므로 보지 않아도 내 꼴은 엉망임을 알 수 있었지만 지체할 수 없었던 나는 곧바로 루이스 백작저로 향했다. 최소한의 수면만을 취하며 달렸기에 머리도 띵하고 열도 나는 것 같았지만 쉬어야 한다는 생각이 들지 않았다. 휴식은 에드먼드를 만난 뒤에도 취할 수 있다.

"무슨 일로 왔소?"

"에드먼드 루이스 경을 만나러 왔습니다. 말씀 좀 전해 주세요."

"뉘신데 그러시오?"

문지기는 며칠간 제대로 씻지도 못 해 몰골이 엉망인 나를 위아래로 훑어보며 의심쩍다는 눈빛을 보냈다. 나는 말고삐를 움켜쥐어 몸을 지탱하며 겨우 한마디를 내뱉었다. 목구멍에서 쇳소리가 나왔다.

"스칼렛이라고 전해 주세요. 아실 거예요, 분명……."

혹시라도 누군가 나를 알아볼 것이 두려웠기에 문지기를 기다리는 동안에는 망토를 깊게 눌러쓴 채 고개를 숙이고 있었다. 고하러 가겠다는 문지기는 한참이 지나도 돌아오지 않았고 거의 한 시간이 지나서야 문지기는 다시 모습을 드러냈다.

"아직 안 가고 있었소?"

"뭐라고 하시던가요?"

"거절하셨소. 만나고 싶지 않다고 단호하게 말씀하셨으니 기다려도 소용이 없을 것이오."

상황을 인정할 수 없었던 내가 눈을 부릅뜨고 고개를 치켜들었다. 문지기는 그런 내게 무심하게 핀잔을 주었다.

"좀 씻고 오시오. 귀족 나리를 찾아오는데 무슨 예의 없는 차림새요?"

의식의 끈을 놓아버릴 것 같았다. 금방 쓰러질 듯 어지러웠지만 입술을 피가 날 정도로 세게 깨물어 겨우 정신을 차렸다. 여기서 쓰러진다면 루이스가에 크게 피해를 끼치게 될 것임이 분명했다. 이젠 마음대로 정신을 놓을 수조차 없는 처지다. 이 모든 게 내가 선택한 일임을 망각해서는 안 된다.

울음 같은 웃음이 터져 나왔으나 입꼬리를 올릴 힘도 없어 나는 무표정으로 기괴한 소리를 내다 말고 삐를 잡아끌었다. 말이 심통을 부리지 않은 덕에 금방 여관에 도착할 수 있었다. 그리고 죽은 듯 잠에 빠져들었다.

얼마나 잔 건지 가늠이 되질 않았다. 고열에 시달리다 지독한 갈증에 잠에서 깨어난 나는 근처를 더듬어가며 겨우 침대에서 일어나 커튼을 걷었다. 어두웠던 방 안에 순식간에 햇빛이 드리웠다. 희망적이게 느껴지진 않았다. 에드먼드에게 있어 내 귀환이 이 어두운 방을 밝히는 햇빛과 같은 의미가 아님을 알았기 때문이다.

그는 나와의 만남을 거절했다. 내가 국경까지 갔다 돌아온 것을 알 텐데도 만나지 않겠다는 건 분명한 거부였다. 원망스럽지 않다면 거짓말이나 모든 책임을 에드먼드에게 돌리기에는 저지른 잘못이 너무나도 많았다. 그토록 간절한 고백을 받고도 이기적이게 내 생각만 했으면서 나를 단 한 번 뿌리친 남자를 매정하다 여길 수는 없었다.

나는 비척거리며 몰골을 정돈했다. 머리가 너무나도 아팠고 계속해서 식은땀이 났지만 그를 찾아가고자 하는 의지를 막기에는 역부족이었다. 아픔은 이 순간을 넘기면 회복되나 에드먼드를 만날 수 있도록 허용된 시간은 이 시간이 지나면 다시는 허용되지 않는다. 그걸 너무나도 잘 알기에 바깥으로 나오지 않을 수 없었다.

그럼에도 바깥으로 나오자 또다시 거절당할 것이 두려워 이대로 떠나 버릴까 고민이 되었다. 그러나 얼굴조차 보지 못했다. 말조차 전하지 못한 채 포기할 수는 없었다. 애초에 최악의 상황을 가정하고 이곳으로 오지 않았나.

"선약이 있으셔서 안 되오. 돌아가시오."

돌아온 대답은 같았다.

"그럼 기다릴게요."

"마음대로 하시오. 하지만 기다린다고 뵐 수 있다고 보장할 순 없소."

문지기의 말은 내 의지를 꺾지 못했다. 나는 루이스가를 오가는 사람들을 방해하지 않기 위해 옆으로 물러나 기다렸다. 한 시간, 두 시간, 세 시간……. 이윽고 문지기가 교대할 시간이 왔음에도 응답은 오지 않았다.

여름에 가까운 날씨였으나 저녁이 되자 서늘해졌고 해가 완전히 지자 조금 쌀쌀했다. 나를 추위에 떨게 둘 사람이 아니라고 확신했기에 이 시간까지의 완강한 거부가 무섭게 느껴졌다. 나를 완전히 차단하려는 것 같아 더더욱 그랬다.

하지만 물러설 수가 없었다. 이 밤이 지나면 돌아갈 시간을 제하고는 하루, 길게 잡아도 하루 반밖에 남아 있지 않다. 게다가 그를 기다리는 이 시간은 그동안 에드먼드가 나를 기다렸던 시간에 비하면 턱없이 짧다. 불평할 수 없었다.

많은 생각이 한꺼번에 나를 덮쳤다. 이렇게 세워둘 정도면 마음을 확고히 먹었을 거라는 불안감도 들었다. 말만 전하고자 했던 건데도 나도 모르게 기대를 걸고 있었던 모양이다. 이 비겁함에 스스로 실망해 웃음이 나왔다.

이 짧은 시간을 기다리는 데에도 이렇게나 많은 생각이 스쳐 지나가고 여러 번의 심경 변화가 있었다. 그러니 그동안 나를 수없이 기다렸던 에드먼드는 얼마나 많은 고통을 겪었을지 헤아릴 수조차 없다. 나는 이 죄를 어떻게 다 갚아야 할까.

덮쳐 오는 우울감에 울컥 울음이 터졌다. 마를 만도 한 눈물이 쉬지 않고 흘러내렸다. 나약함은 여과 없이 드러났다. 그나마 늦은 밤이라 사람이 없는 게 다행이라면 다행일까.

끼익.

문소리가 들려 나도 모르게 고개를 번쩍 들었다. 에드먼드는 아니었다. 체구가 가녀린 여인의 것이었으니. 가문에서 일하는 시녀겠거니 하고 고개를 돌리려는데 여인이 먼저 말을 걸었다. 아멜리였다.

"스칼렛."

그에 그녀의 이름을 부르려던 나는 멈칫 하고 입을 다물었다. 이제 나는 아멜리의 이름조차 부를 자격을 잃었다. 넘을 수 없는 신분의 장벽이 생겼으니까.

"이만 가 주세요."

무어라 말하기도 전에 아멜리가 매몰차게 말을 꺼냈다. 표정 역시도 단호했다. 내게 늘 부드럽기만 했던 그녀에게 본 적 없는 매정함이다.

"얼쩡거리지 말아요. 당신의 존재가 피해가 될 수 있음을 알잖아요. 이 행동을 어떻게 받아들여야 할지 모르겠네요."

그 입장을 이해할 수 없는 건 아니었다. 우리의 입장 차가 극명했지만 나는 양보할 만큼 여유롭지 못했다.

"미안해요, 저는 갈 수 없어요. 아직……."

"오라버닐 괴롭히지 마세요."

그 음성이 서릿발처럼 차가웠다. 아멜리가 에드먼드에 대해 직접 거론할 줄은 생각지 못했기에 무슨 대답을 해야 할지 알 수가 없었다. 그녀가 어디까지 알고 있는지 가늠할 수 없어 입을 함부로 놀릴 수도 없었다.

"젊은 남녀가 마음이 맞아 몇 번 만날 수는 있다고 생각해요. 하지만 굳이 이 상황에 오라버니를 찾아오는 건 너무 속보이는 행동 아닌가요? 저를 친구라고 생각했다면 이런 행동은 하지 말았어야죠."

"아멜리, 저는……."

"스칼렛의 말을 듣고 싶지는 않아요. 제가 보기에는 잠시 연을 맺었다는 핑계로 당신의 불리한 상황을 해소하려는 것으로밖에 보이지 않거든요."

늘 다감했던 아멜리의 입에서 나온 말이라고는 믿기 어려웠다.

하나 그녀의 입장에서 분명 할 수 있는 말임을 알았다. 서둘러 변명을 하려 했으나 말문이 막혔다. 나는 내가 어떤 말을 하든 그녀를 설득시킬 수 없음을 알았다.

"쫓겨나던 날, 오라버니께서 당신을 찾아갔다는 소문이 파다하게 퍼졌어요. 어떤 추문에 시달렸는지는 능히 짐작할 수 있겠죠. 제가 스칼렛을 좋아했던 이유는 멍청하지 않았기 때문이니까."

아멜리가 말하는 상황이 에드먼드에게 얼마나 나쁘게 작용했을지를 알았기에 이제는 면목이 없어 말을 할 수가 없었다. 나는 그녀가 무엇을 전달하고자 하는지 알았다. 아멜리는 의도가 어떻든 간에 내 존재가 그에게 피해를 끼친다는 사실을 지적하려는 것이다.

"오라버니께서 진지한 마음을 품고 있었음을 알아요. 그러니 스칼렛, 당신이 오라버닐 생각하는 마음이 조금이라도 있었다면 흔들지 말고 그냥 가 줘요."

"……미안하지만 그럴 순 없어요."

"뭐라고요?"

"전할 말이 있어요. 그거면 돼요. 다른 건 아무것도 바라지 않아요. 알잖아요, 나타나고 싶어도 이게 마지막일 수밖에 없다는 거."

상황에 대한 이해를 구하지는 않았다. 내가 어떤 각오를 하고 여기까지 찾아왔는지는 타인에겐 상관없는 일이니까. 그러니 의사만큼은 분명하게 밝혀야 한다.

"출국을 위한 기간이 남았어요. 그때까지는 제가 테베의 어디에 있든, 누구를 만나든 아무도 참견할 수 없어요. 그러니 저는 그분이 절 만나줄 때까지 여기에 있을 거예요."

"참 이기적이네요."

짧은 비난에 나는 그만 웃어버리고 말았다. 그녀의 말은 조금도 틀린 데가 없다.

"마지막이니까요."

아멜리는 심기가 불편함을 숨기지 않고 망토를 다시 뒤집어쓴 채 저택 안으로 다시 들어가 버렸다. 소중하게 여겼던 이의 마음을 상하게 했다는 사실이 가슴을 무겁게 했으나 나는 그녀의 뒷모습을 오래 보지 않았다.

그렇게 새벽이 지났다. 뜬눈으로 밤을 지새웠으나 피곤함보다는 가슴의 아픔이 나를 더 힘들게 했다. 이슬을 맞아 옷이 축축했고 오래 서 있었던 탓에 다리가 저릿했으며 온몸이 불덩이 같았지만 그 어떤 것도 에드먼드를 한 번이라도 보고자 하는 나를 막을 수가 없었다.

아침이 되고 루이스가의 대문이 개방되었다. 그리고 루이스가의 사륜마차가 내 옆을 빠르게 스쳐 지나갔다. 안에 탄 사람이 백작인지 혹은 에드먼드인지 알 수 없었으나 만약 그라면 만나기는 요원해진 거였다.

허탈감이 온몸을 덮쳐 왔고 그렇잖아도 몸 상태가 좋지 못했던 탓에 금방이라도 쓰러질 것 같았다. 여기서 쓰러져서는 안 된다는 생각과 여기서 쓰러진다면 에드먼드가 동정이라도 품지 않을까 하는 비겁한 생각이 동시에 나를 갈등하게 했다.

결론은 금방이었다. 몸의 아픔은 앓고 나면 그만이지만 마음의 아픔은 앓고 나면 그만이라고 감히 말할 수 없었으니까.

그가 황궁에서 퇴근하는 오후까지만 기다리자. 그때까지 기다렸다 떠나자. 그러고도 보지 못한다면 정말 단념하자. 그렇게 수없이 되뇌며 눈을 감고 있으려는데 딱딱거리는 말굽 소리가 들려왔다.

떠지지 않는 눈꺼풀을 힘겹게 들었을 때, 흐릿했던 시야가 갑자기 반짝 떠졌다.

"에드먼드……."

원하던 이의 얼굴을 봤다는 것만으로도 충만감이 들었다. 하나 에드먼드는 언제 사랑을 입에 담았냐는 듯 무감정한 얼굴로 나를 응시하고 있었다. 그에게서는 나를 향한 그 어떤 애정도, 배려도 찾아볼 수가 없었다. 무심한 눈은 의미 없는 회색 배경을 보는 것처럼 정말로, 아무것도 담고 있지 않았다.

"무슨 일로 찾아오셨습니까?"

목소리마저 건조했다.

"떠날 날이 얼마 남지 않은 걸로 알고 있는데 어찌 기다리고 계십니까."

선뜩한 느낌을 이겨내기 어려웠으나 나는 떨리는 다리를 재촉해 그에게 천천히 다가갔다. 그리고 갈라지는 목소리로 더듬더듬 말했다.

"드릴 말씀이…… 있어요."

에드먼드는 대답 없이 나를 빤히 쳐다보았다. 할 말이 있다면 하라는 것 같았다. 나는 깨달았다. 그가 나에 대한 부질없는 마음을 정리하는 데 성공했다는 사실을. 바라보는 것조차 아깝다는 듯 애 틋하던 눈빛은 지금 어디에도 존재하지 않는다. 그 흔적조차 완벽 하게 실종되었다.

그리 생각하며 나는 또 한 번 웃는다. 무슨 상관이란 말인가. 단 지 마음을 전하고 싶었을 뿐, 그를 설득하러 온 게 아니었다. 나는 본래의 목적을 확실히 상기할 필요가 있다.

"이렇게 와서 미안해요. 꼭 말해야 할 것 같아서, 그래서⋯⋯."

가슴이 떨렸다. 거절을 위한 말은 그렇게도 쉽게 뱉어지더니 진 짜 내면을 고백하는 일은 어째서 이렇게나 어려운지 모르겠다.

"당신을 사랑해요."

뱉고 나니 허전했다. 이 짧은 말은 수많은 고민 끝에 나왔다고 믿 기에는 너무나도 초라하게 느껴졌다. 그가 이 깊이를 느낄 수 있을 까? 끝없이 넓은 마음을 볼 수 있을까?

두려움으로 얼굴이 벌겋게 달아올랐지만 나는 단 한 번도 제대로 말하지 못했던, 그러나 늘 마음에 품고 있었던 그 말을 다시 한 번 입에 올렸다.

"늘 사랑하고 있었어요. 어려운 상황이 깨달음을 늦게 만들었지 만⋯⋯."

한 번 말하고 나니 두 번, 세 번, 그러고도 더 말하고 싶어졌다. 이 넘치는 마음을 모두 전하고 싶었다. 물론 지금이 그리 낭만적인 상황이 아님은 알았다. 하나 마지막이니 괜찮지 않을까. 아껴봐야 다시 할 수 없는 말이기에 이 고백을 입안에서 조심스럽게 곱씹어 더 예쁘게, 더 사랑스럽게, 더 조심스럽게 다시 말하고 싶었다. 사랑한다고, 사랑이라는 이 감정이 내 가슴에 움터 꽃을 피우고 있었지만 둔감해 여태 몰랐다고…….

"스칼렛."

그러던 차에 이토록 고맙게 들릴 줄 몰랐던 내 이름이 불리었다. 나는 고개를 번쩍 들었다. 추하게 보일까 두려웠으나 어쩔 수 없었다. 이제야 서 보는 을의 위치는 이런 거였다.

"……저에게는 그날이 마지막이었습니다."

하지만 에드먼드의 대답은 명확한 거절이었다. 순간 할 말을 잃어버렸다. 무슨 대답이라도 해줘야 할 것 같아 잠시 입을 벌렸다 아무 말 할 수 없어 다물기를 몇 번이나 반복했다. 그러는 동안에도 적절한 대답이 생각나지 않았다. 그래서 그의 얼굴을 멍하니 바라보기만 했다.

"분명히 말씀드렸습니다. 더 이상 사랑하지 않겠다고, 이제는 보내겠다고, 지워내겠다고."

그는 나를 책할 생각이 없어 보였다. 단지 결정된 마음을 전달하는 것뿐이었다. 그래서 그의 말을 끊고 내 감정을 호소할 수가 없었다. 나는 내가 틀렸었다는 말조차 입 밖에 꺼내지 못하고 멍하니 에드먼드의 말을 듣기만 했다.

"기억합니까? 당신이 제게 그러라 말했습니다. 당신은 후련해 보였고 저는 제 깊었던 마음이 당신에게는 털어야 할 짐에 지나지 않았음을 깨닫고 확실하게 정리할 수 있었습니다."

눈물만큼은 보이고 싶지 않았건만 이미 눈물이 볼을 타고 흘러내리고 있었다. 정당한 거절조차 이렇게 아픈데 그간 내 것이 아니라고 아무렇지 않게 찌르고 해쳤던 그의 가슴은 온전한 형태일까.

"많은 말을 하고 싶지 않습니다. 당신에게 같은 상처를 입히는 것으로 위안할 만큼 한심한 작자가 되고 싶지도 않습니다. 그래도 참으로 간절하고도 애틋한 감정이었다고, 그렇게 제 가슴속에 묻을 수 있도록 해주십시오."

에드먼드는 진심이었다. 차라리 깊었던 마음을 해친 못된 여자라 욕하고 비난했다면 이렇게 죄책감이 들지는 않았을진대 착한 심성을 가진 이 남자는 그조차 하지 못한다.

"에드먼드, 저는……."

결국 눈물이 쏟아졌다.

"제가, 제가 다 미안해요. 정말 미안해요. 그냥 말하고 싶었어요. 단 한 순간도 당신을 사랑하지 않은 적이 없었어요. 단지 어리석어서, 끔찍한 환경을 어떻게든 헤쳐 나가야 해서……. 그래서 알지 못했던 거예요."

"제게 피해를 주고 싶지 않아했던 당신의 마음은 알고 있습니다."

"에드먼드……."

"그러니 가십시오. 이제 곧 떠나야 할 시간이 아닙니까?"

나는 울음을 그치고 똑바로 말하기 위해 입술을 막고 숨을 참아보았다. 하지만 그럴수록 설운 가슴이 더욱 통제되지 않았다. 에드먼드는 제대로 말하지 못하는 나를 대신해 다시 입을 열었다.

"제 마음대로 품은 감정의 무게를 당신에게 부담시키고 싶지 않아 물러섰습니다. 그러니 당신도 그렇게 해주십시오."

"……저는, 흐흑, 단 한 번도 솔직하지 못했어요. 그게 끝까지 가슴에 남았어요. 어리석고 부족해 미안했어요. 과분한 사랑이었어요."

흐느낌을 가까스로 참으며, 나는 이제야 그에게 전하고자 했던 말을 속사포처럼 쏟아냈다.

"당신의 과분한 사랑이 제게 유일한 행복이었어요. 그것만은 말하고 싶었어요. 당신은 제게 짐이 아니었어요. 함께하는 미래를 그려보지 않은 것도 아니었어요. 단지 당신이 너무 귀하고 아까운 사람이라 감히 말하는 것조차 어려웠던 거예요."

헛된 희망이 그를 놓지 말라고 부추기지만, 나는 흐르는 눈물을 잘도 닦아주었던 에드먼드의 손이 여전히 말고삐를 쥔 채 너무나도 멀리에 있음을 안다. 그러고 보면 그는 여전히 말에서 내리지도 않은 채 그대로 있었다. 이것이 나와 그의 벌어진, 그리고 이제는 결코 좁혀질 수 없는 거리다.

"미안…… 했어요."

에드먼드에게 손을 뻗을 수 있었던 수없이 많은 기회는 이미 날아갔다. 남은 건 공허한 옛 추억뿐, 시간조차 얼마 남아 있지 않다. 이번이 마지막이다. 오늘이 아니면 내 마음을 고백할 순간은 결코 다시 오지 않는다.

"언제고 변할 수 있다 생각했던 역겨운 감정이 제 가슴이 이렇게 깊게 자리하고 있을 줄 몰랐어요. 떠나고 나서야, 끝나고 나서야 알

앉어요. 늦게 깨달아 미안해요. 정말 미안해요."

나는 눈물을 뚝뚝 흘리며 겨우겨우 말을 이었다. 그의 표정은 여전히 딱딱하기만 했다. 기대하지 않으리라 결심했건만 에드먼드의 그 깊었던 마음이 설마 완전히 정리되지는 않았을 거라고 멋대로 희망을 걸었던 모양이다.

"기다릴게요."

그는 끝내 아무 말도 하지 않았다. 나와 한참 눈을 맞추고 있던 에드먼드는 결국 먼저 자리를 떠났다. 뒷모습을 멍하니 바라보던 나는 결국 그의 모습이 완전히 사라지고 나서야 주저앉아 버렸다.

한 번의 거절에도 이렇게 깊은 상처가 생기는데 그간 그에게 얼마나 끔찍한 상처를 안기고 있었는지 조금이라도 감이 와서 서글펐다. 결국 내려지는 결론은 그랬다. 이젠 정말 떠나야 한다는 것.

고백하고 나면 여한이 없을 줄 알았건만 그도 아니었다. 하지 못한 말이 입안에서 맴돌고 여전히 아쉬움이 남았다. 그럼에도 다시 한 번 기회가 왔을 때 더 근사한 말을 할 수 있을 거라는 확신이 들지 않았다.

이제는 정말 끝났다. 모두 다 끝이 나버렸다. 그야말로 진정한 종결이었다.

에필로그

그냥 떠나지는 못 했다. 테베에서 허락된 시간이 다할 때까지 국경에서 하염없이 그를 기다렸다. 하지만 마음을 굳게 먹은 남자는 뒤돌아보지 않았다. 그쯤에서 단념해야 했으나 후회가 많이 남아버린 나는 여전히 그를 기다리고 있다. 기다리겠다는, 그는 기억조차 하지 못할 약속을 지키기 위해.

3년이라는 시간은 그렇게 흘렀다.

누구나 한 번쯤은 자신만큼은 남들과 다른, 특별한 사람이라고 생각하곤 한다. 하나 정작 마주하는 현실은 늘 가혹하다. 좌절을 맛보지 않는 사람도, 실패를 겪지 않는 사람도 없다. 살다보면 나 역시 타인과 크게 다르지 않은 평범한 인간임을 인정해야 할 때가 많다.

나 역시 그랬다. 다만 절망으로부터 배움을 얻으려 노력했을 뿐.

참으로 어려운 날들이었다. 어렸을 적 살았던 곳이라고는 하나 기억에 남아 있는 건 없었고 이모의 행방도, 조슈아의 행방도 도무지 잡히질 않았다. 판넬어를 몰랐기에 일자리를 구하는 것 역시도 어려웠다. 푸치니 씨와의 인연이 없었더라면 나는 도태되고 말았을 것이다.

디시마드 상단에 취직해 생활이 안정된 후, 바하카덴에서 유명한 주술사의 밑으로 들어갔다. 이모와의 연결 고리를 찾을 수 있을까 하는 기대 때문이었다. 하나 미지의 힘을 느끼는 건 몰라도 사용할 능력은 부여 받지 못했다는 결론 외에는 아무것도 얻지 못했다.

시간이 지날수록 포기에 익숙해져야 했다. 그럼에도 에드먼드에 관한 일만큼은 단념할 수 없어 계속해서 기다렸다. 올 거라는 확신이 없었음에도 사무친 후회가 그를 잊는 행위를 허용하지 않았다.

단 한 번만 욕심을 냈다면 어땠을까, 그를 좀 더 절박하게 잡아봤다면 어땠을까, 무릎이라도 꿇었다면 뭔가 달라졌을까……

가슴 한구석에 밀어둔 감정은 먼지만 쌓인 채 그 자리에 있었다. 놓지 못했다. 잊지도 못 했다. 그래서 기다림은 끝나지 않는다.

그렇게 시간이 지나, 내게 쓰라린 아픔을 남긴 가을이 다시 돌아오고 있었다.

"스칼렛 양, 지난주에 제가 담당하기로 했던 손님 말이에요. 테베 수도에서 오셨다는……."

직장 동료인 주디타 양은 반드시 필요한 일이 아니면 좀처럼 말을 거는 법이 없었다. 나는 그녀가 내게 부탁할 일이 있음을 예상하고 고개를 들었다.

"아, 네. 이번 주에 만나 뵙기로 했다던?"

"맞아요. 그런데 오늘 도착하셨다고 해서요. 제가 오늘은 다른 손님들과 선약이 있어 그런데 오후에 시간 괜찮다면, 혹시 스칼렛 양이 응대해 주실 수 있을까요?"

그녀는 꼼꼼한 편이었다. 부탁하기 전 내 근무를 확인했을 테니 지금 빠져나갈 구멍은 없다. 나는 힘없이 고개를 끄덕이며 물었다.

"무슨 업무인데요?"

"주택 매매래요. 아무래도 상단을 끼고 하면 수수료가 떼이긴 해도 사기당할 염려는 없으니까요."

조지가 통치를 시작한 이후, 테베는 타국과 많은 조약을 체결하고 활발하게 교류하기 시작했다. 1년 전부터는 테베인과 판델인이 서로 토지를 자유롭게 매매할 수 있게 되어 부동산 거래 역시 활성화되고 있었다.

"관련 서류 있으시면 넘겨주세요. 우선은 제가 갈게요. 하지만 그쪽 사업 관련해서는 잘 알지 못하는데 괜찮겠어요?"

"네, 오늘은 대충 소개만 하고 다음부터는 제가 가서 자세히 안내하면 될 거예요. 어쨌든 고마워요."

주디타 양은 내가 그 고객을 만나지 않는다는 선택지는 애초에 생각지도 않았던 듯 곧바로 준비했던 서류를 넘겨주었다. 오늘은 조금 일찍 퇴근할 수 있을까 싶었건만 오늘은 운이 없는 모양이다. 나는 한숨을 쉬며 대충 서류를 읽어보다 시간을 확인하고 자리에서 일어났다.

만나는 장소는 상단 건물 3층에 마련된 응접실로, 고위급 고객을 응대할 때 사용하는 곳이다. 내용을 훑어보는 데 급급해 이름은 확인해 볼 생각조차 하지 못했건만 갑자기 궁금증이 발동했다.

일하면서 테베인을 많이 만나긴 했어도 옛 인연이 닿았던 사람과 재회한 적은 없었다. 그러나 장소가 장소인 만큼, 혹시 알던 사람인가 하여 불안감이 앞섰다. 하나 서류 봉투를 뒤져 이름을 확인하기에는 이미 시간이 너무 촉박했다.

똑똑.

노크 소리에 들어오라는 남자의 목소리가 들렸다. 묘하게 익숙하게 느껴졌으나 간만에 테베어를 들을 때는 늘 그런 느낌을 받곤 했기에 별 생각은 들지 않았다.

"안녕하세요, 오늘 주디타 페넬로스 양을 대신해 안내를 진행하게 된 스칼렛 베……."

하지만 숙였던 허리를 들어 올리며 그를 마주한 순간, 모든 것이 달라졌다. 나는 차마 말을 이을 수가 없었다. 늘 그리워했으나 이런 식의 만남은 단 한 번도 상상하지 못했기 때문이다. 그 역시도 아무 말 하지 않은 채 나를 가만히 바라보기만 했다.

꿈일까, 생시일까, 혹은 환영일까. 그를 그리워하던 내 마음이 만들어낸 착각은 아닐까. 줄곧 바라왔던 상황이건만 정말 눈앞에 펼쳐지니 도저히 믿을 수가 없었다.

눈물이 속절없이 흘러내렸다. 나는 흐느꼈다. 고개를 숙였다 다시 고개를 들었고, 그러다 다시 고개를 숙였다. 무어라 형용할 수 없는 감정이 나를 울컥하게 만들었다. 그 어떤 말도 할 수가 없었다. 정제되지 않은 말로 이 순간을 망치고 싶지 않았다. 그러면서도 묻고 싶었다.

나를 만나러 왔느냐고, 나를 그리워했느냐고. 아니면 그저 우연인 거냐고.

"많이 보고 싶었습니다."

그때, 그가 먼저 입을 열었다. 나는 그제야 흥분을 억누르지 못하고 소리 내어 엉엉 울음을 터뜨렸다. 그에게 다가가고 싶었지만 다리가 풀려 그 자리에 주저앉는 게 먼저였다. 그런 내게 에드먼드가 먼저 일어나 다가왔다.

"늦어서 미안합니다."

"왜, 왜……."

나조차 내가 그에게 무엇을 묻고 싶어 하는지 알지 못했다. 울음 섞인 말이 아무렇게나 입 밖으로 터져 나왔을 뿐이다. 에드먼드가 그런 나를 일으켰다. 늘 그에게서 맡았던 부드러운 향이 후각을 자극했다. 나는 그제야 이것이 현실임을 확신할 수 있었다.

"제가 당신을 가슴에 묻지 못했습니다."

우연이라도 좋았을 거라 생각했으나 우연이 아님을 확신하게 되자 나는 더욱 어찌할 바를 모르고 흐느꼈다. 그런 내 머리칼을 쓸어

내리는 손길이 너무나 다정해 울음을 그칠 수가 없었다.

"……정말 온 거예요?"

"여기서 만나게 될 줄은 예상하지 못했지만 당신을 찾으러 이곳에 왔느냐고 묻는다면, 그렇습니다."

무려 3년이었다. 끝까지 대답 없이 돌아섰던 그였기에 다시 만나게 되기를 바라고 바랐으나 현실이 될 거라고는 감히 생각지 않았다. 어쩌면 과거, 미련했던 나를 용서하지 못해 그를 기다리고 있었는지도 모른다.

바랐으나 감히 바라지 못했고 원했으나 감히 원하지 못했다. 하나 이 다감한 사람은 결국 또 한 번 부족하고 아둔한 나를 찾아주었다.

"많이 돌아왔다는 건 압니다. 당신도, 나도. 그래서 만나게 된다면 묻고 싶었습니다."

서늘했던 그날이 더 이상 나와 에드먼드의 마지막 순간이 아님이 기뻤다. 감정이 벅차 그 어떤 대답도 할 수 없었던 나는 눈물을 떨어뜨리며 고개를 끄덕였다.

"우리, 처음부터 다시 시작하지 않겠습니까?"

〈완결〉

외전 1 에드먼드

"우리, 만나지 말아요."

그 말에 무슨 말을 해야 하는지 알 수가 없었다. 어리석게도 당신을 원망할 수조차 없었다. 당신이 좋은 사람이기에 거절당하는 이 상황조차 성립 가능하다는 사실을 알기에, 나는 망연자실한 얼굴로 당신을 바라보기만 한다.

당신은 아무렇지 않은 척하려 하지만 거부하는 행위 자체에 죄책감을 가지는 듯 나를 안타까운 눈으로 보다 또 반대쪽으로 눈을 돌리는 등, 안절부절못하는 태도를 보인다. 그에 내가 미안해졌다. 당신을 곤란하게 하고자 사랑을 시작한 게 아니기 때문이다.

하나 아쉬움에, 받아들일 수 없음에 묻는다.

"무슨…… 말입니까?"

"감사했어요. 위기에 부닥칠 때마다 번번이 나타나 구해 준 것도, 내게 대가를 바라지 않는 따뜻한 호의를 베푸는 것도 모두 다. 정말이지 에드먼드, 당신에게는 고맙지 않은 게 단 한 가지도 없어요.”

여느 때와는 다르다. 당신이 내게 피해를 끼치고야 말 거라는 막연한 불안감을 가진 채 막무가내로 나를 밀어내던 것과 너무나도 다른 태도에 나는 이 상황이 진짜 끝이 될 것을 두려워하며 입을 벙긋거린다. 하나 당신의 재통보가 더 빨랐다.

“그러니 우리 더 이상 만나지 말아요.”

“이해할 수 없습니다. 도대체 왜…….”

차오르는 감정의 파도를 당신에게 밀어 보내지 않을 수 있어 다행이라고 생각했다. 최소한 이 상황을 더 끔찍하게 만들지는 않을 테니까.

“처음부터 당신과의 만남을 받아들인 적 없잖아요. 그럼에도 이렇게 만남을 청해 결론을 지으려는 건 우연한 만남조차 차단하고 싶다는 의미예요.”

당신의 목소리는 부드러웠으나 담긴 뜻만큼은 너무나도 서늘하고 단호했다. 당신을 원망해서는 안 된다는 생각을 하면서도 당신이 너무나도 원망스러워 마음이 혼란스럽다.

유부녀인 데다 너무나도 많은 제약이 있는 당신을 먼저 마음에 담아버린 내가 잘못된 거지, 차분하게 나를 거절하는 당신이 잘못된 사람이 아니란 걸 안다. 당신의 대답은 사실 불나방처럼 뛰어들던 나를 납득시키기에 충분하다. 다만 내가 납득하려 하지 않을 뿐이다.

“당신을 좋아했어요. 어쩌면 사랑이라는 감정, 당신에게라면 품은 적 있다 말할 수 있을지도 몰라요."

가슴이 뛴다. 동시에, 가슴이 미어진다. 이 모든 말이 나를 밀어내기 위해 읊어지고 있음을 알기 때문이다.

"대체 왜 자꾸 그런 말을 합니까. 무슨 일이라도 있는 겁니까? 아니면 대공…… 때문입니까?"

힘든 상황에서도 포기하지 않고 정진해 온 주군을 존경했다. 한데 이 순간만큼은 그분의 존재가 견딜 수 없을 만큼 원망스럽다. 나는 십 년이 넘는 세월 동안 충성을 바쳐 온 주군에게마저 이런 불경한 마음을 품을 정도로 당신을 염원하게 되어버렸다.

"당신의 사랑을 이용하게 되는 내가 경멸스러워서 견디기가 힘들어요. 당신이 그걸 원한다 해도 스스로에 대한 자괴감 때문에 당신을 떠올릴 때마다 고통스러워요. 당신은 좋은 사람이잖아요, 에드먼드. 제게 이런 취급을 받아선 안 돼요."

당신 말대로, 당신이 정말 이성적인 사람이라면 나를 거절하는게 맞다. 당신 말대로, 당신이 나를 이용하고자 하는 마음을 먹지않으려면 나를 멀리하는 게 맞다. 당신 말대로, 한쪽이 고통받는 관계는 정리하는 게 맞다. 당신이 하는 모든 말은 옳기만 해 반박조차할 수 없다.

그럼에도 아쉬운 건 당신을 생각하는 내 마음이 당신이 막연히가늠한 것만큼 작지가 않아서다. 애초에 일방적인 밀어붙임으로 관계의 끈을 억지로 이어온 거지만.

결혼한 유부녀, 그러면서 따로 연인까지 두고 있다. 개방적인 사회라고는 하나 평생의 반려로는 꺼려질 조건일 수밖에 없다. 하지만 나는 그런 당신을 책하지 않을 만큼 당신을 이해하고, 모두가 아니라고 할 당신을 충분히 포용할 수 있다고 자신한다.

갖지 못해 더욱 간절한 건지도 모른다. 하나 사람을 좋아하는 데는 여러 가지 이유가 있다. 내가 그런 마음으로 당신을 좋아한다 한들 무슨 상관이며, 또 무슨 문제란 말인가.

원망스럽고 속이 상한다. 왜 당신은 양심을 가진 사람인지라 나를 꼬여내어 이용하고자 하는 마음을 먹지 못하는 건지, 내게 피해를 주지 않겠다는 말로 가슴을 피투성이로 만드는 건지, 더 좋은 사람을 만나야 한다며 단호하게 거절하는 건지.

그러나 그런 당신이 더욱 좋다. 슬프게도, 나는 거절로 인해 당신을 더 애틋하게 여기게 되어버렸다.

"저를 이해해 줄 거라고 믿어요."

당신은 돌아선다. 나는 먼저 만나자고 하기까지 수없이 많은 생각을 했을 당신을 알기에 차마 잡지도 못 한다. 당신이 괴롭다는데, 당신이 힘들다는데 마냥 이기적으로 행동할 수도 없다. 어쩌면 용기를 내지 못하는 건지도 모르는 나 자신이 한심하다.

함께라면 그 어떤 힘든 상황도 헤쳐 나갈 수 있다고 생각했다. 하지만 내 생각일 뿐, 당신은 단 한 번도 그런 나에게 동의한 적이 없다.

당신은 늘 스스로를 깎아내리며 나를 단념시키려 했다. 나를 알지 못했기 때문이다. 당신이 처한 상황이나 평판 따위는 내 마음이 당신을 향하는 데 그 어떤 영향도 미치지 않았다. 내가 당신을 사랑하는 이유는 당신이 스칼렛이기 때문일 뿐, 그 외의 이유는 존재하지 않는다.

그러나 당신은 내 말을 믿지 않는다. 아니, 귀에 담을 생각조차 하지 않았다. 그게 한스러워 당신을 원망하다가도 당신이라는 사람 자체가 너무나 안쓰러워서, 나는 울음을 삼켜내는 것밖에 할 수가 없다.

그래서 당신 앞의 나는 늘 무능력하다.

"공작 부인은 처벌받아 마땅한 행위를 저질렀습니다."

케이스네스 백작의 말에 주군은 당신을 변호할 의지는 조금도 보이지 않고 가만히 고개를 끄덕인다. 모든 노력을 망가뜨릴 수도 있었던 사안인 만큼 쉽게 생각해서는 안 된다는 사실을 알고 있으나 괜히 서운한 마음이 든다.

나를 선택했다면 무슨 일이 있어도 당신을 저버리지 않았을 텐데, 주군은 당신에게 귀중한 선택을 받았음에도 당신의 존재를 가벼이 생각하는 것 같다. 이런 생각 자체가 우습지만 생각하면 억울하고 답답하다. 한심하게도.

"하나 일을 도우려 노력한 건 사실이니 상벌을 동시에 내려야겠지."

"무슨 말씀이십니까?"

"그녀를 황비로 맞이할 생각이야."

"폐하!"

내가 멍하니 주군을 바라보는 동안 케이스네스 백작이 주군을 크게 부른다. 반응을 예상하고 있었던 듯 주군은 예의 그 무심한 표정이다.

"스칼렛은 판델의 주술사 가문에서 난 챈들러 남작의 사생아야. 마법에 예민하게 반응하기에 사람을 심어 알아냈지. 마법의 피와 주술의 피가 섞인 아이가 나타난다면 내부 세력은 물론 외부를 견제하는 데도 크게 도움이 될 거야. 그냥 놓칠 수는 없지."

"이혼 신청을 했다고는 하나 이미 한 번 결혼한 여자입니다. 게다가 사생아라면 더욱 안 됩니다. 하자가 있는 사람이 어찌 테베의 어머니가 될 수 있단 말입니까?"

"포장만 그럴 듯하게 하면 돼. 감히 누가 반기를 들 수 있을까."

주군의 말이 내 마음을 아프게 한다. 당신이 또다시 누군가와 결혼하게 된다는 사실을 떠나서 이용을 당할 수밖에 없는 상황이 되었음이 화가 나고 속상하다. 돕고 싶지만 원하지 않을 당신을 알기에 자리만 지키고 있을 뿐이다. 당신이 한 번이라도 돌아봐 주길 바라며.

며칠 전, 당신은 내가 보는 앞에서 주군의 키스를 받아들였다. 하지만 표정은 좋지 않았다. 나는 당신의 방 앞을 지키며 당신의 울음소리를 밤새 들었다. 금방이라도 문을 열고 들어가 위로하고 싶었으나 내 존재가 당신을 더 비참하게 하리라는 사실을 알았기에 그조차 할 수 없었다. 이루 말할 수 없을 정도로 비참한 시간이었다.

그런데 오늘, 상황이 더 나빠진 모양이다. 당신의 방으로 찾아간 주군은 무척이나 험악한 표정으로 문을 열고 나왔다. 평소 표정 관리에 능숙한 주군이기에 방 안에서의 상황이 더욱 궁금하고, 또 당신이 더욱 걱정될 수밖에 없다.

"에드먼드."

"예, 폐하."

"호위에 신경 써. 혹시라도, 만에 하나 혹시라도 자살할 낌새가 보인다면……."

자살이라는 말에 신경이 곤두선다. 늘 대범했던 주군조차 그 단어를 입에 담는 게 거슬리는 듯 인상을 찌푸리다 결국 말을 완성하지 못한다.

"됐어. 어쨌든 이곳을 지켜."

주군이 떠나고, 나는 며칠 전처럼 당신의 방 앞에 남는다. 주군이 남긴 불길한 말 때문일까, 나는 당신의 방 안이 쥐죽은 듯 조용한 게 너무나도 두렵다. 한참을 고민하던 나는 결국 참지 못하고 방문을 두드린다.

결코 작지 않은 소리임에도 아무런 반응이 없다. 재차 방문을 두드리던 나는 참지 못하고 문을 벌컥 열어 젖혔다. 당신은 얼룩진 알

몸으로 위태롭게 누워 있었다. 눈물에 흠뻑 젖은 얼굴을 닦아내지도 못한 채로.

"다행…… 입니다."

"에드먼드."

"목숨이라도 끊었을까 두려웠습니다."

상처 난 몸도, 일그러진 표정도 괜찮다고 말하기에는 참혹하나 당신이 영원히 잠든 모습을 목격한 게 아니라는 사실만으로도 다행스럽게 느껴진다. 어떻게 해야 당신을 도울 수 있을지 고민하던 나는 곧 옷을 꺼내와 당신에게 옷을 입혔다.

그러다 생각지도 못 하게 당신의 늘어진 손가락 끝에 끼워진 풀꽃 반지를 목격했다. 나는 참지 못하고 당신을 안아버렸다. 당신은 섧게 울었다. 그러면서 왜 왔느냐고 힘없는 목소리로 나를 책하고, 또 거부했다.

"함께 떠났으면 합니다. 당신을 위해서, 그리고 나를 위해서."

해서는 안 될 제안이라는 사실을 알지만 이것이야말로 내가 진정으로 원하는 바였다. 하지만 당신은 곧바로 대답하지 않고 쓸쓸히 웃었다.

"고마워요."

또 한 번의 거절이다. 아무리 거부가 잦다 해도 마음이 쉽게 단련되는 건 아니기에 지금도 당신의 말이 내게 아프기만 하다. 부르는 것조차 가슴 시린 당신의 이름을 간절히 불러 보아도 뜻은 단호하다.

"달아날 수가 없어요. 아무것도 끝난 게 없으니까요."

"당신의 힘으로는 아무것도 끝낼 수 없습니다."

그럼에도 끝내 당신을 설득할 수는 없었다. 당신은 우리의 앞에 놓인 상황, 그리고 내 입지 등 타당한 이유를 들었다. 머리로는 이해했다. 가슴으로는 공감할 수 없어도. 그래서 구차해 보일 것임을 알면서도 한마디를 더 뱉었다.

"이미 모든 것을 버리려고 각오했습니다."

"전 아니에요."

서늘하게 대꾸하는 당신이지만 눈가에는 물기가 어려 있다. 나는 그 눈물의 의미를 알지 못해 아무 말도 할 수가 없었다. 당신은 끝내 눈물을 떨어뜨리며 미소 지었다.

"그러니 조심히 가요."

부탁조의 말을 차마 거부할 수가 없었다. 이번에도 이 어두운 방 안에 당신을 홀로 남겨두는 멍청한 짓을 저지르는 것 역시 그런 이유다. 내 무력감을 여실히 느끼면서도.

당신은 있지도 않은 죄를 고하며 날 선 시선을 감당해야 했다. 나는 주군의 명령을 받고 나서야 그런 당신을 부축해 사람들의 시선으로부터 보호할 수 있었다. 힘 빠진 걸음걸이는 위태로웠지만 모든 게 끝났다는 듯 숨소리는 평온했다.

아, 당신이 남았다고 말했던 끝이 이런 거였나. 결국 당신이라는 존재만을 그리고 또 그리는 나를 내버려 두고 삶을 포기하는 게 당신의 종착지였나?

차오르는 실망감과 원망을 억누르려 해봐도 소용이 없었다. 나는 결국 울분을 터뜨리며 당신을 책망한다.

"제가 당신께 모든 것을 버릴 각오가 되어 있다 말했을 때 스칼렛, 당신은 아니라 하지 않았습니까? 그 말을 믿어 참았습니다. 최소한 극단적인 선택은 하지 않을 것 같아서. 그런데 어떻게 당신이 나를 이런 식으로 배신합니까."

당신은 내게 듣는 귀가 많다 말했고, 나 역시 목소리가 높아졌음을 알았지만 더 이상은 참고 싶지 않았다. 지금 이 순간 가장 중요한 건 내가 당신을 영영 잃을지도 모르게 되었다는 사실인데 어떻게 내가 이성을 차릴 수 있을까.

"결국 제 선택이에요. 어쩌면 축복받은 건지도 몰라요. 제 손으로 마지막을 결정할 수 있잖아요."

그 말에 나는 줄곧 참아왔던 분노를 폭발시킬 수밖에 없었다. 스스로를 귀히 여길 줄 모르는 당신이 지금 이 순간만큼은 너무나도 밉다. 그런 태도는 당신을 누구보다 소중하고 애틋하게 생각하는 나까지도 기만하는 행위임을 모르는 것인가.

"사람이 어떻게…… 어떻게 이렇게 잔인합니까!"

당신은 눈을 크게 뜨고 나를 올려다본다. 평소였다면 놀란 당신을 발견한 그 즉시 흥분을 자제했을 터다. 그러나 지금은 나 자신을 제어할 수가 없다.

"어떻게 내 앞에서 그런 말을 합니까? 왜 항상 나를 배제시킵니까, 왜! 다 버리겠다고, 당신 하나면 된다고 몇 번을 내가……."

나는 늘 당신을 도우려 했고, 당신이 원한다면 얼마든지 손을 내밀 수 있었다. 당신이 나를 원했다면 너무나도 행복했겠지만 내 마음을 이유로 당신에게 강요를 할 생각은 없었다. 아무리 단념하려 해봐도 당신을 포기할 수 없었듯, 사람의 감정이 마음먹은 대로 조절할 수 없다는 사실을 알았기 때문이다.

결국 단 한 번도 대가를 바란 적은 없었다. 당신에게 바라는 게 있었다면 스스로를 좀 더 소중히 여기는 것과 좀 더 많이 웃는 것밖에 없었다. 그게 내가 감히 바라서는 안 될 과분한 것이라고는 생각지 않았다.

그러나 당신은 그 모든 것을 무너뜨렸다. 나를 단 한 번도 믿은 적이 없었으며 나를 단 한 번도 의지하려 한 적이 없었다. 이 실망감조차 결국 내 기대에서 기인한 것인지도 모르나 지금은 거기까지 고려할 만한 정신이 없다.

이 극심한 탈력감이 나를 아찔하게 한다.

"차라리 죽음으로써 벗어나는 게 낫다고 생각했으니까요."

단 한 번만, 당신을 지극히도 자기중심적으로 사고하는 이기적인 인간이라 폄하하겠다. 그러지 않고서야 지금 내뱉은 말을 받아들이려는 노력조차 할 수가 없다.

"그동안은 무슨 일이 있어도 악착같이 이겨내야겠다고 생각했는데 이번에는 정말 죽고 싶었어요. 닥친 상황이 살 의지를 잃게 했어요. 숨을 쉬고 있기는 한데, 살 이유는 없더라고요."

하지만 뒤이은 말에 또 한 번 당신을 동정하고야 만다. 당신이 의지를 상실한 이유를 이해하기 때문이다. 나는 당신이 늘 제약으로부터 벗어나고 싶어 했음을 안다. 남들과 다르지 않은 듯 사람들 사이에 평범하게 섞여 있어도 당신은 자유롭고 창의적인 생각과 행동을 할 때마다 생기로 반짝였다.

스스로 상황을 타개하기 위해 노력해 왔던 당신이기에 주군의 행동은 더더욱 벗어날 수 없는 덫처럼 여겨져 당신의 목을 죄었을 것이다. 함께 도망가자 말한 게 그래서였다. 나는 나와 함께하지 않고 스스로의 파멸을 택한 당신이 이 순간 더욱 가혹하게 여겨진다.

그렇게 깨닫는다. 나 역시도 이 순간, 지독하게 자기중심적인 사람이라고.

"왜 제게 도움을 청하지 않습니까, 그리고 왜……."

"왜 당신에게 도움을 청해야 했나요?"

말문이 막혀 버렸다. 그러고 보면 우리는 정말 아무 사이가 아니었다. 언제나 내가 쫓고, 당신이 달아나며 아슬아슬하게 유지해 왔던 관계일 뿐. 게다가 일이 시작되기 전 당신은 내게 완전한 이별까지 고하지 않았나.

당신에게 아무런 설명을 할 수 없는 나 자신이 너무나도 초라하게 여겨진다. 당신은 그런 나를 내버려 둔 채 돌아서 버린다. 나는 한참 뒤에야 겨우 한마디를 뱉을 수 있었다.

"그때, 반지는 왜 끼고 있었던 겁니까."

"선물 받았으니까요."

지나치게 간결한 대답에 나는 아파한다. 내게 선물 받았기에 벗어버릴 수가 없었노라고 대답하는 당신의 모습을 멋대로 상상하며 더 극심한 비참함을 느낀다.

당신은 내게 독이다. 그러나 동시에 감당키 어려운 축복이다.

당신은 전 재산을 몰수당했고 테베에서의 추방을 명령받았다. 그날 이후 차마 당신을 볼 수가 없었던 나는 동료들로부터 당신이 드디어 웃었다는 이야기를 전해 들었다. 사람들은 웃음을 보인 당신을 미쳤다고 손가락질했지만 나는 당신이 그렇게라도 안정을 찾을 수 있게 되었음이 기뻤다.

그래, 그저 기뻐하고 끝내려 했다. 당신이 나를 원하지도, 내게 의지하는 것을 원하지도 않는다는 사실을 너무나도 여실히 깨달아버렸기 때문이다. 하나 사랑이 내 이성을 배반케 했다.

안 된다는 사실을 알면서도, 이번에도 거절당하게 되리라는 사실을 알면서도 나는 쫓겨나는 당신을 기다렸다. 그나마 나를 위로했던 건 이번이 정말 마지막이라는 사실이었다. 앞으로는 원한다 해도 당신을 다시 볼 수가 없을 테니까.

"스칼렛."

멀리서 걸어오는 당신은 그동안 당신을 감싸고 있었던 세상의 짐을 이제야 한 겹씩 벗어 나가는 것처럼 힘겨워 보였다. 눈물 번진 얼굴은 처연하고도 아름다웠지만 나는 그에 감탄하고 있을 수 없었다.

"스칼렛."

처음에는 내 부름을 듣지 못한 것 같던 당신이나 이번에는 확실하게 들었는지 당신은 눈물을 닦아낸 뒤 고개를 들었다. 그리고 당신의 입에서 듣고 싶었던 내 이름을 드디어 불러주었다.

"……에드먼드?"

하지만 마냥 좋아할 수가 없었다. 얼굴에 떠오른 건 절망과 상실이었기 때문이다. 나는 당신은 창피하다 여겨질 법한 모습을 내 앞에서 보이는 걸 극도로 싫어했음을 그제야 상기했다. 배려를 하지 못했음에 미안해졌지만 나는 결국 당신에게 말을 건넸다.

"당신을 기다리고 있었습니다."

내 말은 당신에게 조금도 반갑지 않은 것 같았다. 나는 당신을 위해 자리를 옮겼으나 대화 장소의 변경이 이 상황에 긍정적인 영향을 끼치지는 못한 것 같았다.

"모든 걸 버릴 생각입니다."

"뭐라고요?"

"아무 생각 없이 당신을 따라다닌 게 아닙니다. 과거의 노력이 소용없어진다고 해도, 누릴 수 있는 현재와 미래를 포기해야 한다고 해도 전혀 거리낌이 없을 만큼 당신이 귀중합니다."

있는 그대로의 진심이었다. 당신을 설득하기 위해 미사여구를 붙이지도, 당신에게 부담을 주지 않기 위해 생략하지도 않았다. 스스로가 초라하고 보잘것없는 존재라 주장하는 당신이지만 나에게는 당신이 이렇게나 중한 사람임을 말하고 싶었다. 같은 주장을 표현만 달리 하는 것뿐이라고 해도.

"당신은 루이스가의 하나뿐인 후계자예요. 얼마 지나지 않아 작위를 잇게 될 거고 아름답고 정숙한 여인을 아내로 맞이할 수 있을 거예요. 하지만 당신이 미래를 포기하는 순간 처지가 어떻게 되는 줄 알긴 해요?"

당신은 울음을 참아내는 것 같았다. 그러나 곧 이곳에 우리 둘뿐이라는 사실을 알았는지 제약 없이 내게 소리쳤다.

"전 아무것도 가진 게 없어요. 게다가 어디로 가야 할지, 앞으로 무엇을 해야 할지도 정한 게 없고요. 모르겠어요? 전 정말 아무것도 없는 빈털터리라고요! 제가 당신의 앞에서 이런 말까지 해야 하나요?"

"스칼렛."

"당신에게 줄 것도 없고 당신이 저와 함께하기로 선택한 일을 후회하게 되는 것을 볼 자신도 없어요."

나는 흐르는 눈물을 닦아주고 싶었다. 하지만 그전에 당신에게 하고 싶은 말이 있었다. 만약 당신과 함께하는 미래가 불행하다면 그 책임은 내게 있다. 책임을 당신에게 미루는 비겁한 행동은 생각조차 해보지 않았다. 지금의 당신이 불안할 수 있음을 알기에 나는 설득을 위해 다시 한 번 입을 열었다.

"후회하지 않을 거고 원망한 일도 없을 겁니다. 당신이 부족하다면 제가 채우면 됩니다. 그리고 한 사람보다는 두 사람이 함께 고민해서 결정하는 게 낫지 않습니까?"

"배울 만큼 배우신 분이 이상적인 말만 골라 하시네요."

당신은 대단히 냉소적이었다.

"사랑이면…… 그거면 안 됩니까?"

"사랑으로는 아무것도 해결할 수 없어요. 세상은 그렇게 녹록치가 않으니까요."

"다시 한 번만 생각해 줄 수는 없습니까?"

당신도 이게 내 마지막 애원이라는 사실을 알아차렸는지 표정이 굳어졌다. 아직 어떤 말을 하지 않았음에도 나는 당신이 날 거절할 것임을 확신한다.

"미안해요."

이제는 눈빛만 봐도 알 정도로 당신에 대한 이해도가 깊어졌기 때문이다. 애석한 건 그건 나의 사정일 뿐, 당신의 결정에 그 어떤 영향도 미치지 않는다는 거였다.

사실 당신의 거절이 이전과 같은 상처를 입히지는 못 했다. 양심, 염치, 평판을 중요하게 생각하는 당신을 잘 알아 결국 또다시 거절당할 것을 예상했기 때문이다. 알고 있었음에도 찾아온 건 후회를 남기지 않겠다는 이기심의 발로다.

힘들어할 당신을 더 힘들게 해서, 죄책감이 당신의 발목을 잡게 해서 미안하다. 이제는 당신이 정말 훨훨 날아갈 수 있도록 앞만 보고 달려왔던 이 마음, 고이 접어 간직하겠다.

미안해할 사람은 당신이 아니라 나다. 그러니 나는 더 이상 당신을 보지 않겠다.

"알았습니다."

의연한 목소리를 내지 못할까 두려워 잠시 숨을 가다듬었다. 다행히 당신은 미어지는 내 마음을 알아차리지 못한 것 같았다.

"인정해야겠지요. 당신이 내 도움을 필요로 하지 않는다는 사실을, 나를 사랑하지 않는다는 사실을……."

"에드먼드."

"아마 스칼렛, 당신은 한순간도 꿈꾸는 미래에 저를 그려놓은 적이 없었을 겁니다."

그동안 줄곧 하고 싶었던 말로 당신과의 마지막을 장식한다. 끝을 선택할 수 있다는 당신의 말은 나를 분노하게 했었지만 지금 이 순간만큼은 아주 조금, 그 마음이 어떤 건지 알 수 있을 법도 하다.

"그렇지만 사랑합니다."

마지막으로, 나는 당신을 눈에 담는다. 늘 그랬듯 어여쁜 사람이다. 당신이 이 모습 그대로 내 기억 속에 남을 수 있음을 다행이라 여겨야 할지도 모른다고 생각하며, 나는 사랑에 실패해 아파하는 자신을 위로한다.

"그리고 사랑했습니다."

아프기만 했던 사랑이지만 배려해서 놓는 것 역시 사랑이다. 나는 여기까지의 당신만을 담아내고 끝내겠다.

"다만 앞으로는 당신을 사랑하지 않겠습니다."

웃는다. 가슴은 미련과 고통으로 점철되어 있으나 이렇게 웃는 얼굴로 단 한 번도 나를 필요로 하지 않았던 당신을 보내주고 싶다. 내가 아파도 늘 가시밭길만 걸었던 당신의 남은 길만큼은 편할 수 있도록.

"당신을 함께했던 모든 시간을, 늘 값지고 행복하다 여겼습니다."

이건 한 점의 거짓 섞이지 않은 진심이다. 나는 함께한 시간 속에서 늘 최선을 다했다. 단지 그것이 당신과 나를 구제하지 못했을 뿐. 이별의 안타까움에, 나는 허락을 구하지 않고 숨결을 취하는 행위가 얼마나 비신사적인지 알면서도 항상 달콤했던 입술을 탐했다.

"미안합니다. 내가 여기까지라서."

"아뇨, 난……."

"행복하십시오, 스칼렛. 제가 드디어 당신을 보내드리는 겁니다."

비록 당신을 잃은 내가 빈껍데기로 살아가게 될지라도.

아무 일도 없던 것처럼 일상으로 돌아갔다. 아니, 돌아간 척했다. 최선을 다했으니 됐다고 자위해 봐도 당신을 다시는 볼 수 없게 되었다는 사실은 상기할 때마다 나를 괴롭게 했다. 물론 그 누구에게도 내색하지는 않았다. 나는 외로운 아픔을 겪는 것을 택했다.

"오라버니, 잠시 대화 좀 할 수 있을까요?"

내가 여러 일로 바쁘다는 사실을 아는 아멜리는 중요한 일이 아니면 나에게 따로 만남을 청하지 않았다. 그래서인지 굳어 있는 여동생의 얼굴이 더욱 신경 쓰였다.

"물론이지. 무슨 일이냐?"

"……소문을 들었어요. 전 헌팅턴 공작 부인의 출궁 길에 만나셨다는."

아멜리는 명예와 평판을 중시했다. 어쩌면 당신이 내 여동생과 어울렸던 건 그런 공통점을 가지고 있었기 때문인지도 모른다. 나는 잠시 당신에 대한 생각에 빠졌다 곧 정신을 차리고 고개를 끄덕였다.

"그랬지."

"부디 중심을 잘 잡아주세요."

"무슨 뜻이냐?"

"귀족들이 폐하와 가깝게 지내는 우리 가문을 경계하고 있어요. 조금만 지나면 안팎으로 공격이 들어올 거예요. 품격 있는 가문의 정숙한 영애와 결혼해 안정을 꾀하는 게 좋지 않을까 싶어요. 어차피 그녀는 떠났잖아요. 하지만 오라버니는, 그리고 우리 가문은 이곳에 남아 있어요."

어린 여동생은 멀리 떠났던 사이 돌아가는 상황을 파악하고 확실한 타개책을 찾을 만큼 성장했다. 나는 아멜리가 무슨 말을 하려는 건지 확실히 알아들었다. 그간 질책하지 않았을 뿐, 내 행동들이 가문에 해가 되었다는 사실을 주지시키려는 거였다.

틀린 말이 아니었기에 나는 고개를 끄덕였다. 내 이성을 잃게 하던 당신은 이제 완전히 떠났다. 그리고 나는 여기에 남아 나를 믿어 주는 사람들을 위해 자리를 지켜야 하는 게 맞다. 실연의 아픔을 치유하지는 못 했으나 계속해서 매여 있을 수는 없다.

"결혼은 아직 생각이 없지만 네 말이 무슨 뜻인지는 알겠다. 실망시키지 않으마."

"믿어요, 오라버니."

그러나 다짐은 사흘도 못 가 흔들릴 수밖에 없었다. 나를 찾아왔다는 거지 여인은 당신이었다. 창밖으로 비치는 모습은 멀리서 봐도 안쓰러웠고 상당히, 절박해 보였다.

당신이 수도를 떠났다는 사실을 들었고 그게 끝이라 여겼다. 그런데 지금 수도에 있다는 건 국경까지 갔다 다시 돌아왔다는 뜻일 터다. 내게 무슨 말을 할는지 확신할 수 없지만 가슴은 뛴다. 그러나 우리의 관계는 정리되었고 이제, 정말 정리되어야만 한다.

"요청을 정중하게 거절한다고 전해. 그리고 곧 쓰러질 것 같아 보이는군. 저택 앞에서 쓰러지면 어쩔 수 없이 들여야 할 테니 잘 말해서 돌려보내도록 해."

"알겠습니다, 공자님."

이미 끝난 일이다. 게다가 더 이상 나를 믿는 사람들의 기대를 외면할 수가 없었다. 소중한 이들의 실망과 질책까지도 각오하며 당신을 원했던 그날은 지나가 버렸다. 당신만이 전부였던 남자는 이제 당신의 바람대로 사라졌다. 나는 이제 성실한 가문의 후계자이자 충성스러운 신하로 남아야 했다.

그렇지만 이 책임감을 흔들려는 것처럼, 당신은 또다시 나를 찾아왔다. 반복된 거절이었으나 쉽지는 않았다. 앞에 두고 거부할 자신이 없어 돌아가라는 말을 돌려 전했지만 당신은 물러나지 않았다.

왜 이제 와서?

원망이 상처받은 가슴에 싹텄다. 당신의 행동이 조금도 이해되질 않아 머릿속은 더욱 복잡했다. 이만 돌아가 주길 바랐으나 당신은 버텼다. 잠 못 이루는 당신과 함께, 나 역시 저택 안에서 잠을 이루지 못했다.

"한번 만나 보시는 게 좋을 것 같아요."

아멜리의 말에 나는 그제야 고개를 들었다. 당신이 밤새 기다리고 있다는 사실에 정신이 팔려 여동생이 방 안으로 들어왔다는 것조차 모르고 있었다.

"무슨 소리냐?"

"어차피 내일 마주쳐야 하잖아요. 강하게 거절하시리라 믿어요."

"아멜리."

"제 선에서 해결하고 싶어 나갔지만 의지가 강했어요. 오라버니께서 직접 거절하셔야 해요. 오라버니, 더 이상은 안 돼요. 가문의 명예가 달려 있어요."

제대로 끊어내는 모습조차 보이지 못하고 있음이 부끄러웠다. 나는 한숨을 푹 내쉬었다.

"진심이 아닐 거예요. 아쉬운 입장에서 인연을 맺었던 사람 하나하나가 중하게 다가왔겠죠. 우리 가문이 몇 번째일지는 그녀만이 아는 거예요."

아멜리의 말에 동의하지는 않았지만 완전히 끝났다고 생각하고 당신을 보냈기에 그 의사를 전달할 필요는 있다는 생각이 들었다.

나는 당신을 여전히 사랑하고, 이 깊은 마음을 다 정리하지는 못했지만 전과 생각이 같지는 않다. 관계는 끝나야만 한다. 내가 걸어가야 할 길과 당신이 걸어가야 할 길은 분명히 다르다. 이제 그 길을 합치기에는 너무 늦어버렸다.

당신은 수습할 수 없는 지각을 해버렸다.

"에드먼드……."

나는 결국 당신의 얼굴을 마주했다. 기억 속에 마지막으로 남길 바랐던 어여쁜 모습과는 거리가 멀었다. 그렇다 해서 추하게 느껴지지는 않았다. 단지 아파 보여서, 힘들어 보여서 걱정이 되었다. 나는 당신이 내 기억 속에 걱정으로 남길 바라지 않았다.

"무슨 일로 찾아오셨습니까? 떠날 날이 얼마 남지 않은 걸로 알고 있는데 어찌 기다리고 계십니까."

감정을 담지 않으려는 노력에 목소리는 사막의 모래알처럼 건조하고 매캐했다. 당신은 그런 내게 천천히 다가왔다. 걸음걸이에 완전히 힘이 빠져 있는 것 같아 마음이 저렸다.

"드릴 말씀이…… 있어요."

나는 아무 말 하지 않는다. 야속한 당신을 향한 원망을 쏟아낼 것 같아서였다. 미련은 남았다. 하지만 당신이 떠난 사이 나를 믿고 따르는 사람이 너무 많다는 사실을 알아버렸다. 그래, 나는 책임감이라는 것을 알아버렸다.

"이렇게 와서 미안해요. 꼭 말해야 할 것 같아서, 그래서……."

망설이는 듯 말끝을 흐리던 당신은 갑자기 얼굴을 발갛게 붉히더니 자그마한 목소리로 빠르게 말했다.

"당신을 사랑해요."

잘못 들은 거라고 생각했다. 나는 마음에 울타리를 치고 나서야 그 울타리를 부수고 들어오려는 당신을 멍하니 바라본다.

"늘 사랑하고 있었어요. 어려운 상황이 깨달음을 늦게 만들었지만……."

할 말이 없었다. 나는 당신에게 어떤 대답을 주는 것이 현명한 행동일지를 몰라 여전히 멍청하게 바라만 보고 있다.

그 말을 듣게 된다면 행복하리라고 생각했건만 이상하게 지금 당신의 고백을 듣자 가슴이 철렁 내려앉기만 한다. 나는 우리의 시간대가 어긋나 버렸음을 안다. 이전이었다면 끼워 맞추면 되는 거라고 자신했을 테지만 지금은 그런 자신감은 모두 상실되어버린 상태다.

아, 다시 한 번 깨달아버린다. 당신은 수습할 수 없는 지각을 해버렸다.

"스칼렛."

나는 나와 당신에게 필요한 게 재회가 아니라고 생각한다. 차라리 우리에게 필요한 건,

"……저에게는 그날이 마지막이었습니다."

확실한 정리다.

"분명히 말씀드렸습니다. 더 이상 사랑하지 않겠다고, 이제는 보내겠다고, 지워내겠다고."

책망하고 싶지는 않았다. 감정을 고조시키지 않고 차분하게 할 말만을 전달하고 싶었다. 이제야 찾아온 당신이 미웠지만 떠나는 당신의 걸음을 무겁게 하고 싶지 않았기 때문이다.

"기억합니까? 당신이 제게 그러라 말했습니다. 당신은 후련해 보였고 저는 제 깊었던 마음이 당신에게는 털어야 할 짐에 지나지 않았음을 깨닫고 확실하게 정리할 수 있었습니다."

좋은 마지막을 장식했다 생각했건만 이렇게 울컥하는 것을 보니 그 시간이 내게 행복하고 예쁜 시간만은 아니었던 모양이다. 사실 생각해 보면 그럴 법하다. 처음부터 끝까지 내게 통보된 건 거절뿐이었으니까.

내 마음은 더 이상 성치 않다. 당신을 품겠다는 결심을 놓아버린 나는 이제 상처를 두려워하는 겁쟁이에 지나지 않는다.

"많은 말을 하고 싶지 않습니다. 당신에게 같은 상처를 입히는 것으로 위안할 만큼 한심한 작자가 되고 싶지도 않습니다. 그래도 참으로 간절하고도 애틋한 감정이었다고, 그렇게 제 가슴속에 묻을 수 있도록 해주십시오."

"에드먼드, 저는……."

당신은 결국 눈물을 쏟아낸다.

"제가, 제가 다 미안해요. 정말 미안해요. 그냥 말하고 싶었어요. 단 한순간도 당신을 사랑하지 않은 적 없었어요. 단지 어리석어서, 끔찍한 환경을 어떻게든 헤쳐 나가야 해서……. 그래서 알지 못했던 거예요."

"제게 피해를 주고 싶지 않아 했던 당신의 마음은 알고 있습니다."

나는 당신의 어깨에 얹혀 있던 짐을 모르지 않는다. 약자를 외면하지 못했던 당신은 양심적이고 따뜻한 사람이었다.

"당신의 과분한 사랑이 제게 유일한 행복이었어요. 그것만은 말하고 싶었어요. 당신은 제게 짐이 아니었어요. 함께하는 미래를 그려 보지 않은 것도 아니었어요. 단지 당신이 너무 귀하고 아까운 사람이라 감히 말하는 것조차 어려웠던 거예요."

흐르는 눈물을 닦아주고 싶었다. 당신은 모를 것이다. 겉으로는 단호하게 얼굴을 굳히고 있는 나지만 사실 지금이라도 당신의 떨리는 손을 잡고 함께 도망가고 싶다. 가슴에 품은 사랑만을 생각하자면 그러고도 남는다.

하지만 이제는 상상만 해야 하는 처지가 되었다. 아니, 그러한 처지임을 더 이상 외면하지 못하게 되었다. 나는 더 이상 힘든 현실을 어떻게든 헤쳐 나가 보려고 노력하는 열정적인 사람이 아니다.

"미안…… 했어요."

당신은 아무 말 못 하는 내게 사과한다. 사실 당신의 입에서 나오는 사과는 내가 전하고 싶은 말이다.

정말 미안했다. 아무런 도움이 되어주지 못해서, 의지처가 되어주지 못해서, 그리고 용기 내어 찾아왔을 당신을 거부할 수밖에 없는 나약한 겁쟁이일 뿐이라서.

"언제고 변할 수 있다 생각했던 역겨운 감정이 제 가슴이 이렇게 깊게 자리하고 있을 줄 몰랐어요. 떠나고 나서야, 끝나고 나서야 알았어요. 늦게 깨달아 미안해요. 정말 미안해요."

당신은 기다린다 말했고 나는 그런 당신을 내버려 둔 채 돌아섰다. 책임의 대상을 당신에게 돌리고 싶었다. 당신이 수습할 수 없는 지각을 했다며.

그러나 후회는 여전히 내게 남는다.

헌팅턴 공저를 수색하라는 명령을 받았다. 일이 웬만큼 정리된 지금, 전 헌팅턴 공작에게 조금이라도 가담했던 자들을 색출해 내기 위해서였다. 나는 믿을 만한 수하 몇을 데리고 공저로 향했다.

주인이 없어진 공저는 무척이나 어수선했다. 기사들에게 수색할 곳을 각각 지정해 준 나는 전 헌팅턴 공작의 집무실을 확인하기 위해 2층으로 올라왔다. 그의 침실과 집무실은 문이 활짝 열린 채 먼저 올려 보냈던 수하들에 의해 수색되고 있었다.

주변을 둘러보던 내 눈에 당신의 방이 들어온다. 한참 고민하던 나는 결국 손을 뻗어 문손잡이를 잡았다. 달칵 소리와 함께 문이 열렸고, 초가을 같지 않은 냉기가 방 안에서 흘러나왔다.

방 안은 누군가 뒤진 것처럼 몹시 지저분했다. 서랍은 모두 휑하니 비어 있었고 열린 보석함 역시 모두 도둑맞았는지 텅텅 비어 있었다. 나는 당신이 사용했던 방을 천천히 둘러보며 당신을 느끼려 한다. 어디선가 당신에게 나선 좋은 향이 나는 것 같기도 하다. 그러나 무척이나 희미했다.

아, 나는 이제야 깨달았다. 당신은 이제 볼 수 없는 곳으로 정말 떠나버렸구나.

"단장, 별채 수색을 끝냈습니다."

"집무실 수색을 도와. 그리고 혹 안주인을 보필했던 시중인이 있다면 데리고 와."

"예, 알겠습니다."

잠시 뒤 겁에 질린 시녀 하나가 방 안으로 들어왔다. 그녀는 내게 이름은 노라이며, 당신이 공작가에 온 이후 거의 대부분 당신을 보필했다고 스스로를 소개했다.

"누가 이 방을 뒤진 건가?"

"그게, 주인님, 아니, 그…… 바, 반역자가 공개 재판을 받았던 날 황궁에서 조사단이 나와서……. 하지만 보석은 원래 저택에서 일하던 시종, 시녀들이 들고 도망쳤어요."

반역죄로 몰린 가문의 시중인들이 금품을 훔쳐 달아나는 일은 그리 드물지 않았다. 나름대로 잘 관리되고 있었던 헌팅턴 공저 역시 크게 다르지는 않았던 모양이다.

당신의 성격상 이렇게 어지럽혀진 방을 썼을 것 같지는 않다. 이불은 정갈하게 개켜 놓고 책과 서류는 가지런하게 정리해 두었을 것이며 지금은 박살이 난 화장대와 보석함 역시 보기 좋게 모아 두었을 것이다.

자꾸만 당신의 생각이 나서 견디기가 힘들었다. 나는 밖에 나가려다 발아래 떨어진 누런 편지 봉투를 발견했다. 그 봉투의 가장자리는 거멓게 타 있었다. 나는 이 편지의 발신인이 누구인지 알 것 같았다.

"아!"

외마디 탄성에 고개를 돌린다. 시녀는 저도 놀란 듯 황급히 입을 막았다 설명을 요하는 눈빛에 덜덜 떨며 입을 연다.

"그, 그게 거기 있었나 싶어서요. 물론 중요한 건 아닐 거예요. 단지 마님께서 다치셨던 기억이 나서요."

"무슨 뜻인가?"

"마, 마님께서는 챈들러가에서 오는 편지를 싫어하셔서 편지가 오는 족족 벽난로에 태우셨어요. 그런데 그 사이에 기사님이 쥐고 계신 그 편지가 함께 섞여 버렸어요. 중요한 편지였던지 맨손으로 꺼내셨거든요. 그래서 주치의에게 급히 연락했었는데……."

더 들을 필요는 없었다. 내가 손을 젓자 시녀는 다행이라는 듯 빠르게 방을 벗어났다. 문 닫히는 소리가 들리자 나는 얼른 편지 봉투를 뒤집었다. 예상했듯 적혀 있는 이름은 내 것이다. 이 편지는 당신에게 보낸 것 중 답장을 받지 못했던 수많은 편지 중 하나인 거다.

더 이상 당신과 관련한 일을 궁금해하지 않겠다고 결심했건만 의지는 이렇게나 약하다. 나는 한숨을 쉬며 편지를 열어 보았다.

스칼렛.
그저 당신이 피어나는 봄꽃을 즐길 여유를 찾길 바랄 뿐입니다.
부담 가질 말은 하지 않겠습니다.

에드먼드 루이스.

나 역시 당신이 그런 여유를 찾았으면 좋겠어요……

눈물로 얼룩진 편지에는 당신이 처음 떠나기 전까지는 전달한 적 없었던 마음이 수놓아져 있었다. 숨기고 숨겼을 그 조심스러운 마음은 당신이 떠난 후 생각지도 못 한 곳에서 이렇게 발견된다.

이 순간 나는 당신의 부재를 받아들일 수도, 견딜 수도 없다고 생각하게 된다.

당신의 지각이 수습될 수 없었던 건 내가 더 이상 당신을 받아들이지 않겠노라고 가시덤불로 만든 울타리를 쳐놓았기 때문이다. 당신의 지각도, 우리의 어긋난 시간도 충분히 맞춰질 수 있었다. 사랑은 두 사람에 의해 완성되고 이별은 한 사람에 의해 충분해지기에 나는 지금, 내가 멀리한 당신을 잡기 위해 떠나지 않을 수 없다.

나는 편지를 품 안에 쑤셔 넣고 문을 박차고 뛰어나왔다.

"단장!"

"수색을 마치면 철수하고 세인트 경에게 경과를 보고하라. 급한 용무가 있어 자리를 비운다."

무슨 말을 하고 있는지, 단장으로서 수하들에게 제대로 된 지시를 내렸는지 확신할 수 없었다. 이 순간 내가 사고할 수 있는 건 말을 찾아 당신을 쫓는 것만이 전부였다. 심장이 거세게 뛰었다. 박동 소리가 내게 온전하게 들릴 정도로.

오늘 아침 당신을 떠나 보낸 나를 원망할 틈도, 당신을 향해 내뱉은 독설을 반성할 잠시의 시간도 없이 나는 쉬지 않고 달렸다.

하지만 그렇게 도착했을 때는 이미 국경의 철문은 닫혀 있었다.

"오늘 업무는 끝났습니다."

"하나만 확인해 주시오. 스칼렛 챈들러, 다홍색 머리에 에메랄드색 눈, 미인형이오. 늘씬하고 키도 크고……."

"아, 그 여자 말입니까? 한참 떠나지도 못 하더니 마지못해 가더군요. 10분만 일찍 도착했다면 만날 수 있었을……."

나는 담당자의 말이 끝나기도 전 닫힌 철문으로 미친 사람처럼 뛰어들었다. 담당자가 놀라 내 팔을 잡고 막았다.

"뭐 하시는 겁니까!"

"내일 정식으로 서류를 만들겠소. 나는 지금 그녀를 꼭……."

횡설수설 말을 이어나가던 나는 결국 다 잇지 못하고 입을 닫는다. 국경을 통과하는 일이 그리 간단하지 않음은 누구보다 내가 더 잘 안다. 몸에 힘이 빠지자 나를 이상하게 여긴 담당자가 팔을 잡고 멀찍이 끌어냈다.

"누구나 급한 사정이 있겠지만 황제 폐하께서 오셔도 서류가 없으면 불가능합니다. 업무 시간도 끝났으니 내일 다시 오십시오."

돌아설 수밖에 없었다. 이미 단념했다고 과신했으나 단 한순간도 미련을 놓아버린 적이 없었다. 편지 한 장에 흔들릴 마음이었던 게 아니라 억지로 동여맨 끈이 잠시 느슨해진 순간 완전히 풀려 버린 거였다.

당신을 거부한 건 비겁한 복수였는지도 모른다. 정말 마음이 없었다면 당신이 발목을 붙잡고 늘어졌다고 해도 대화를 나누지 않았을 것이다. 어리석은 행동의 연속이 후회스러워 울컥 쓴 울음이 터져 나왔다.

아무리 노력해도 당신과는 이어질 수가 없었던 것인가.

우리는 정말 인연이 아니었던 건가.

이 상황이 너무나도 끔찍해 나는 무릎을 꿇고 넘어진 채 설운 울음을 끅끅거리며 토해낸다. 아, 나는 어떻게 간절했던 당신을 그렇게 놓아버릴 수가 있었나…….

3년, 짧다면 짧은 시간이나 또 길다면 긴 시간이다.

떠나는 나를 축복하는 사람도 있었고 끝까지 용서하지 못하는 사람도 있었지만 개의치 않으며 신경 쓸 여력조차 없다. 나의 3년은 오로지 멀어져 버린 당신을 찾는 데 소비했고 결국 오늘, 당신을 만나기 위해 모든 것을 놓고 이 나라를 떠난다.

부모님 사이에서 늦둥이 동생이 태어났고 아멜리는 주군과 결혼해 황비가 되었다. 나의 부재가 가문에 위협이 되지 않으리라는 확신이 든 뒤 나는 당신을 놓게 만든 책임감을 한쪽에 밀어두고 당신을 찾을 방법을 고민했다.

이곳에서는 당신이 바하카덴에 거주하고 있다는 정보 외에는 확인할 수 있는 게 없었다. 물론 불안했다. 어떻게 지내는지, 누굴 만나는지, 무슨 일을 하는지 내가 알 수 있는 게 정말이지 아무것도 없었으니까.

그러나 어떤 결과든 감당할 것을 각오했기에 나는 떠난다. 바라는 건 단 하나다. 당신을 찾아 떠나는 이 여정이 그리 길지 않았으면 하는 것.

어느 한쪽도 개운하게 놓지 못했기에 우리는 끝나지도, 끊어지지도 않았다. 나는 완벽한 끝을 맺기 위해 당신을 찾는다. 이 결말이 행복한 함께든, 아니면 서로를 축복하는 완전한 이별이든 담담히 맞이할 테지만 놓지 못한 욕심에 사실은 우리의 끝이 전자이길 간절히 소망하고 있다.

당신은 어디에 있을까. 날 기억이나 할까.

당신의 곤돌라 사업은 디시마드 상단과 밀접한 관련이 있었다. 나는 국정으로 바쁜 군주를 대리하여 곤돌라 사업을 인수하면서 상단의 테베 지부장을 여러 차례 만나야 했다. 지부장이 한 번 바뀐 탓에 그는 당신에 대해서는 잘 몰랐다.

하나 나는 그를 통해 당신이 바하카덴에 거주하고 있다는 사실을 알게 되었다. 그렇게라도 당신의 소식을 접할 수 있어 다행이라 생각했다. 최소한 어디에서 살고 있다는 건 당신의 생사 여부를 걱정할 필요는 없다는 뜻이었으니까.

당신을 찾기 전 임시로라도 거주할 주택을 마련하기 위해 나는 미리 소개를 받았던 디시마드 상단으로 향했다.

가는 길의 기분이 이상했다. 늘 들리던 테베어가 아닌 판델어를 쓰는 사람들 속에서 기본적인 회화조차 제대로 할 줄 모르면서 당신을 찾겠다고 무작정 이곳으로 왔다. 실패라는 것은 염두조차 해두지 않고 무작정 돌진한 것이다. 당신을 한창 원했던 때가 생각이 났다. 시간이 지났으나 당신을 생각하면 무모해지는 건 지금도 고쳐지지 않는 듯하다.

판델에서 판델어를 쓰고 판델의 전통 복장을 입고 있을 당신이 궁금하다. 당신은 3년 사이 얼마나 많은 게 변했을까. 나는 떨어져 있는 동안 허공으로 날아가 버린 시간이 궁금해, 아직 당신을 찾지 못했음에도 조급한 마음으로 당신을 그린다.

"아, 에드먼드 루이스 씨?"

"그렇습니다."

"모시겠습니다. 차는 어떤 것으로 가져다 드릴까요?"

"됐습니다."

"예, 바로 담당자를 부르겠습니다."

응접실에 도착한 나는 가만히 앉아 담당자를 기다린다. 경력이 5년이 넘은 유능한 담당자라 들었으니 사실상 내가 할 건 없을 터다. 그럼에도 뭔가 이상하게 초조하다. 마치 곧 당신을 만나기라도 할 것처럼.

나는 마른입을 혀로 축이며 주변을 두리번거린다. 이곳은 건물 양식뿐만 아니라 가구의 디자인까지 테베와는 완전히 다르다. 당신이 다른 문화의 여유를 누리며 지내기를 간절히 바라지만 사실, 확신할 수는 없다.

똑똑.

노크 소리에 나는 고개를 들었다. 문이 열리고 다홍색 머리칼의 여인이 방 안으로 들어왔다. 워낙 황급히 허리를 숙인 탓에 얼굴조차 제대로 확인하지 못했지만 그럼에도 나는 굳어버리고 만다.

"안녕하세요, 오늘 주디타 페넬로스 양을 대신해 안내를 진행하게 된 스칼렛 베……."

당신 역시도 마찬가지인 듯하다. 우리는 서로 한참 동안 아무 말도 하지 못한 채 가만히 바라보기만 했다. 나는 지금 이 순간이 꿈인지 생시인지 알지 못한다. 말을 건네야 하는데 당신의 눈에서 눈물이 떨어질 뿐 내 입은 떨어질 생각을 하지 않는다.

나는 한참이 지나고 나서야 겨우 입을 열 수 있었다.

"늦어서 미안합니다."

"왜, 왜⋯⋯."

이곳에서 만나리라고는 조금도 생각지 못했지만 다시 만난다면 그 말을 하고 싶었다. 내가 많이 늦어서 미안하다고. 혹, 나를 기다렸느냐고. 하지만 당신에게 묻지는 않는다. 나는 다시 당하게 될 거절이 두려워 내 이야기만 늘어놓는 얼간이다.

"제가 당신을 가슴에 묻지 못했습니다."

이 와중에 손끝에 닿는 당신의 머리칼이 부드럽다. 나는 당신을 달래기 위해 감히 당신의 몸에 손을 댄 채 토닥인다. 당신은 한참을 흐느낀 후에야 겨우 고개를 들었다.

"⋯⋯정말 온 거예요?"

"여기서 만나게 될 줄은 예상하지 못했지만 당신을 찾으러 이곳에 왔느냐고 묻는다면, 그렇습니다."

우리의 공백은 3년이다. 그러나 확신할 수 있다. 당신과 나는 우리가 이별하던 그 순간에 계속해서 머물러 있었다는 사실을.

재회는 시간의 문제일 뿐, 예정되어 있었다. 사랑은 두 사람에 의해 완성되고 한 사람에 의해 무너진다. 우리는 서로를 놓지 않았으므로 여전히 완성된 사랑을 지닌 채 시간을 보내왔던 것이다. 나는 그를 의심치 않았다.

"많이 돌아왔다는 건 압니다. 당신도, 나도."

갈라진 목소리를 내고 싶지 않았지만 뻐근한 가슴이 멋없게도, 당신 앞에서 눈시울이 붉히게 만든다.

"그래서 만나게 된다면 묻고 싶었습니다."

"……."

"우리, 처음부터 다시 시작하지 않겠습니까?"

구태여 당신의 대답을 확인하지 않아도 된다고 생각했기에 나는 바라왔던 당신을 있는 힘껏 끌어안았다. 내 허리를 감아오는 당신의 손이 부드럽고 따뜻했다.

우리의 결말은 비로소, 이렇게야 완성되었다.

외전 2 그렇게 우리는

깨닫지 않았더라면, 용기 내지 않았더라면 나와 에드먼드는 아직도 만나지 못한 채, 자신에게 무엇이 결여되었는지 알지 못한 채 무의미한 시간을 보내고 있었을 것이다. 그래서일까, 마지막으로 용기를 냈던 내가 자랑스럽고 무모하게 나를 찾아와준 그에게 늘 말로 표현키 어려운 고마움을 느꼈다.

"뭘 그렇게 생각하고 있습니까?"

"그냥 멍하니 있었어요. 가끔 지난 일을 떠올리면서 감성적이게 될 때가 있잖아요. 저한테 지금이 그런가 봐요."

"지난 일이라면……."

"테베에서의 일이요. 그러고 보면 궁금하네요. 에드먼드는 정말 왜 저를 좋아했어요? 저는 당신에게 아무것도 해준 게 없는데……."

에드먼드는 찻잔을 들고 와 내 옆에 앉으며 자연스럽게 허리를 감았다. 그에게 느껴지는 특유의 향이 좋다. 동시에 그 특유의 향을 맡을 수 있음이 행복하게 여겨진다. 서로를 상실했던 시간은 우리가 서로에 대한 소중함을 잃지 않게 했다. 참 감사하게도.

"좋아하는 데 명확한 이유가 있겠습니까?"

"글쎄요. 만약 이유가 있다면 알고 싶어요. 당신이 어떤 부분에서 저를 매력적이라고 느꼈을지가 궁금해서요."

"음……."

그는 고민스러운 듯 눈썹 사이를 찌푸린다. 늘 생각해 왔던 거지만 에드먼드의 저 표정은 특히나 멋있게 느껴진다.

"설명하기 어렵습니다. 그냥 눈에 들어왔고, 그냥 좋아졌고, 그냥 함께 있고 싶었습니다."

"첫 시작이 그리 좋지는 않았잖아요."

"좋지 않았다기보다는 보통 연인들의 시작과 거리가 멀었던 거겠지요. 하지만 이렇게 시작하는 사랑이 있으면 저렇게 시작하는 사랑도 있는 거고, 남들과 다르다고 해서 신경 쓸 필요는 없다고 생각합니다."

재회한 후, 에드먼드는 항상 이런 부분들을 강조하곤 했다. 다르다고 해서 틀린 게 아니며 우리는 우리 나름의 특별하고 소중한 사랑을 하고 있는 거라고.

"어쨌든 그랬습니다. 뭐라 설명하기는 어렵군요. 그러는 스칼렛은 저를 왜 좋아하게 된 겁니까?"

내가 그냥 좋았다는 에드먼드와는 달리, 나는 에드먼드를 좋아하게 된 이유가 너무나도 명확했다. 그래서인지 말하는 건 더욱 부끄러웠다. 나는 그를 올려다보다 피식 미소를 지으며 고개를 저었다.

"말 안 할래요."

"스칼렛."

"왜 그런 표정으로 봐요?"

"당신이 말했던 것처럼 저도 어떤 부분에서 제가 매력적이게 느껴졌을지가 궁금합니다."

좋아하게 된 이유와는 상관없이 단지 매력적인 부분만 꼽아 보라고 해도 열 손가락이 넘게 꼽을 수 있다. 잘생긴 외모는 내게 그리 중요하지 않으니 그렇다 치더라도 몸에 밴 매너나 정중한 말투, 자상한 목소리와 따뜻한 품 등 사실 에드먼드에게서는 매력적이지 않은 부분을 찾는 게 더 어려웠다.

"대답하기 어려워요."

"매력적인 부분이 하나도 없는 겁니까?"

"무슨 말이에요, 그게! 그런 게 아니라 단지……."

"단지?"

"전부 다 저에게는 매력적이라서 그래요. 지금 그 표정이라든지, 웃을 때 올라가는 입꼬리의 높이라든지, 식사 전에 식기를 두 번씩 정리하는 습관이라든지 뭐 그런 사소한 것까지 말이에요."

에드먼드는 심드렁한 표정을 지었다. 내 말을 믿기 어려워하는 것 같았다. 하지만 그는 입장을 바꿔 생각해 보는 방법에 대해 배울 필요가 있다. 그야말로 내 모든 모습을 다 예쁘다고 말했기 때문이다.

며칠 전에는 일을 마치고 데이트를 하던 중 피곤함에 나온 하품이 귀엽다고 몇 번이나 뽀뽀를 했고, 또 얼마 전에는 기지개를 켠

후 뻐근해진 어깨를 돌리는 게 사랑스럽다고 갑자기 키스를 했으며 심지어 어제는 다리가 저려 무릎을 돌리고 있는 모습이 섹시하다면서 침실로 나를…….

"스칼렛은 거짓말쟁이군요."

"그게 무슨 무고한 사람 잡는 소리예요?"

"그런 모습이 매력적일 리 없잖습니까."

"물론 제 옆집에 사는 커틀링거 씨가 지금 에드먼드 같은 표정을 짓고 있거나 식기를 두 번씩 정리하는 습관이 있다고 해서 매력적이게 느껴지진 않았겠죠. 제 말은, 그냥 그 행위를 하는 주체가 당신이라서 매력적이란 뜻이에요."

내 말에 그의 얼굴이 붉게 달아올랐다. 나는 그런 에드먼드를 보며 우리가 테베에 있을 때와 새삼 달라졌다는 생각을 했다. 그때만 해도 나는 이 남자를 밀어내는 데 주력을 다해 왔다. 그리고 에드먼드는 그런 나를 잡기 위해 더욱 적극적으로 행동했다. 하나 판델에서의 우리는 완전히 뒤바뀌어버렸다. 후회하는 일을 또 만들고 싶지 않아 조금 더 솔직하게 행동하게 된 나와 달리 에드먼드는 이제 당황스러움이나 부끄러움을 숨기지 않았다.

"왜요, 또 민망해요?"

"그런 거 아닙니다."

"그런데 왜 말도 못 하고 얼굴만 빨개져 있어요?"

"지금 놀리는 겁니까?"

"아닌 것 같아요?"

짓궂게 구는 나로 인해 에드먼드는 다시 한 번 아무 말도 하지 못하고 있다 갑작스럽게 내 몸을 자신에게로 끌어당겼다. 자주 있는 일이었기에 나는 놀라지 않고 그의 품에 머리를 기댔다. 에드먼드에게서 나는 특유의 허브향이 코끝을 부드럽게 간지럽혔다. 이 냄새를 매일 맡고 싶은 마음에 나는 허브 화분을 집에 세 개나 가져다 놓았다.

"이렇게 예쁘고 사랑스러우면 날더러 어떻게 하란 겁니까."

"예쁘고 사랑스러우면 그렇게 대해 주면 되잖아요."

"……좋은 생각입니다."

평소와는 다른 반응이었다. 나는 그의 가슴팍에 기대고 있던 머리를 올려 에드먼드를 쳐다보았다. 표정이 복잡 미묘해 보였다.

"혹시 무슨 일 있어요? 왜 그런 얼굴이에요, 걱정 되게."

내 물음에 그는 그제야 나를 내려다보았다. 평소와는 달리 그의 보라색 눈동자에 비친 감정이 무엇인지 갈피를 잡을 수가 없었다. 우리는 잠시 아무 말 하지 않고 서로를 바라보기만 했다. 그러다 에드먼드가 말했다.

"스칼렛, 나와 결혼합시다."

귀가 잠시 잘못된 걸까.

순간적으로 이 상황이, 그의 말이 받아들여지지 않았다. 나는 멍한 얼굴로 그를 바라보다 조금 바보처럼 물었다.

"뭐라고요?"

"여유로운 날 설레는 마음으로 만나서 데이트를 하는 것도 더없이 만족스럽지만 아침에 같이 눈을 뜨고 밤에 당신의 온기를 느끼며 잠드는 것도 이제는 욕심이 났습니다."

에드먼드의 얼굴은 더없이 진중했다. 사실 너무 놀란 나머지 그의 말이 귀에 제대로 들리지 않았지만 잔뜩 긴장했을 그를 방해하고 싶지 않았다.

"귀찮아서 아침 식사를 자주 거르는 당신에게 소소하게라도 먹을 것을 챙겨주고 싶고 늦게 퇴근하는 날에는 상단까지 당신을 데리러 가 손을 잡고 우리 둘의 집으로 함께 돌아오고 싶기도 합니다."

"에드먼드……."

결혼을 생각해 보지 않은 건 아니었다. 우리가 다시 만나 연애를 한 지도 이제 1년이 넘어가고 있었으니까. 하지만 이대로도 좋다고 생각했기에, 결혼이라는 게 우리 둘의 관계를 보다 더 정교하게 만들 것 같지는 않았기에 진지하게 고려하지 않았던 것이다.

생각지도 못 한 청혼이 당황스러웠다. 그러나 기쁘지 않은 건 아니었다. 나는 내가 에드먼드의 청혼을 받을 자격이 있음을, 그와 결혼해 행복해질 권리가 있음을 알고 있었다.

눈물이 터져 나왔다. 뜻밖의 감동에 놀라 흐르는 눈물이었다.

"근사한 곳에서 멋지게 청혼하지 못해 미안합니다. 생각해 보지 않은 건 아니었지만 우리가 평소에 데이트하던 곳에서 천천히, 하고 싶은 말을 하는 게 좋을 것 같아서……. 당신이 분위기에 휩쓸려 억지로 청혼을 받아들이는 걸 원하지 않기도 했습니다."

"그 어떤 것보다 근사한 청혼이에요."

잔뜩 목이 메여 겨우 뱉은 대답에 에드먼드가 환하게 미소 지었다. 그날이 생각났다. 나를 드디어 보내주겠다며 겨우 미소를 보이던 그 슬펐던 날이.

다시 만난 이래, 나는 단 한 번도 그 씁쓸한 웃음을 본 적이 없었다. 재회한 이후 우울한 마음이나 우는 얼굴로 집에 돌아간 일은 없었다. 우리의 만남에는 늘 사랑과 행복이 가득했고 웃는 얼굴은 이제 서로에게 너무나도 익숙해져 버렸다. 사소한 것 하나라도 더 주고 싶어 안달하는 관계. 나와 에드먼드는 늘 그랬다.

"하지만 에드먼드, 제가 게으르고 손재주가 없어서 다른 남자들처럼 맛있는 음식을 만들어주는 아내를 얻지는 못 할 거예요."

"음식이야 제가 만들면 됩니다. 전장에서 워낙 굴렀던 터라 웬만한 요리는 다 만들 수 있습니다."

"음, 쉬는 날에는 늘어져 있는 걸 좋아해서 집이 깨끗하지도 못 할 텐데요?"

"피곤한 날에는 당연히 쉬는 게 맞지 않습니까? 그리고 너무 깨끗한 건 정감이 가지 않아 저도 좋아하지 않습니다. 필요하다면 청소는 제가 다 하겠습니다. 생각해 보니 당신이 먼지를 마시며 청소하는 건 싫습니다."

"그렇게 되면 남편보다는 하인으로 취직한 것 같은 기분이 들 것 같은걸요. 그럼 어떻게 해요?"

"그게 질문입니까? 당신의 하인이라면 인생의 영광일 텐데요."

농담 같은 대답이었지만 에드먼드는 실없는 우스갯소리나 하고 있는 게 아니었다. 나는 그의 재치 있는 대답을 들으며 깨달았다.

우리가 서로를 사랑하고 소중히 여기는 마음을 잃지 않는 이상 그 어떤 것도 우리의 사이에 장애가 되지는 않을 것임을.

"그럼 우리…… 결혼해요."

"알고 있습니까?"

"뭘요?"

"그 대답만을 간절히 기다리고 있었습니다."

입술이 빠르게 포개졌다. 늘 신사같고 여유롭던 에드먼드는 그 어느 때보다도 간지럽고, 달콤하고, 또 애틋하게 나를 탐했다.

지금 나누는 숨결처럼, 앞으로 우리는 더 많은 순간을 함께 공유하게 될 것이다. 상상만으로도 나를 흡족하게 만들었던 것들이 정말로 현실이 된다. 나 역시 알고 있다. 마냥 행복한 일만 생기지는 않는다는걸.

서로를 귀히 여기고 있다 하나 우리는 너무나도 오랜 세월 달리 살아온 사람들이다. 맞춰가는 과정에서는 당연히 트러블이 생길 수밖에 없다. 하지만 양보하려는 마음이 있다면, 헤아리려는 배려가 있다면 여태까지 그래 왔듯 우리는 함께 고비를 넘길 수 있을 것이다.

이 따뜻한 손을 마주 잡을 수 있음이 행복했다. '행복'이라는 단순한 단어로 설명할 수 없을 만큼이나.

"옆에 있어줘서 고마워요."

"앞으로 제 옆에 있겠다 말해줘서 감사합니다. 그리고…….."

"사랑해요. 그리고 말하지 않아도 아니까, 다시 키스해 줘요."

외전 3 그대는 은은히 내게 다가와

벚꽃이 흩날리는 봄날, 발코니에서 파이프 담배를 피우던 조지는 무료한 얼굴로 정원을 둘러보았다. 황위에 오른 지도 벌써 20년이 지났다. 결코 짧다고 말할 수 없는 시간 동안 무척이나 많은 변화가 있었다.

첫사랑을 떠나보냈다. 현숙한 여인을 황비로 맞이했으며 그 사이에서 황위를 이을 아이를 얻었다. 이후 친우와도 이별했다. 테베는 마법의 힘에 의존하는 폐쇄적인 나라가 아닌 타국과 활발히 교류하며 경제적으로도 자리를 잡아가는 완전한 강대국으로 재평가받게 되었다.

시간이 벌써 이렇게나 흘렀다. 그럼에도 이 계절이면 선명하게 떠오르는 오랜 기억이 있었다.

"윤허해 주십시오."

"왜 그렇게까지 하려고 하지? 그는 더 이상 아무런 위협이 되지 않아. 다른 마음을 먹고 있다 한들 어떻게 일을 벌일 수 있겠나."

"후환을 남기고 싶지 않습니다."

에드먼드는 노예가 되어 비참한 삶을 살고 있는 전 헌팅턴 공작을 완전히 제거하길 바랐다. 그날만 해도 벌써 세 번째 청이었다.

"후환이 될 만한 자가 아니야. 반드시 죽여야 할 만한 이유라도 있는 건가?"

"궁지에 몰린 자가 무슨 짓을 할지 어떻게 알겠습니까?"

당시의 조지는 에드먼드가 이미 테베를 떠나기로 마음먹고, 그전에 불안 요소를 모두 제거하려 했음을 알지 못했다. 전 헌팅턴 공작의 죽음을 허락한 건 몇 달 뒤, 테베의 개방 정책이 그의 도주로를 터줄지도 모른다는 에드먼드의 말을 못 이긴 척 받아들이면서였다. 에드먼드는 꼭 일주일이 지나고 귀환했다.

"죽기 전 무슨 말이라도 남겼나?"

"차라리 죽음이 편할 것 같다고 얼른 죽여 달라더군요."

"그래서?"

에드먼드는 평소 온화한 성정을 가지고 있었다. 한 치의 자비도, 동정도 찾아볼 수 없는 무심한 표정을 목격한 건 그날이 처음이자 마지막이었다.

"죄인에게 어찌 편한 죽음을 내리겠습니까."

전 헌팅턴 공작은 스칼렛의 시간을 악몽으로 만들었고 에드먼드는 그런 그를 끝내 용서하지 못했다. 그러나 조지는 알지 못했다. 자신이 그녀를 묻었듯 에드먼드 역시 완전히 잊었을 거라 생각했기에.

10년을 넘게 봤던 사람이고 함께 성장하며 같은 목표를 두고 달렸던 친우다. 저와 다르지 않을 거라 막연하게 생각했다. 에드먼드가 자신과는 전혀 다른 사람이라는 사실을 끝까지 알지 못한 채.

"폐하."

말간 음성에 조지가 고개를 돌렸다. 그와 아멜리 사이에서 태어난 아들, 윌리엄이었다.

"왔느냐?"

"예, 꽃구경을 하고 계셨습니까?"

다른 생각을 하고 있었으나 눈은 흩날리는 꽃잎에 고정되어 있었으니 꽃구경이라면 꽃구경일 터다. 조지는 천천히 고개를 끄덕이며 발코니를 벗어나 집무실 안으로 들어섰다. 소년이 그런 그의 뒤를 따랐다.

"그저께 내렸던 비가 봄을 알리는 단비였던 모양이다."

그 말에 윌리엄이 미소를 지었다. 순수한 빛을 띤 금안도 역시 반달 모양으로 휘어졌다. 핏줄 아니랄까 봐, 소년은 그와 똑 닮은 모습이었다. 젖살이 덜 빠진 데다, 처진 눈꼬리와 동그란 코끝이 아멜리를 떠오르게 한다는 점이 조지와 다른 몇 안 되는 부분이었지만.

"그런 모양입니다. 아, 그러고 보니 어머니께서 얼마 전 벚꽃을 구경하며 휴식을 취하고 싶다고 말씀하셨던 게 기억이 납니다."

"황비가?"

그가 아는 아멜리는 그리 감성적이지 않다. 오히려 자리에 어울리는 냉정한 면모가 돋보이는 여인이었다.

그녀는 입궁 후 아마릴리스 공주를 어렵지 않게 밀어내고 당당한 안주인으로 군림했다. 사람들이 늙은 여인을 매정하게 쫓아낸다며 손가락질했지만 그럴 때조차 눈 하나 깜짝하지 않았고, 오히려 비난하는 이들을 조롱하기까지 했다. 조지는 그런 강단 있는 모습에 그제야 아멜리를 평생의 동반자로서 신뢰하게 되었다.

그런데 벚꽃 구경이라니. 그녀와는 조금도 어울리지 않는 일이다. 윌리엄은 조지의 떨떠름한 표정을 눈치채지 못하고 얼른 고개를 끄덕였다.

"예, 어머니께서 꽃구경을 가고 싶다고 하셨습니다. 처녀 시절을 제외하면 한 번도 제대로 꽃구경을 하지 못하셨다고⋯⋯."

"허튼소리. 꽃이 피는 계절이면 정원에 테이블을 깔아 놓고 떠드는 게 여자들이 하는 일이다. 그런데 무슨 꽃구경을 하지 못했다는 말이냐?"

윌리엄은 눈으로 꽃을 보는 것뿐만 아니라 마음으로 감상하는 게 그와 아멜리가 말하는 꽃구경의 차이라고 생각했지만 구태여 설득하려 하지는 않았다.

"케이스네스 영애와는 잘 지내고 있느냐?"

조지의 갑작스런 질문에 윌리엄이 당황한 얼굴을 감추지 못하고 고개를 들었다. 귓불은 벌겋게 달아오르고 있었으며 눈빛도 위태롭게 흔들렸다. 케이스네스 영애는 차기 황태자비로 내정되어 있는 그의 약혼녀였다. 달리 할 이야기가 없어 꺼낸 주제였건만 아들의 반응으로 보아 진정 풋사랑에라도 빠진 것 같았다.

"저어, 그저께쯤에 함께 황궁의 정원을 산책했습니다."

"무슨 대화를 했지?"

"폐하께서 궁금해하실 만한 이야기를 한 건 아닙니다. 그냥 얼마 뒤에 열리는 황궁 무도회에서 또 만난다는 그런, 사소한 내용이었습니다."

약혼녀에 대한 질문이 그를 부끄럽게 만든 듯했다. 조지는 점점 더 붉어지는 아들의 얼굴을 보다 가벼운 한숨을 내쉬었다.

"윌리엄."

"예, 폐하."

"군주의 마음은 귀해야 한다. 쉬이 내줘서는 안 되고 설사 내줬다 한들 드러내서도 안 된다. 한데 지금의 너는 어떤지 직접 돌아보아라."

아직 마음이 순수하긴 했어도 부친이 무슨 말을 하고 싶은지를 눈치채지 못하는 건 아니었다. 윌리엄은 감정을 조금도 감추지 못하고 그대로 드러내는 자신의 부족함이 조지를 걱정스럽게 했다는 사실을 알았다.

"더 노력하겠습니다."

"너는 황제가 될 몸이다. 진정한 통치자가 되고 싶다면 그 어떤 것도 너 자신보다 중히 여겨서는 안 된다."

"소자가 부족해 무슨 말씀이신지 잘 모르겠습니다."

"네가 가장 사랑하는 사람도, 네가 가장 중히 여기는 사람도 너 자신이어야 한다. 그 어떤 순간에도 너의 안위부터 생각해야 한단 거다. 타인을 위해 희생하는 건 네가 할 일이 아니다. 제 감정 하나 통제할 줄 모르는 어리석은 자들이 하는 행동이지."

권위적인 음성이 집무실 안을 울렸다. 윌리엄은 무언가를 생각하는 듯 곧바로 대답하지 않고 한참 동안 고개를 숙이고 있었다.

"……여쭤보고 싶은 게 있습니다."

"뭐지?"

"그렇다면 폐하께서는 어머니를 사랑하지 않으십니까?"

　어렵사리 떨어진 질문이어서일까. 평소 결단력 있게 답을 내리는 조지 역시도 쉽사리 입을 떼지 못했다. 아들을 사랑하는 아비로서는 황비를 사랑한다는 대답이 적합할지도 모른다. 하지만 그는 아버지이기에 앞서 후계자를 앞에 둔 황제였다.

"존중한다. 그녀는 황가의 안주인으로도, 네 모친으로도 최선을 다하는 성실한 사람이니까."

　간만에 첫사랑이 떠올랐다. 결 좋은 다홍색 머리칼과 비밀을 감추고 있는 듯한 촉촉한 눈이 사랑스럽던 그 여인, 스칼렛. 그때는 모든 걸 동원해서라도 그녀를 얻으면 된다고 생각했다. 하지만 사람의 마음을 얻는 방식은 달랐다. 깨달았음에도 그녀를 위해 모든 것을 걸 수가 없었다. 애초에 조지는 자기 자신보다 타인을 더 사랑할 줄 모르는 사람이었으니.

　남자로서는 최악이라 말할지도 모른다. 그러나 황제로서는 가장 적합한 마음가짐이었다. 최소한 여자를 위해 나라를 망치는 멍청한 군주들과는 달랐으니. 자기애(自己愛)란 통치자에게는 필수적인 요소였다.

"사랑에 모든 것을 던지지 마라. 가장 중요한 것은 너 자신을 사랑하고 너 자신을 높이는 것이다. 통치를 위해 갖춰야 할 기본적인 자격이지."

윌리엄에게 가르치고 있는 이 '자기애'부터가 조지와 에드먼드를 엇갈리게 한 건지도 모른다. 자기 자신보다 스칼렛을 더 사랑하고 위했던 에드먼드와는 달리 조지는 자기 자신을 위해 스칼렛을 버렸다.

그 당시 그녀를 잡을 수 있는 방법이 전혀 없는 게 아니었음에도 그리 하지 않은 건 스칼렛이 테베에 남음으로써 그가 잃게 될 것이 많다는 사실을 알았기 때문이다. 조지는 단 하나라도 잃고 싶지 않았다. 그리고 영리했던 스칼렛은 그의 성향을 너무나도 잘 파악했다.

"어머니께서는 제 옆에 둘 사람이라면 정성껏 품어주고 사랑해 주어야 한다고 말씀하셨습니다."

"황비가 너를 그리 가르치더냐?"

의아함이 앞섰다. 그녀라면 여인을 어떻게 해야 더 효율적으로 활용할 수 있는지를 가르쳤을 거라 생각했기 때문이다. 그의 물음에 윌리엄은 자신이 혹 말실수를 한 건가 싶어 쉽게 대답하지 못하고 망설였다.

"편히 얘기하라."

"……그리 말씀하셨습니다, 폐하."

"내가 알던 사람이 아닌 것 같군."

조지는 헛웃음을 터뜨렸다. 과연 세월이 흐르기는 한 건가. 그렇게 강단 있던 황비가 황위를 이어받아야 할 아들에게 이렇게 나약한 가르침을 내릴 거라고는 생각지 않았다. 실망스러웠지만 굳이 윌리엄에게 그 사실을 드러낼 필요는 없었다.

"윌리엄."

"예, 폐하."

"내 자리에 앉고 싶다면 그만큼 너를 철저하게 연마해야 한다. 표정을 숨기고 헤프게 내주는 네 모든 마음을 가슴속에만 가둬 두어라."

윌리엄은 당부와 함께 스쳐 지나가는 조지의 뒷모습을 눈으로 훔쳤다. 하나 차마 뒤따라가지는 못 했다. 무언가 크게 실수를 한 것도 같은 마음에 소년의 가슴이 무거워졌다.

평소에 비해 바빴다. 후계자는 이제 막 사춘기를 지난 풋내기였고 신하들은 평화로운 정국에 익숙해져 경계심이나 긴장감을 잃었다. 조지만이 예리한 감각을 잃지 않으려 신경을 곤두세우고 있었으므로 피로는 점차 가중되고 있었다.

"그간 많이 바쁘셨다 들었습니다."

오랜만에 마련한 아멜리와의 식사 자리였다. 건네는 말에 천천히 고개를 끄덕이던 조지는 문득 그녀가 살이 빠진 것 같다고 생각했다. 황가의 여인들은 스트레스로 인해 나이가 들수록 말라갔다. 그는 생기 있고 예뻤던 아멜리마저 그런 볼품없는 모습이 되는 걸 바라지 않았다.

"살이 빠진 것 같소."

"소화가 더뎌 식사량을 줄이고 있습니다."

"의원에게 내보여야 하는 것 아니오?"

"그럴 필요는 없을 겁니다. 코르셋으로 허리를 조이는 여인들에게 소화불량은 잦은 편이니까요."

코르셋이든 뭐든, 그게 마르는 원인이라면 하지 않아야 할 것 아닌가. 조지는 아직까지도 외모에 신경을 쓰는 여자들이 이해가 되질 않았다.

"매킨토시, 주방장에게 황비의 식사를 좀 더 신경 쓰라고 해. 소화가 잘되는 음식으로만 채우고."

"전달하겠습니다, 폐하."

나름대로 신경을 써 주는 것임을 알았음에도 아멜리의 얼굴은 딱딱하게 굳어졌다. 그녀는 조지를 한참 동안 바라보다 한숨을 푹 쉬며 고개를 떨어뜨렸다.

"왜 그러지?"

"아무것도 아닙니다."

"할 말이 있으면 얘기를 해. 답답한 것을 질색하는 건 그대도 알 진대."

퉁명스러운 목소리에 아멜리의 안색이 나빠졌다.

"줄어든 식사량에 만족하고 있었기 때문입니다."

"사람은 그것만 먹고는 살 수 없어. 그리고 황비, 그대는 테베의 어머니야. 건강에 신경을 써야 할 것 아닌가. 그대가 흔들리면 윌리엄도 함께 흔들릴 수밖에 없어."

"……명심하겠습니다."

"그러고 보니 윌리엄에게 재밌는 걸 가르쳤더군. 사랑하는 사람을 정성껏 품어주고 사랑하라고 했었나."

조지의 말에 아멜리는 순간 대답하지 못하고 망설였다. 그러나 그녀 역시 황실에서 20년 가까이 버틴 사람이다. 처세술이 없을 리 만무했다.

"신사적인 태도를 가르친 겁니다."

"좀 더 쓸 만한 걸 알려줄 줄 알았는데."

"좀 더 쓸 만한 것이요?"

"사람을 이용하는 법, 귀찮은 상황을 면하는 법 같은 것들. 난 그 대가 당연히 그런 걸 교육할 줄 알았어."

"폐하의 기대를 충족시켜 드리지 못해 저 역시 아쉽군요."

아멜리는 단 한 번도 이런 식의 빈정거리는 대답을 한 적이 없었 다. 조금 놀란 눈으로 그녀를 보던 조지가 무어라 말하려 했건만 그 보다는 그녀가 먼저였다.

"미카엘이 가문 일에 곤란을 겪고 있는 듯하더군요."

"루이스 백작이? 어째서지?"

"나이도 어린 데다 가문 내부의 일을 맡아 처리할 사람이 없어서 그런 듯합니다. 당분간은 제 손이 필요한 행사가 없으니 한 달 정도 친정에서 머무르고 싶습니다만……."

식기를 내려놓고 입술을 닦아내는 그녀의 모습을 보던 조지는 문 득 식사량이 턱없이 작았다는 사실을 깨달았다. 음식의 흔적이 거 의 없는 식기를 가만히 보던 조지는 이내 천천히 고개를 끄덕였다.

"뜻대로 해."

"감사합니다. 몸이 좋지 않아 먼저 일어나 봐도 될는지요?"

"윤허하지."

인사하는 그녀의 모습에는 아무런 문제가 없었건만 조지는 평소에 느끼지 못했던 묘한 위화감을 느꼈다. 그는 그 이유를 알지 못해 한참 동안 고민했다.

안주인이 부재한 황가는 어수선했다. 아무런 문제도, 스캔들도 없었던 부부 사이에는 불화설이나 불륜설 등 많은 소문이 돌았지만 조지는 굳이 신경을 기울이지 않았다. 신경 쓸 가치가 없다고 생각했기 때문이다.

소문은 대체로 아멜리의 행실을 겨냥하고 있었다. 하나 그는 그녀를 조금도 의심치 않았다. 그럴 사람이 아니었기 때문이다. 정통 귀족의 신념이 골수에 박혀 있는 아멜리는 그와의 신의를 저버리는 도박 따위는 하지 않을 것이다.

매캐한 목을 다스리기 위해 찻잔을 집어 들던 그는 아멜리가 직접 끓여준 차와 손수 짜주던 과일 주스를 마시지 못한 지도 꽤 되었음을 상기했다. 황비인 그녀가 직접 그런 일을 했던 이유는 그의 건강을 걱정했고, 혹시 있을지 모르는 독을 경계해서였다. 그가 중독되면 가장 먼저 의심받게 되리라는 사실을 알았음에도 아멜리는 개의치 않았다.

떠나고 나니 빈자리는 크게 느껴졌다. 그녀가 그를 위해 기울인 노력은 결코 사소한 영역에 머물러 있지 않았다.

"정말…… 빈자리가 꽤 크군."

조지는 중얼거리며 괜히 쓰게 느껴지는 홍차를 입안에 털어 넣었다. 아멜리가 오랜 세월 동안 옆에 있었으면서도 단 한순간도 무성의했던 적이 없다는 사실이 오늘 따라 다르게 느껴졌다.

황비 간택 당시에는 에드먼드에게 미안한 마음이 있었기에 많은 것을 따지지 않고 그녀를 황비로 맞이했다. 하나 그의 어필이 없었다 할지라도 결국 황비가 된 건 아멜리였을 터다. 그녀가 더 적합할 사람을 찾기 어려울 정도로 완벽했기 때문이다.

그녀는 황실에 행사가 있을 때마다 주제에 맞는 옷을 골라 그에게 보내주고 장신구 하나하나의 의미를 살려 세심하게 신경을 썼다. 뿐만 아니라 윌리엄의 교육에도 열성적이었다. 아멜리는 황비로서도, 가정의 어머니로서도 맡은 역할에 충실하지 않은 때가 없었다.

"폐하, 루 빈차의 사신이 도착했습니다."

"안내해."

자리에서 일어나던 조지는 의자에 걸린 자신의 예복을 내려다보았다. 상황에 맞는 적절한 예복 따위에 신경을 기울이기에 생각할 게 너무 많았던 그는 결국 저번 행사 때 아멜리가 골라주었던 옷을 다시 입었다.

정말 빈자리가 컸다. 조지는 그녀를 떠올리는 빈도가 얼마나 잦은지를 자각하지 못한 채 걸음을 옮겼다.

한 달이 지났다. 그녀는 아무런 소식을 전하지 않았고 황궁으로 돌아오지도 않았다. 아멜리가 부재한 공간은 그에게 너무 불편해져 버렸다. 막연히 알고 있는 것과 실감하는 건 달랐다. 조지는 그동안 그녀가 자신을 얼마나 살뜰히 보살펴 왔는지를 절감했다. 아멜리가 필요했다. 윌리엄 역시 그녀의 귀환 소식을 묻는 날이 많아졌다.

"황비가 분명 편지를 받아 그 자리에서 뜯어 읽었다고 했지?"

"예, 폐하."

"그런데 어째서 답장도 하지 않고 따로 연락을 취하지도 않는 거지? 전할 말도 없다 했었다고?"

"그렇습니다, 폐하. 편지를 쓰는 데 시간이 오래 걸리니 기다리지 말고 먼저 돌아가라고, 백작가의 사람을 통해 전달하겠다고 하셨습니다."

조지는 그녀의 행동을 도무지 이해할 수 없었다. 단 한 번도 책임감 없게 군 적이 없었다. 대체 왜 갑자기 이렇게 행동하는 건지 머리를 싸매고 고민해도 알 수가 없었다. 최근 그는 자신이 아멜리에 대해 아는 게 거의 없다는 사실을 깨달았다. 그에 대한 거라면 속속들이 알고 있는 그녀와는 상반되듯.

"대체 뭐가 불만인 거지?"

시종인 매킨토시 역시 그 답을 알고 있을 리가 만무했다. 그 또한 죽을 맛이었다. 최근 조지는 옆에 있어도 없는 듯 취급하던 황비의 소식을 매일같이 캐물으며 그를 괴롭혔다. 꼭 그녀가 없이 못 사는 사람처럼.

매킨토시는 있을 때 잘하라는 명언을 떠올리며 입을 꾹 다물었다.

조지의 참을성은 딱 일주일이 한계였다. 하지만 루이스 백작가에서는 여전히 아무 말도 없었다. 결국 조지는 아무도 모르게 백작가를 방문했다. 윌리엄과 몇 살 차이 나지 않는 어린 백작이 당황한 얼굴로 그를 맞이했다.

"여, 여기까지는 어쩐 일이십니까?"

"황비가 아무런 소식이 없어 그녀를 만나러 왔어."

루이스 백작의 얼굴이 하얗게 질렸다. 조지는 짐작해 왔던 것을 드디어 확신할 수 있었다. 백작이 회의 때마다 그를 마주쳐도 아무렇지 않게 인사할 수 있었던 건 아멜리가 그녀의 소식을 전하지 않고 있음을 몰랐기 때문이다.

"느, 늦은 시간입니다. 차라리 내일 사람을 보내겠습니다."

그는 모르고 있었던 이 당혹스러운 상황을 타개하기 위해 시간을 미루려는 듯했다. 하나 애초에 조지는 경험이 짧은 백작이 상대할 수 있는 사람이 아니었다.

"아내를 보는 데 시간이 중요한가?"

"……황비 전하를 모셔오겠습니다."

단념이 빠른 것만은 마음에 들었다. 조지는 시녀가 내온 다과를 응시하며 생각에 잠겼다. 아멜리는 일탈과는 거리가 먼 사람이었다. 그런 그녀가 자신의 동생에게 거짓말을 하면서까지 이곳에 남아 있는 이유는 대체 무엇일까. 그 이유만큼은 반드시 물어야겠다.

다행히 오래 기다리지 않아 응접실 문이 열렸다. 한 달 만에 본 아멜리는 많은 의무에서 벗어날 수 있어서인지 황궁에서 봤을 때보다는 나아 보였다. 화내려고 했으나 간만에 봐서인지 마음은 어느새 녹고, 그녀를 다시 만났다는 반가움이 앞섰다.

"이곳까지는 어쩐 일이신가요?"

그러나 아멜리는 조지와는 전혀 다른 마음을 가지고 있었던 모양이다. 그녀의 차가운 첫마디에 가슴이 괜히 덜컥 내려앉았다.

"왜 그동안 아무 연락이 없었지?"

"황궁에 연락을 드려야 하나 고민하긴 했지만…… 굳이 구구절절 길게 설명할 필요가 없다고 생각했습니다."

"설명할 필요가 없다?"

마음이 가라앉았다. 심지어 그와는 달리 그녀는 간만에 만난 남편을 조금도 반기지 않는 것 같았다. 기분이 괜히 더 나빠졌다. 게다가 이전까지는 이런 일이 없었음에도 아멜리는 지금 이 상황을 너무도 아무렇지 않게 말하고 있었다.

"윌리엄은 이제 제 손을 탈 나이가 아니고 폐하께서도 딱히 도움이 필요치 않으시지요. 남은 건 황가의 일이지만 큰 행사가 없어 제가 부재하더라도 무리 없이 쳐낼 수 있지 않나요?"

"그건 연락하지 않는 이유가 될 수 없어."

조지는 딱 잘라 대답했다.

"책임감이 강하다 생각했어. 남에게 일을 떠맡기지도 않고. 한데 왜 이런 행동을 보이지? 실망스럽군."

아멜리의 귀족적 긍지를 이용해서라도 이유를 알아내야겠다고 생각했던 조지는 하얗게 질린 얼굴과 상반되는 붉은 눈시울을 목격하고는 제 행동을 곧바로 후회했다. 하지만 금방이라도 울어버릴 듯하던 아멜리는 한참 동안 아무 말 하지 않았다. 화를 참는 것 같기도, 울음을 참는 것 같기도, 설움을 참는 것 같기도 한 복잡한 얼굴이었다. 그가 말실수였다 사과하려 한 바로 그때, 아멜리가 입을 열었다.

"제가 황궁에 반드시 필요한 것도 아니지 않습니까."

"무슨 뜻이지?"

냉정함을 유지하려 애쓰는 듯했으나 목소리에 물기가 묻어났다. 함께한 시간 속에서 감정의 동요를 본 일이 거의 없었기에 무너지는 모습이 더 안타까웠다. 윌리엄이 태어나던 그 순간을 제하면 조지가 아멜리의 눈물을 본 적은 단 한 번도 없었다.

"제가 이룬 가정에서는 굳이 제가 필요치 않고 황가의 중요한 일은 버컨 부인을 들여 처리하게 해도 충분하지요. 왜 저를 굳이 찾으시나요?"

"당신은 황비야. 황실에 황비가 부재하는 상황이 말이 된다고 생각하는 건가?"

"예상했던 이유네요."

"당신…… 왜 이러는지는 모르겠지만 진정하지. 나도, 그대도 지금 지나치게 흥분한 상태야."

"아뇨, 그렇지 않아요."

아멜리는 젖은 얼굴을 손수건으로 닦아내며 목 메인 음성으로 부정했다.

"황궁에 머무르는 자격이 된다는 사실을 늘 검증받고 싶어 했죠. 하지만 아무리 노력해도 상실감만이 차올랐어요."

조지는 그녀가 하는 말의 의미를 조금도 알지 못했다. 흐르는 눈물을 닦아 달래주고 싶다는 생각이 들었지만 그는 아멜리에게 차마 손을 뻗지 못했다. 그동안 봐왔던 그녀가 아닌 것처럼 어딘가 멀게 느껴졌다.

"최소한 여기서는 제가 아무것도 하지 않아도 눈치 볼 필요가 없고 인정받으려고 아등바등 애쓰지 않아도 되더군요."

"황비."

조지는 이해할 수 없었다. 아멜리는 그의 아내, 황비라는 것만으로도 황가에 머무를 자격이 충분한 사람이다. 무엇을 검증받고 무엇을 인정받아야 한단 말인가. 애초에 그의 옆자리에 앉을 수 있는 사람이 그녀뿐인데. 그 이상 무엇이 필요하고 뭐가 부족해 확신을 얻으려 하는지 알 수가 없었다.

"폐하께선 저를 이해하려고 한 적도, 다가오려 한 적도 없으세요."

"다가와 달라고 말한 적은 있었나? 정말이지 뭘 원하는지 알 수가 없군. 어째서 응당 있어야 할 곳에서 존재할 자격이나 가치를 찾는 거지?"

"그래야만 버틸 수 있었으니까요. 제가 반드시 필요하다는 확신이 있어야 그 지옥 같던 곳에서 버틸 수 있을 것 같았으니까요."

"황궁이 지옥 같았나?"

자신과 함께 보냈던 20년 가까운 세월을 부정하는 그녀의 모습에 가슴이 묘하게 뻐근해졌다. 아멜리는 그의 물음에 대답하는 대신 다른 이야기를 꺼냈다.

"오라버닐 한심하게 여긴 적이 있었죠. 언제 변할지 모르는 사랑 따위에 몸을 던지다니요. 불확실한 감정으로 이미 결혼했을지도 모를 여인을 찾아 떠나는 그 모습이 얼마나 한심했는지 모릅니다."

눈물이 끊임없이 떨어지고 있었다. 처음이었다. 그녀가 옛날의 에드먼드와 닮았다는 느낌을 받은 건.

"한데 지금은 그 마음, 충분히 이해합니다. 가끔 소식을 전해오는 오라버니와 여전히 그 사랑을 받고 있을 스칼렛이 어찌나 부럽던지요."

"황비."

"저를 황비가 아닌 다른 이름으로 불러주신 적이 있으신가요?"

목구멍에 무언가 걸리는 느낌이었다. 조지는 대답하지 못했고 아멜리는 여전히 울고 있는 얼굴로 떨리는 입꼬리만을 간신히 올렸다.

"오라비를 비웃었던 것치곤 퍽 한심하지만, 저도 사랑받고 싶은 똑같은 사람이었나 봅니다."

"무슨 뜻이지? 이제 와서 사랑하는 사람이라도 생겼단 건가?"

"그랬다면 차라리 좋았을까요."

더욱이 알 수 없는 대답이었다. 조지는 신경이 점차 예민해지는 걸 느꼈다.

"무슨 뜻이지?"

"처음부터 줄곧 폐하였어요."

처음에는 그 말이 무슨 뜻인지 몰라 아무 대답도 하지 못했다. 조지가 그녀의 말뜻을 이해한 건 한참이 지난 뒤였다. 그는 얼떨떨한 얼굴로 물었다.

"나를 사랑한다고?"

"이제는 고백이 우스울 만큼 시커멓게 타 버린 마음이지만요."

아멜리는 자조하듯 웃었다. 그러면서 처음 본 순간부터 품었던 마음을 20년이 훌쩍 지난 지금에야 겨우 입에 담았다.

"일방적인 마음으로 무감정한 남자의 옆에 있는 게, 이 사랑을 품고도 아무 말할 수 없는 게 얼마나 힘든 일인지 모르셨겠죠. 단 한 번도 저를 돌아봐준 적 없는 사람 옆에서 온갖 음해와 질투, 시기의 비난을 들으며 버텼습니다. 그동안 저도 많이 시들었죠."

많은 걸 바라지 않았다. 내가 힘들고 내가 어려워도 당신이 괜찮다면 나 역시 괜찮을 것이다. 그러니 당신은 내게 다정한 손길만을 건네 달라. 아멜리의 소망은 그뿐이었다. 하나 조지는 그조차 허락하지 않았다.

"이젠 저도 힘든가 봅니다. 지칠 수 있는 사람이라는 걸 이제야 알겠어요."

"황비."

"또 그렇게 부르시는군요.

이름을 몰라 그리 부른 게 아니었다. 단지 입에 익었기 때문에 무의식적으로 나온 것일 뿐. 그러나 조지는 늘 그랬듯 아무런 변명도 하지 않았다.

"루이스가에 계속 머무르고 싶어요."

"아예 황궁에 돌아오지 않겠다고?"

"그러고 싶어요. 하나 불가하겠죠."

그녀의 목소리가 가늘게 떨렸다.

"그저 제 마음이 정리될 때까지만, 이 오랜 마음을 추스를 수 있을 때까지만…… 딱 그때까지만 여기에 있을게요. 그거면 될 거예요. 이전까지도 잘해 왔으니까."

"어머니께서는 언제 돌아오십니까?"

조지의 얼굴이 굳어졌다. 순식간에 나빠진 얼굴색에 윌리엄은 제가 또 말실수를 한 것인지 고민했다.

"황비는 당분간 돌아오지 않을 거다."

목소리에서 불편한 심기가 묻어났다. 그 역시도 그녀가 곧 귀환한다는 희망적인 이야기를 하고 싶었다. 하지만 이 대답 외에 해줄 수 있는 말이 없었다.

아멜리는 자신의 마음을 고백하면서 정리하고 돌아오겠다 말했다. 그녀가 자신에게 품은 마음이 전달된 건 처음이었으나 그럼에도 그녀가 마음을 정리하는 데 걸리는 시간이 짧지 않을 거라는 생각이 들었다. 이젠 거의 두 달째였다.

원래는 소문에 신경 쓰지 않았으나 더 많아지는 소문이 이제는 거슬렸다. 사실 그런 말들 자체가 중요한 건 아니었다. 다만 소문이 아멜리의 귀에 들어가 그녀의 마음을 해칠 수 있다는 게 걱정되었다. 홀로 걱정하다 한숨을 쉬는 건 하루 중 빠지지 않는 일과가 되어버렸다.

빈자리는 컸다. 생각했던 것보다 훨씬, 훨씬 더 많이.

"건강이라도 나빠지신 겁니까?"

"몸은 괜찮다."

"다행입니다. 마지막으로 뵈었을 때 식사량도 너무 적고 얼굴색도 나빠서 혹 몸이 안 좋으신가 싶었습니다."

"그런 건 아니다……."

순간, 조지는 완강히 부정할 수 없음을 느꼈다. 철저하게 자신을 숨기던 아멜리가 감정만으로 두 달 동안이나 황실을 비우는 것보다는 나쁜 건강 상태를 숨기기 위해 핑계를 댔다는 게 훨씬 그럴듯하게 들렸던 것이다.

그녀는 20년 넘게 제 마음을 잘 갈무리해 왔다. 갑작스럽게 흐트러진 이유가 무엇일까. 그 사랑을 부정하는 것이 아니다. 단지 그녀가 보여 왔던 태도와 너무나도 다른 데다 시점 역시 갑작스러웠기에 품게 된 의문이다.

"그런 건 아니니 걱정하지 마라. 황비는, 아니, 아멜리는 네가 걱정하고 있다는 걸 알면 속상해할 거다."

"명심하겠습니다, 폐하."

그 자신도 의아한 곳이 있다고 생각했으나 일단은 윌리엄을 안심시키는 게 먼저였기에 그는 소년을 돌려보낸 후에야 시종을 다시 불렀다.

"친정으로 떠나기 전 황비가 주로 어떻게 일상을 보냈는지, 또 특이 사항이 있다면 어떤 점이었는지를 정리해서 보고해. 건강 상태도 확인하고."

그간 아멜리가 보인 말과 행동을 고려해 보면 그녀가 윌리엄의 입지가 위태로워지는 것을 저어하여 건강 상태를 숨기고 있는지도 모른다는 생각이 들었다. 보통 이렇게 명령을 내리고 나면 마음이 놓이곤 했으나 오늘은 이상했다. 불안감이 자꾸 가슴을 괴롭히는 거였다.

신경 쓰지 않으면 될 일이다. 다음 대 후계자를 낳아야 한다는 이유만으로 결혼했다. 내조나 황실 내부의 일 따위는 애초에 바라지 않았던 것이다. 그런데도 자꾸 아멜리의 빈자리를 느낀다. 떠난 친우의 동생이기 때문인지, 아니면 그녀가 모든 방면에서 뛰어났기 때문인지 알 수가 없다. 분명한 건 무심해질 수가 없다는 거였다.

조지는 일처리를 위해 서류를 내려다보았다. 당연한 것처럼 글자는 눈에 조금도 들어오지 않았다.

"황비 전하께서는 루이스가로 돌아가기 6개월 전부터 소화불량이 잦았습니다. 날이 갈수록 점점 심해져서 음식을 일부러 적게 섭취하며 식사량을 조절하셨습니다."

"소화불량은 여인들이 으레 보이는 증상이 아닌가?"

"조금 달랐다고 합니다. 거의 식사를 하지 못하셨고, 가끔은 식사량이 초과되면 먹은 음식을 모두 토해낼 때도 있었다고 합니다."

"모두...... 토해냈다고?"

"예, 건강이 무척이나 안 좋으셨다고 합니다. 황비 전하의 시녀들은 황비 전하께서 루이스 백작가에 머무르시는 이유가 요양을 위해서라고 알고 있었습니다."

그쯤 되니 화가 났다. 시녀들도 아는 걸 그가 몰랐다는 것도, 아픈 티를 전혀 내지 않았다는 것도. 그날 아멜리는 오랫동안 감춰왔던 절절한 사랑을 고백할 게 아니라 악화된 병세에 대해 털어놓아 그가 적절한 조치를 취할 수 있도록 해야 했다.

하지만 그녀는 그러지 않았다. 여러 이유가 있었을 터다. 윌리엄의 입지라든지, 황실 내부의 기강이라든지.

"젠장!"

그러나 중요한가? 아멜리의 행동에 이유를 만들어줬을 명분들이 전혀 중요치 않은 건 아니었으나 무엇보다도, 그 모든 것보다도 그녀라는 존재가 더욱 중요했다.

똑똑.

노크 소리에 조지가 가라앉은 목소리로 명령했다.

"들어와."

문이 열리고 루이스 백작이 창백한 얼굴로 들어왔다. 그는 자신이 이 야밤에 여기까지 불려온 이유에 대해서 전혀 모르고 있는 것 같지 않았다. 조지는 그에게 변명할 시간을 주지 않았다.

"아멜리의 증상을 설명해."

"죽을죄를 지었습니다. 부디 누님께도 자비를 베풀어주십시오."

"병세에 대해 함구한 건 책하지 않을 테니 지금 당장, 그녀에게 무슨 일이 일어난 건지 말해. 실토한다면 여태 저지른 실수를 눈감을 테지만 더 이상 인내심을 테스트한다면 가만있지는 못할 거야."

루이스 백작의 얼굴을 본 순간부터 아멜리의 병세가 훨씬 심각하다는 사실을 눈치챌 수 있었다. 이렇게 위협적으로 굴 생각은 없었으나 급한 마음에 가릴 게 없었다. 그럼에도 백작의 입술은 쉬이 떨어지지 않았다. 한참이 지나고서야 그는 겨우 한 마디를 내뱉었다.

"……피를 자주 토하십니다."

"뭐?"

음식을 토하는 걸로도 모자라 피까지 토한다니, 조지의 얼굴에 허탈한 웃음이 걸렸다. 그런 위중한 병세를 여태까지 숨겨온 게 화가 났다.

"알갱이가 큰 음식을 거의 드시지 못해서 스프와 과일 주스만 드십니다. 원인은 알 수 없지만 매일 가문의 주치의에게 보이고 있습니다."

"왜 내게 고하지 않았나."

"이미 폐하께서는 그 사실을 알고 있으며, 누님께서는 요양을 오신 거라고 하셨습니다. 제가 실수했습니다. 누님의 평소 행동을 고려하지 못했습니다."

한숨처럼 토해낸 말에 조지가 인상을 찌푸렸다.

"내가 내 여자를 친정에 떠맡기고 나 몰라라 하는 놈팡이로 보였나?"

루이스 백작이 그런 생각을 할 만한 사람이 아님을 알고 있었다. 하나 누구에게든 화풀이를 하고 싶었다. 피를 토한다는 이야기까지 듣자 속에서 치밀어 오르는 분노가 도저히 다스려지지 않았다.

"그런 게 아닙니다, 폐하. 다만 누님께서……."

더는 듣고 싶지 않았기에 조지는 자리에서 벌떡 일어나 그의 옆을 지나쳤다. 분노에 머리가 하얘졌다. 그는 아멜리에게 직접 따지고 싶었다. 얼마나 못 미더웠으면, 얼마나 나약해 보였으면 이렇게까지 숨길 수가 있느냐고. 그게 아니라면 곁에 있는 게 그리도 힘들었느냐고. 울분을 토해내고 그 뒤 듣고 싶었다. 어째서 그런 선택을 했는지를.

이럴 때 마법은 정말 편리하다. 그의 예고 없는 방문에 잠들어 있던 아멜리가 천천히 눈을 떴다. 모든 상황을 눈치챈 듯, 그녀는 평온하게 물었다.

"다 아셨습니까."

처연한 음성에 고개를 끄덕이자 그제야 아멜리는 얼굴을 일그러뜨렸다. 곧이어 눈물이 터져 나왔다. 그는 흐느끼는 그녀를 달래주고 싶었지만 이전에 느꼈던 그 거리감이 여전히 간격을 좁히지 못했기에 그럴 수가 없었다.

"병이 알려지면 윌리엄의 입지가 불안해질 게 두려웠습니다."

"내게는 왜 알리지 않았나."

그 물음에 아멜리의 입술이 달달 떨렸다. 벅차오르는 울음을 겨우겨우 참아내는 것 같았다. 조지는 도대체 무엇이 그녀를 이렇게

서럽게 하는지 알지 못해 가슴이 답답했다.

"……제 병을, 제가 아픈 모습을 대수롭지 않게 여길 폐하의 모습을 마주하는 것이 두려웠습니다."

"내가 그대의 병을 대수롭지 않게 여길 거라고 생각했나?"

대답은 들려오지 않았다. 그래서 그녀가 정말 그리 생각하고 있었음을 알 수 있었다. 책망할 수는 없었다. 그가 믿음직스럽지 못하게 행동한 건 인정할 수밖에 없는 사실이었으니까.

그는 테베의 태양이었다. 하지만 단 한 번도 아멜리를 따스하게 비춰준 적이 없었다. 가장 가까이에 있는 사람임에도 불구하고. 탓할 대상이 있다면 그녀에게 믿음을 주지 못했던 그 자신을 탓해야 할 터다.

"치료는…… 계속 받고 있었어요. 오랜 기간 스트레스를 받아 소화기관이 상한 것 같다는 진단을 받았고 이제는 큰 알갱이 정도는 먹을 수 있으니 걱정 마시고 돌아가세요. 더 이상 비참하게 하지 말아주세요."

"비참하다고?"

"그럼 제게 이 상황이 비참하지 않을 거라고 생각하시나요?"

"그대는 정말 모르는군. 이 상황에서 가장 비참한 사람은 나야."

울컥 분노가 차올랐다. 반려의 증세조차 알지 못했고 치료해 줄 수 있는 힘이 있으면서도 자신을 믿지 못해 알리지 않은 그녀로 인해 어떤 도움도 주지 못했다.

아멜리의 자존심으로 인해 그녀를 잃게 되었다면 상상하는 것조차 힘들 만큼, 비참하고 고통스러웠을 것이다.

아, 그제야 알았다. 어째서 그가 신경조차 쓰지 않고 있었던 황비에 대해 그렇게나 주의를 기울이고 있었던 건지. 또 어째서 아멜리의 빈자리에 다급한 사람처럼 안달하고 있었던 건지를.

"두 달 동안이나, 아니, 그대가 앓았던 기간을 합치면 장장 여덟 달 동안이나…… 나는 아무것도 모른 채 이 자리를 지켜야 했어. 평생을 함께하겠다 맹세했던 반려의 병세조차 알지 못한 채로. 그대는 나를 믿지 못해 그대를 돌볼 기회조차 주지 않았어!"

그녀는 눈물만 뚝뚝 떨어뜨릴 뿐 아무런 대답도 하지 못했다. 그 가련한 모습에 조지는 참지 못하고 그녀의 가느다란 손목을 거칠게 잡아당겼다. 살이 쭉 빠져 버린 그녀가 너무나도 쉽게 그의 품에 딸려 들어왔다.

"미안하다."

"폐하……?"

"결국 신뢰하지 못한 건 믿음을 주지 못했던 내 탓이 아닌가."

"흐흑, 이제 와서 그리 말씀하지 마세요. 이제부터는 돌보기라도 할 것처럼 희망을 주지 마세요."

"아멜리."

"황궁 안에서 저를 단 한 번도 돌아봐주지 않으셨어요. 이제 와 아닌 것처럼, 그랬던 적 없는 것처럼, 변하기라도 할 것처럼! 그렇게 절 놀리지 마세요……. 흐흐흑."

긴 세월을 함께 보낸 만큼 쌓인 설움도 많았다. 아마릴리스 공주를 밀어내고 권력을 잡을 때 그녀에게 쏟아지던 비난을 한 번도 막

아준 적 없었으며, 윌리엄을 낳았을 때도 회의가 급하다며 바로 가
버렸으며, 백작 영애와의 염문설이 터졌을 때 신경 쓸 가치가 없다
며 변명 한 마디 남기지 않았던 그 무심한 행동들.

"몰랐어. 정말로."

할 수 있는 말은 그뿐이었다. 정말로 몰랐으니까. 아멜리가 강한
여자라고 생각해서 홀로 이겨낸다고 생각했지, 그의 무심함으로 그
녀가 스스로를 단련시킬 수밖에 없었다는 사실을 알지 못했다.

"알았다면 그러지 않았을 거야. 그대가 말하지 않은 탓이 아니라
내가, 내 사람을 제대로 챙기지 못했어. 정말 미안해."

그 사과가 마음을 건드리기라도 한 건지, 아멜리는 더 이상 자제
하지 못하고 소리를 내며 울기 시작했다. 그 모습에 그의 마음까지
도 미어지는 것 같았다. 이 사람이 아픈 게 싫었고 이 사람이 고통
받는 게 싫었다. 그리고 이 사람이 사라지는 건 더 싫었다.

조지는 자신을 미친 사람처럼 움직이게 만든 게 무엇인지를 이제는
알 것 같았다. 그가 살아 숨 쉬는 세상에 아멜리가 부재한다는 사실을
떠올리는 것만으로도 반쯤 이성을 잃었던 것이다. 왜냐하면 그는,

"착각하고 있었어."

"……네?"

"처음으로 경험했던 사랑이 불같이 타오르는 정염이었기에 그런
것만이 사랑이라고 단정 짓고 있었거든."

"무슨 뜻이에요? 제발 저를 착각하게 하지 마세요, 제가 헛된 희
망을 품게 하지……."

"내가 몰랐어. 어리석어 아무것도 몰랐어. 그대가 은은히 내게 다가와 이미 내 마음을 잔뜩 흔들고 갔다는 사실을."

이미 그녀를 사랑하고 있었다. 언제부터인지는 모르나 그의 가슴에는 이미 아멜리가 있었다. 익숙해서, 당연하다 생각해서 알지 못했던 것이다. 존중하던 마음이 애정으로, 품고 있던 애정이 깊이를 가늠하기 어려운 사랑으로 변화해 왔다는 사실을.

"무슨, 그게 무슨……."

"사랑해. 나는 그대가 없이는 안 돼. 그대 없이는 구제받을 수 없는 사람이 되어버렸어."

"흐흑……."

뒤늦은 사랑 고백에 아멜리는 울음을 터뜨리고 말았다. 그러나 그녀는 조지의 품에서 벗어나려 하지 않았다. 그는 자신의 품에 완전히 기대어오는 아멜리를 꽉 그러안았다.

〈외전 완결〉

작가 후기

2015년 10월, 막연히 내 취향을 충족하는 글이 없구나 싶어 한 줄 쓰기 시작했고 그 글이 뜻밖의 많은 사랑을 받아 본격적으로 글을 쓰게 되었습니다. 제 첫작인 〈맞바람을 핀다는 건〉은 쓰는 내내 저를 행복하게 했던, 그리고 충만하게 했던 글입니다. 동시에 작가로서의 제 정체성을 정립하게 한 글이기도 합니다.

정말 욕심껏 썼기 때문인지 부족한 점이 너무 많았고, 그 때문에 아쉬움을 덜어보고자 진행했던 종이책 작업은 뒷내용을 많이 바뀌게 했습니다. 결과적으로는 만족스러워요. 1년이 지나 종이책 교정 작업을 하면서, 처음 글을 쓰기 시작했던 때와 비교해 제가 얼마나 성장했는가를 확인하며 앞으로의 발전 가능성에 대해서도 그려볼 수 있었거든요. 한 줄 한 줄, 이 문장을 썼다 저 문장으로 바꿨다 이리저리 틀어 보는 게 힘들었지만 참 즐거웠던 시간입니다.

사람의 원초적인 욕망을 담는 솔직한 글을 쓰고 싶었고 보통 사람들이 좋아하는 이상적인 주인공보다는 사람이기에 이성보다 본능에 끌리고 또 실수하기도 하는 인간적인 주인공을 쓰고 싶었습니다. 첫 작품인 만큼 정말 제 마음이, 손가락이 움직이는 곳으로 따라갔는데 마음에 드셨을지 모르겠습니다.

　작품 이야기를 하자면, 〈맞바람을 핀다는 건〉을 같은 세계관을 공유하는 연작 소설로 생각하고 있었기 때문에 부러 조슈아와 그 아들의 이후 이야기, 그리고 스칼렛의 유일한 혈육이었던 이모의 이야기를 배제했습니다. 그 연작 소설을 다시 쓰게 될지 확신이 들지 않아 이번 〈맞바람을 핀다는 건〉 외전으로 보여드리려고 했는데 아무래도 작가로서의 욕심을 버리기가 힘든지 결국 지금은 보여드리지 않기로 마음먹었고 좀 더 확실히 준비해서 더 좋은 기회로 찾아뵙도록 하겠습니다.

　또 꼭 말씀드리고 싶었던 '헌팅턴 공작'은 학창 시절 목격했던 왕따 가해자의 모습에서 캐릭터성을 따왔습니다. 소설 속에서 헌팅턴 공작은 스칼렛에게 '나는 부인께 드릴 수 있는 모든 권한을 드렸습니다. 오늘과 같은 일이 있을 경우에 부인이 독립적으로 일을 처리해도 아무 말 않겠습니다'라는 말을 합니다. 학급의 분위기를 움직일 수 있었던 그 아이는 기분이 내키는 대로 피해자에게 다정하게 대하기도, 매몰차게 대하기도 하더라고요. 헌팅턴 공작의 대사에서 상황의 주도권을 잡고 있는 사람이 가질 수 있는 특권 같은 걸 표현하고 싶었는데, 사실 성공했는지는 잘 모르겠습니다.

　종이책에서는 스칼렛이 중간에 '사랑'이라는 감정을 어느 정도 받아들이면서 내용과 결말 자체가 바뀌었지만, 먼저 풀렸던 이북에서는(추후에는 이북 내용도 수정될 수 있습니다) 스칼렛이 마지막까지 '사랑'을 알지 못합니다. 그래서 뒤늦게 후회하고 에드먼드를 잡게 되는

데요. 많은 독자님께서 고구마다, 비참하다, 스칼렛답지 못하다고 말씀하셨지만 사실 감정을 자각하지 못하다 마지막에서야 깨닫게 되는 (이북에서의) 스칼렛이 그녀가 할 법한 행동을 했다고 생각하고, 사랑에 깊게 빠진 사람이 이성적일 수는 없다고 생각하는 저이기 때문에 그 부분에 대해서는 굉장히 만족스럽게 서술했던 기억이 납니다. 이 부분 역시 꼭 말씀드리고 싶었기에, 종이책 내용과 상관없지만 덧붙이게 되네요.

재미있게 쓴 소설이었지만 그렇다고 해서 전혀 힘들지 않았던 건 아닙니다. 힘들어 무너지려는 때마다 저를 항상 지지해 주는 가족들, 내용 전개에 힘들어할 때 용기를 북돋아주었던 지인 작가님들, 우울해할 때마다 저를 웃게 해주던 주현이, 경언이, 도희, 보예에게 정말 감사하다고 말씀드리고 싶습니다.
또 〈맞바람을 핀다는 건〉이 정식으로 출간될 수 있도록 많은 도움을 주셨던 CL프로덕션 담당자님께도 감사드리고, 제 소설을 좋아해 주시고 힘들 땐 블로그까지 찾아와 응원해 주셨던 독자님들! 이루 말로 표현할 수 없을 만큼 감사드립니다.

감사합니다.

2017. 2. 27 손세희